Ladrón de esperanzas

Francisco Martín Moreno

Ladrón de esperanzas

ALFAGUARA

Ladrón de esperanzas

Primera edición: febrero, 2019
Primera reimpresión: marzo, 2019
Segunda reimpresión: mayo, 2019
Tercera reimpresión: mayo, 2019
Cuarta reimpresión: junio, 2019

D. R. © 2019, Francisco Martín Moreno

D. R. © 2019, derechos de edición mundiales en lengua castellana:
Penguin Random House Grupo Editorial, S. A. de C. V.
Blvd. Miguel de Cervantes Saavedra núm. 301, 1er piso,
colonia Granada, delegación Miguel Hidalgo, C. P. 11520,
Ciudad de México

www.megustaleer.mx

ISBN: 978-607-317-646-0

Impreso en México – *Printed in Mexico*

El papel utilizado para la impresión de este libro ha sido fabricado a partir de madera procedente
de bosques y plantaciones gestionadas con los más altos estándares ambientales, garantizando
una explotación de los recursos sostenible con el medio ambiente y beneficiosa para las personas.

Penguin
Random House
Grupo Editorial

*A mis compatriotas que tomaron en cuenta
las enseñanzas de la historia y votaron convencidos
de los terribles peligros de volver a convertir a México
en el país de un solo hombre… Y perdimos…*

Advertencia al lector

Ladrón de esperanzas no pretende ser una obra escrita con una exquisita prosa literaria. He dedicado una buena parte de mi vida a la novela histórica, por lo que este intento de escribir una obra periodística novelada en tiempo presente constituyó un desafío sin precedentes. A modo de ejemplo, baste decir que el candidato, después el presidente electo y, más tarde, el ciudadano presidente de la República se pronunció en repetidas ocasiones a favor de regresar al ejército y a la marina a sus cuarteles. La investigación para refutar semejante tesis temeraria me llevó a estudiar las razones por las cuales dicho objetivo constituía un auténtico atentado contra la seguridad pública de la nación. Posteriormente el mismo jefe del Estado Mexicano modificó su decisión para permitir que nuestras fuerzas armadas se encargaran de enfrentar, contener y tratar de desaparecer al crimen organizado. Las horas de trabajo invertidas, así como las cuartillas escritas durante la indagatoria, los virajes radicales, la frustrante sensación de desperdicio, fueron sepultados indefinidamente en mis archivos.

La mayoría del electorado depositó en el candidato triunfador sus más caras esperanzas para erradicar de una vez por todas la corrupción y la impunidad y más, mucho más, votó con el ánimo de rescatar de la miseria a decenas de millones de mexicanos, de generar más riqueza y repartirla, de garantizar la paz y la seguridad en las calles del país y de construir finalmente un Estado de Derecho que honrara el dolorido grito histórico surgido de la garganta misma del México profundo: ¡Justicia, justicia, justicia!

La nueva administración arranca con un enorme respaldo popular, cuenta con eficaces herramientas de poder similares a las del partido tricolor de hace cuarenta años y tiene a su favor un enorme capital político con el que sería posible iniciar la construcción de un México nuevo: un cheque en blanco para transformar al país sin frustrar las altas expectativas sociales de materializar el bienestar nacional desfasado a lo largo de los años.

Los mexicanos de diversos niveles y estratos sociales, por una razón o por la otra, arribamos a una conclusión a raíz de las elecciones del 1 de julio pasado. Entendimos que estamos frente a la última llamada, la última oportunidad para hacer algo por los marginados, cuyo patrimonio se reduce a su miseria y a su desesperanza.

Cada presidente cuenta con un período de gracia en el que su actuación es analizada minuciosamente por medio de una lupa en manos de nacionales y extranjeros, insertos en un mundo globalizado. No hay, no debe haber espacios para la desilusión ni para la frustración, ni podemos correr el riesgo de enfrentar un nuevo desastre que acarrearía consecuencias imprevisibles.

Si la prensa y la historia tienen que partir de datos duros, la novela periodística tiene a su disposición la ficción para aquellos casos en que se carezca de elementos probatorios imposibles de obtener. Sin embargo, puede arrojar cubetadas de luz para explicar los episodios inconfesables de los políticos de todos los tiempos y latitudes.

Las páginas siguientes tienen un solo objetivo: dar la voz de alarma desde mi trinchera, de acuerdo a mis muy personales puntos de vista, para señalar los errores y aplaudir los éxitos de la nueva administración, de modo que la última llamada sea un triunfo contundente en la construcción del México con el que sueño, junto con la mayoría de mis compatriotas.

Ciudad de México
20 de diciembre de 2018

Primera parte

La popularidad de un líder político es directamente proporcional al nivel de estupidez del electorado.

WINSTON CHURCHILL

Si bien la más cara aspiración de mi existencia durante interminables cincuenta años consistió en llegar a ser presidente de la República, nunca imaginé la posibilidad de experimentar otro deseo similar, intenso e indomable: la vida, Dios, Nuestro Señor, alguna divinidad, una inteligencia superior a la humana, tal vez un supremo arquitecto ha de concederme el incomparable placer de poder ir a escupir sobre la tumba de Ernesto Pasos Narro.

Sí, sí, ya sé que no hay ninguna condenación para quienes estamos con Cristo Jesús, sé que el que gana almas es sabio; sé que de la misma manera en que Cristo perdonó, yo debo perdonar para salvarme, pero no puedo, no, no puedo perdonar, Dios me perdone, a Pasos Narro ni a la pandilla que gobernó a este país los últimos seis años. Sé que he repetido en todo foro al que asisto aquello de "paz y amor", y sé que he insistido en perdonar, sí, perdonar, pero olvidar, no. Sé que debo ser congruente en mis posiciones políticas para no perder el respeto de mis conciudadanos, ¿cómo negarlo? Pero ¿disculpar a quienes le robaron sus migajas a los pobres, asaltaron a los miserables que ya no creen ni en la Virgen ni tienen consuelo alguno?, ¿perdón para esos miserables ladrones que nunca conocieron la piedad? Si yo llegara a disculparlos y no los acusara ni los denunciara ni los encarcelara, semejante absolución legal a los bandidos me haría cómplice y culpable de cargos peores aún de los que ellos son acreedores y, sobre todo, haría insoportable mi existencia por traicionar los principios éticos contenidos en mi Constitución Moral… ¿Con qué cara podría ver al pueblo si me convierto en aliado de rufianes poderosos que le arrebataron el pan de la boca a los olvidados?

Juré acabar con la corrupción en este país maravilloso que se desangra por los costados; juré acabar también con la Mafia del Poder y encarcelarla para que ya nunca volviera a imponer a un nuevo títere. Juré administrar una gran purga para ahorrar quinientos mil millones de pesos que son el saldo de los cochupos y de la putrefacta corrupción del gobierno; juré arrestar a los ladrones del patrimonio público y ahora tengo que tragarme una a una mis palabras, porque no perseguiré a nadie aunque me acusen de traicionar las promesas de campaña con las que logré que treinta millones de mexicanos me eligieran para hacer justicia y aplicar indiscriminadamente la ley por primera vez en nuestra dolorida historia. Pero bueno, por más que le choque a medio mundo lo de "al margen de la ley nada y por encima de la ley nadie", debe entenderse como una estrategia para ganar votos. Mi promesa es válida del 1 de diciembre en adelante, porque para atrás nada, ni siquiera para tomar vuelo, aunque mis opositores me ataquen alegando que se trata de una invitación al gobierno saliente para robar hasta hartarse en la inteligencia de que no perseguiré a nadie. ¿A robar, entonces? Si así lo quieren entender, ni modo. Claro que mis seguidores me etiquetarán también como el primer presidente "blanqueador" porque estoy lavando el dinero robado por Pasos y su pandilla de pillos, pues no los voy a enjuiciar, bien, sí, pero prefiero, por el momento, cumplir mi pacto secreto con Pasos y con Villagaray, por más que me duela, en lugar de cumplirle al pueblo de México que tanto se merece y tanto le quedamos a deber los políticos, pero que muy pronto se olvida de todo. Esa es la ventaja: mis compatriotas, para mi buena fortuna, tienen muy mala memoria y no se acuerdan de nada y cuando finalmente se acuerdan, no hacen nada, y menos todavía si el día de la protesta callejera se juega un clásico de futbol o llueve, porque entonces nadie los sacará de sus casas. ¿Cuántos presidentes no soñarían con tener un electorado así de olvidadizo y de resignado?

Millones de mexicanos creyeron en mi decisión de erradicar la corrupción y superar sus terribles condiciones de pobreza, en donde está sepultada la mitad de la población. Imposible decepcionarlos. ¿Qué sería de México si al final de mi mandato entregara las mismas cuentas desastrosas de Pasos Narro? ¿Y si multiplicara el número de marginados? ¿Y si la inversión extranjera no creyera en mí y me abandonaran a mi suerte? Ah, cómo odio a los podridos pirrurris de Wall Street, ese nido de agiotistas. ¿Y si yo no impartiera justicia como ellos esperan? ¿Y si no elevara drásticamente el nivel de vida y las condiciones materiales de quienes me condujeron al máximo poder en México? ¿Qué cuentas voy a entregar si no creo millones de empleos a lo largo del país, si no encarcelo a los pillos, si no aplasto a los narcotraficantes que envenenan a la sociedad y la esquilman, si no propicio condiciones de bienestar ni aplico la ley ni barro las escaleras de arriba hacia abajo? De sobra sé que la Suprema Corte nunca ha hecho nada por México, ¿y si también fallara mi revolución ética y nadie se ajustara a mi Constitución Moral y el pueblo traicionara los santos postulados de Jesús? ¿Millones de mexicanos vendrán entonces a escupir mi tumba? No, por favor, no...

¿Acaso en mi último informe de gobierno, en el 2024, me disculparé ante la nación con el famoso "ustedes perdonen", al estilo de los jueces o ministerios públicos que liberan a los delincuentes ante una denuncia supuestamente viciada de mil nulidades, entre otras tantas incapacidades o corruptelas? Ustedes perdonen, pero no pude con los narcos ni con los traficantes de gasolina ni con los asaltantes de trenes ni disminuí el número de desaparecidos ni de ejecutados colgados en los puentes peatonales, entre otras escenas macabras, ni acabé con la delincuencia urbana, ni logré recluir en prisión a los presupuestívoros ni alcancé a crear fuentes de riqueza ni logré educar al pueblo por más que llevé a cabo una

15

nueva reforma educativa ni convencí a los capitales extranjeros ávidos de la posibilidad de invertir en nuestra energía eléctrica y petrolera para lucrar con el patrimonio de todos los mexicanos… ¡Ay, dolor! ¿Voy a salir ese 1 de septiembre, en el último informe presidencial de mi primer sexenio, a sumarme a las históricas justificaciones de los asquerosos tricolores o a las de los cínicos azules, unos más incapaces y corruptos que los otros? ¿Voy a pasar a la historia como uno más de ellos, para que me etiqueten como parte de la Mafia del Poder, cuando me comprometí a ser el mejor presidente de la historia de México? ¿Yo, el líder del cartel de la Mafia del Poder porque me fue imposible impartir justicia, construir el Estado de Derecho prometido? ¿Ahora soy su compinche? ¿Esta sería una parte de mi discurso de despedida?

La posteridad debe premiarme con grandes avenidas que habrán de llevar mi nombre escrito con letras mayúsculas: ANTONIO M. LUGO OLEA, Benefactor de México, Benemérito de la Patria en Grado Heroico, Protector de la Nación, Verdugo Invencible de los Mafiosos, César Mexicano, Padre del Anáhuac, Ángel Tutelar de la República Mexicana, Visible Instrumento de Dios, Salvador de la Paz y del Amor. Eso es, ¡claro que sí…! ¡Me canso, ganso! Habré de merecer un hemiciclo más grande que el de Juárez, el Benemérito de las Américas, en donde yo aparezca sentado en un trono de nubes, rodeado de arcángeles vaporosos especialmente seleccionados para colocar en mi cabeza una corona dorada de laureles, una muestra palpable de mi ingreso a la eternidad. He de merecer espacios dignos en todas las enciclopedias, así como varias páginas lúcidamente escritas en los libros de texto gratuito, con fotografías de mi imagen a todo color en actos públicos, en giras de trabajo y en mi despacho, con la banda presidencial puesta. Los estudiantes de escuelas públicas y privadas jamás deberán olvidar el éxito de mi Cuarta Transformación, diseñada con buena fe para conquistar el bienestar de la nación, en lugar de que vayan a llenar de gargajos mi lápida. Merezco al menos que se me recuerde con una colosal cabeza al estilo de mis paisanos, los olmecas. Una cabeza con mis rasgos, tallada en basalto, que inmortalice mi efigie con una expresión de sabiduría.

Imposible entonces salir con un "señoras y señores: hoy, al concluir mi primer sexenio, les he robado toda esperanza; debo confesar con un gran dolor en el alma que les heredo más pobres, más narcos, más economía informal, más evasión fiscal, más deuda pública, más analfabetos, más desempleados, más desesperados, más terror urbano, más injusticia social, más dependencia de los Estados Unidos, más fugas de capitales y de envidiables cerebros mexicanos, más atentados en contra de las reservas monetarias de México, más depreciación del peso, más inflación, más impunidad, más irritación social", mientras me veo hundido y maniatado en la impotencia sin dejar de contemplar, aterrado, cómo corre apresurada la chispa de una mecha dirigida a un barril de pólvora llamado impaciencia nacional.

No estoy acostumbrado a dar malas noticias y jamás me acostumbraré a hacerlo. Apenas han transcurrido quince días del primer año de mi mandato, más de una semana desde mi discurso de toma de posesión y, debo confesarlo, he padecido interminables insomnios, entendí mi futuro durante las noches de luna inmóvil, porque no existe una escuela de presidentes: la adversidad parece imponerse como un enorme muro de granito ante el que se estrella cada una de mis decisiones. ¡Cuánta irresponsabilidad o ignorancia de nosotros, los candidatos presidenciales de todo el mundo, cuando durante las campañas hacemos promesas de una gigantesca rentabilidad electoral, pero de imposible cumplimiento! Que si lo sabemos nosotros… Me encantaría una reunión con ex presidentes mexicanos y extranjeros para confesarnos, en la intimidad y entre carcajadas, cuál fue nuestra mentira más grande durante la campaña. Me quedaría helado… ¿Existe un candidato honesto en el mundo? ¿No…? Entonces en cada político hay un embustero al que tarde o temprano la oposición, la prensa, los mercados internacionales, los tribunales y los partidos políticos, además de la sociedad frustrada y la historia, ¡ay, la historia!, habrán de sentar en el banquillo de los acusados para exigirle cuentas.

¡Cuántas promesas de campaña, todas felices y entusiastas, y cuánta frustración al encontrarme con la inconmovible y terca realidad! Juro, lo juro, que muchos ofrecimientos no tenían como objetivo atrapar votos para ganar a como diera lugar la Presidencia, sí, lo juro. La idea, con la mano en el corazón, consistía en propiciar el máximo bienestar para la sociedad, no condenar a quienes nacen pobres a morir pobres, solo que los hechos, la consecuencia de la práctica diaria a partir de las elecciones de julio, me fueron dando revés tras revés, golpe tras golpe, hasta obligarme a reflexionar una vez más sentado en mi histórico escritorio perteneciente a Benito Juárez con los codos colocados sobre la cubierta y la cara apoyada sobre las palmas de mis manos. ¿Estoy haciendo el ridículo frente al electorado? Pues no, porque si gané las elecciones con 53% de los votantes, dos meses después de mi triunfo la cifra había aumentado al 64%. Al pueblo de México, que es sabio, no le importan mis descalabros ni mis retractaciones ni el incumplimiento de mis propuestas. Su generosidad nunca acabará de sorprenderme, sobre todo porque le extendí el perdón a la Mafia del Poder sin mayores consecuencias. ¿No es maravilloso? No cumplir mis ofertas por las razones que sea, y que aumente mi popularidad. Con mis fanáticos, o mis "fans", como se dice ahora, me van a hacer lo que el viento a Juárez. Solo debo decir: gracias, gracias, gracias…

Yo propuse regresar a los soldados y a los marinos a sus cuarteles, sacarlos de las calles porque no vamos a apagar el fuego con el fuego, para sustituirlos por una Guardia Nacional como la que existe en otros países, pero en una reunión con generales y almirantes resultó que mis deseos no podrían llevarse a cabo porque entregaríamos la nación a los brazos del hampa. ¿Resultado? La Guardia Nacional, ¡no! ¿Se acabó la opción? Pues no, no se acabó, revivió porque entendimos que si nuestras fuerzas armadas no se ocupaban de la seguridad, pondríamos a la nación en manos de la delincuencia organizada. Hasta quedamos en militarizar a México, con todos sus riesgos y consecuencias, pero a saber a dónde iremos a dar, porque ahora sucede que ciertos grupos y gobernadores saltan por cualquier cosita; reaccionan como reinas ofendidas. Me divierte mucho negar en público los argumentos que sostuve en la campaña para ganar la Presidencia y desdecirme con gran desfachatez sin que nadie me pueda acusar de mentiroso, salvo que esté dispuesto a carearse con el diablo en persona. ¿Quién en México se atreve a llamar embustero al presidente de la República, a desafiar a un súper hombre? ¿Quién, a ver, quién? Por lo tanto, gozo hasta el delirio cuando mis críticos, a pesar de que exhiben la verdad, se tienen que meter la lengua por el culo. Al tiempo, solo que también al tiempo el gobernador de Jalisco vino a agitar el avispero y hasta se atrevió a desafiarme. Es imposible satisfacer los intereses de todos, Dios mío, ¿qué hacer? ¿Le quitaré la lana como hizo Pasos con Cortina, el "góber" de Chihuahua?

Juré por las barbas de Cristo que yo daría marcha atrás a la mal llamada Reforma Energética y ahora resulta que sí, que tal vez sí estaba bien hecha, ¿no?; ya veremos qué sale al final. Estuve en contra de los ventiladores en La Rumorosa, y me volví a equivocar porque la energía eólica y la solar son una maravilla. ¡Cuánto hay que aprender, caray, lástima que no lo hice antes de iniciar mi campaña! Lo que sí, les di chance a mis críticos, y en lugar de construir cinco refinerías ya estoy en una, y con esa única sucede ahora que contribuimos al calentamiento global, que contaminamos la atmósfera, que dañamos la salud del pueblo, que ya vienen coches eléctricos y no se necesitará la gasolina, que no buscamos energías renovables de cara a la modernidad, que no hay petróleo suficiente en México para alimentar la única refinería que podríamos construir, que es más barato continuar importando las gasolinas de Estados Unidos, que devastaremos una zona de manglares, en fin, que nada se puede, nada, nadita de nada, ¿horror de horrores…? No, por supuesto que no: haré la refinería, modificaré la Constitución de Tabasco para que puedan construirla a mi modo, sin licitaciones, como los segundos pisos en la Ciudad de México. Ya basta de leyecitas. ¿Quién respeta la ley en México? Nadie, ¿cierto? Entonces a callar, hay veces que se debe imponer a la autoridad y dejar de jugar a la legalidad y a la democracia. La refinería va porque va, me canso, ganso. No, no es fácil ser presidente, y menos de los mexicanos, ni lidiar con las casas calificadoras extranjeras, que ahora resulta que quieren gobernar en México. Si yo construyo la refinería con recursos de Pemex, nos bajan la calificación y desquician la economía. Entonces ¿quién manda en México? ¿Yo, o esos pirrurris de mierda?

¿Debo acaso desconfiar de todos y confiar en todos? ¿Cómo…? ¿En qué escuela se aprende a tratar con los banqueros extranjeros, esos seres sin corazón, hoy dueños de la mayoría de la banca mexicana, para insistir en el otorgamiento de préstamos baratos en los sectores productivos y en una rebaja sustancial en el cobro de las comisiones usureras por cada servicio que prestan? ¿De esos cabrones depende la cancelación del NAICM? No, por favor, no… ¿Cómo controlar a las empresas mineras que saquean nuestros metales, pagan muy pocos impuestos y dejan nuestro territorio lleno de agujeros y contaminación? ¿En dónde tomar lecciones para controlar a los cabilderos del Congreso, otros sabuesos que le habrán vendido su alma al diablo? ¿Cómo administrar las relaciones con la prensa? ¿A billetazos, con sobornos, digámoslo con claridad, aun cuando se trate de dinero negro, olvidándome de la cruzada en contra de la corrupción? ¿Ahora yo, el presidente Lugo Olea, yo voy a sobornar a los periodistas, cuando siempre me opuse a la corrupción? ¿Empezaré a practicarla y a dejar de ser un ejemplo para mis seguidores? ¿Propiciaré yo también la corrupción de periodistas entregándoles sobres llenos de billetes? ¿Yo…? No, claro que no, todos nos vamos a portar bien… pero ¿entonces cómo voy a controlar a miles de cucarachas que viven en las alcantarillas y se han alimentado por siglos de detritus, de recursos públicos podridos? ¿Voy a comprar el voto de mis opositores en el Congreso de la Unión, como lo hicieron Pasos y el maleante de Villagaray, para sacar adelante mis reformas? ¡Imposible seguir su ejemplo, carajo! De sobra sé que no hay hombre sin hombre y solo no se sabe lo que no se hace, como dice el imbécil del tal Martinillo, que me sigue de día como una sombra siniestra y de noche me arrebata el sueño como si durmiera a mi lado, entre mi mujer y yo. No, yo no sucumbiré a la putrefacción periodística, eso sí que no, y menos aún cuando encabezo la Cuarta Transformación del país y no una Transformación de Cuarta, o una Transa en Formación o La Cuarta Masturbación, como dicen sarcásticamente mis malditos opositores. Bola de cabrones que además me comparan con el padre Ripalda, el jesuita aquel que aleccionó en lectura, civismo, catecismo y castellano a los riquillos porfiristas.

Todavía guardo en un cajón uno de los artículos del tal Martinillo, por si algún día puedo tener la oportunidad de restregárselo en la cara:

> Si algún lector despistado tuviera interés en predecir en lo que se va a convertir, en el mejor de los casos, el gobierno de AMLO, debería poner su atención en los resultados de su catastrófica gestión como jefe de gobierno de la Ciudad de México:
>
> AMLO obtuvo los peores resultados en materia de combate a la corrupción, ya que se catapultó a niveles de casi veinte puntos en el índice nacional, seguido muy de lejos por el Estado de México. Aumentaron los delitos de alto impacto hasta convertirlo en el gobierno con mayor grado de violencia en la historia de la ciudad, ya que la criminalidad se disparó al doble del resto del país. El secuestro, la inseguridad y el crimen llegaron a niveles insoportables para la sociedad, que mostró su hartazgo

por medio de una movilización pocas veces vista en el Distrito Federal, a la que AMLO calificó como "la marcha de los pirrurris". Por supuesto que se negó a recibir y a escuchar, con su estilo dictatorial, a los organizadores de la manifestación de protesta, sin olvidar que, además de dicha "marcha blanca" hubo otras seis en contra de la inseguridad capitalina.

Lugo Olea escondió las finanzas de los segundos pisos en un fideicomiso secreto, se abstuvo de impulsar una reforma administrativa que permitiera la limpieza en las estructuras centrales y delegacionales y se negó a fomentar la cultura de la transparencia. Los excesos en el gasto social (pensión a los adultos mayores, comedores comunitarios, becas para estudiantes, apoyo a madres solteras, la creación de la UACM y preparatorias en cada delegación) dejaron sin recursos al gobierno de la ciudad para inversiones y para el mantenimiento básico de la infraestructura. Era preferible regalar dinero para conseguir apoyo político que atender las necesidades básicas de la ciudadanía, de ahí que en términos de movilidad no hubiera habido avances, como bien lo demuestra el desinterés por construir otra línea del metro. ¿Qué importaba más: construir un tren subterráneo o comprar voluntades electorales con el dinero público para garantizar la lealtad del D.F. en la campaña presidencial del 2006? Los capitalinos gastaban un promedio de cuarenta pesos diarios en su transporte diario que les eran regresados de una manera o de la otra, con los obsequios económicos del gobierno del D.F., en lugar de construir un metro, ganar tiempo en beneficio de los usuarios, evitar la contaminación atmosférica y reducir el importe de los boletos a tres pesos por viaje.

La deuda pública creció de casi 32 mil millones de pesos a 41 mil 439 millones durante su gestión. El desempleo subió de 3.9% a 5.6%. Las extorsiones se duplicaron, al pasar de 2.27 casos por cada 100 mil habitantes a 5.22. La pobreza patrimonial aumentó drásticamente, así como el crecimiento económico fue el peor de las últimas dos décadas.

Lugo Olea complicó el sistema de construcción de viviendas en la ciudad y no resolvió el problema del agua ni se preocupó por crear instrumentos ágiles de transparencia y rendición de cuentas.

¿Está claro lo que le espera al país con AMLO como presidente? En lugar de construir obras de infraestructura, va a regalar miles de millones de pesos para comprar el voto de la mayor parte de la nación y asegurar su estancia indefinida en el poder, con el daño consecuente para nuestra incipiente democracia y para nuestro desarrollo económico y social. Va a repetir la misma catástrofe padecida en la Ciudad de México, lo cual demuestra la incapacidad de aprendizaje de la ciudadanía.

¿Dónde encontrar un breviario que me permita aprender en diez lecciones la estrategia para acabar con los horrores del narcotráfico, con las claves para crecer al 7% anual y rescatar de la miseria a más de cincuenta millones de mexicanos o gobernar un país en el que resulta imposible ponerse de acuerdo siquiera en la hora? ¿En qué universidad podría tomar clases un presidente para convencer a la delincuencia del daño social de su catastrófica existencia? ¿Existe? ¿Al hampa se le debe destruir a balazos, mediante inteligencia financiera o a través de homilías para convertir a los mafiosos en carmelitas descalzos? El clero católico también ha fracasado, porque la amenaza de la excomunión y la advertencia de pasar la eternidad en el infierno solo han hecho estallar en carcajadas a los mafiosos, pero, por si fuera poco, los endiablados curas, al igual que los jueces, han vendido el perdón a los narcos a cambio de enormes "limosnas", así, con unas enormes comillas, y hasta les han canonizado a sus propios santos. A ver quién encuentra a un alto jerarca católico que haya cumplido sus votos de pobreza y viva como un franciscano… ¿Y los de castidad…? La Iglesia no solo no recuperó a las almas extraviadas, sino que las incluyó, con el debido disimulo, en su sagrado rebaño. Ya nadie teme la ira de Dios ni al poder del gobierno, igualmente agusanado. Todo está podrido, ¿verdad?

Es la hora de encarcelar a los ministerios públicos y a los jueces que liberan a los maleantes con pretextos estúpidos, cuando es obvio que hay dinero negro de por medio. ¿Cómo hacerle? ¿Cuál es el camino para construir aceleradamente un eficaz Estado de Derecho y que México ya no sea la burla del mundo al ser el paraíso de la impunidad? Es la última oportunidad que los desposeídos le conceden a un gobierno electo democráticamente, más aún si mi Constitución Moral llegara a fracasar. ¿En qué manual práctico se pueden encontrar las claves para convencer al güero loco del norte, el jefe de la Casa Blanca, un auténtico peleador callejero, un perro mastín, de las inmensas ventajas recíprocas de contar con un vecino como México, un poderoso cliente y formidable aliado? La unión hace la fuerza. ¿Lo entenderá…? ¡Qué va a entender ese narcisista, salvo su asquerosa "belleza" cuando se contempla enamorado en el espejo! Me hubiera gustado preguntarle su opinión a Juárez cuando fue invadido por los franceses o el clero católico le declaró la guerra al Estado Mexicano… ¡Caray…!

México ha cambiado y las guías para tratar de gobernar a los compatriotas de nuestros días, para dirigirlos, ya son caducas, más aún con la existencia de las benditas redes sociales, de teléfonos celulares imposibles de controlar pero especialmente útiles para transmitir información, buena o mala. Yo sé cómo dominar a una nación en donde existen más de ciento catorce millones de suscriptores de internet, eso sí que sé, porque la mayoría de los usuarios se tragan cualquier tipo de información sin masticarla, y eso es una gran ventaja, porque aprovechar la estupidez, los prejuicios y los fanatismos de la gente resulta una tarea muy sencilla, de ahí que insistiré en la gratuidad del servicio de internet para llegar al alma de la gente y hacer con ella lo que me venga en gana. ¿No es un privilegio lucrar con la estupidez de millones de personas con tan solo apretar un botón, como lo hace *Trum*, con sus cincuenta y seis millones de seguidores? Antes de que cante un gallo, yo subiré de cinco a veinte millones de *fans* que tendré en mi bolsa para manipularlos a distancia, como a una marioneta electrónica. Va porque va.

Arrancar las costras de la historia es muy sencillo, sobre todo si se trata de estimular el resentimiento y el rencor que están a flor de piel en el mexicano; ni hablar, yo sabré también cómo cicatrizarlas a su debido tiempo. Voy a promover el bienestar del alma. El fin justifica los medios. Una mierda, sí, pero también una bendición que me catapultó al poder. Si México no fuera un país de reprobados, poblado por escépticos y frustrados por la corrupción y la ineficiencia del gobierno, yo jamás hubiera llegado al poder. Y miente, miente Martinillo y vuelve a faltar a la razón cuando sostiene que si yo hubiera sido candidato a la cancillería en Alemania me hubieran rodeado con un cordón sanitario y me hubieran encerrado en un manicomio. Ese miserable ya se tragará sus palabras y habrá de venir a pedirme perdón de rodillas…

¿A dónde va un presidente sin un gran conocimiento de sus semejantes? ¿Cómo imponer el orden y el respeto sin dar el primer paso con el ejemplo? ¿Cómo recuperar la confianza perdida de la ciudadanía? ¿Cómo disparar el crecimiento económico? ¿Cómo devolverle la sonrisa a la nación? ¿Cómo tranquilizar a la inversión local y a la extranjera sin convertirme en su rehén? ¿Cómo controlar a los mercados manipulados por traga dólares incapaces de sentir la menor piedad por el género humano? ¡Miserables! He de poder con ellos. ¿Cómo retener y aprovechar el capital político para poder modificar el rostro del país? Mi Cuarta Transformación implica la construcción de un poderoso aparato de bienestar material, así como otro paralelo que reporte felicidad a todos los mexicanos. Seremos el país más feliz de la tierra. Para lograrlo, erradicaré para siempre el hambre y desaparecerá la pobreza, el crimen, organizado o no, y los delitos de cuello blanco. Conseguiré lo que ningún país: la autosuficiencia alimentaria. La corrupción y la impunidad serán erradicados como por arte de magia. Al acabar mi mandato, el campo producirá como nunca, reforestaremos todo el territorio nacional, creceremos a una tasa del 4% anual, tendremos una sociedad mejor mediante la revolución de las conciencias en el contexto obligatorio de una Constitución Moral. Mi sola presencia en la Presidencia de la República contagiará con un espíritu ético a la nación, de la misma manera en que lograremos influir amorosamente en las autoridades migratorias de Estados Unidos para que se trate con respeto a nuestros paisanos que viven al norte del Río Bravo. A *Trum* mismo lo voy a marear con mi verbo espiritual para convertirlo en mi gran aliado. Las palabras, y no las balas, servirán para convencer a los productores de cocaína y de heroína de las ventajas de sembrar maíz en lugar de amapola, entre otros productos tóxicos que dañan a la sociedad, por más que se trate de un buen negocio. Bien pronto mis seguidores serán franciscanos y dirán hermano árbol, hermana luna, hermano hombre, hermanos todos.

No hay nadie que no se presente ante mí vestido de domingo. El baile de las mil máscaras no tiene fin. A mí me corresponde encontrar la verdad oculta en cada planteamiento, el interés inconfesable en cada sugerencia, el verdadero motivo en cada propósito. En ninguna cátedra se aprende a conocer a los hombres, y mucho menos a los inversionistas dueños de grandes capitales y a los políticos mentirosos e hipócritas, canallas, canallines, ignorantes de cualquier principio ético. Las actividades más importantes de la vida no se pueden aprender en la escuela. No hay escuela para maridos ni para esposas ni para padres de familia ni para presidentes de la República. Solo que, en el último caso, 127 millones de mexicanos padecerán el costo de mi aprendizaje o lo disfrutarán. Más me vale aprender lo más rápido posible... De verdad que adoro a mi patria y haré hasta lo imposible por crear un bienestar generalizado, aun a costa de mi propia vida. Ya no me pertenezco. No, no puedo fallar, no fallaré…

Gerardo González Gálvez disfrutaba trabajar inmerso en un mundo de expedientes, documentos, libros y revistas en español y en otros idiomas. Sobre su mesa de trabajo y para identificar sus artículos pendientes de publicar, se localizaban dos piedras grises, lisas, de río, con las siguientes inscripciones grabadas con golpes de cincel y martillo: "Yo sé cómo" y "Perfecto". Corregía sus textos con cinco o seis lápices ordenados según su tamaño. Los afilaba por ambos lados de tiempo en tiempo, por si de repente le brincaba una "ideota", como él decía, digna de ser escrita antes de que se extraviara en el laberinto de su mente, de la misma manera en que el cazador, al desplazarse por el campo, debía llevar invariablemente cargada la escopeta y el dedo cerca del gatillo por si de pronto saltaba una agachona de entre los arbustos.

Martinillo intercalaba delgadas tiras de cartón para separar las páginas de los periódicos extranjeros colocados sobre su escritorio, en donde él mismo confesaba, entre sonrisas traviesas, que había llegado a encontrar ocultos entre montañas de papeles un par de antiguos aparatos telefónicos de disco, curiosidades que hoy en día eran dignas de ser guardadas en las vitrinas de los museos dedicados a la historia de las comunicaciones. Como los anaqueles eran insuficientes, se distinguían libros colocados unos encima de otros, en un pavoroso desorden que solo él entendía. Con el ánimo de justificar con su negro sentido del humor el caos en el que habitaba, había pegado con chinchetas en una de las paredes una frase muy reconciliadora, impresa en caracteres de treinta puntos: "Las mentes geniales rara vez son ordenadas".

Bastaba con entrar a su estudio para entender la personalidad del periodista. En las esquinas de su mesa de trabajo se encontraban espléndidos bustos de bronce, uno con el rostro de Sócrates, otro con el de Séneca, así como una tercera escultura: el casco supuestamente utilizado por Leónidas, el militar espartano, el hijo del León, el día de su muerte en la batalla de Las Termópilas, cuando Efialtes lo traicionó al mostrarle a los persas el camino para poder atacar a los espartanos por la retaguardia. La traición, siempre la traición, presente en la vida como un constante asesino invisible. Martinillo admiraba la gesta de Leónidas porque había preferido morir en lugar de rendirse ante los invasores. Él se sentía, a sus cincuenta y cinco años de edad, el Leónidas del periodismo mexicano, y jamás se rendiría ni dejaría de luchar a favor de la libertad de expresión conquistada en México a sangre y fuego a lo largo de sangrientas décadas.

¿Por qué había escogido a Sócrates, el padre fundador de la filosofía griega? ¡Por su pesimismo en relación a la democracia! En sus remotos años de estudiante universitario, Martinillo había quedado impactado cuando leyó cómo el inolvidable filósofo había cuestionado a una sociedad irreflexiva:

—Si estuvieran a punto de salir en un viaje por el mar, ¿quién les gustaría que dirigiera la embarcación? ¿Cualquier persona o marinos experimentados y conocedores de las reglas de la navegación?

—Los últimos —contestaron al unísono.

—¿Por qué entonces —respondió Sócrates— seguimos pensando que cualquier persona tiene la capacidad de elegir al más apto para gobernar un país?

A lo largo de sus clases, el gran maestro griego afirmaba una y otra vez que permitir votar a la ciudadanía sin tener educación era igual de irresponsable que dejarla a cargo de un trirreme que navega hacia Samos en medio de una tormenta… Solo a quienes pensaban de manera racional e informada sobre estos asuntos se les podría conceder el derecho a votar.

—Le hemos dado el voto a todos —insistía el gran filósofo— sin conectar al elector con la sabiduría.

Sócrates sabía que el voto irracional, el emotivo, facilitaba el arribo de la demagogia, en donde las respuestas fáciles conducían al desastre. ¡Claro que el filósofo sería juzgado por quinientos atenienses y condenado a beber cicuta hasta la muerte por corromper a la juventud de Atenas! Menudo trago amargo. ¿Injusticia? La voz del pueblo podía ser suicida…

Por esa y otras razones, Martinillo luchaba por la superación educativa de la nación, la feliz herramienta para construir una democracia sólida y duradera. Si un analfabeto vota, equivale a darle a un niño de cinco años una pistola cargada para jugar con ella. De sobra sabía que un día lo quemarían en leña verde o lo invitarían a beber su dosis de cicuta o lo ultimarían a balazos a la mexicana, acusado de conservador ultramontano por sostener semejantes puntos de vista antidemocráticos: ¡Reaccionario!, le gritarían en las calles, en las salas de conferencias o en las estaciones de radio y televisión, pero nunca se callaría, eso sí que quedara claro: mejor eduquemos, eduquemos y eduquemos…

De Séneca, el famoso filósofo y escritor, bastaba una de sus sentencias más conocidas, colocada al pie de su busto, la imprescindible para justificar su lugar en el escritorio: "¿Qué hace un pueblo antes de morir de hambre?" ¡Cómo se había impresionado el periodista al saber que Séneca se cortó las venas hasta desangrarse en su tina, antes de padecer la venganza de Nerón, el emperador, decidido a matar a los patricios y pensadores nocivos para la sociedad romana! Nada nuevo bajo el sol…

Las casi cinco mil columnas publicadas por Martinillo en diarios mexicanos y extranjeros, con sus interminables denuncias y sus innumerables propuestas de toda naturaleza, desde la política hasta la ecológica, la económica, la social o la jurídica, podrían reunirse en varios volúmenes; otro tanto podría hacerse con sus numerosas conferencias. Se trataba de un observador del acontecer nacional, un crítico, un enemigo de las plumas mercenarias, un guerrero obstinado en descubrir la cara oculta del gobierno.

Gerardo insistía en que los redactores de nuestra Constitución habían impuesto un complejo sistema jurídico para evitar el abuso del poder, que el Congreso de la Unión tenía facultades para vigilar al Poder Ejecutivo y que la Suprema Corte podía revisarlos a ambos, pero que a la prensa también le correspondía descubrir y exhibir las mentiras y los secretos del poder público, así como el comportamiento de la sociedad. Que la prensa, su reino, el Cuarto Poder, su herramienta para cambiar el rostro del país, era un agente profiláctico de la sociedad porque se identificaba con el Poder Judicial al ver por la aplicación de la ley en beneficio de la comunidad. El Cuarto Poder, según Martinillo, debería sumarse a la construcción de un Estado de Derecho, estaba obligado a denunciar, acusar, demandar, exhibir y atacar a los enemigos del orden establecido, así como proponer fórmulas para alcanzar el bienestar. El Cuarto Poder era el olfato, el oído, los ojos, el fiscal honorario de una nación, un agente social que vigilaba la salud de una comunidad y delataba la presencia de peligrosos virus, bacterias y bichos patógenos que podrían atacar o atacaban al cuerpo social. Porque si algo significa la libertad, es el derecho a decirle a la gente lo que no quiere oír.

Martinillo hubiera querido ser identificado como el Nuevo Nigromante, el Ignacio Ramírez de los tiempos modernos. Si bien no había escrito libros, era un muy solicitado conferencista, tenía un programa semanal de radio y espacios en TV, y había dedicado su vida a criticar, con sólidos argumentos y humor ácido, a la terrible Dictadura Perfecta, que entre otras catástrofes había legado cincuenta millones de mexicanos sepultados en la pobreza después de setenta años de intransigencia y corrupción, sin olvidar a la llamada Alternancia del Poder, en realidad la Docena Desperdiciada, un mero continuismo inútil porque nunca, a pesar de su gran capital político, había logrado desmantelar el aparato tricolor que tanto daño había ocasionado a la nación.

Resulta imposible no colocar aquí un tuit recibido por Martinillo, redactado en estos simples términos:

"Es usted un puto."

El periodista estalló en una carcajada y contestó:

"Estimado y fino amigo: Cuando se acaban los argumentos, aparecen los insultos. No olvide usted que el tamaño de su lenguaje es el tamaño de su intelecto. Ambos parecen ser muy pequeños. Es hora de mejorarlos. Su amigo, Gerardo."

Respuesta del internauta:

"Chinga tu madre, puto Martinillo."

Gerardo había empezado a admirar al Nigromante cuando supo que este, en la segunda mitad del siglo XIX, había declarado ante un auditorio saturado de ultra conservadores: "No hay Dios" y el lugar pareció venirse abajo como si hubiera caído un rayo al lado del apóstata, hereje, blasfemo, diabólico e hipócrita, según lo atacaban las fuerzas clericales que habían traído a Maximiliano y a los franceses de Europa. ¿Qué tal, ahora que hablamos de traiciones…?

Gerardo González tampoco creía en Dios, y no solo por haber abandonado a su suerte a los pobres que tanto decía querer y ellos todavía estúpidamente lo adoraban en los altares, sino porque no creía en los dogmas de fe ni en el verbo encarnado ni en la resurrección de Jesús ni en el milagro de los peces ni en la revelación divina ni que las aguas del mar Rojo se hubieran abierto al paso de Moisés. Por supuesto que no creía en ninguna inteligencia superior a la humana, y menos creyó todavía cuando descubrió a su madre en la cama, en su recámara, en su propia casa, con su sacerdote confesor de toda una vida, el mismo padre Jesús de Todos los Santos al que él saludaba besándole la mano, el que lo había bautizado, lo había confirmado y ante quien había hecho la primera comunión cuando todavía era un pequeñito inocente. Jamás olvidaría los rostros de horror de la pareja al contemplarlos desnudos en el lecho amoroso. Había regresado antes de tiempo de la escuela por alguna dolencia estomacal. Atestiguar esa canallada le había enseñado a conocer sin velo a los curas y a desconfiar de ellos indiscriminadamente, más aún cuando a diario surgían casos de "representantes de Dios en la Tierra" acusados de violar a menores, en uso y abuso de su autoridad espiritual. ¿Cómo iba a reaccionar un jovencito como él cuando la autora de sus días le pidió que se abstuviera de acusarla con su padre, su marido? ¿Con qué cara iba a ver a sus progenitores en el futuro? ¡Cuánto daño en su infancia! Por supuesto que no volvió a pisar una iglesia. ¿Alguien podía dudar de que se convertiría en un muchacho sedicioso, incendiario e incitador de la violencia? ¡Los insultos que recibiría años más tarde, cuando en su cuenta de Twitter pidió que los clérigos pederastas, los tonsurados degenerados, fueran quemados vivos con leña verde en el Zócalo capitalino, frente a la mayor cantidad de fieles católicos, víctimas o no de esos siniestros personajes ensotanados! Las asquerosas cenizas bien podían arrojarlas al canal del desagüe en una última y "solemne" ceremonia luctuosa.

Tanto El Nigromante como Gerardo González habían dedicado su existencia a defender a la sociedad inválida, sobre todo a las mujeres, a los huérfanos y a los hijos no reconocidos. Su labor había comenzado en un principio por la vía de los hechos, en las calles, cuando fue necesario, hasta llegar a los tribunales, más tarde en los recintos legislativos, para continuar su batalla en el periodismo. Como fuera y donde fuera y con quien fuera… El reto era universal. ¿Qué tal cuando don Ignacio Ramírez sostuvo que "los propietarios disfrutan sin trabajar y la chusma trabaja sin disfrutar" o "el capital se aumenta en la medida en que se reparte; por eso son pobres los pueblos donde el gobierno y unos cuantos monopolizan las riquezas" o "no vinimos a hacer la guerra a la fe, sino a los abusos del clero. Nuestro deber como mexicanos no es destruir el principio religioso, sino los vicios o abusos de la Iglesia para que emancipada de la sociedad, camine". Al fundador mexicano del laicismo le había valido un pito y dos flautas la excomunión lanzada desde Roma, de la misma manera que Martinillo también había sido anatematizado por lo menos en unas veinte ocasiones, que el periodista había celebrado entre sonoras carcajadas.

—Me encantaría irme al infierno por toda la eternidad —repetía entre sus conocidas risotadas—, porque, al fin y al cabo, ahí van a dar las mujeres del mal… Imagínense nada más la inmortalidad sentado en las bancas de un convento, rodeado de monjas y haciendo tejido de punto…

No, no podían escatimarse unos párrafos dedicados a dibujar la personalidad de Gerardo González y a explicar el porqué de los bustos de Sócrates y de Séneca y el casco de Leónidas. Era importante exponerlo a contraluz y contar los orígenes de su formación liberal y de su vida dedicada al periodismo. Solo que en la actual coyuntura política, la preocupación que lo devoraba ya no consistía en criticar al gobierno saliente de Ernesto Pasos Narro, sino en delatar los temerarios arrebatos demagógicos e irresponsables del presidente entrante, Antonio M. Lugo Olea, quien ya desde antes de tomar posesión del cargo amenazaba con proyectar al país a un nuevo torbellino político, social y económico sin comparación posible con otras catástrofes padecidas en los últimos cien años.

Lo anterior era cierto, solo que Gerardo nunca había creído en las culpas absolutas, de modo que en algún momento concluiría la responsabilidad de los gobernantes y comenzaría la de los gobernados. Sin duda existía una frontera. ¿Cuáles eran los linderos? Estaba empeñado en resumir en dos palabras una radiografía de la sociedad mexicana, la misma que se quejaba de la corrupción, de la deshonestidad y de la putrefacción oficial, sin percatarse del hedor fétido que despedían los propios acusadores integrantes de la comunidad nacional, que apestaban igual que los funcionarios corruptos, de ahí que hubiera levantado una gran ámpula la publicación de su columna periodística redactada para evidenciar la hipocresía de la sociedad mexicana, incapaz del mínimo ejercicio de autocrítica, indispensable dentro de un contexto de evolución social. ¿Los culpables siempre serán los terceros, cualesquiera que estos sean?

Cuando Martinillo repetía hasta el cansancio su conocida frase "cada día que no me gano un enemigo es un día perdido", sabía, porque lo sabía, que un día alguien, quien fuera, a saber cómo ni dónde ni cuándo, le pasaría la factura a pagar con IVA, al contado y sin descuento alguno. De tiempo atrás había decidido prescindir de guardaespaldas, convencido, como bien decía Álvaro Obregón, de que cualquier persona dispuesta a dar la vida a cambio de la suya podría asesinarlo sin mayores complicaciones, tal y como la historia le dio la razón al Manco de Celaya aquel trágico mes de julio de 1928. En su caso, insistía cuando se tomaba un par de whiskies, podrían acabar con él como se atropella a un perro callejero, sin dar nada a cambio, salvo la satisfacción de haberlo desaparecido de este valle de lágrimas que abate, como decía el poeta…

Pues una mañana, cuando garrapateaba cuartillas en su estudio y ya se encontraba en dedos, como dicen los pianistas profesionales, listo para redactar una de sus columnas destinada a contrastar los supuestos buenos deseos del presidente con la realidad, escuchó golpes tímidos en la puerta de su estudio. ¿Quién podría ser a media mañana? Su esposa y él siempre se comunicaban a través del WhatsApp. Disgustado porque le irritaba interrumpir la redacción de un texto por la dificultad de volver a tomar el hilo, se dirigió a la entrada para tratar de ver a través de la mirilla sin localizar a nadie.

—Soy yo —se anunció una voz femenina.

—¿Quién eres? —respondió el periodista, inundado de curiosidad.

—Abre —repuso la mujer.

Sin pensarlo, Martinillo corrió el pestillo de la puerta sin imaginar que de golpe caería encima de él un bulto. El susto fue mayúsculo, ¿vendría a estrangularlo?, pensó en su confusión. No pasaron más que unos instantes antes de que su "atacante" lo abrazara y empezara a besarlo, a despeinarlo. Se trataba de una mujer de pelo negro, muy negro, color azabache, exquisitamente perfumada, alta, graciosa y risueña.

—Nene, tócame, amor, bésame, me vale madres interrumpir tu trabajo —imploraba la monumental norteña montada encima de él, rodeándole el cuello con los brazos y la cintura con las piernas, acariciándolo con ardor hasta que fueron a dar al piso—. Lléname de ti, pero ya, ahora, ven…

Era Marga, su eterna novia insaciable, la de siempre, la que rompía o se apartaba porque sí, y tiempo después volvía a aparecer casada o soltera, o simplemente se extraviaba sin dejar rastro, y aun así, de vez en cuando, se dejaba ver solo para hacer el amor unos minutos o unas horas para luego retirarse sin fijar fecha para un nuevo encuentro ni buscar compromiso alguno. A veces el romance podía durar el tiempo mínimo para saciar la sed, mientras el "viene-viene" de la esquina cuidaba por momentos su automóvil, o se tomaba un par de horas los viernes por la mañana, después del gimnasio, cuando llegaba sudada al domicilio de Gerardo para arrancarlo de la silla de su estudio y jalonearlo hasta el baño, en donde se duchaban juntos —ahorrar agua entre parejas, decía ella con su exquisita picardía, es una obligación ecológica— y se enjabonaban a carcajadas para después yacer juntos en la cama entre arrumacos, caricias, apretones y besos hasta antes de la comida, cuando ella huía para llegar a ver a su marido sin despertar sospechas. Unas veces avisaba su llegada y otras no. En ocasiones, como la actual, se presentaba sin anunciarse a sabiendas de que tal vez no sería recibida por su galán o porque no se encontraba o estaba realmente trabajando o jamás abriría la puerta al estar dedicado a amar a otra mujer de las tantas que vio salir de ese departamento. No importaba: a Marga la tenían sin cuidado las relaciones de su novio, o como etiquetara su relación con Gerardo, jamás intentaría imponer condición alguna, decisión que jugaba para ambos lados. Pasado un tiempo, meses o semanas, acaso volvía y se iba sin despedirse hasta nuevo aviso, tal y como había ocurrido precisamente aquella mañana, de las tantas en que recientemente visitaba al periodista en los últimos meses.

—Marga, no, Marga, no hagas esto, por favor, ¿y si hubiera estado con visitas, qué explicación les hubiera dado? —cuestionó Martinillo risueño, en tanto, tirados ambos en el piso, perdía la cabeza inhalando hasta enervarse el perfume de sus senos.

Martinillo y Marga habían sido presentados en una cena de amigos mutuos. Durante el feliz encuentro, sentados una a un lado del otro, después de un intenso intercambio de miradas y de sonrisas esquivas, de bromas e insinuaciones y de ignorar al resto de los invitados, iniciaron un juego travieso de piernas bajo la mesa, de tocar su mano mientras él relataba un pasaje, y la comunicación visual y física concedía las licencias indispensables para poder disfrutar una aventura. Él, cuando el ágape concluía, se ofreció caballerosamente a llevarla a su casa. A medio camino, en una calle oscura, detuvo el automóvil, en tanto ella advertía con claridad las intenciones de su nuevo amigo. Los arrumacos y los besos profundos no se hicieron esperar; pronto se convirtieron en hombre y mujer en la parte de atrás del coche, porque la pasión no podía esperar y, como decía el poeta: "pobre de aquel que no tiene tiempo para el amor".

—¿Cómo que no te haga esto, rufiancito, si eres más mío que otro poco en el momento que yo lo desee? ¿Crees que no sé que cuando estás ocupado con una damisela no abres la puerta, bueno, vamos, ni siquiera te acercas a ella? —contestó Marga mientras le bajaba el cierre de la bragueta para comprobar una vez más su poderío.

—Todo sabes, malvada bruja —aduxo Gerardo dejándola hacer y ayudándola con su propia mano hasta que después de un momento cambió de posición y se colocó de rodillas ante ella, que permanecía recostada sobre el tapete—: ¿cuánto tiempo tenemos, Margaruchis? ¿Diez, quince minutos, una hora o más? Dime para saber qué hacerte y de cuánto tiempo dispongo para dejarte inválida.

—¿Inválida con tu cosito ese que da lástima o risa? —repuso ella entre carcajadas—. Con esta mugre que tengo en mis manos no vas a hacer más que el ridículo, *Gerry Boy*, querido… Ay, nene, no me hagas reír, tienes una vida para hacer lo que quieras conmigo, pero empieza ya y no te quedes ahí, de rodillas, hecho un bodoque…

—Con su permiso entonces, señora —agregó Gerardo con el ceño fruncido, cerrando las piernas de Marga y bajándole la falda entre sonrisas cómplices y pícaras. Sin detenerse la desprendió con movimientos ágiles de sus medias y ropa interior; luego se puso de pie y se desnudó ante sus ojos a la voz de: —Tú así lo quisiste, reinita: si nunca te han violado, prepárate, porque no voy a tener la menor piedad contigo…

—Pues ya ataca, cowboycito, a ver si como roncas duermes.

Entonces, en la inmensidad del diminuto estudio de Martinillo, el del infinito, se escuchó el grito desesperado, un alarido largo e interminable de quien se precipita en el vacío y anticipa su destino inmediato. Marga se mordió los labios y se sujetó del cuello de su amante en su precipitada caída libre.

Entre gritos y susurros, con la puerta entreabierta y ayes, súplicas, jadeos, mordidas, arañazos, lengüetazos, bocanadas, resoplidos, miradas lascivas, arremetidas, embestidas y descansos, respiraciones desacompasadas, insultos, bocas secas, ojos crispados, frentes empapadas, lamentos de agonía, rugidos de búfalo y el repentino desmayo, la pérdida de energía, el feliz agotamiento, las exhalaciones, los suspiros, caricias y desvanecimientos, la feliz pareja, tirada en el piso, sobre el tapete, se disfrutó intensamente y se soltó jadeando después de la batalla. Luego quedaron atenazados y abrazados, como dos cucharitas trenzadas.

—¿Y tú qué te crees, vieja bruja, que puedes llegar a la hora que se te dé la gana, el día que se te dé la gana, a meterte en mi casa cuando se te dé la gana, y hacerme lo que se te dé la gana y cuando se te dé la gana? —preguntó Gerardo, Gerry también para Marga, después de esperar un buen rato a que ella volviera al mundo de los vivos, momento en que aprovechó para cerrar al fin la puerta y servirse un tequila, su bebida favorita. Al volver a su lado, volvió a contemplar su rostro sereno y perfectamente esculpido, dueño de la paz de quienes no tienen deudas, rencores ni resabios con nadie. Parecía dormir plácidamente mientras el feliz garañón ya pasaba las yemas de sus dedos por sus senos y acariciaba sus pezones sin poder esconder una sonrisa traviesa.

—Quieto, nene, no empieces, porque luego te quejas, como mariquita que eres, cuando no puedes saciar a la fiera que habita en mí. De modo que tranquilo, Gerry bonito, mi amor de vez en cuando…

—Nomás te di chance de recobrarte —repuso Martinillo.

—Me di cuenta de que me contemplabas y te dejé gozarme, muñeco. Los hombres son muy pendejos, muy obvios, no entienden nada de nada, ni se imaginan cómo las mujeres nos adelantamos a sus intenciones y jugamos con ustedes a nuestro antojo. Cuando ustedes van, nosotras ya venimos de regreso… ¿No te sientes mal, mi chiquito, al ser tan pendejo? —preguntó sin poder contener una risotada.

Gerardo, que había aprovechado el descanso, en lugar de contestarle dejó a un lado el caballito de tequila vacío, la hizo girar y la volvió a montar; la penetró gozoso mientras ella decía: no, nene, ya no, nene… Solo que el ardiente caballero no estaba para contemplaciones y la penetró hasta cansarse, la cabalgó en tanto empezaban a ver a la distancia el Valle de Anáhuac y volaban hasta perderse en la inmensidad del universo. Una vez de regreso, después de otro viaje galáctico, Marga, a su vez, recorrió con sus uñas delicadamente la espalda de Gerardo, en lo que este recuperaba la respiración.

—Estoy preocupada, amor —confesó Marga en voz baja, acomodándose para una buena conversación.

—¿Preocupada…? ¿Por qué?

—Porque mi hermano siempre ha vivido de Pemex y, por lo visto, según me dice, ya no le van a renovar sus contratos en el gobierno de Lugo Olea, todo parece indicar que ahora sí habrá licitaciones. Tendrá que entrar a concursos y a saber cómo le va a ir —exclamó empezando a acariciar la escasa cabellera color cenizo del periodista.

Aquel giró y la encaró con el rostro marcado por el escepticismo. Ambos se veían a los ojos, en tanto él le acariciaba las hermosas nalgas.

—A ver, mi Marga, amor mío, amor de mis amores, ¿no crees que desde que nos conocemos tu hermanito se ha llenado de dinero en Pemex dando mordidas a troche y moche? ¿No será hora de que ya le entre por el lado derecho? —cuestionó a la mujer apoyando su cabeza en la palma de su mano, con el codo sobre el piso.

—Ay, sí, tú, ahora pareces muy legalito, como si te hubieras convertido en un franciscano… Ya, ¿no…?

—Pues sí, sí soy franciscano, amor, y bien que lo sabes —le dijo haciéndole un rulo con el índice derecho—; es que ahora sucede que los corruptos son los funcionarios y los ciudadanos son inocentes, y desde ahora te advierto, como dicen los gringos, que hacen falta dos para bailar tango…

—Mi hermano Cristóbal es inocente…

—A ver, si me prometes no largarte tan pronto alguien te contradice, entonces hablemos con sentido del humor, ¿va?

—Bueno —repuso Marga—, pero nomás no me hagas enojar con tus chistecitos porque me encabrono, pinche amorcito del carajo…

Después de festejar el comentario y de acariciarle una mejilla, Gerardo generalizó su respuesta y excluyó a Cristóbal de la jugada con el ánimo de no provocar una discusión agria, a sabiendas de que Marga, como ella misma lo confesaba, era de mecha corta:

—Mira, Marguita: los mexicanos denunciamos entre café y café o entre copa y copa, en corto, solo en la intimidad, las desviaciones de los recursos públicos, los peculados, las malversaciones, la firma de contratos de obra corruptos, ¿cuál ley?, sí, ¿cuál ley, qué es eso? Los mexicanos vivimos en el mundo de la impunidad. Nos quejamos de las pandillas de gobernantes rateros, ¿pero la sociedad mexicana sí es honorable y tiene la autoridad moral para acusar al gobierno? ¿Existen las culpas absolutas…? ¿Ah, sí…? Veamos, nomás tranquila, vidita mía…

—Aquí me aguanto, malvado machín, a ver qué filosofadita te vas a echar. No te tardes más de dos horas, por fa, rey…

—Bueno, ¿tú crees que es inocente el empresario que compra al líder sindical, o el que evade al fisco con mil asesores o el comerciante que vende kilos de ochocientos gramos, o alimentos caducos? Fíjate —agregó, cargándose de argumentos— que no hablo del gobierno, sino de meros ciudadanos que se transan y engañan y se atropellan entre ellos mismos. Échale un ojo a muchos de mis colegas, columnistas mercenarios que enajenan al mejor postor su columna, o al reportero que oculta la información, la vende o la manipula a cambio de dinero. A ver, dime tú —ya estaba acelerado—: ¿qué piensas del intelectual que trafica con su inteligencia y acuerda con el gobierno defender lo indefendible?, o dame tu opinión respecto a quienes cultivan y comercian narcóticos a sabiendas de que están matando menores de edad, o si te parece perdonemos al asesino autor intelectual que mata o desaparece personas o al abogado que se vende a la contraparte o al padre que le da dinero a su hijo para sobornar a su maestro para pasar los exámenes… No manches, mija, la sociedad mexicana y el gobierno son la misma mierda. Ya lo decía Spinoza: una república tiene en los malos ciudadanos más peligro que en los enemigos.

Marga guardaba un prudente silencio y miraba el techo en busca de respuestas, en tanto Gerardo se hacía de más argumentos como quien se arma con piedras para arrojárselas a su adversario. Mientras estuviera callada la fiera, pensaba, había que vaciar la cartuchera:

—A ver, a ver, dime, reinita chula, ¿declaras inocente al cirujano que opera a un paciente cuando sabe que lo puede curar con medicamentos pero necesita sacar lana para pagar el enganche de su coche? ¿Pobre palomita? ¿Pobre palomita también el ingeniero que instala alambrón y cobra varilla, o el dueño de un laboratorio que vende medicamentos prohibidos por las asociaciones de salud, o el agricultor que utiliza fertilizantes cancerígenos o el ganadero que vende alimentos tóxicos al haber inyectado con hormonas a las gallinas o a las reses para subirlas de peso? —recitó los cargos como si los hubiera acumulado en su mente por muchos años.

El catálogo de acusaciones era, por lo visto, interminable.

—¿Tú perdonarías, Márgara —insistió Martinillo blandiendo el índice derecho como si se tratara de una pistola—, al sacerdote que se clava la limosna en lugar de entregársela a su parroquia para ayudar a los desesperados, o bendecirías a los curas que venden indulgencias o a los ensotanados de mierda que violan niños y, como si fuera poco, perdonan en el nombre de Dios a los hampones a cambio de dinero? ¿Eso es? —se preguntó insistente y radical—. ¿Cómo ves a quienes venden en maqueta lo que jamás van a construir, o le apuestas a los mexicanos que prestan su nombre a extranjeros o a políticos corruptos necesitados de esconder su patrimonio mal habido? No, Marga, esto apesta a podrido por todos lados. Este país necesita una gran purga…

Marga le mantenía clavada la mirada en el entrecejo: por esa y otras razones lo admiraba y nunca había podido desprenderse de él. Martinillo repetía los textos casi memorizados de la columna que enviaría esa noche a sus periódicos sindicados:

—¿Vas a exculpar, amor mío, al padre que vence en tribunales a su esposa y abandona a su familia a su suerte después de haber sobornado a los jueces a billetazos, o vas a defender a quien engaña a sus socios maquillando los estados financieros? ¿Verdad que no? ¿Y qué dices de quienes talan los bosques sin autorización y venden la madera prohibida a los aserraderos clandestinos, o a quienes no respetan las vedas marinas? A ver, dime, ¿verdad que es imposible defender al industrial que contamina nuestros ríos, o a las esposas de funcionarios públicos que disfrutan lo robado y hacen de sus familias vulgares pandillas? A ver Marguiux: ¿los mexicanos tenemos la autoridad moral para denunciar la putrefacción del gobierno? No respetamos el reglamento de tránsito, pero sí el huacal del viene-viene. Di la neta, amor…

—Ya, ya, nene mío, ya —adujo Marga para hacer callar delicadamente a quien, por lo visto, nunca agotaría su enorme repertorio de atentados sociales. Se empezaba a hartar y con el ánimo de cambiar el tema, Marga, Margaruchis, amor, se acercó al oído de Gerardo para hacerle una confesión:

—Perdón por el exabrupto, amor, pero me están siguiendo de unos días para atrás, Gerry, son muy brutos, muy obvios, pero me empiezan a asustar.

Gerardo saltó como si le hubiera picado un alacrán tabasqueño.

—¿Qué, qué has dicho…? ¿Por qué no me dijiste antes?

—Que me siguen en un coche medio viejo de un par de semanas para acá…

—Y a ti, ¿por qué?

—A saber, pero ya los descubrí. Son muy tontos…

Gerardo se puso los pantalones. Cuestiones tan delicadas no se podían discutir desnudo. Ella, por su parte, se cubrió con la camisa del periodista.

—Si salimos, los verás estacionados a una cuadra de distancia.

—¿Entonces saben que estás conmigo?

—Eso lo desconozco, pero es lo más probable.

Gerardo empezó a caminar de un lado al otro de su estudio. Con la mano izquierda se sujetaba la muñeca de la derecha. Cuchicheaba palabras inentendibles. En un momento dado se detuvo frente a uno de los anaqueles de su librero para tomar el pequeño letrero en bronce con el lema "Yo sé cómo" y se lo mostró a Marga con el siguiente comentario:

—Voy a darles una taza de su propio chocolate —le dijo sonriente.

—¿Cómo?

—Haré que los sigan a ellos por medio de una moto y pronto descubriré su madriguera y quién los contrató y para qué. Tengo informantes secretos en diferentes sectores del gobierno. Manos a la obra…

El presidente de la República, don Antonio M. Lugo Olea, se dirigió pausadamente hacia una de las ventanas de su oficina en Palacio Nacional. Apenas había tenido el tiempo y la calma necesarios para disfrutar su llegada al despacho más importante de México, con el que había soñado casi toda su existencia. En ocasiones, el peso de la responsabilidad lo aplastaba. Arrastraba los zapatos, fruncía el ceño, se aflojaba el nudo de la corbata, que lo incomodaba porque no estaba acostumbrado a esa prenda de pirrurris, se ajustaba el cabello con la idea de cubrirse una parte de la frente para parecerse lo más posible a Benito Juárez, el Benemérito, uno de sus grandes ejemplos. El ejercicio del poder, confirmaba día con día, resultaba imposible compartirlo con nadie. Las grandes decisiones habría de tomarlas en absoluta soledad, en el infranqueable hermetismo de su despacho.

Si las paredes hablaran… pensó al recordar cuando el antiguo Palacio había sido habitado por el propio Cortés, por los virreyes, y lo había pisado Agustín de Iturbide, el primer emperador mexicano. Ahí, en ese mismo recinto, en 1846, el presidente Mariano Paredes y Arrillaga se había casi desmayado al abrir el sobre con la declaración de guerra de Estados Unidos en contra de México; Winfield Scott, el general yanqui, había despachado también en Palacio, en cuyas habitaciones había muerto, años después, Benito Juárez. En esos espacios en los que Lugo ahora trabajaba había gobernado Porfirio Díaz durante más de treinta años, sin olvidar al "Chacal" Victoriano Huerta, el criminal que en ese lugar había ordenado la detención de Pancho Madero y de Pino Suárez para, acto seguido, mandar asesinarlos. En esas estancias Venustiano Carranza había firmado históricos decretos, al igual que lo habían hecho Obregón, Calles y el propio Lázaro Cárdenas, el gran "Tata", cuando expropió el petróleo, para ya ni hablar de los jefes de Estado tricolores, unos más ladrones e incapaces que los otros, hasta llegar a Valeriano Ford y a Fernando Caso, quienes nunca entendieron las herramientas que les había facilitado el electorado para modificar el país, y rematar con la pandilla encabezada por Pasos Narro… Ahora le tocaba el turno a él, a Antonio M. Lugo Olea, el ciudadano presidente de la República, un humilde mexicano que venía decidido a construir un nuevo país y que se daba perfecta cuenta de la responsabilidad y de la oportunidad histórica que le obsequiaba la vida. Jamás la desperdiciaría…

¡Cuánto no hubiera dado AMLO por tener a su abuelo paterno a su lado, una vez investido como presidente de la República!, pensaba mientras giraba para recargarse contra la ventana y recrear la vista, de nueva cuenta, alrededor del despacho más importante de la nación, por el que había luchado y soñado a lo largo de tantos años. ¿Cuándo acabaría de convencerse de que ya se había convertido en el presidente de la República? Lo era, sí, lo era, claro que lo era… ¿Qué diría ese viejo campesino maravilloso, don Lorenzo Lugo, quien sembraba maíz, chayote, chile, frijol y piña en Tlacotalpan, Veracruz, si pudiera verlo con la banda presidencial cruzada en el pecho? Para ya ni hablar de don José Olea, el abuelo materno, español de Santander, quien llegó al país como polizón, escondido en el barril de un barco, a principios del siglo XX, proveniente de Cuba, en donde había trabajado como barrendero. Sí, barrendero. ¿Qué cara hubieran puesto ambos de haberlos podido invitar a su toma de posesión en el recinto del Honorable Congreso de la Unión? ¡Cuánto orgullo hubieran sentido también sus padres, ambos ya fallecidos, don Andrés Lugo, quien nunca pudo asistir a una escuela, y doña Manuela Olea González, dueña de una miscelánea, La Posadita, dedicada a la venta de arroz y frijol! Ahí estaban las fotos de su humilde boda el 30 de octubre de 1952, en una capilla de paja improvisada en Tepetitán, Tabasco. Imposible olvidar a su madre, cuando insistía en que su querido hijo Antonio había nacido en Belén, como Jesús, y tenía, sin duda alguna, ella lo sabía (¡claro que lo sabía!, la intuición de una mujer es infalible), una enorme misión que cumplir en la tierra.

La autora de sus días le repitió una y otra vez al pequeño Antonio la importancia de su cometido en esta vida. Se trataba de un mensaje divino, imposible de ignorar. Con el paso del tiempo, la convicción de su gran papel a representar en este valle de lágrimas se le empezó a arraigar como las poderosas raíces de una ceiba, cuyos brazos musculosos y acerados se afianzaban según avanzaban hacia el centro mismo de la tierra. Solo faltaba una prueba definitiva, incontestable, lanzada por Dios desde lo más alto, para distinguirlo como el elegido para cumplir con la misión de purificar las almas de la nación mexicana, tarea que solo él podría ejecutar como una impostergable cruzada de la que habría de surgir el verdadero México dotado de una fuerza descomunal, la de un pueblo decidido a conquistar hasta la última de las estrellas. Cada día, al levantarse, Antonio escudriñaba el infinito en busca de esa señal para descartar la mínima posibilidad de escepticismo y acometer, sin tardanza y en silencio, su santo compromiso inconfesable y evitar burlas obscenas y delirantes, similares a las padecidas por Jesucristo cuando fue juzgado por Pilatos.

Una gran sonrisa apareció en el rostro del presidente al recordar a doña Manuelita cuando se veía obligada a alejarse de la familia por diez días o más, bogando en un cayuco para vender arroz, frijol y maíz a los barcos que navegaban por el río Tepetitán o en las márgenes de lagunas y zonas pantanosas llenas de pejelagartos, tortugas grises, hicoteas y caimanes.

Nadie podía ver al ciudadano jefe del Estado Mexicano encerrado en su despacho, apartado de las cámaras y de las miradas de los curiosos, en el momento en que aprovechaba unos instantes de feliz soledad para recordar sus años de niño en su tierra natal, en el corazón de la selva tropical, donde prevalecían temperaturas de cuarenta grados o más, padecía pobreza extrema y los médicos del gobierno tenían que vacunarlo y desparasitarlo cíclicamente, junto con sus hermanos.

Qué alegría experimentaba cuando se remojaba en una parte del río El Pucté mientras escuchaba a los monos saraguatos y a los aulladores, o cuando se atrevía a cruzar a nado el Tulijá, de aguas azul turquesa, sin la ayuda de nadie, a sabiendas de que su madre lo esperaba en la orilla para castigarlo con golpes de cinturón por desobediente y repetirle: ¡Escuincle necio! ¿Qué no entiendes? ¡Qué terco eres, Lesho! Lesho, su apodo de cariño.

Si disfrutaba el vuelo de gansos, patos, pijijes y chachalacas, más, mucho más, gozaba la pesca de mojarras castarricas, robalos, carpas y tilapias. ¡Cuánta riqueza obsequiaba la naturaleza! ¡Qué tiempos aquellos cuando iba al jardín de niños en una escuela muy pobre, con patio de tierra, techo de lámina, paredes de ladrillo recocido, y desayunaba papaya, frijoles negros con plátano macho frito, ropa vieja y "polvillo", su bebida favorita, hecha con maíz tostado! La planta de luz del pueblo funcionaba por pocas horas, las suficientes para que un bodeguero les pasara películas de El Llanero Solitario en una vieja pantalla. Le fascinaba la lucha del enmascarado que usaba balas de plata para defender a los pobres y pelear por la justicia acompañado por Toro, su colega indio.

Sí, sí, había sido un estudiante del montón, que si lo sabía él: los estudios no eran lo suyo, odiaba las matemáticas, un horror, ¿para qué aprender tantas ecuaciones incomprensibles?, pensó mientras cruzaba los brazos y se imaginaba a Juárez, al Benemérito de las Américas, firmando históricos decretos precisamente sobre el escritorio que tenía a la vista, una fijación, pero también un privilegio. En cambio, en lugar de la escuela, disfrutaba jugar al yoyo, al papagayo y posteriormente al beisbol o montar a caballo, pero sobre todo se encantaba con el billar, a tal grado que empezó a ser conocido como el Tahúr, además de hacerse famoso por su sorprendente habilidad para interpretar, vestido con los trajes típicos de Tabasco, bailes folklóricos como "La Caña Brava" o "El Hombre del Sureste" durante los festivales escolares. Su popularidad creció cuando cundió la noticia de su habilidad para dirimir diferencias a golpes, por lo que no tardó en ser admirado también como el Puños de Piedra, en el entendido de que, por los sabios consejos de su madre, jamás se amedrentaría ante nadie aunque se tratara de unos grandulones, los temidos zangamilotes.

El rostro del jefe del Ejecutivo se ensombreció cuando vino a su mente el terrible recuerdo de un partido de beisbol que terminó en tragedia. Al finalizar el juego, Antonio, de tan solo diez años de edad, muy disgustado por el resultado del encuentro, le lanzó furioso una bola a su amigo Jorge Andrés, con la mala fortuna de que lo golpeó en la nuca y tuvo que ser trasladado a su casa en una carretilla, en terribles condiciones. Jorge Andrés no volvió a ser el mismo, sobre todo porque desarrolló epilepsia, y después de treinta dos años de sufrimientos, falleció de muerte cerebral. A saber cuánta responsabilidad tuvo Antonio en el accidente. Los hechos dejaron en él una huella imborrable, la misma que se grabó en su mente con la muerte de su hermano José, quien perdiera la vida al jugar con un arma de fuego. ¿Recuerdos? ¡Todos los recuerdos! ¿Cómo no rescatar del olvido el nombre del comercio Amor y Paz, inaugurado por sus padres en Villahermosa cuando él todavía era un chamaco? ¿No era un gran lema para una campaña electoral?

Sin poder resistir el dolor en la espalda, el mismo que lo había acompañado años atrás y que le arrebataba la paciencia y el buen humor propio de los habitantes del trópico, decidió sentarse en el sillón capitoneado de cuero café a un lado de la entrada de su oficina, no sin antes colocarse un cojín a la altura de la cintura para estar lo más erecto posible. La expresión de su rostro volvió a relajarse al escuchar el sonido lejano de la música de "Las Golondrinas" interpretada por un organillero. México está lleno de magia, ¿qué duda cabe? Sin saber por qué, pensó que si lograba hacer que los mexicanos se tomaran de la mano y se pusieran de pie como un solo hombre para hacer de México el país con el que todos soñamos, él, Antonio M. Lugo Olea sería el mejor presidente de la historia. Todo se reducía a un problema de motivación y estímulo y de saber tocar las fibras de la mexicanidad, esa que ha producido súbditos, pero no ciudadanos. ¿Sabría? ¿Podría?

Sí que era reconfortante recordar su historia desde niño y adolescente hasta llegar a la cima de su carrera política como jefe del Ejecutivo Federal. Sin duda, México era el país de la oportunidad, pensó al recordar cómo Benito Juárez había llegado a Oaxaca a los doce años de edad, sin hablar castellano, y logró coronar su cabeza con laureles de oro en el histórico altar de la patria. Ahí, en ese ilustre indígena zapoteco, tenía un ejemplo insuperable.

Al echar la cabeza atrás y clavar la vista en el candil de su oficina, sonrió al recordar un nuevo apodo, esta vez el de el Americano, que le pusieron al entrar a la secundaria, en donde se dio el lujo de presumir ropa de fayuca que se vendía en la tienda de sus padres.

—No quiero llamadas —ordenó a su secretario particular—. Solo tráeme un analgésico, porque el dolor de la espalda ya es insoportable —agregó al recordar uno de sus últimos pasajes en su tierra, tal vez el más funesto, antes de viajar a la Ciudad de México para estudiar Ciencia Política en la universidad. Claro que se sentía mal, muy mal, por ello pidió ayuda, porque de otra manera él mismo se hubiera levantado a buscar el medicamento.

Por supuesto que ya no sonreía cuando apareció en su mente la imagen siniestra del momento en que estuvo a punto de morir ahogado en Palenque. ¡Imposible olvidar aquellos instantes agónicos en que nadaba al pie de El Baño de la Reina, una caudalosa cascada en apariencia libre de riesgos mayores, cuando la corriente lo revolcó! Fueron instantes de tremenda desesperación, sus esfuerzos por sacar la cabeza y aspirar aire resultaron inútiles y rápidamente agotaron su energía. De pronto, todo quedó en total oscuridad a su alrededor. Su cuerpo dejó de luchar por sobrevivir. Una inmensa paz se apoderó de él, se vio vestido de blanco y rodeado de una intensa luz. Pequeños ángeles tomaban sus manos y juntos ascendían al cielo. En su cabeza, una corona de laureles ceñía sus sienes. Se veía como las imágenes de los santos que adornaban la sencilla capilla de su pueblo, como los rostros del padre de la patria don Miguel Hidalgo y de don Benito Juárez en las estampas que vendía doña Rosa en su papelería; qué bien se veía, sí, así es como le gustaría morir.

Sus compañeros pudieron rescatarlo para impartirle los primeros auxilios, mientras su madre veía desesperada la cantidad de agua que vomitaba sin poder respirar, hasta que pudo, a saber cómo, volver en sí. Lo primero que contempló al abrir los ojos fue el rostro generoso e inolvidable de doña Manuelita, quien le dijo llorando que no era momento de morir porque él tenía que cumplir una importante misión en la tierra antes de iniciar el viaje eterno. A partir de ese grave incidente, Antonio comprendió que la divinidad lo había rescatado para iniciar una cruzada que solo el tiempo le ayudaría descubrir y a entender. No, no moriría en esa terrible coyuntura, todavía no. Había llegado la señal divina, en el momento menos esperado. Su madre tenía razón, toda la razón: él era un elegido.

Si Juárez, en un principio, había entrado al seminario para llegar a ser cura, carrera que abandonó, él, Antonio, había sido monaguillo en Macuspana, en donde, al terminar la primaria y ser apodado el Molido, empezó a convivir con los sacerdotes de la iglesia de San Isidro Labrador de Tepetitán, para adquirir conciencia entre el bien y el mal y entender, a través del catecismo, que ser rico es malo y ser pobre es bueno, porque la pobreza acerca más a Dios a los fieles y les garantiza el acceso al Paraíso.

Él llevaría paz y amor a la sociedad mexicana, empezaría un proceso de reconciliación sin el uso de la fuerza, tal y como lo había hecho Jesús. Recurriría a las palabras y perdonaría de acuerdo a su propio evangelio. Si Jesús había perdonado, él también perdonaría. El perdón es un bálsamo que emana de Dios. Su reino no era de este mundo, él ya no se pertenecía, solo le rendiría cuentas a Dios y al pueblo, en ese orden. Salvaría a México de otra Sodoma y Gomorra. Si esas ciudades habían sido destruidas por el fuego como castigo por la consumación de vicios asquerosos y depravados, él, Antonio M. Lugo Olea, impediría las sanciones divinas dictadas por Dios, siempre y cuando lograra erradicar no el vicio, sino la corrupción, y no a través del fuego, sino por medio de las palabras librando al país de una nueva revolución en donde perecerían millones de mexicanos. El Padre Celestial, así lo había aprendido, perdonaría a todos si ellos perdonaban a los demás. Por eso lo salvó en El Baño de la Reina. Él sería perdonado si perdonaba, y ese perdón alcanzaba a la Mafia del Poder y a los narcotraficantes… Si Jesús había perdonado a quienes no sabían que estaban haciendo algo malo y él mismo le había pedido al Padre Celestial que perdonara a los hombres que lo habían crucificado, AMLO también extendería un perdón universal a quien se lo solicitara. Jesús perdona a las personas porque las ama, y yo puedo tratar de ser como Jesús perdonando también a los demás, se decía en silencio, y por ello no perseguiría a nadie, amnistiaría a todos los culpables de cualquier cargo. Con su llegada al poder concluiría la corrupción, empezaría la reconciliación entre los mexicanos y su purificación, se acabarían los delincuentes de cuello blanco o sucio, incluso los que no usan

50

cuello, y las cárceles se vaciarían. México renacería con su Constitución Moral, la Biblia de la nueva patria.

El acercamiento con Dios lo marcaría para siempre, además de la poderosa influencia de tres tabasqueños: el poeta Carlos Eliezer, Leandro Raigoza, el gobernador del Estado, quien le ensenó a "gobernar con el Pueblo" y Carlos Barraza, un político honorable, amante de la democracia y de la transparencia.

De improviso, sonó una y otra vez el maldito teléfono rojo. Por el momento no lo contestaría, para no interrumpir esta mágica evocación. De repente se vio en Macuspana, cuando estudiaba la preparatoria y usaba el pelo largo, fumaba cigarros Raleigh, comía helados de zapote y cuando terminaba la secundaria en la Escuela Federal 1 de Villahermosa. El aparato no dejaba de sonar, pero AMLO no estaría disponible sino cuando se le diera la gana. Era su privilegio hacer esperar a sus subordinados. Mejor, mucho mejor recordar, aunque fuera unos instantes, a su querido profesor de civismo, Rosauro Lamas, un juarista convencido de que con tan solo cincuenta liberales podría transformar a México. ¡Qué tremenda angustia padeció cuando Lamas se declaró en huelga de hambre por la represión estudiantil del año 68! ¿Cómo impedir que perdiera la vida un guía tan influyente de la juventud de Tabasco? Afortunadamente lo habían obligado a desistir, pero Antonio se había convencido del principio de dar la vida a cambio de un ideal. Inmerso en esas reflexiones, apretó un botón para pedir que no lo molestaran. El turno le correspondía en ese momento al poeta Carlos Eliezer, el primer tabasqueño, porque después de él, todos sus paisanos eran de segunda, según insistía AMLO a quien deseara escucharlo.

Recordó de pronto que tenía varias tarjetas sobre su escritorio con los nombres de las personas que habían solicitado audiencia. Había llegado el momento de atenderlos, pero no sin una última reflexión. Recordar es volver a vivir. Cuánta alegría le había producido verse vestido con una chamarra de los Pumas cuando se inscribió en la Facultad de Ciencias Políticas y Sociales de la Universidad Nacional Autónoma de México y gritaba vivas al heroico pueblo de Chile después de conocerse el derrocamiento y la muerte de Salvador Allende, para él un humanista, un hombre bueno, víctima del autoritarismo. En aquella terrible coyuntura, cuando vivía en un cuarto rentado en Copilco, el joven alumno escribió en un block de apuntes: "Ojalá y nunca se repita nada que tenga que ver con el uso de la fuerza y de la violencia, que no haya nunca más golpes de Estado. Que no se utilice esa vía para derrocar autoridades legítimas". ¿Que había tardado catorce años en acreditar las asignaturas de su licenciatura y había inventado que dominaba el francés y traducía el portugués?, bueno sí, pensó risueño, los estudios no eran lo suyo, lo había demostrado a lo largo de su vida, qué más da. ¿Existen acaso personas que nunca hayan mentido?

No tuvo más remedio que levantarse a contestar el teléfono, que volvió a sonar con insistencia, mientras recordaba cómo había aprendido de memoria párrafos interminables de los discursos de Fidel Castro, según él, un luchador social que le había dado la verdadera independencia a Cuba. Era Everhard, secretario de Relaciones, y le pedía cita para exponerle un modo de contener el flujo de migrantes de América Central. El secretario de Relaciones no ignoraba que la quiebra democrática de México complicaría las negociaciones de AMLO con el exterior. El argumento de "Estoy de acuerdo en lo personal, pero debo negociar con mi Congreso" resultaba inmanejable, porque su partido, Morea, controlaba ambas cámaras y a nadie escapaba que la decisión final recaía en el presidente de la República. Los márgenes de maniobra se encontraban muy acotados.

—Ven para acá, te espero cuando puedas…

Acto seguido ordenó por el teléfono que entrara el primer ciudadano apuntado en la agenda. ¿Qué le pedirían ahora? Los mexicanos estaban acostumbrados a pedir, ¿pero a dar? Eran especialistas en la conjugación del verbo pedir, yo pido, tú pides, él pide: eran incapaces de conjugar el verbo dar…

—Pase, adelante, por favor —repuso cuando uno de sus asistentes, vestido de civil, tocó a la puerta de su despacho.

Al terminar la audiencia, prefirió distraer la mirada hacia el Zócalo capitalino, el corazón mismo de la ciudad, la Plaza de la Constitución. Con tal de no ver las aglomeraciones de la calle de Corregidora ni mucho menos, a saber por qué, observar el edificio de la Suprema Corte de Justicia, decidió no correr la cortina de gasa de los ventanales del lado izquierdo. Las malditas leyes de todos los demonios constituían obstáculo tras obstáculo, estorbo tras estorbo, impedimento tras impedimento, se dijo en silencio contemplando a un pequeño grupo de danzantes vestidos con la indumentaria prehispánica, que bailaban empenachados en círculos al ritmo de unos tambores, en tanto preparaban el rito de la limpia alrededor de unos recipientes, tal vez cocos huecos llenos de copal encendido, cuyo humo, se decía, purificaba a quien lo inhalara, atraería el amor, produciría paz e invitaba a viajes profundos al interior de la persona. ¿Y si bajara a la Plaza como cualquier chilango, les diera unas monedas a los bailarines y le hicieran una limpia en medio de una gran humareda? ¿Qué podía pasar, acaso el pueblo no lo cuidaría invariablemente en las duras y en las maduras? A fin de cuentas, su presencia sería entendida como un acto de humildad, un acercamiento desconocido del ciudadano jefe de la nación con su gente, con los suyos, con quienes volvería al final de su mandato. ¿Por qué no un baño de energía popular en manos de un curandero de los que habían aliviado a millares de almas desde siglos atrás?

¡Cuánta pobreza!, se dijo en silencio el primer mandatario de la nación al ver la deplorable indumentaria de los paseantes en el corazón de la República. De golpe cayó en cuenta de la importancia de una corbata y de un traje, señales inequívocas de bienestar y de educación, todo un contraste con los gritos de los vendedores ambulantes que enajenaban sus mercancías a la voz de "llévelo por diez pesos, solo por diez pesos, patroncito, diez pesos, llévelo por diez pesos". Así, en esa terrible condición de marginación vivieron y murieron los abuelos de esa gente, sus padres, y crecerán y perecerán sus hijos y sus nietos, sin posibilidad de evolución alguna. ¡Qué fácil había resultado en el fondo su campaña electoral, que se reducía a la venta de esperanza, un artículo barato que consumirían los indigentes con gran apetito! Manipular a los muertos de hambre era una tarea muy sencilla porque estarían dispuestos a creer lo que se les dijera con tal de salir del horror de las circunstancias en las que se encontraban. Manipular a un indigente o a un desesperado no representaba mayores dificultades porque estaban dispuestos a creer cualquier clase de promesas, algunas de imposible realización. El clero, que vende espacios en el Paraíso, es un auténtico especialista en la materia, solo equiparable a la incontestable habilidad de los políticos que no se cansan de ofrecer lo que sea a cambio de votos y jamás cumplen, y sin embargo, nadie protesta y todos se someten a una especie de fatalismo que se remite a los años de la Conquista, cuando México fue castrado y quemado en las hogueras. Él también, bien lo sabía, había ofrecido el cielo: habitación para todos, educación, empleo, seguridad y bienestar, en la inteligencia de que en un sexenio jamás podría revertir tan siniestro pasado. ¿Mentir? ¡Claro que había mentido y mentido hasta hartarse! ¿Qué político no lo hacía? Bastaba con ver el registro de embustes de *Trum* que lleva puntualmente el *Washington Post* y que Everhard le enviaba traducidos, porque el inglés no se le dio nunca. Había mentido y continuaría haciéndolo, el fin justificaba los medios; además, en México nadie reclama nada, o sea, camino libre al engaño. En la otra vida haremos cuentas.

¡Qué distinto fue el ejercicio del poder tan pronto me senté detrás del escritorio de caoba heredado de Benito Juárez y empezaron las voluminosas reclamaciones de los envidiosos, de los resentidos que añoran mi posición, el derecho a sentarse en el gran sillón tapizado de terciopelo verde con el escudo nacional bordado con hilo dorado en la parte superior derecha, sin imaginar el peso de la responsabilidad que a la larga les aplastará la espalda! ¡Cuánto daría yo a cambio de que mi estancia en el cargo fuera una fantasía que me permitiera realizar mi proyecto social sin limitación alguna! ¡Qué amarga puede ser la verdad! Es como correr en una noche oscura, estrellarse de golpe contra un muro y caer al piso con la cara destrozada... Que se cuiden, eso sí, de ponerme obstáculo tras obstáculo, porque puedo llegar a acabar con ellos a manotazo limpio para que se den cuenta de quién manda aquí. Que nadie tenga duda: yo mando y así será para largo...

Pero, bueno, para uno que madruga, uno que no se acuesta, dice la sabiduría mexicana, proverbio genial, digno de ser rematado con la siguiente sentencia: Los buenos políticos no son los que saben resolver los problemas, sino los que sabemos crearlos, y en ese sentido *Trum* es un gigante... ¿Por qué? El malvado güerito, más vivo que una mordida de burro, ¿acaso no amenazó con derogar el TLC, que funcionaba razonablemente bien, pero para él era el peor tratado suscrito por Estados Unidos en su historia y al final se lavó la cara con un acuerdo parchado que casi no mejoró en nada el anterior, pero que le reportó mucha popularidad? De eso se trata, ¿no...? Pues bien, yo le copié su técnica y me inventé mi propio fantasma, el de la "catastrófica" Reforma Educativa, que voy a abrogar y reformular con todo el poder de mi partido, aunque luego sea la misma gata revolcada con unos parchecitos para cuidar la fachada, para proyectarla públicamente como la mejor reforma de todos los tiempos, la necesaria, la imprescindible para efectos de la Cuarta Transformación. Diré que en mi gobierno la educación será laica y gratuita desde el jardín de niños hasta la universidad.

Que me ataquen, sí, que me ataquen, es la forma de estar siempre en la agenda política. Ellos se prestan a mi juego al criticarme y darme publicidad gratuita para hacer un caldo grande a sabiendas de que corregiré muy poco de la mentada Reforma Educativa, pero a las masas les cantaré una victoria nunca antes vista, porque haré saber a los cuatro vientos que cumplí mis promesas de campaña al haberla derogado, sobre la base de que solo unos pocos que no cuentan, unos sabiondos leídos por minorías insignificantes, captarán la pichada en su debida dimensión. Bien, pero en honor a la verdad y con la mano en el corazón, tendré que rendirme con la Coordinadora, mi poderosa aliada de campaña en los estados más pobres y atrasados de la República. No tendré más remedio que autorizar la reinstalación de miles de aviadores y la venta de plazas de maestros con tal de que ya no sigan rapando a las maestras humildes, obstinadas en seguir educando a los chamacos. Debo dejar que hagan lo que se les dé la gana si ese es el precio a pagar para que ya no bloqueen carreteras ni vías ferreas, ni se roben los peajes ni tomen aeropuertos ni incendien alcaldías y sigan paralizando pueblos y ciudades. ¡Es imposible el uso de la fuerza pública en contra del pueblo!

No recuerdo el nombre del presidente yanqui que llegó a confesar el trabajo que le había costado aprender a ser presidente de Estados Unidos. No le faltaba razón. No hay otra escuela para nosotros que la práctica, el ejercicio del poder en sí mismo. Los aciertos y errores habrá de padecerlos o disfrutarlos el pueblo, al que yo me debo. Un vigoroso ejemplo de dignidad y coraje lo dio hace unos días el ex presidente Cedillo, cuando reconoció haberse equivocado en el combate contra el narcotráfico, pues debería haber convocado a la regulación en lugar de persistir en la prohibición. En doce años murieron más de doscientos cincuenta mil mexicanos, más otros cincuenta mil desaparecidos, además de incalculables daños al turismo, a la inversión extranjera y otros perjuicios en nuestra economía y credibilidad. Nuestras decisiones no son medibles solo en términos de pesos y centavos, sino en vidas humanas, en salud y en el desarrollo de millones de personas. Dios mío, socórreme… ¿Verdad que en la vida siempre hay víctimas y victimarios? Yo te pregunto: ¿qué es lo justo?

Los jefes de Estado no podemos tomar clases para gobernar en ninguna universidad. ¿Quién podría ser el maestro? Si bien no cuento con un manual con las claves para seducir y controlar a los congresos, tengo un tablero mágico con botones para accionar las bombas que cada uno de mis paisanos tiene en las nalgas. De esta feliz suerte, cada mexicano andará muy derechito. Puedo saber todo de todos, ese es el verdadero poder de los presidentes mexicanos, más aún cuando podemos influir en forma encubierta en el Poder Judicial y, sin embargo, todavía se atreven a contradecirme y a desafiar mi autoridad. ¿Por qué no se someten con un simple chasquido de dedos a mis planes de gobierno? ¿Tengo que recurrir a la imposición de mis ideas, al estilo de los dictadores latinoamericanos? ¡Cuánta tentación, caray…! ¡Con qué gusto utilizaría un enorme periódico enrollado para apachurrar a la oposición y disfrutar la huella de los restos del insecto para evidenciar la suerte que les espera a quienes no se sometan a mi voluntad! ¡Un matamoscas, quiero un matamoscas…! ¡Cuántas ansias también de empezar a apretar botones, las herramientas más eficaces de que dispongo! ¿Cuál Estado de Derecho? Son una lata esos principios modernos, ¿no? Los militares de los fuertes del oeste norteamericano se defendían de los ataques de los indios matando a quien llevaba el penacho más grande, momento en que los demás huían despavoridos. Ya muy pronto sabré quién es el macho que se atreva a lucir el penacho más blanco y sobresaliente. No se la va acabar en mi gobierno.

¿Qué tal un matamoscas para aplastar de un solo y certero golpe a quienes me atacaron cuando declaré que el país estaba en bancarrota? ¿Cómo callarlos, punta de ignorantes? ¿Sabrán que el Seguro Social, la CFE, Pemex y el ISSSTE están quebrados de punta a punta y que solo por cuestión de pensiones y jubilaciones el gobierno federal pagará durante mi primer año de gobierno novecientos mil millones de pesos? ¿No se antoja reducir a la mitad esa partida que disfrutan burócratas privilegiados para entregárselas a los marginados que no tienen techo ni agua ni piso de cemento y sí mucha, mucha hambre y mueren de enfermedad del viento por falta siquiera de una aspirina? Pero no, no se puede porque ahí está la ley y los odiosos tribunales sabelotodo y además se supone que soy líder de izquierda y debo ver por el bienestar social, ¿pero de quién?, ¿quién va en primer lugar? Para donde gire, invariablemente pisaré los callos de alguien. ¿Acaso les daré un pisotón a los ricos para que saquen su lana, dejen de invertir en México y se produzca un pavoroso desempleo? Esos canijos tienen memoria de elefante y patas de conejo…

El TRIFE anuló a favor de Morea una multa de casi doscientos millones solo para quedar bien conmigo. Pues sí, ¿y qué? ¿Que existían pruebas en nuestra contra, que eran incontestables y que los juzgadores quedarían en ridículo al haber traicionado su juramento constitucional, sí, también, y qué…? A ver, ¿qué funcionario mexicano del nivel que se desee cumple con su juramento constitucional? ¡Pamplinas y más pamplinas!

Martinillo

@Martinillol

¿No creen, queridos internautas, que el lenguaje de AMLO implica una evasión de su responsabilidad? Se cancelará el aeropuerto, en lugar de cancelaré el aeropuerto. Se encarcelará a la Mafia del Poder, en lugar de encarcelaré a la Mafia del Poder. Se hará esto, se amnistiará a otros, se acabará lo de más allá. Él se declara inocente a priori porque no personaliza sus decisiones.

¿No es maravilloso ser el dueño del país? ¿Quién se atreve a ponerse enfrente de mí? Los magistrados saben, porque lo saben, que los tengo a todos en el puño y ninguno hubiera resistido que lo encerrara para darle una exprimidita… Qué poder judicial ni qué poder judicial, aquí todos beben y comen de mi mano a la antigüita, como en los años dorados de la Dictadura Perfecta, que si bien yo critiqué porque nunca me apoyó como merecía, ahora reconozco sus ventajas, porque todos caminábamos muy derechitos y por eso progresábamos…

Al girar la cabeza al lado derecho, el presidente vio la Catedral Metropolitana con sus majestuosos campanarios. Al moverse hacia la izquierda, apareció ante sus ojos el edificio del Monte de Piedad y a continuación los regios inmuebles del Antiguo Ayuntamiento, el asiento de la Jefatura de Gobierno de la Ciudad de México. ¡Cuántas veces, recordó, había llenado el Zócalo a lo largo de dieciséis años de campañas que finalmente lo habían instalado en Palacio Nacional, imponente construcción en la que despacharía sucediera lo que sucediera! Su máximo sueño se había materializado. De repente, como si se hubiera encontrado de golpe con un fantasma, apretó la mandíbula, aguzó la mirada, su rostro se cubrió de arrugas, se mordió el labio inferior y cerró instintivamente ambos puños. En ese instante recordó, como un relámpago, cuando, derrotado en la primera contienda electoral de las tres en las que participó, había decidido nombrarse él mismo "presidente legítimo de la República". ¡Cuánto ridículo! ¿Se arrepentía, se avergonzaba por haber llegado a esos extremos en su frustración por no haber sido ungido líder máximo de los mexicanos? ¿Y cuando bloqueó durante meses el Paseo de la Reforma o tomó los pozos petroleros en Tabasco o invadió el propio Zócalo con los barrenderos de su estado y solo abandonaron la Plaza a billetazos? ¡Qué tiempos aquellos!, pensó mientras repasaba los recursos y estrategias de los políticos con tal de conquistar el poder. Es claro que en el amor, en la política y en la guerra todo se vale…

Caray, caray, caray…

¿Y si saliera de su oficina y cruzara por la Galería de los Presidentes, luego la de los Insurgentes, nombrada así por Maximiliano, bajara por las escaleras centrales, pasara frente a la fuente de Pegaso y, después de atravesar el Patio de Honor, llegara a la puerta principal y saliera a la calle como cualquier hijo de vecino a retratarse y a abrazar a los danzantes para proceder después a la bendita purificación? Por supuesto que sería nota en los periódicos, todo un golpazo publicitario…

Recordó a los millones de personas que tardaban dos o más horas al día en transportarse a sus centros de trabajo y otras tantas para volver a casa, sin perder de vista el costo de los boletos, que les consumía una tercera parte de su salario, y que en numerosas ocasiones los autobuses eran asaltados por rufianes a medio trayecto para desvalijar a personas humildes de sus bienes y de sus esperanzas. ¿Cómo no compadecerse de los millones de mexicanos que padecen hambre y se la quitan tomando agua caliente o, en su desesperación, venden a sus hijos o cambian a sus hijas por animales?

¿Qué sentiría toda esa gente al ver a los ricachos en sus automóviles relucientes conducidos por un chofer? Ahí estaban las mujeres del servicio doméstico trabajando en casas de lujo con sueldos de hambre y sin prestaciones, comprobando a diario la extensión de las despensas espléndidamente surtidas de sus patrones, mientras en los cuartuchos en donde pernoctaban los días de salida el piso era de tierra y los baños eran letrinas. ¿Cuándo se les acabaría la paciencia a estos compatriotas sepultados en la resignación? ¿Y los pésimos servicios prestados en los centros públicos de salud, en donde las mujeres daban a luz en los pasillos? ¿Quién podía vivir con casi tres mil pesos al mes, cuando una tercera parte de su salario lo gastaban en camiones? ¿Y las colegiaturas y la renta y las medicinas y los uniformes y, sobre todo, la comida? El gobierno no había actuado con eficiencia para rescatar a los pobres, ni la Secretaría de Desarrollo Social había acertado en la impartición de ayudas económicas a la población ni se habían creado los empleos necesarios para superar las condiciones de tantos mexicanos excluidos de los beneficios del progreso. Si su mercado electoral eran cincuenta millones de mexicanos desesperados, necesitaba hacer algo por ellos antes de que perdieran la paciencia.

Fue entonces cuando, decidido a participar en una escena histórica que ningún presidente se había atrevido a llevar a cabo, se dirigió a la puerta. Al abrirla, de repente sintió un bofetón en pleno rostro al volver a encontrarse con un enorme retrato al óleo de su predecesor, Ernesto Pasos Narro, un monstruo de vanidad. El recuerdo de sus solas iniciales le inducía al vómito. En ese mismo momento pediría que lo arrumbaran en una bodega. Se detuvo frente al lienzo, como si se tratara de una figura magnética. Escrutó el rostro de Ernesto para descubrir que su mirada, pintada como la de un guía fulgurante, parecía perderse en el infinito. Era la viva imagen de un fifí educado por los neoporfiristas en una escuela de tecnócratas acicalados y perfumaditos. Era el momento preciso de escupir la tela en dirección al rostro de su antecesor. Deseaba arrancarle la banda presidencial que le cruzaba el pecho, degradarlo, como se priva a los militares de sus merecimientos y honores, arrojarla al suelo y pisotearla.

Miserable, murmuró de modo que ni sus guardias personales pudieran escucharlo. ¡Mira nada más qué país me heredaste, maldito toluqueño de mierda! Me dejaste el presupuesto comprometido con el insoportable peso de la deuda pública que tú y el tal Lorenzo Villagaray contrataron irresponsablemente. ¿A dónde fue a parar esa monstruosa cantidad de dinero que hipotecó el futuro de millones de mexicanos, que empeñó la vida de varias generaciones de compatriotas a las que yo difícilmente podré darles un lápiz, un taco o un techo, porque o pago intereses o satisfago las más apremiantes necesidades de los desposeídos? ¿Qué hago con ellos maniatado financieramente, hijos de la chingada? Me sacarán los ojos por su culpa, cuando prometí ya no endeudar al país

61

ni decretar más impuestos… ¡Carajo con la autonomía del Banco de México! Si me fuera posible imprimir más dinero, como en los años de don Luis Echeverría… ¡Puta realidad! ¿Y los más de cien mil muertos? ¿Y el México bañado en sangre, nuestra catastrófica imagen ante el mundo? ¡Bandidos, bribones! ¡Inútiles!

Pidió a su personal de seguridad que lo dejaran un momento a solas. Necesitaba discutir un par de parrafitos con el ex presidente, con Ernesto, el mismo hombre que lo había ayudado a llegar a la Presidencia al paralizar, ante la mirada sorprendida e iracunda de propios y extraños, el colosal aparato electoral del partido tricolor con el propósito de facilitar su triunfo. ¿Cómo no agradecerle a Pasos Narro el haber desmantelado, decapitado, a veintidós de las treinta y dos delegaciones del tricolor en la República, al privarlas del presupuesto, para inmovilizar al poderoso y bien probado aparato electoral del partido en el poder, y así garantizarle el acceso a Palacio Nacional? Era un te odio y te quiero entre amantes del poder… Sabiéndose sin testigos, movió los labios, agitó las mejillas como si se dispusiera a dar una gran mordida y al percibir una buena cantidad de saliva, escupió, escupió y escupió hasta sentir la lengua seca. La imagen perversa de Ernesto en la pintura, el recuerdo de esos canallas, hipócritas y rateros que había prometido no perseguir, recordar la deuda de honor contraída con esos rufianes, lo desanimó, lo deprimió hasta hacerlo sentirse inmovilizado, y desistió de bajar a la Plaza a acompañar a los danzantes. Antes de volver a su oficina, le recriminó en silencio a quien le había entregado la banda tan solo un par de semanas atrás:

Quebraste Pemex, arruinaste a la Comisión Federal de Electricidad como nunca nadie lo había hecho. Eres un sinvergüenza, mira que arruinar a la primera empresa de México y tener que importar casi todas las gasolinas y el gas y perder en tan solo un año, un año, cuatrocientos mil millones de pesos… es para que te tumben sobre una piedra de los sacrificios y te saquen el corazón con un cuchillo de obsidiana. Tu pandilla empeñada en estafar a la nación nos la ha de pagar… Me heredaste un cochinero, miserable Pasos. ¿Qué haré yo mismo para no entregar un cochinero mil veces peor que colme la paciencia de los olvidados, con terribles consecuencias?

Pero, bueno, ¿qué acaso Pemex no le dio a Ford y a Caso cuatrocientos diez mil millones de dólares cuando el petróleo estaba arriba de los cien dólares por barril?, se preguntó al ver sus óleos colocados al lado del de Pasos. ¿Por qué esos otros imbéciles, participantes de la Mafia del Poder, no destinaron esos gigantescos recursos, cuatrocientos diez mil millones de dólares —repitió la enorme cantidad en su mente con una sensación de vómito—, a la exploración y explotación de más manantiales de crudo, a rehabilitar las refinerías y a captar más gas, en lugar de destinarlos a la contratación de más burócratas y a otras torpezas propias de los intrascendentes blanquiazules, unos más inútiles que otros? ¿Qué tal si hoy pudiéramos invertir esos dineros desperdiciados en la construcción de universidades sin necesidad de importar ni un litro de gasolina ni un kilo de gas?

Rompieron récord, canallas, canallines, en la importación y robo de gasolinas, hipotecaron arteramente al pueblo de México, asaltaron al erario con contratos multimillonarios sin las licitaciones de ley, encajonaron las denuncias de la Auditoría Superior de la Federación, se abstuvieron de perseguir a miles de empleados públicos, sus socios y prestanombres, pagaron cantidades estratosféricas a empresas fantasma, lavaron escandalosamente incuantificables fortunas que a fin de cuentas son propiedad de los marginados. Después de doce catastróficos años de latrocinios nos quedamos con un México mucho más pobre, mucho más endeudado, mucho más escéptico, mucho más devaluado en lo monetario y en lo moral, mucho más violento y podrido y corrupto, que no tiene nada que ver con tu último informe presidencial, miserable Pasos Narro, en el que exhibiste un país lleno de posibilidades y no uno atenazado, comprometido, decepcionado, ensangrentado, con un rencor de siglos y ávido de venganza.

Rateros, fueron unos ladrones, atracadores, saqueadores y lo peor es que siento la gran lupa de la nación en mi cabeza… Ya veremos quién supervisa a quién, me canso ganso.

Entró en su oficina, los bailarines ya lo tenían sin cuidado. Le faltaría saliva para escupir en los lienzos de sus antecesores, que si lo sabía él… Prefirió sentarse frente a su escritorio para estudiar los reportes de la última jornada. Al día siguiente, a las seis en punto de la mañana, daría un informe de la estrategia contra la delincuencia y de los trabajos para reducir el número creciente de víctimas y desaparecidos. No tardarían en etiquetarlo como hablador, un hablador más… Has de arder vivo en el infierno, maldito Pasos, repetía rechinando los dientes, dudando de la validez de sus procesos de inducción a la paz y al amor. Las repetidas invitaciones a la comprensión y al respeto al derecho ajeno, según las tesis juaristas, ya se vería si podrían hacerse valer con la debida eficiencia en la realidad… Si la Malinche, según le habían dicho, era la mujer ultrajada, violada, chingada por los saqueadores españoles, entonces los mexicanos, sus descendientes, solo podían ser hijos de la chingada, y a los hijos de la chingada ¿había que tratarlos como hijos de la chingada?: ¡Claro que no! Desde luego que ya no quiso ni pensar en el papel de los gobernadores tricolores, otros ladrones a quienes se les debería extraer el corazón o castrarlos en el Zócalo esa misma noche.

Los mexicanos somos como los cohetes de pueblo, tronamos un momentito por la tremenda injusticia, ¡qué barbaridad, es una canallada, una traición!, pero luego, con tequila y futbol, nos resignamos ante lo inevitable, hasta el próximo atropello y así, por los siglos de los siglos… ¿Acaso no estallaron miles de palomas, ratones, chifladores, velitas, cañas de luz, R-15, garras de tigre, volcanes, bolas de humo, buscapiés, huevos de codorniz, trompos y demás cohetones, toda la familia de explosivos populares, cuando nombré senadores de la República, al ex líder sindical Napoleón González Urquiza, a Narcisa, mi amiga acusada de secuestradora, sí, secuestradora, había evidencia contra ella, y a Miguel Ángel Malagón, todos imposibilitados constitucionalmente para ser mis legisladores porque los primeros habían adquirido otra nacionalidad, en particular el gran Napito, acusado de haberle birlado decenas de millones de dólares al sindicato de mineros que él capitaneaba, y Malagón, ¡ay!, Malagón, estaba incapacitado porque no había transcurrido el plazo establecido por la ley para convertirse en representante popular, sí, es cierto, los impedimentos legales eran válidos, ¿y qué?, sí, ¿y qué si violaba la Constitución y las leyes, si aspiraba a contar con el control del Congreso, además de que infiltraría a mis hombres en las instituciones autónomas para hacer lo que me viniera en gana? Ya sé que estaban legalmente impedidos a ocupar una curul, y sin embargo ahí están, felices de contentos en la Cámara, porque le dimos la vueltecita a la Constitución, la mayoría de mi partido votó a favor de mis candidatos y mis chicos juraron cumplir y hacer cumplir la Constitución y las leyes que de ella emanan y bla, bla y bla… faltaría más. Yo nombré a los tres con mi dedito como legisladores plurinominales, una ventaja enorme de nuestra democracia. ¿Cuál representación popular? ¿Cuál? Están ahí, en la Cámara Alta, de acuerdo a la ley, a mi dedito flamígero, y a callar, ¿no? ¿Y qué pasó? Nada, no pasó nada… Eso sí, de que acabaré con la corrupción, a acabaré, que no quepa duda. ¡Viva México, caray, viva mil veces…!

Los cohetones explotaron otra vez y el cielo esplendoroso del Anáhuac se volvió a llenar de ruido cuando acepté en Morea, mi querido Movimiento de Regeneración Amorosa, ¡qué maravilla!, ¿no?, al Partido Evangelista y a senadores del Verde, porque al fin y al cabo eran votos, vinieran de donde vinieran, sin que me importara que mi partido fuera identificado como un camión de basura, ¿qué más daba? ¿Quién se acuerda de que era un camión de basura? Nadie, ¿verdad?

Por supuesto, volvió a estallar el escandalazo cuando nombré a Mariano Berrondo en la Comisión Federal de Electricidad, otro acusado de ser el autor de una de las declaraciones más cínicas y divertidas del siglo XX: "Se cayó el sistema…". ¿No es de una gran ocurrencia? Claro que mandé a la fruta a mis consejeros cuando me recomendaron no invitar a mi gabinete ampliado a quien lastimó tan gravemente a la mismísima izquierda en aquellos años. Si yo no perdono, Dios tampoco me perdonará mis errores. ¿Quién se acuerda hoy de ese traspié? ¡Bah!, a otro perro con ese hueso…

En este orden de ideas, ¿cómo no iba a perdonar en pleno a la Mafia del Poder, una mera estrategia de campaña para llegar a la Presidencia, y cómo no iba a ayudar al gobernador Velázquez de Chiapas, quien llegó a ser simultáneamente, por primera vez en la historia política de México, gobernador en funciones, gobernador suplente y senador de la República? La Santísima Trinidad política chiapaneca, otra genialidad aunque parezca una cantinflada. ¡Qué divertido! Tan todo es posible en México que sacamos a la maestra Emma Gortázar de la cárcel para que me maneje al Sindicato de Maestros, como sacaremos a Jaime Duero, el gobernador de Veracruz acusado de desfalcos multibillonarios de pesos de los que, justo es reconocerlo, le dio un cachito a Morea para ayudarnos a financiar la campaña presidencial. Eso se llama agradecimiento, ¿no…? Hay que cuidarse en la vida de los malagradecidos, son alimañas pantanosas muy peligrosas, de las que debemos excluir a Rosalba Robledo, la ex secretaria de Estado, una chiva expiatoria, a la que he de proteger por ser la imagen misma de la dignidad y el honor políticos, como probó al apoyarme de manera generosa dándome la constancia de residencia en el D.F. pese al berrinche de Pablito Ronzales. Falso, mil veces falso que se haya clavado miles de millones de pesos, pero más falso aún que me sepa cosas y que por esa razón la esté yo cuidando para esconderla de los buitres. Hay que perdonar para acabar con la escandalera, no hay que perseguir a nadie, y a quienes vayan a entrar a prisión hay que defenderlos, y a quienes ya estén adentro, debemos sacarlos dentro del contexto de amor y paz para empezar el proceso de reconciliación nacional… Y colorín colorado, otro escándalo ha pasado.

Tengo que disimular lo posible para no parecer un dictador, imprimir mi máximo esfuerzo en el cuidado de las formas, de modo que todo salga siempre como yo quiero, se repetía el tabasqueño insistentemente. Me encantaría contar con el poder de un Jesús de Nazaret, de un Mahoma o de un Gandhi para convencer con palabras dulces a los eternos insatisfechos, a quienes sospechan de todo y nada les parece, porque ven en cada decisión política un móvil económico oculto, un motivo ulterior, para ya ni hablar de los francotiradores contratados desde el anonimato que responden a intereses inconfesables y disparan alevosamente por la espalda para sabotear mis planes de rescate del país. ¡Cuántos me ven como un político invencible, dueño de vidas y haciendas, y no se imaginan cómo se trata de imponer cada vez la puerca realidad! ¡Ay, paradojas de la existencia! ¿Qué tal un Evangelio para políticos y periodistas, para el pueblo en general, un catecismo que invitara al absoluto sometimiento cívico y espiritual? La promulgación de mi virtuosa Constitución Moral hará el milagro del cambio ético, tan necesario como diferido…

Me he de subir a sermonear desde el gran púlpito de la República para alcanzar la máxima pureza espiritual de la nación. No se logrará con balas ni con violencia ni con leyes, sino con palabras, con ternura, amor y cariño, una respuesta inesperada de parte de mi gobierno. Todos los delincuentes se sentirán humillados ante el poder de mi voz y entenderán las ventajas de la moralización y de la convivencia pacífica y constructiva entre hermanos. ¿Que me parezco al pontífice creado por Plutarco Elías Calles (una de las grandes genialidades de El Turco), el papa Eduardo I de México, a quien derrocó el clero católico en la época de la Guerra

Cristera? Puede ser, pero démosle tiempo al tiempo. Yo soy poseedor de la verdad, lo demostraré. Que me sigan quienes buscan la ruta de la dicha eterna; no se equivocarán, mi pontificado es el bueno. El útil, el factible. La ley y la experiencia pasadas demostraron su ineficiencia, es la hora del cambio, de las palabras, del entendimiento entre los mexicanos de buena voluntad, y a quienes carezcan de ella, habré de conducirlos por el camino del bien… Todos nos vamos a portar bien. Paciencia, hijos míos; perdón, respetables ciudadanos…

Si algo no hubiera deseado AMLO, y menos después de haber vuelto a ver el óleo de su predecesor, era encontrarse, ahora sobre su escritorio, otro artículo del tal Gerardo González Gálvez, alias Martinillo, o el GGG, publicado en *La Atalaya*, como acontecía en cada edición matutina de los jueves. No tenía más remedio que leerlo, a sabiendas de que su venenosa lectura constituía un vicio, el alimento de una parte de su personalidad masoquista:

Desde las alturas
La coprocracia mexicana
Gerardo González Gálvez
El uso del término "coprocracia" implica, sin duda alguna, el arribo de un neologismo en el diccionario de nuestra terminología política. El hecho de que se me haya ocurrido etiquetar de esta suerte la realidad política que vive nuestro país, de ninguna manera significa que eventos parecidos o similares, conocidos a lo largo de nuestra historia patria, no hubieran ameritado ser catalogados de la misma forma. Los ejemplos de coprocracia sobran; los que padecemos en nuestros días en nada desmerecen de los anteriores…

Comencemos por definir el término. Sus raíces etimológicas se remontan al griego. *Copro, kópros*, elemento compositivo prefijo que significa excremento: coproanálisis, coprofagia, coprófago… Por otro lado encontramos la segunda parte del neologismo: *cracia*, que significa poder, del griego *kratía*, de la raíz *krátos*, fuerza: aristocracia, tecnocracia, etc...

Así encontramos la fórmula perfecta para definir coprocracia: el poder o la fuerza de la mierda... ¿Fuerte el terminajo? ¡Claro que lo es!, pero, ¿de dónde surgió y se alimentó la indignación, la frustración y la cólera que catapultaron a Antonio M. Lugo Olea hasta la mismísima Presidencia de la República? Nunca, en la dolorida historia de México, habíamos asistido a tantos desfalcos escandalosos, a cínicas desviaciones de fondos, a irritantes moches o gigantescas raterías, burdas o sofisticadas, ejecutadas por verdaderos hampones de la anterior pandilla gobernante, la tal Mafia del Poder; la del sexenio anterior, unos auténticos ladrones... La delincuencia organizada, la del sector público, no la privada, (¿cuál será peor?), la propia autoridad representada por los tres poderes de la Unión, encabezada por el propio ex presidente de la República hasta ministros, magistrados, jueces, diputados, senadores, gobernadores, alcaldes, agentes del Ministerio Público, directores de empresas paraestatales, todos, sálvese quien pueda, integraron un vomitivo nido de gusanos coprófagos. Las bandas de criminales que aterrorizaban a la ciudadanía indefensa en las calles del país eran meros lactantes comparados con la "alta" burocracia. Usted, respetable lector, ¿conoce acaso a un tricolor pobre? No, nunca dará con uno solo de ellos, ni se esfuerce en encontrarlo... Son rateros y no tontos, de ahí que sepan esconder el botín a la perfección y salir risueños a la calle...

El malestar del electorado se disparó desde que el ex presidente Ernesto Pasos Narro y su secretario de Hacienda, Lorenzo Villagaray, ambos de patético recuerdo, instrumentaron una reforma fiscal draconiana que privó a la sociedad de una parte muy importante de sus ahorros, obtenidos con enormes sacrificios, recursos carísimos que fueron malgastados, robados o desperdiciados. ¿Cómo no se iba a enfurecer el ciudadano de a pie y no se iba a politizar cuando su propio gobierno lo estafaba en su cara y resultaba imposible castigar a los ladrones porque su estrategia criminal desvergonzada había sido diseñada a la perfección y en secreto, en un macabro aquelarre nocturno, para garantizar su impunidad?

Un ejemplo claro de coprocracia queda de manifiesto cuando el señor Lugo 0 (la 0 en realidad es un cero y no una "O") declara que bajará el precio del gas, el precio de la gasolina, el precio de la corriente eléctrica, duplicará los precios de garantía en el campo, habrá educación para todos con pase automático al infierno, aun para los fósiles, y regalará dinero a manos llenas como si lo tuviéramos, y de tenerlo ya se sabe que ese no es el camino para rescatar de la pobreza a las masas, entre otros excesos más, sin explicar en términos convincentes cómo ejecutará semejantes promesas ingrávidas, más aún si heredó un Pemex y una CFE quebradas. En tanto el presidente Lugo se encontró con un presupuesto público comprometido, empeñó su palabra en no endeudar al país ni crear nuevos impuestos ni intentar presionar al Banco de México para imprimir más dinero fresco… ¿Magia financiera desconocida…? No, algo debo decir en su favor: ha tenido el valor civil, ¿será eso?, de desdecirse de casi todas las promesas de campaña que lo proyectaron al poder, y en lugar de encontrarse con un electorado traicionado, se ha visto con inaudita sorpresa el vertiginoso aumento de su popularidad a niveles muy superiores a los obtenidos en la elección.

El señor Lugo Cero mueve a las masas con el poder de su verborrea, es decir, la coprocracia. Traiciona al electorado y se fortalece su imagen pública… Solo en México lindo y querido…

El pueblo votó abrumadoramente por don Antonio M. Lugo Olea, nuestro salvador, el poderoso vindicador,

70

el gran líder justiciero que convenció al electorado lle-nándolo de esperanzas, porque se presentó con la espada desenvainada y magníficas promesas, música para nues-tros oídos, palabras fuertes saturadas de rabia y deter-minación, las necesarias para identificarlo como el gran verdugo, el coloso impartidor de justicia, el nuevo Qui-jote que venía decidido a vengar las afrentas padecidas, los ultrajes, los atropellos, las canalladas, los desfalcos, los peculados en contra del pueblo, en cuyo nombre lo encumbramos al máximo poder presidencial.

¿Y quién es en realidad el "salvador", el "vindicador", el "líder justiciero", el "verdugo", el "impartidor de jus-ticia", el "Quijote", el nuevo fray Bartolomé, supuesto protector de los indios, el actual cura Hidalgo o el Mo-relos o el Juárez o el "Tata" Lugo, admirador de Lázaro Cárdenas, el gran depredador? Pues ya antes de las elec-ciones presidenciales el candidato Lugo Olea trabó una alianza vergonzosa e inconfesable con los máximos repre-sentantes de la Mafia del Poder, a la que él tanto atacó justificadamente. Ese cartel integrado por bandidos, po-líticos de cuello blanco y negra conducta, los grandes causantes del atraso mexicano, la pandilla de secuestrado-res del desarrollo nacional, los acaparadores del progreso, sépanlo ustedes, fueron exonerados y convertidos, por medio de diversos mensajes de amor y paz, en ínclitos ciudadanos esclarecidos después de haber purificado su patrimonio mal habido a costa del pueblo de México.

Por si lo anterior no fuera suficiente, monseñor Lugo Olea, erigido como un evangelista preclaro, líder de la "Honestidad Valerosa", el gran pastor y padre de la "Constitución Moral", decidió perdonar no solo a la pandilla tricolor, causante de la mayoría de nuestros ma-les, sino exonerar también a los traficantes de enervan-tes. ¡Alabado sea el Señor…! Dichos envenenadores de la sociedad, sobre todo de la juventud, también han sido invitados a la reflexión, a la meditación y a la paz en una forma mágica de amor para alcanzar tal vez el perdón eterno. Los delincuentes serán becarios en diversas universidades. ¿No es maravilloso? Don Antonio, el presidente de la República, dejará de ser el verdugo para adoptar el papel de un místico, tal vez un profeta del siglo XXI que habrá de dirigir a las ovejas descarriadas por el camino del bien hasta alcanzar su salvación y el bienestar de la sociedad sin utilizar la violencia, al estilo de un Gandhi reciclado.

¿Y su juramento constitucional? ¿Y su "protesto guardar y hacer guardar la Constitución y las leyes que de ella emanan y bla, bla y bla y otro bla"? ¿Monseñor Lugo Olea aplicará la ley en el más allá? ¿Y el Estado de Derecho? Si alguna esperanza debemos abrigar es que los soldados y marinos no dejarán, por lo pronto, sus armas de alto poder en sus cuarteles ni les darán yoyos a los narcos para distraerlos de sus actividades criminales. Este gran iluminado presidencial está decidido a no utilizar la fuerza pública en contra de los huachicoleros, los ladrones de gasolinas ni de los asaltantes de trenes, a quienes también someterá, según dice, al imperio de la ley por medio de oraciones ante el altar de la patria. ¿Verdad que todo apesta? ¡Pobre México!

Ciudadanos: no elegimos a un jefe de Estado, ni a un presidente de la República, sino a un místico, a un iniciado, a un sabio, a un vidente, cuya presencia aplauden a rabiar los bandidos, los presupuestívoros, los trasgresores del orden, los atracadores y los maleantes que aprovecharán el sagrado apostolado de monseñor para robar, matar y delinquir… Amén…

Si LO les ofreció impunidad a los tricolores a cambio de facilitarle el acceso a la Presidencia, estaríamos frente a una de las peores traiciones a la patria, solo comparable con la ejecutada por Antonio López de Santa Anna cuando decidió vender sus derrotas militares a los yanquis a cambio de un puñado de dinero…

¿Qué va a hacer el dolorido pueblo de México ante esta nueva traición, sobre todo cuando contemple a los cínicos políticos tricolores disfrutando el producto del saqueo del ahorro público como si de nueva cuenta no hubiera ocurrido nada? ¿Nada? Sí, ¡nada! El dolorido pueblo de México no hará nada, porque como sentenció Cantinflas, uno de los grandes filósofos mexicanos de todos los tiempos: "En México nunca pasa nada, hasta que pasa, y cuando pasa, todos decimos, pues sí, tenía que pasar…"

¿Quién es más culpable, monseñor Lugo Olea, el "místico" que vendió su candidatura a unos rufianes para llegar y llenar sus vacíos emocionales como redentor, o Pasos Narro, el que torció el destino de México a cambio de su "salvación" y la de su pandilla?

Brigitte González Mahler abrió la puerta del despacho presidencial para sorprender a su marido en el momento preciso en que arrugaba la hoja del periódico y la arrojaba furioso al bote de la basura. Acto seguido, de pie y con ambos puños colocados sobre su escritorio, con la cabeza gacha y los ojos crispados, mascullaba una indefinida cantidad de insultos y maldiciones, a los que, por cierto, estaba acostumbrado el periodista: en su cuenta de Twitter aparecía su perfil con esta breve nota: "Periodista dedicado a encontrar la verdad oculta en la vida execrable de los políticos mexicanos. ¡Cada día que no me gano un enemigo es un día perdido!". Era claro que el columnista (calumnista, como se refería a él el presidente Lugo Olea) conocía el alcance de sus publicaciones y advertía las consecuencias que podían desprenderse de sus contenidos incendiarios. Martinillo había estudiado ciencias políticas en la Georgetown University, gracias a una beca otorgada por la fundación Rockefeller y Conacyt.

En el sexenio anterior habían sido asesinados decenas de periodistas, ¿corría el mismo riesgo? A saber, si de algo estaba convencido Martinillo era de que nunca nadie lo haría callarse, porque las balas le hacían los mandados, lo que le preocupaba era lo fuerte que las aventaban… ¿Qué alternativa tenía si abandonaba su profesión por miedo? ¿Dedicarse a vender algodones de azúcar en las puertas de Bellas Artes? ¡Algodones, compre sus algodones!

Brigitte, quien años atrás había sido asesora de prensa de su marido, se alarmó al verlo con los labios temblorosos, tenso y demudado. Un color pálido y cenizo se había apoderado de su rostro. Se encontraba engarrotado.

—Amor —le dijo mientras se acercaba apresuradamente al jefe de la nación—, no sé qué te pase ahora, pero acuérdate de respirar hondo una y otra vez y de cuidar tus emociones. No quieres tener un nuevo ataque cardíaco, mi vida —pronunció esas palabras saturadas de cariño en tanto acariciaba su cabellera blanca con el ánimo de tranquilizarlo.

—Es que…

—Es que nada, mi vida, en esta oficina recibirás a diario malas noticias, robos de medio mundo, inconformidades, rechazos, decepciones, traiciones de la peor ralea, frustraciones, desórdenes e informes de desastres naturales, y si no sabes vivir entre tantas adversidades, un mal día te puedes quedar aquí, y a tus pobres, en lugar de que sean rescatados, se los va a llevar la chingada… ¿Eso quieres, amor mío? —cuestionó Brigitte haciendo gala de su sentido del humor, más negro que el hocico de un lobo.

—Estoy maniatado con el presupuesto, no hay lana suficiente y sí muchas dificultades para conseguirla. El tiempo pasa, la gente empieza a reclamarme y aquí me tienes, como en las ferias pueblerinas, con la cabeza sujeta por una mampara, inmovilizados los brazos sin poder defenderme, mientras el operador del puesto grita "péguele al negro, por diez pesos péguele al negro", y además, estos mugrosos periodistas que me desquician…

—¿Otra vez Martinillo? ¿No habíamos quedado en que ya no lo ibas a leer? ¿No acordamos que era una lectura tóxica para ti, Toño? ¿Por qué mejor no sacas un látigo del cajón de tu escritorio y te flagelas? Si te gusta sufrir, te ayudo. Mira, te puedo sacar los ojos con mis pulgares, nomás no te muevas…

—Es que me desquicia, vida mía.

—Pues no lo leas, evítalo.

—Además, ya cachó mi acuerdo con Pasos de garantizarle impunidad a él y a su pandilla a cambio de paralizar al tricolor.

—Es pura especulación, amor, es imposible que lo prueben, no hay documentos ni los habrá, eso te lo puedo garantizar yo, que voy a limpiar… mejor dicho, a depurar todos los archivos de México, incluidos los de las embajadas. Déjalos que hablen, que ladren como los perros… Ese güey solo querrá dinero, ya verás, me lo sé de memoria…

—Además —agregó el presidente—, antes de que llegaras escupí el cuadro de Pasos Narro en la Galería de los Presidentes… Casi me vomito al echarle un ojo a los de Ford y Caso… Menudo trío.

—Pues no los veas, mándalos a una bodega cubiertos con plásticos negros…

—No me puedo aislar de la vida diaria huyendo, Bri, tengo que aprender a vivir con la realidad…

—Hazlo, a todo dar, va, pero mientras tanto desconéctate como cuando apagamos los foquitos de los árboles de navidad, ¿me entiendes? Defiéndete, Toño, cada maestrito tiene su librito… No es cierto eso de péguele al negro, bien dicen los gringos que hacen falta dos para bailar tango y tú siempre estás listo para dejar que te lastimen, reacciona entonces… Martinillo tiene la culpa por publicar las sandeces que te enfurecen y tú la tienes por leerlo. Están a mano.

—No le digas Martinillo como si te cayera bien, ni me digas que yo soy culpable de algo, por fa…

—Bueno, Gerardo González Gálvez, o como se llame, pues no hagas tu parte ni leas las calumnias de ese hijo de la chingada.

—Si no es Chana es Juana, la cosa es que estoy lleno de francotiradores, a saber cuál friega más —adujo frustrado el presidente.

—Acuérdate —agregó ella sonriente—: el general De Gaulle confesaba la imposibilidad de gobernar un país que producía cuatrocientos tipos de quesos, de modo que cada presidente tiene sus problemas y tú no puedes ser la excepción, entonces ponte de ladito, agáchate, escóndete, desconéctate, haz que los tiros logren los menores blancos posibles y, si aciertan, no les des acuse de recibo o te meterán el dedo donde más duele y todavía lo removerán hasta hacerte llorar, entiéndelo como quieras.

Lugo Olea sonrió. La vio a la cara. Brigitte siempre tenía la palabra adecuada en el momento adecuado, ostentaba el don de la oportunidad. ¡Cuánto tenía que agradecerle a esa mujer! Con solo verla se reconciliaba con la vida.

Acordaron que ella dictaría instrucciones para que nunca volvieran a incluir a Martinillo en el resumen diario de prensa, y justo cuando marcaba en el teléfono rojo para indicar que retiraran de inmediato el cuadro de Pasos Narro y los otros dos, el jefe de asistentes tocaba a la puerta, pues no deseaba ser inoportuno, ya que sabía de la presencia de la señora González Mahler (nada de Lugo Olea, ¡González Mahler!, ¿estaba claro?, ella jamás sería la primera dama, una ridiculez, ni utilizaría el apellido de su marido, pues tenía el suyo y, además, no era propiedad de nadie ni dependía de nadie, así fuera presidente de la República: nadie era nadie).

—Pase —ordenó el primer magistrado de la nación.

—Señor —intentó expresarse un joven de aproximadamente veinticinco años, quien se presentaba vestido de civil, sin el uniforme de rigor propio de los antiguos guardias presidenciales.

—Dígame…

—El presidente de los Estados Unidos quiere hablar con usted, señor.

—¿*Trum*…?

—Sí, señor…

Lugo Olea se petrificó. De inmediato volteó a ver el rostro de su mujer. La expresión de su mirada lo volvería a tranquilizar o lo desquiciaría. Ella mantenía una actitud de contagiosa serenidad. ¡Qué gran desventaja no entender ni poder expresarse en inglés, y más aún cuando ese peleador callejero hablaba muy deprisa, en voz muy alta, utilizaba términos ininteligibles y, lo peor, no tenía la menor idea del respeto ni de la educación a la que estábamos tan acostumbrados los mexicanos!, pensó Lugo en tanto buscaba ansioso un objeto encima de su escritorio. Sin más, le ordenó a su ayudante:

—Apúrale a Mariano Everhard, que ya se tardó. Dile que vuele a Palacio, que deje lo que esté haciendo. Es el único que le entiende al diablo güero —agregó, visiblemente preocupado—. ¿Qué querrá ahora?, demonios —le preguntó a Brigitte, quien hizo una mueca de perplejidad al tiempo que encogía los hombros—. De avenida Juárez para acá, dijo el presidente, no puede tardar mucho. Que lo traiga un motociclista.

—Señor, si me permite —agregó el asistente con el rostro sonrojado—. No pude concluir, señor, el presidente de Estados Unidos quiere hablar con usted, no quiero confundirlo, pero por el momento solo me piden una cita telefónica para hoy en la tarde, si se pudiera a las seis, hora de Washington.

Lugo Olea volvió a respirar, exhaló largamente:

—Tú tampoco puedes hablar de corridito, ¿verdad…?

—Sí puedo, señor, con todo respeto, pero no alcancé a informarle todo el recado porque…

—A ver —interrumpió el presidente—, la próxima vez que llame *Trum*, entras a mi despacho y me dices, o me das una tarjeta con el siguiente texto, si es que estoy ocupado: "El presidente de Estados Unidos quiere hablar con usted hoy a las seis de la tarde". ¿De acuerdo?

—Sí, señor…

—Quiero que lo digas de corridito. A ver, prueba…

—El presidente de Estados Unidos quiere hablar con usted hoy a las seis de la tarde.

—Otra vez…

—El presidente de Estados Unidos quiere hablar con usted hoy a las seis de la tarde…

—Bien. Si se te olvida la reglita, ya sabes lo que te va a pasar, ¿verdad…?

—Sí, señor.

—Cancela mis citas de la tarde y dile a Everhard, a Graciela Martínez Castro y a Casio Marcos Ugarte que los quiero a todos aquí, en Palacio, a las cinco de la tarde.

—Toño… —dijo Brigitte tan pronto comprobó que el subalterno había abandonado el despacho.

—¿Ahora qué?

—Actúas como si el pinche pelado ése, el puto cara-pálida, estuviera sentado aquí o te estuviera viendo a través de una cámara. Serénate. Acuérdate que Trump tiene la astucia de un animal y cuando percibe debilidad en sus interlocutores, parece que la huele, ataca, muerde y arrebata hasta destruir a su presa por completo. Tienes que hacer como Putin: si lo observas, es capaz de tragarse un vaso lleno de gargajos podridos sin quejarse y sin hacer caritas. Es un *poker face* profesional. Tenemos que trabajar mucho en disimular las emociones en tu rostro y administrarlas en tu estómago, o aquel te devorará —concluyó su perorata la señora González Mahler—. Todo eso sin olvidar tu salud, cariño mío…

—A ver, mi Bri, querida Bri, mi amor —respondió el marido conteniéndose—, tal vez no sepas, y si no lo sabes te lo informo, que *Trum* podría quebrar a México con tan solo mover un dedo o guiñarle un ojo al tesorero de Estados Unidos —afirmó apartándose de su mujer y encarándola con las manos en los bolsillos de su saco.

—¿Cómo?

78

—Basta con que nos imponga un arancel del cincuenta por ciento al gas y a la gasolina que importamos de Estados Unidos, o que prohíba dichas exportaciones a México, y en ese momento nuestro país se paralizaría por completo y hasta podrían derrocarme por medio de un levantamiento armado ante la inmovilidad total. Imagínate que no se puedan transportar alimentos a los mercados ni insumos a las fábricas. Nos morimos de hambre.

Brigitte entornó los ojos como si enfrentara una tolvanera.

—Bueno, amor, ¿y en Estados Unidos se acaba el mundo? ¿Nadie más nos puede vender gasolina? Puedes recurrir a los árabes o a los escandinavos, ¿o qué, los gringos son los únicos productores?

Después de masticar la respuesta y encontrar la solución, salvo los problemas evidentes de logística, comentó, no sin antes agradecerle a su mujer su habilidad para verter las palabras necesarias en el momento más oportuno:

—Pero no seamos alarmistas. ¿Te imaginas que *Trum* prohibiera a los fabricantes de aviones de pasajeros gringos la exportación de llantas a México para nuestros aviones comerciales? Nuestra aviación permanecería en los hangares hasta que encontráramos sustitutos, y solo te estoy dando una probadita de las mil y una ocurrencias que pueden pasar por la mente de este malvado apache... Pero te digo más —continuó, engolosinado—: basta con que desde Nueva York esparzan un rumor perverso en relación de que viene otra quiebra masiva en México, para que nuestras reservas de dinero se fuguen por una coladera. Un rumor pernicioso como ese y adiós México...

—No la tienes fácil, amor, pero si lo que más trabajo te está costando ahora son los milagros, porque los imposibles te los echas con la zurda, te dejo en tus reflexiones. Lo que sí creo es que por lo visto Pasos Narro y su pandilla te dejaron todo pegado con alfileres, como dijo no sé quién; cuidémonos entonces de no quitárselos, vida mía —sugirió

Brigitte, a sabiendas de la tremenda influencia que ejercía en su marido. Dimensionaba la adversidad con criterios muy positivos, de ahí que tuviera una risa tan fácil y contagiosa.

—Deja los alfileres, lo que se robaron —espetó el presidente con un imperceptible movimiento de los labios, en tanto marcaba a la oficina su jefe de asesores, el señor secretario de la Presidencia, Alonso Roca: —Ven en la tarde a una reunión previa, antes de hablar por teléfono con *Trum*, ¡ah!, y ponte a pensar cómo podemos agarrar de los huevos al tal Martinillo. Simple y sencillamente, no puedo más con él —soltó su inquietud.

—Sí, leí su columna de hoy. Da muy duro y donde más duele, señor presidente.

—¿Qué sugieres?

—Una auditoría fulminante. Cada mexicano tiene un muerto en el closet —respondió Roca, como si hubiera estado masticando la respuesta de tiempo atrás.

—Yo no tengo ni closet ni muertos, Alonso, a ver si mides tus palabras —contestó Lugo con una mueca muy poco amable—. Ese recurso de la auditoría es tan viejo como inútil porque todo mundo va a pensar que se trata de una venganza y él será el primero en usar ese argumento en su defensa. Piensa en otra estrategia para amarrarle las manitas o inmovilizarle la lengua, materialmente me mata. Algún punto flaco debe tener. Síganlo, espíenlo, búsquenle y encuéntrenle algo. Usen a nuestro servicio de inteligencia, para eso lo tenemos.

Habían transcurrido varios días de la llamada telefónica del peleador callejero, el primer inquilino de la Casa Blanca, un auténtico ignorante de los más elementales principios de respeto protocolario. La charla en aquellos días de diciembre con Lugo Olea se había desarrollado con gran respeto y educación, desconocida en el presidente de los Estados Unidos, un hombre adiestrado en la humillación de sus interlocutores, a quienes intentaba disminuir con actitudes insolentes y arrogantes, las propias de un actor extraordinariamente hábil en el desarrollo y ejecución de estrategias diseñadas para imponer su voluntad en cualquier foro. Eran de sobra conocidos su método de alzar la voz, amenazar, insultar y aparentar la pérdida de control ante la negativa de aceptar sus puntos de vista, el golpe furioso sobre el escritorio, el movimiento dictatorial de sus manos, las advertencias a propios y extraños a través del movimiento insistente de su dedo índice y de la mirada cargada de rabia. Trump utilizaba una voz de trueno reservada a Dios desde las alturas. Por ello declaraba en términos sonoros: si me enjuician y me destituyen se derrumbarán los mercados, se desplomarán las economías del mundo y advendrá el caos; es decir, parafraseando a Luis XV de Francia: "después de mí, el diluvio".

A lo largo de su carrera empresarial había logrado grandes éxitos al perfeccionar sus indudables poderes para intimidar a terceros, en especial a los banqueros, sus acreedores, a los que sabía manipular enrostrándoles un futuro negro de no aceptar sus posiciones radicales. Las grandes batallas, afirmaba, se ganaban desde los extremos.

Trump podía presentarse como personaje cordial, ameno y comprensivo, y un minuto después, como un salvaje, un *red neck* camuflado, un orgulloso integrante del Ku Klux Klan, cruel e irascible. Por instantes se precipitaba en explosiones irracionales de cólera en las que se le deformaba la nariz, se le hinchaba el rostro, escupía espuma a diestra y siniestra, gritaba con los brazos en alto, agitaba las manos y se golpeaba la izquierda con el puño de la derecha, además de agredir y calumniar y, acto seguido, se recuperaba y se convertía, como por arte de magia, en un pacífico pastor protestante, tierno, encantador y cariñoso. Eso sí, pobre de aquel que se atrevía a contradecirlo y no lo adulaba. Paralizaba con una ira, fingida o no, a sus interlocutores. Odiaba a los intelectuales, porque al tener mejores razones que él y no poderlos controlar con argumentos, prefería insultarlos sin poder contener su violencia, de ahí que cuando hablaba con ellos hubiera roto un sinnúmero de aparatos telefónicos, que él contabilizaba en veintisiete. Era un tirano. Obama y Bush eran un par de lactantes a su lado. Bastaría con preguntar a los líderes mundiales su opinión respecto a este terrible jefe de Estado del país más poderoso de la tierra, tan odiado como temido. Manejaba a las masas con emociones, de la misma manera en que un ranchero arreaba a las reses disparando tiros al aire, ayudándose con chiflidos, movimientos de sogas y perros furiosos. El ganado, según Trump, no razonaba, solo sentía, y por ello, víctima del pánico, se le conducía fácilmente al matadero. Eso mismo pretendía hacer, y lo había logrado, con sus paisanos.

Trump era para el presidente Lugo un dolor de muelas constante y creciente, como lo era para casi todos los líderes mundiales. Se trataba del asunto más álgido y delicado en la política exterior de México. ¡Qué caro había pagado Pasos Narro el haberlo invitado a México, y no solo a México, sino a Los Pinos, la casa de los mexicanos y no solo a Los Pinos, sino además, lo había recibido con los honores propios de un jefe de Estado, cuando tan solo era uno de los dos candidatos a la Casa Blanca! En resumen, un error múltiple e imperdonable, de los más graves en la historia diplomática de México. Los expertos podrán analizar si la suscripción del Tratado de Guadalupe, mediante el cual México acordó ceder la mitad de su territorio a los Estados Unidos, constituyó o no una equivocación, de la misma manera que se podrá discutir si fue un yerro o no el Tratado Mon-Almonte, firmado con España para obtener ayuda financiera y naval durante la Guerra de Reforma, o si el Tratado de McLane-Ocampo, pactado unos meses después por Juárez para conceder derechos de paso a cambio de apoyo militar norteamericano para atacar con gran éxito a la escuadra española contratada por Miramón fue un dislate o no. Ahí quedan, para la vergüenza histórica de México, los Tratados de Bucareli, otra escandalosa pifia, una imperdonable felonía cometida por Álvaro Obregón, cuando aceptó renunciar a lo dispuesto por la Constitución de 1917 en materia petrolera, siempre y cuando Estados Unidos lo abasteciera con dinero y armas para imponer a la fuerza a Calles.

Con este tipo de evaluaciones comenzó la reunión en Palacio Nacional, encabezada por el presidente Lugo, con Mariano Everhard, secretario de Relaciones Exteriores, Agustín Berrondo, presidente de la Comisión de Relaciones Exteriores del Senado de la República, Alonso Roca, secretario de la Presidencia, un par de asesores más y Juan Alcalá Armenta, alias "Juanito", subdirector de la cátedra de Derecho Internacional de la UNAM, un joven de escasos treinta años de edad, convocado por el jefe del Estado Mexicano a diversas juntas de alto nivel porque ayudaba a recabar la opinión no solo de sus colegas universitarios, sino que representaba la voz juvenil y franca del pueblo, un elemento imperdible en las negociaciones.

Everhard mencionó que si bien era cierto que la popularidad de Pasos Narro y de su gabinete, mejor conocidos como pandilla, había llegado a niveles inferiores al quince por ciento de aprobación, resultaba obligatorio poner sobre la mesa las implicaciones domésticas que había tenido en su momento la invitación de Trump a Los Pinos, por lo que las relaciones bilaterales con Estados Unidos requerían ser estudiadas y administradas con sumo cuidado, ya que las repercusiones políticas y sociales podrían ser incuantificables.

—Pasos Narro —adujo Everhard analizando el rostro de Juanito, a todas luces un intruso de piel oscura y patética indumentaria, que aparentaba haber tenido un solo traje en su existencia— perdió la oportunidad de ponerle una trampa insalvable al candidato republicano cuando tan solo era eso, un candidato y, además, perdedor en las encuestas, no lo olvidemos —subrayó con el rostro adusto—, porque durante la conferencia de prensa bien podría haberle disparado a quemarropa, obligándolo a disculparse con el pueblo de México por habernos llamado asesinos, violadores y ladrones, entre otros insultos más. ¿Se imaginan si Trump, sintiéndose dueño de la reunión, hubiera escuchado las siguientes palabras en público? —los asistentes guardaban un escrupuloso silencio: —Señor Trump —Everhard procedió como un consumado actor al imaginar las palabras que debería haber pronunciado el presidente—, usted ha ofendido gravemente a la nación mexicana y en este momento, ante las cámaras y la prensa del mundo, aquí presentes, le exijo una disculpa pública… Trump, por un lado —continuó su exposición el secretario de Relaciones Exteriores—, no hubiera regresado esa misma noche a Arizona a cantar victoria sobre unos mexicanos acobardados y disminuidos, a quienes podía humillar como se le diera la gana, ya que de cualquier manera, después de tantos insultos había sido premiado con una recepción a la altura de un jefe de Estado en la mismísima casa de los mexicanos ofendidos, reconocimiento insólito que le permitió recuperar una notable posición en las encuestas presidenciales. El mundo tiene mucho que reclamarle al pobre diablo de Pasos Narro, pues gracias a él se catapultó ese demonio en las encuestas hasta ganarle a Hillary Clinton. ¡Qué diferente hubiera sido si se le hubiera exhibido mundialmente como un bárbaro iletrado, desconocedor de las formas más elementales de comportamiento protocolario y propalador de ideas descabelladas, como construir un muro entre ambos países, un insulto grotesco! De esta suerte —concluyó— un Trump puesto en grave ridículo en México hubiera regresado con la cola entre las patas a Estados Unidos, humillado y devastado. Difícilmente hubiera podido superar el golpazo ante su electorado. Solo que les faltaron no solo talento, señor, sino también pantalones. Pobre del que se agacha frente a Trump.

—¿Pantalones? —cuestionó Roca.

—Sí, Alonso, pero no solo fue el hecho de no haberse atrevido a exponer a un Trump desprevenido ante las cámaras del mundo, sino que el propio gabinete de Pasos tuvo la feliz oportunidad de haber podido cambiar el destino del planeta.

—¿Del planeta, Mariano? ¿No es un poco exagerado? —insistió el secretario Roca.

—Tal vez tengas razón, Alonso, pero piensa por un momento en que si varios integrantes del gabinete de Pasos hubieran presentado su renuncia irrevocable de confirmarse la invitación a Trump, hubiera estallado una crisis política ejemplar y sin precedentes en México. Al sentirse Pasos y Villagaray aislados y apestados, tal vez se hubieran visto obligados a declarar *persona non grata* a Trump y a cancelar su visita a México, con el consecuente daño en su campaña en Estados Unidos. ¿Resumen, señores?: Trump no solo vino a lucirse en nuestro país, sino a acrecentar su capital político, desde que nadie se atrevió a humillarlo y a descalificarlo en público. Por esa y otras razones, el planeta depende ahora de un loco narcisista…

Cuando Everhard deseaba continuar con su discurso para impresionar con sus conocimientos y conclusiones al presidente Lugo, Juanito, sin complejo alguno y sin pedir la palabra, interrumpió al jefe de la diplomacia mexicana:

—No olvidemos que hace tres meses, durante la muy afortunada despedida de Pasos en los medios de difusión, este reconoció que no había medido bien el enorme resentimiento social en contra del candidato republicano, pero que su intención era construir puentes por si Trump llegaba a la Casa Blanca. Increíble, ¿no…? ¿Cómo Pasos podía ignorar que los mexicanos contamos con más de ciento catorce millones de celulares y que gracias a ellos estamos más informados que nunca y que, por lo mismo, sabíamos que el candidato republicano nos había llamado violadores, asesinos y ladrones, entre otros insultos más, con los que había dañado severamente la sensibilidad nacional y nos había arrancado viejas costras de rencor en contra de los gringos? —a continuación, el joven abogado concluyó con esta sentencia, que produjo una amplia sonrisa en el rostro del primer mandatario: —Claro que Pasos no solo no supo medir el enorme resentimiento social en el caso de la invitación a Trump, sino que esa misma incapacidad de medir la temperatura emocional del electorado también facilitó la escandalosa debacle priista en las elecciones… Pasos nunca aprendió a medir, señor presidente, por esa razón le fue como le fue…

Juanito, el joven catedrático de Derecho, creía que el triunfo arrollador de Lugo Olea se debía únicamente al resentimiento social en contra de Pasos Narro por su incapacidad para gobernar, por haber saqueado y permitido el saqueo del país e impulsado la impunidad, además de haber fracasado escandalosamente en el combate a la delincuencia y al crimen en todas sus manifestaciones, de acuerdo, pero lo que nunca pasó por su mente, ¡qué va!, fue la existencia de un acuerdo ultra secreto entre el propio presidente de la República, Máximo Velázquez, gobernador de Chiapas y Lorenzo Villagaray, secretario de Relaciones, para facilitar el acceso de Lugo Olea como nuevo jefe del Estado Mexicano. Todo había comenzado con un pleito, una agria diferencia con el joven Máximo, quien al ser un priista camuflado, militante del Partido Verde, integrado también por bandidos, había recibido en su estado al propio AMLO con lujo de consideraciones y atenciones, en lo que fue entendido en Los Pinos como una obvia traición, ya que Velázquez le debía a Pasos el cargo como jefe del Ejecutivo estatal.

En aquel entonces las encuestas señalaban a Lugo Olea como el vencedor inevitable en la contienda electoral. No había manera de superar su popularidad en el corto plazo. La suerte estaba echada. Pasos y Villagaray se habían equivocado de punta al pensar que si atacaban a Roberto Abad, candidato azul de la oposición, los votos de los decepcionados los atraparía el tricolor, solo que mientras más golpeaban con todo el poder del Estado a Abad, más se beneficiaba la candidatura de Lugo Olea, según lo decían las encuestas. Las negociaciones previas con Abad habían resultado infructuosas. Las agresiones en la prensa resultaban contraproducentes. Cuando ambos descubrieron su error, ya era demasiado tarde. Solo quedaba chantajear a AMLO con un sabotaje de proporciones y consecuencias imprevisibles. A ambas partes les convenía negociar. No existía otra alternativa, porque el candidato del tricolor, a pesar de su gigantesca experiencia, estaba tocado de muerte al cargar como el Pípila con la pesada losa del desprestigio de su partido que acabaría por aplastarlo. Cualquiera podía imaginar los resultados de un manotazo del gigante tricolor experto en mañas y dueño de fortunas y de personajes tan poderosos como perversos e incondicionales.

Pasos Narro y Villagaray llamaron a cuentas al gobernador Velázquez, de Chiapas, quien explicó su cercanía con AMLO desde los años en que su abuelo también había sido gobernador del estado, que su relación era casi fraternal, muy cercana y genuina, al extremo de poder abordar cualquier tema, por más complicado e íntimo que fuera, con absoluta transparencia y confianza; su amistad estaba hecha a prueba de cualquier cosa, que nadie se sorprendiera.

El presidente y el secretario olvidaron al instante los rencores en contra del joven gobernador. Vieron en cambio la feliz oportunidad de utilizar a Máximo para trabar una alianza con AMLO: no se le pondrían obstáculos y llegaría feliz y sonriente a Palacio Nacional, siempre y cuando, eso sí, él, a su vez, se comprometiera a no perseguir penalmente a ningún integrante del gabinete ni de los gobernadores del tricolor, es decir, un pacto entre mafiosos, la famosa Omertá, la ley del silencio, el código de honor siciliano que prohíbe informar de las actividades delictivas del hampa. Te doy pero no me tocas ni te metes con mi gente. De lo aquí acordado no se debe saber nada, ni una sola palabra, ¿estamos?

Esa fase del primer acuerdo estaba llamada a funcionar con la precisión de un reloj suizo, solo que resultaba imperativo hacer otros amarres para garantizarse el éxito, o sea, la impunidad. Dejaron pasar el tiempo para escoger el mejor momento y echar a andar la segunda parte de la estrategia; este se presentó cuando el propio AMLO decidió no correr riesgo alguno y pactar con Pasos. La solicitud de una entrevista con el candidato de Morea llegó a través de interpósitas personas a la oficina de Villagaray. El candidato Lugo Olea había ofrecido el perdón en repetidas ocasiones si llegaba a la Presidencia. Sabía del brutal y descarado enriquecimiento tanto del jefe de la nación como de su gabinete en pleno, además de los gobernadores: la putrefacción política total.

Villagaray, encantado y decidido a cuidarse las espaldas a como diera lugar, pidió su automóvil y se apersonó momentos después en la residencia oficial de Los Pinos. Pasos no pudo recibir la noticia con más alegría. ¡Claro que le pavimentarían el camino a Lugo Olea al Palacio Nacional a cambio de la impunidad, solo que se requerían garantías para ejecutar el pacto! ¿Qué tal que AMLO, en un momento de desesperación, decidía lavarse la cara con ambos, solo para comenzar? Era obvio que el capital político de AMLO se dispararía al infinito si lograba una fotografía histórica con los dos funcionarios encarcelados rindiendo declaraciones ante el agente del Ministerio Público. Un triunfo político similar era inimaginable. El llamado pueblo de AMLO olvidaría con un simple chasquido de dedos el desastre económico de su administración. ¿Cómo sujetar firmemente a Lugo Olea de los genitales para impedir cualquier denuncia de hechos que no solo se convertiría en la destrucción de su personalidad y de su imagen pública?

Solo que AMLO nunca había presentado sus declaraciones fiscales y se mostraba reacio a hacerlo. Ahí estaba la respuesta. La opinión pública se preguntaba de qué había vivido durante tantos años, si nunca cobró más que en el gobierno, recorriendo una y otra vez el país, organizando mítines, transportando miles y miles de personas a las que se les daban viáticos, además de innumerables anuncios espectaculares y otra cantidad de enormes gastos que escapaban a las autoridades electorales respectivas, que, por otro lado, jamás denunciaron los actos anticipados de campaña. ¿De dónde salió esa montaña de recursos y por tanto tiempo ya desde antes de la aparición de Morea y, sobre todo, dónde estaba depositada?, ¿escondida en paraísos fiscales a través de fondos y fideicomisos? Se trataba de seguir el camino del dinero, por ejemplo, ¿quién y cómo se pagaba a los cientos de autobuses de pasajeros necesarios para organizar las reuniones multitudinarias, la renta de templetes y micrófonos, los alimentos, cachuchas y camisetas, además de hoteles y pasajes de avión de innumerables personas en incontables viajes?

De haber revelado esa información antes de las elecciones, la votación tampoco hubiera beneficiado al candidato del tricolor, sino a Abad, empeñado en encarcelar a Pasos si llegaba al poder. Decidieron entonces enfundar sus armas y utilizarlas en una mejor ocasión.

Follow the money, había aprendido Villagaray en su paso por la Secretaría de Hacienda, donde trabajaban grandes expertos en la materia. Los resultados no se hicieron esperar. Los datos requeridos llegaron provenientes de instituciones de crédito y trust de los siete mares. Cuando el canciller se los mostró en detalle a Lugo Olea, este pensó en levantarse de la reunión secreta, abandonar cualquier pacto, solo que no tenía escapatoria posible. Villagaray lo detuvo con un argumento incontestable:

—Antonio, nosotros confiamos en ti en el sentido de que no nos perseguirás y tú, hermanito, tendrás que confiar en nosotros de modo que nunca utilizaremos esta valiosa información. Es una confianza fraternal recíproca. ¿Va? —agregó mientras extendía su mano para estrechar con entusiasmo la del futuro presidente, mientras conversaban en una casa secreta en Las Lomas de Chapultepec.

Lugo Olea se quedó petrificado. El lenguaje y el manejo de la información resultaban idénticos a las actitudes de los mafiosos, se dijo en silencio sin suponer que recibiría un segundo golpe demoledor que lo convertiría en un conjunto de grasa y carne sin osamenta.

—Tenemos además datos precisos y muy confiables en torno al patrimonio de tus más cercanos colaboradores, pero no te preocupes, jamás los vamos a utilizar, siempre y cuando no se rompa nuestro entendido entre caballeros. A ninguno le conviene romper el pacto, o sea que bienvenido a la Presidencia de la República. ¿Okey…?

AMLO, furioso, no tenía opción alguna. Al saberse perdido y controlado, no tuvo más remedio que ceder. Con la mirada iracunda selló el pacto con el entonces canciller. No había nada más que agregar.

Quedaron en que no se echaría a andar la maquinaria electoral del tricolor ni habría operación mapache ni acarreados transportados en camiones contratados en todo el país a quienes, según la costumbre, se les proporcionaban tortas, refrescos, camisetas, abanicos, gorras y cierta cantidad para otros viáticos. No se "embarazarían" las urnas con boletas robadas de otras casillas y, llegado el caso, se quemarían o desaparecerían esos contenedores, depositarios de la voluntad popular. No habría más ratones locos, ni operaciones carrusel, ni se le pagaría a la mesa que más aplaudiera ni se toleraría la catafixia ni la uña negra. Nada de trampas, no más… Tampoco harían acto de presencia los expertos supervisores para verificar la exacta operación de las transas y de las trampas. Es más, no habría roedores ni ruedas de la fortuna ni votarían los muertos ni se acarrearían votantes de otras latitudes ni valdrían más los sufragios del campo que los de las ciudades ni se alterarían las actas durante la noche al transportarlas a los institutos locales electorales ni se entregarían millones de tarjetas de débito ni habría apagones a la hora de contar las boletas ni canastas ni se regalarían tinacos ni se comprarían las credenciales extendidas por el INE ni se acumularían cientos de miles de denuncias en la Fiscalía de Delitos Electorales porque sería la elección más transparente y ejemplar del México moderno. ¡Por supuesto que tampoco se urdiría un fraude electrónico y las delegaciones del partido en el poder no recibirían presupuesto ni para comprar plumas atómicas ni chamarras ni banderolas ni para contratar anuncios espectaculares ni espacios en radio o televisión más que los indispensables para taparle el ojo al macho, en palabras venenosas de Villagaray! Nada, no habrá nada, señor Lugo, bienvenido a Palacio siempre y cuando no se proceda en contra de pillo alguno. Todos quedarán perdonados, ¿verdad? Así decía Jesús, ¿no...?

Si Juanito hubiera conocido los detalles de semejante pacto, desde luego que lo hubiera calificado como una de las peores traiciones cometidas en contra de la nación mexicana: Pasos Narro entregaría el poder, en presencia, también inconfesable, de Villagaray, lejos de los micrófonos ocultos, mientras él y Máximo Velázquez caminaban en el jardín de la residencia oficial de Los Pinos, después de que ambos acordaron guardar los celulares en una bolsa de aluminio que se llevó uno de los ayudantes, tanto para evitar escuchas peligrosas como grabaciones impertinentes. Nadie nunca tendría que saber lo conversado ni mucho menos lo acordado.

—¿Estamos de acuerdo, mi querido Máximo, hermano? ¿Verdad que no nos tocarán ni nos perseguirán y se olvidarán de nosotros?

—¿Y cómo harán para que las delegaciones y los comités ejecutivos en cada estado del país no protesten por la inmovilidad? ¿Qué pretexto utilizarán cuando los delegados se queden sin dinero para organizar un mitin o contratar un anuncio espectacular o los camiones para los acarreados?

—Ese asunto me lo dejas a mí, distinguido amigo, yo sé, créeme, qué botones debo apretar para garantizarme el éxito. Si alguien sabe operar este pintoresco aparato electoral, ese soy yo...

El acuerdo mafioso entre Pasos Narro y Lugo Olea funcionó a la perfección; el interés por unos resultados perfectos e incuestionables convenía a todas las partes. Claro que la Mafia del Poder estaría exonerada de cualquier cargo. AMLO no perseguiría a nadie, no habría cacería de brujas y lo mejor, durante el tiempo que todavía durara el gobierno de Pasos Narro, todos los funcionarios tendrían el derecho a saquear el erario y a hacer licitaciones como les viniera en gana, en la inteligencia de que la impunidad estaría garantizada. La palabra era la palabra, ¿o no?

¡Por supuesto que no todo había sido resentimiento popular, como había mencionado Juanito con el debido candor de su juventud, ya que había existido un pacto inconfesable encerrado dentro de una hermética caja de seguridad y bajo siete capas de tierra!

Everhard miró otra vez de reojo a Juanito mientras retomaba la declaración de Pasos relativa a la construcción de puentes con Trump por si este llegaba a la Presidencia.

—¿A quién se le ocurre pensar o tratar de construir puentes con Trump? —cuestionó el canciller escrutando el rostro del presidente para hacerle entender los peligros de semejante estrategia: —¡Habría que preguntarle a Xi Jinping, a Trudeau, a la May, a la Merkel y a Macron, por ejemplo, cómo va el proceso de construcción de sus "puentes" con el actual jefe de la Casa Blanca! —exclamó Everhard en tono sarcástico, como si los presidentes y primeros ministros ya fueran sus mejores amigos solo porque los había invitado a la toma de posesión de Lugo—. ¿Puentes…? ¿Puentes con Trump…? —preguntó enarcando las cejas— ¡Cuánta ceguera y miopía, no solo diplomáticas, sino analíticas, al desconocer la personalidad de sus interlocutores! Pasos no solo no sabe medir — iba a agregar "como dice el leguleyo", pero prefirió continuar con su argumentación—; tampoco es un buen lector de las intenciones de los hombres. ¿Cuáles puentes construyeron Pasos y Trump en México? Yo mismo participé en las negociaciones del TLCAN y jamás comprobé una sola actitud de agradecimiento hacia Pasos por haberlo invitado a México. ¿Quién puede confiar en un déspota como Trump y sus delirios de grandeza?

Juanito dejó concluir al secretario y se abstuvo de arrebatarle la palabra; sin embargo, no se iba a quedar atrás y arremetió para mencionar no un error, sino una larga cadena de equivocaciones. Por supuesto que no iba a dejar de lucirse en cuanta ocasión se le presentara:

—Señor presidente Lugo, el primer gran disparate de Pasos fue haber invitado a Trump a la casa de los mexicanos —agregó empezando a enumerar los fiascos con cada uno de sus dedos. Everhard desesperaba al comprobar cómo el chamaquito insolente le arrebataba el resumen de derrapadas de la anterior administración—. El segundo —continuó el tribuno, engolosinado—: si ya se iba a llevar a cabo el encuentro, a todas luces equivocado, este se debería haber realizado, en todo caso, en las respectivas casas de campaña de ambos candidatos, pero siempre en Estados Unidos. El tercer desliz, imperdonable, fue haber confundido y decepcionado a la comunidad internacional, como si México hubiera estado a favor de la candidatura de Trump. El cuarto —adujo al tomar la punta del dedo anular izquierdo con el índice y el pulgar de la mano derecha—, haber quedado ante el mundo como defensor, nada más y nada menos, que de Trump. El quinto, haberse atrevido a decir que el pueblo de México había malinterpretado las palabras ofensivas de Trump, o sea que los ciudadanos éramos culpables de sus metidas de pata, y el sexto y último dislate consistió en no haber aprovechado la conferencia de prensa con la debida valentía para dejar en claro y en público que México jamás pagaría el muro. ¿No creen que perdió una gran oportunidad histórica y política?

Con ánimo de cambiar el tema y no distraerse con cuestiones del pasado, Everhard expuso su principal preocupación: ¿qué hacer con los migrantes mexicanos y con los millones de mexicanos ilegales radicados en Estados Unidos, sujetos a sueldos y condiciones infamantes en sus vidas diarias? Resultaba imperativo encontrar un mecanismo de protección para ayudar a nuestros paisanos allende el río Bravo, ya que el esfuerzo consular no sería suficiente.

En ese momento el presidente Lugo se puso de pie y se dirigió a la ventana central del Salón de Recepciones para contemplar la Plaza de la Constitución en su máximo esplendor. Arriba de ese balcón se encontraba la campana de la Independencia, la que él tocaría por primera vez, banda tricolor en el pecho y bandera sujeta con la mano derecha, precisamente el día del Grito durante las fiestas patrias del año siguiente. ¿Cuál era la estrategia más conveniente para someter a *Trum*, a sabiendas de que nunca había que agarrar a una serpiente por la cola, sino por la cabeza?, pensó al exhibir una breve sonrisa cáustica. Cuidado. Al apartarse él del grupo, los asistentes se abstuvieron de hablar. ¿Habrían dicho algo inconveniente? ¿El chamaquito incauto lo había hartado con sus imprudencias? Cada uno de los presentes analizaba sus palabras, por si había pronunciado alguna inadecuada.

Volvió entonces a la mesa citando su expresión favorita:

—Los buenos políticos, acuérdense, por favor, no son los que resuelven los problemas, sino los que saben crearlos —dijo entornando los ojos en busca de una solución—. Tenemos que saber crear un problema, señores.

Al regresar el presidente a la mesa de trabajo, Agustín Berrondo, presidente de la Comisión de Relaciones Exteriores del Senado de la República, expresó la conveniencia de hacer una campaña para evitar la compra de cualquier producto proveniente de Estados Unidos:

—Instrumentemos un sabotaje en contra de todo lo gringo, así entenderán que con México no se juega. Si no quieren a nuestros paisanos, tampoco han de querer nuestro dinero…

—No, repuso Everhard, las empresas que venden artículos norteamericanos han contratado mano de obra mexicana y atacarlas equivaldría a hacernos daño nosotros mismos. Lo último que queremos es que se vea la mano del gobierno, y menos que nos piquemos un ojo, porque además de que debemos cuidar los puestos de trabajo, esas compañías, cualquiera que sea su nacionalidad, pagan impuestos en el país y con esos impuestos financiamos el gasto público, en la proporción que se desee.

—Cierto, señor presidente —saltó Juanito, como si fuera el alumno que se sabe todas las respuestas en el salón de clases—. Yo propondría infiltrarme en Estados Unidos con un grupo de colegas para hacer que nuestros paisanos del otro lado del río Bravo se tomen de la mano.

—¿Cómo? —exclamó extrañado el jefe de la nación.

—Sí, señor, me pregunto, ¿qué pasaría si nuestros compatriotas, entre otros hispanoparlantes, se abstuvieran de recolectar productos agrícolas en California o en Texas o dejaran de trabajar, de pegar tabiques en la industria de la construcción o en el sector de servicios? Algo así como si surgiera un nuevo César Chávez a la altura de las circunstancias… Se trata de quebrar al campo californiano para afectar a su banca y provocar un efecto dominó perjudicial para todos en el evento remoto de que sin la mano de obra mexicana se pudriera la huerta californiana.

—¡No! —saltó Berrondo para insistir en su postura sin dejar de escrutar el rostro del presidente: —los mexicanos patriotas deberíamos abstenernos, señor presidente, de volver a pisar Estados Unidos para así dañar al comercio yanqui —exclamó con orgullo, como si su propuesta fuera irrefutable—. Los mexicanos debemos dejar de entrar en sus tiendas como protesta por la política xenofóbica. Los aviones con destino a Estados Unidos despegarían vacíos. Nuestra población mexicana fronteriza se tendría que comprometer solidariamente a adquirir solo productos hechos en México. Ese sería un buen castigo para devolvérsela a los yanquis.

—Y más castigo sería si Trump impone un gravamen de treinta por ciento a las remesas de nuestros paisanos, que alcanzan los treinta mil millones de pesos… Seamos razonables —apuntó Everhard, invitando a la prudencia.

—Nosotros podríamos decretar un impuesto, llegado ese caso y a modo de respuesta, también del treinta por ciento aplicable a las utilidades enviadas a Estados Unidos por sus compañías radicadas en territorio nacional y así empezaríamos una guerra que no ganaría nadie —marcó el paso el joven jurista, que se preparaba exhaustivamente en cada encuentro en Palacio—. Si me lo permiten, es mejor dejar que se pudran la huerta californiana y la texana hasta que nuestros paisanos cobren el mismo sueldo que los gringos. En realidad, la misma mecánica que Trump nos impuso en el TLC cuando nos obligó a pagar en México dieciséis dólares, un salario cercano al vigente en Estados Unidos por el mismo trabajo en la industria automotriz. Si ellos nos fijan un sueldo, nosotros debemos hacer lo mismo con los ingresos de lástima que perciben los nuestros en los campos, en las obras de construcción y en el sector turístico, sean ilegales o no… Una lechuga californiana podría llegar a valer una millonada si la recolectaran gringos con los niveles de salarios gringos… A mejores sueldos de los chicanos, más grandes serían las remesas enviadas a México. Sería una maravilla.

Todos voltearon a ver al presidente Lugo en espera de su reacción, momento que aprovechó el abogado para concluir:

—Si los agricultores quiebran sin poder pagar sus créditos, lograremos un efecto dominó virtuoso desde el que, si los banqueros no recuperaran sus capitales ni sus intereses, pérdidas que dañarían profundamente el sistema bancario yanqui, aprenderían a respetarnos y más, los obligaremos a tomarnos en cuenta si nuestras humildes recamareras no arreglan las camas de sus hoteles ni limpian sus habitaciones y, por el otro lado, nuestros meseros no sirven en las mesas de todo el país. ¿Conque los mexicanos no servimos para nada? Pues ahí les vamos con una probadita que nunca sabrán dónde se originó. Déjeme, señor presidente, se lo suplico, organizar brigadas de mexicanos para convencer a nuestros paisanos de la conveniencia de quebrar el campo californiano y de abandonar por unos días los miles de hoteles y restaurantes servidos por mexicanos ilegales en su mayoría. Haremos una operación encubierta, señor, y muy pronto, con miles de huelgas, pondremos de rodillas al güerito impertinente, se lo suplico, señor…

—Bien, Juanito, querido, muy bien, te llamarán para otra reunión —acotó el presidente, en tanto se ponía repentinamente de pie y abandonaba el salón pidiéndole a Alonso Roca que lo acompañara mientras Everhard fruncía el ceño al no haber sido tomado en cuenta—. Continuaremos en otra ocasión, señores —exclamó el jefe de la nación, en tanto se perdía por un pasillo llevando del brazo a Roca.

La envidia y los celos destruyen a un ser humano, pensó Juanito al ver cómo el señor secretario de Relaciones guardaba, ¿guardaba?, en todo caso arrojaba, hundía de muy mala manera, unos documentos en su portafolio y se preparaba para irse, por supuesto, sin despedirse. Sin embargo, ¿cuál no sería la sorpresa de ambos cuando el jefe de la nación regresó de golpe para aducir las siguientes palabras, que reconciliaron a Everhard con la existencia?:

—Juan —nada de Juanito—, no te vayas. Espérame un momento mientras termino una conversación con Roca —agregó con el rostro severo y la voz inconmovible. Acto seguido, desapareció en tanto sus pasos se perdieron en los históricos pasillos del Palacio Nacional.

—Ya lo sabía —adujo Everhard con una sonrisa sardónica—: eso de mandar brigadas para unir a los chicanos con el propósito de reventar la economía de Estados Unidos me parece, con todo respeto, una gran mamada —agregó al sentirse fuera del escrutinio del presidente—. Voy a lamentar tu ausencia en las juntas de gabinete, hermano querido. Espero que te haya quedado muy claro. Esas fumadas no caben cuando planeas una política bilateral migratoria, tu propuesta la desecharía hasta un párvulo en asuntos diplomáticos.

Mientras Everhard hacía tiempo y continuaba imaginando cómo humillar a Juanito, el ciudadano presidente de la República, sentado en el sillón de su escritorio, víctima de otro severo dolor de espalda, insistía en analizar y en taponear todas las posibilidades para impedir más filtraciones periodísticas relativas al acuerdo llevado a cabo con Villagaray para inmovilizar al tricolor y facilitar su acceso al Palacio Nacional.

—Ese secreto nos lo llevaremos a la tumba, ¿verdad, Loncho?

—Cuenta con ello, Antonio, como te he dicho muchas veces, en el norte solo tenemos una palabra y sabemos cumplirla, a diferencia del actual gobernador, supuestamente un poderoso alazán pero en la realidad un triste poni que a pesar de todas sus promesas de campaña, ni siquiera pudo encarcelar a Molina, su antecesor —concluyó.

—¿Por qué poni? —preguntó el presidente a punto de soltar la carcajada.

—Pues porque el tal Rudo llegó al poder con el aspecto de ser un hombre tosco, brusco, arrabalero, que se iba a comer a los delincuentes de cuello blanco a mordidas, él sería un gran verdugo que llenaría las cárceles con políticos rateros, ¿no? —preguntó jubiloso al echar mano de su sentido del humor—. Pues el gran caballo purasangre no pasó de ser un triste animalito manso, muy manso, solo útil para ser tirado de las bridas por un caballerango para divertir a los chiquillos en las fiestas de cumpleaños. De lengua me como un plato, Toño —concluyó airoso, sin percatarse de que se había metido en un lodazal.

Lugo Olea no festejó la comparación entre el caballo purasangre y un poni. No solo no le hizo la menor gracia el desafortunado comentario de su subalterno, sino que el rostro se le endureció de golpe como si le hubiera recrudecido el maldito, mil veces maldito, dolor de espalda. Recordaba algunas de las publicaciones de Martinillo cuando alegó que se valía perdonar, claro que sí, pero de ahí a no perseguir a los corruptos integrantes de la Mafia del Poder, a los asaltantes del patrimonio nacional, a abstenerse de impartir justicia, el origen de la furia del electorado, resultaba inadmisible para quien encabezaba el movimiento de la "Honestidad Valerosa". Si Lugo Olea volvía a las andanzas de una "impunidad selectiva", se convertiría en un traidor a la patria.

Si AMLO no selló ningún pacto con Pasos Narro, ¿entonces por qué razón no procede en contra de los bandidos?, se había preguntado Martinillo en uno de sus recientes artículos con los que envenenaba la sangre del presidente. Si hubo un acuerdo mafioso entre presidente y ex presidente, es claro el origen de la inmovilidad, pero ahora bien, si no lo hubo, ¿por qué razón no satisface a la nación encarcelando a los defraudadores del tesoro público y empieza un período de reconciliación nacional con el que incrementaría exponencialmente su capital político? ¿A cambio de qué deja tantas cuentas pendientes con un electorado frustrado? ¿A cambio de nada? ¿Para eso lo eligieron? ¿Por qué la inmovilidad? ¿Usted lo entiende, respetable lector?, había concluido el periodista en el último párrafo de su colaboración.

Una cosa era incumplir algunas promesas de campaña por ignorancia y otra, muy distinta, convertirse en cómplice al no castigar a los ladrones defraudadores del ahorro público propiedad del pueblo de México, al que había jurado defender con todo el poder del Estado.

El presidente se llevó la mano a la barbilla, se puso de pie para dirigirse a la ventana, la preferida de su despacho, la que daba al Zócalo capitalino, en busca de paz e inspiración. Roca lo contemplaba, atónito y mudo.

Roca entendió de inmediato su error. Al burlarse de el Rudo había puesto en evidencia a su propio jefe. Había perdido una brillante oportunidad de quedarse callado. Trató de enmendar su error con las siguientes palabras:

—Ya empezamos el proceso indispensable para taponear, como dices, cuanto orificio exista para evitar filtraciones. Tenemos un enorme presupuesto heredado del ex presidente Pasos, más de dos mil millones de dólares, una inmensa cantidad de dinero en efectivo para meterlo en sobres, según establece esta añeja costumbre periodística, para silenciar mes con mes a los inconformes por medio de la Dirección de Comunicación Social, no te preocupes, las aguas están tranquilas y controladas, pero lo más importante, Antonio —agregó, subiendo cada palabra a la báscula para pesarla con la debida cautela—: no perdamos de vista que los mexicanos no tenemos memoria. Antes de que terminen las posadas, después de beber ponche, tronar cuetes, comer pavo e intercambiar regalos, todo habrá quedado olvidado a lo largo del magnífico puente Guadalupe-Reyes.

AMLO dejó pasar aquello de los sobres sin hacer ninguna observación. No era momento de referirse a los famosos chayos o embutes, sino de sacar del rumor público su pernicioso acuerdo con Pasos.

—Con el presupuesto destinado a la publicidad oficial controlaremos cada teclazo en los periódicos y revistas, cada micrófono en las estaciones de radio y televisión, so pena de perder nuestra generosa ayuda —insistió Roca.

¡Claro que habían logrado solo parcialmente el éxito, porque algunos medios independientes habían rechazado el "patrocinio", de ningún modo soborno, para ya ni hablar de las redes sociales, imposibles de controlar!

El presidente no contestaba. Simplemente contemplaba cómo ondeaba la inmensa bandera tricolor en el centro de la Plaza, una gran idea de fuerte contenido patriótico surgida de las altas autoridades del ejército. En sus pensamientos reflexionaba hasta qué punto el pacto con Pasos había sido una consecuencia de su miedo de volver a perder por tercera vez las elecciones presidenciales, derrota irreversible, con trampas o sin ellas, que lo hubiera conducido de puntitas a La Chingada, su quinta en Chiapas. Claro que por esa razón había hecho el pacto con los tricolores, expertos en los fraudes electorales, tal y como lo habían demostrado una vez más en las elecciones en el Estado de México y en Coahuila. No había enemigo pequeño. Las puertas de Morea estaban abiertas para personajes de izquierda, de derecha, del centro, líderes de cualquier estrato social, económico, empresarial o político, pillos de diversa naturaleza y prófugos de la oposición. Para garantizarse el éxito no necesitaba a los tricolores, claro que no, pero para ganar sí requería inmovilizarlos. Lo importante era vencer, luego todo se olvidaría, cuando se cruzara la banda presidencial en el pecho…

—Te quedó claro que todo podemos, bueno, casi todo podemos controlar, salvo a algunos periodistas fanáticos y a las redes sociales, ¿verdad, Toño? —cuestionó Alonso Roca como si tratara de despertar al presidente de un largo sueño.

—Ocúpate, por favor de taponear las filtraciones. Te lo encargo mucho, Alonso —dispuso Lugo Olea al retirarse de la ventana y dirigirse a su escritorio—. Por favor, dile a Juanito que pase —agregó el presidente al dar por terminada la conversación—. Y otro favor: no vuelvas a hacer comparaciones de caballos con ponis —concluyó mientras empezaba a revisar unos papeles.

Cuando Juanito tocó la puerta del despacho presidencial y por toda respuesta se escuchó una voz estridente de "pase", el joven jurista no pudo evitar la sensación de un vacío en el estómago, más aún porque tenía presente la imagen del rostro sarcástico del secretario de Relaciones Exteriores.

—A sus órdenes, señor —enunció el joven leguleyo, dispuesto a aceptar su cese fulminante. Adiós a su pequeño presupuesto para sobrevivir con su esposa. Su padre le había repetido muchas veces que se arrepentiría más de sus palabras que de su silencio, pero había olvidado ese consejo con el ánimo de ganar cada día más la confianza del presidente.

Luego de ver entrar a un Juanito temeroso en el despacho presidencial y una vez cerrada la puerta para garantizarse toda la secrecía, Lugo Olea se volvió a poner de pie, no sin antes dolerse de la espalda, para encarar a su visitante con las siguientes palabras:

—Querido Juanito —empezó encorvándose y juntando ambas manos a la altura de las rodillas, como si fuera un pitcher de las series mundiales dispuesto a lanzar su primer strike—. Desde hace mucho tiempo, cuando nos conocimos por primera vez durante un juego de los Diablos Rojos contra los Sultanes de Monterrey, en el Parque Centenario 27 de

Febrero, en Tabasco, quería preguntarte, ¿cuál es la posición que más te gusta en el beisbol?

Juanito exhaló de golpe por cada uno de los poros de su escuálido cuerpo. Una gratificante sensación de descanso lo invadió después de haber sentido el pavoroso vértigo del precipicio. El rostro abrasivo de Everhard desapareció por completo de su mente al escuchar el "querido Juanito", una maravilla... Una vez esfumado su malestar le contestó al primer magistrado que desde siempre había soñado con ser *shortstop*, le encantaba jugar con el número 6 —confesó mientras sentía cómo incontables perlas de sudor inundaban su frente.

—Caray, Juanito, pero esa posición de parador en corto es de las más difíciles —replicó el presidente—, porque la inmensa mayoría de los bateadores son diestros y, por lo mismo, la pelota sale disparada en dirección al giro del bate, a diferencia de los zurdos que batean entre primera y segunda. Ahí sí que tienes chamba en muchas pichadas —remató su comentario como gran experto en la materia.

—Sí, señor, es cierto, pero cuando se cierra el cuadro —expuso el abogado improvisando su respuesta, secándose la frente con la manga de su chamarra— para tratar de hacer un doble play y sale una peligrosa rolita rumbo al *shortstop* —describió la jugada con gran emoción— y la atrapas para aventársela de boleto al segunda base para que este, una vez tocada la almohadilla, le lance la pelota al primera base para lograr los dos *outs*, entonces dan ganas de dar de brincos como Chita, esa changa tan graciosa. ¿Te acuerdas? —preguntó satisfecho sin percatarse de que con la emoción deportiva se estaba dirigiendo al primer magistrado hablándole de tú. No tardaría en corregir su error...

Cuando el presidente hablaba de beisbol le cambiaba la expresión, equivalía a un descanso, a un día de vacaciones a la orilla del mar o del río Grijalva. Él mismo aclaró que prefería jugar siempre de jardinero izquierdo, como lo hacía en Tabasco cuando era joven.

—Pues sí, Juanito —asintió, gozoso—. ¿Pero qué tal cuando debes correr como gamo para cubrir al tercera base porque el bateador nada más dio un toquecito de sacrificio? Enchiladas no son…

—No, claro, enchilada es un *flaicito* entre primera y segunda —adujo Juanito en espera de otra respuesta del presidente para continuar una conversación inesperada que lo acercaba sensiblemente a él.

—Enchilada o no, a mí me daría pánico ver venir la bola desde las alturas y que se me cayera delante del público y de doscientos millones de televidentes que ven la serie mundial —confesó Lugo Olea con una amplia sonrisa, en espera de la respuesta de su subalterno. ¡Cuánto placer significaba para él hablar de pelotas y peloteros y apartarse unos momentos de los complejos problemas nacionales! Juanito se convertiría en el refresco de media jornada. De él no podía esperar ni trampas ni dobles intenciones.

—Por eso es el rey de los deportes, porque todo puede variar en el último minuto, señor. Puede uno ir ganando tres a cero en la última entrada, de repente se llena la casa y nos revientan un *home run* para voltear toda la tortilla. En el fut quien va ganando tres a cero no tiene miedo de que en una sola jugada se equilibren los cartones.

—Sí, la emoción es tremenda, pero dime, ¿sabes tirar una bola de nudillos? —preguntó el presidente mientras se dirigía al escritorio de Juárez, abría uno de los cajones y extraía una pelota de beisbol firmada por Giancarlo Stanton, ese poderoso toletero que le había costado a los Yanquis la friolera de 269 millones de dólares. Para la sorpresa de Juanito, el jefe de la nación tomó la bola como si hubiera sido uno de los grandes peloteros de las ligas mayores. Sí que era un aficionado de corazón que se había contagiado de pasión por ese deporte que atrapaba a millones de personas.

Cuando el presidente sujetaba la pelota entre el dedo pulgar, el índice, el medio y el anular, hacía una marca con saliva entre las costuras y empezaba a detallar, entre sonrisas, lo que era una bola ensalivada, de repente tocaron a la puerta y apareció Brigitte, su querida esposa, la única persona con derecho de picaporte. Cargaba una pequeña bolsa de plástico y exhibía una sonrisa burlona, la que mostraba cuando confirmaba una sospecha en relación a algo o a alguien.

Cuando Juanito la vio entrar desistió de su deseo de explicar las ventajas de ser un jugador de *shortstop* derecho y no zurdo, para poder aventar la pelota rápidamente a la primera base sin tener que lastimar su cadera al hacer un giro brusco con la mano izquierda.

—Buenos días, señor presidente, buenos días señora González, ustedes disculpen —agregó al recordar que hasta para morir había que ser oportuno, una frase aprendida de su maestro de civismo en la escuela primaria. Se había ganado la confianza del presidente al extremo de poder conversar con él de temas inimaginables para terceros. Se retiraba feliz y contento al haber ganado puntos con el jefe de la nación, su confidente, ahora no solo en materia política, sino también en beisbol. El juego de pelota significaba una oportunidad de verdadero descanso para el primer mandatario, oportunidad sin igual que aprovecharía cuantas veces pudiera el joven abogado, sin saber todas las envidias que despertaría.

—A propósito —comentó Lugo Olea cuando Juanito ya abría la puerta del despacho con la ilusión de encontrarse cara a cara con el tal Everhard: —Me encantó tu idea de invitar a millones de mexicanos a tomarse de la mano para que los carapálidas de Washington empiecen a respetarnos porque podemos hacerle mucho daño a su economía. Te felicito —concluyó risueño—; tráeme un plan de trabajo la próxima vez, diseña una estrategia para penetrar como una humedad al otro lado de la frontera, pero antes de que te vayas quiero que sepas que yo tengo mucho más brazo que tú, porque como jardinero izquierdo puedo aventar la pelota hasta primera base —aclaró para concluir su conversación festiva.

—No lo dudo, señor, estoy convencido de que usted todo lo puede…

La sonrisa del presidente no tardaría en desaparecer con tan solo escrutar el rostro de su mujer. Al saberse sola con su marido, Brigitte abrió la bolsa de plástico que llevaba en la mano para mostrarle unos raros objetos, imposibles de identificar para un novato en cuestiones de espionaje, como sin duda lo era el presidente de la República.

—¿Qué es esto, amor? —cuestionó AMLO al tener esos aparatos extraños en su mano, después de arrojar la pelota sobre uno de los sillones de su despacho.

—Micrófonos, mi vida, micrófonos ocultos en diferentes habitaciones, despachos y salas de juntas en Palacio Nacional. Llevan quince días escuchando todas tus conversaciones, tus acuerdos y planes de gobierno —explicó la señora González Mahler con una mueca difícil de describir, entre burla, sorna, asco y desprecio.

—¿Qué…? ¿Y cómo se te ocurrió esta idea? ¿Quién los colocó? ¿Desde cuándo? Estos tricolores son basuras humanas —comentó el presidente sin poder creer lo que acontecía—. ¿Me espiaban para saber de mí hasta la última papilla?

—Me llegó un mensaje a mi celular, ve a saber cómo chingaos lo supieron… un mensaje enviado desde un café en la colonia Roma. En él me avisaron de la existencia de micrófonos en la mayor parte de las oficinas de Palacio. Se ve que quien me lo envió debe de ser un resentido corrupto hijo de la chingada —expresó en su pintoresco lenguaje, que tanta gracia le hacía al presidente.

—¿Por qué, tú?

—Porque se quejaba de que la Dirección de Comunicación Social del gobierno de Pasos Narro no le había compartido las comisiones que se cobraban por cada gasto de publicidad realizado por tu antecesor. Todo parece indicar que cobraban el veinte por ciento del importe de cada pago a los diferentes medios de difusión —contestó Brigitte, visiblemente satisfecha por el hallazgo.

—Se ve que por cada anuncio pagado por el gobierno, esos tipos cobraban una lana y se chingaron a mi amigo anónimo.

—¿O sea que sabes quién lo mandó? —cuestionó el presidente sin poner mayor atención al escandaloso sistema de sobornos de la administración anterior, mientras extraía uno y otro micrófono de la sospechosa bolsa y los contemplaba como si se tratara de piedras marcianas. Después de analizarlos los fue dejando sobre la cubierta de su escritorio.

Mientras Lugo Olea no alcanzaba a salir de su asombro, Brigitte contó que, para no perder el tiempo y por si las moscas, había solicitado la ayuda de los expertos investigadores de la Secretaría de Seguridad Pública. La tarea no había resultado estéril, porque por medio de detectores fueron encontrando micrófonos colocados en los techos, en las paredes, en el piso, lámparas y teléfonos de todas las habitaciones, salas de juntas y de recepciones, despachos de la ayudantía y del secretariado, además de diversas habitaciones del Palacio Nacional.

—Miserables, canallines…

—Pero ni te creas que tú eres el único presidente espiado…

—¿No…? ¿Quién más? ¿Cómo sabes que a mis antecesores también los espiaron? —cuestionó el presidente, invadido por un creciente coraje.

Al poner sus brazos en jarras, Brigitte explicó que, según le habían dicho los expertos, la antigüedad de algunos micrófonos se remontaba a casi dieciocho años, cuando la señora Malvina Ford, esa sí primera, primerísima dama, una insustituible hija de la chingada, una rateraza, brava, bravísima, gobernaba este país, al tenerle dominado el seso al tal Valeriano, su esposo, El Alto Vacío, un pendejazazo indescriptible que ni se imagina la fortuna que acumularon su mujer y los hijitos de esta, un ser infecto que había aprovechado el cargo de su marido para enriquecerse mediante el tráfico de influencias y la destrucción del sistema filantrópico mexicano, con el que lucró a morir, dejando desamparadas a cientos de miles de personas necesitadas. Un alacrán que copiaba a Eva Perón y cada mañana ensayaba ante el espejo los gestos y peinados de la argentina.

—Si checas la antigüedad de los micrófonos, verás desde cuándo espían a los presidentes y te irás de espaldas…

—¿O sea, la tal Malvina fue la que empezó a orquestar todo esto para conocer en secreto las decisiones de su marido e intervenir en la vida política del país? —preguntó AMLO candorosamente para saber si había entendido bien.

—Es exacto, mi Amlito, querido: ella escuchaba las conversaciones afuera de la oficina de su marido y de repente entraba con toda la desvergüenza del caso a abrazarlo por la espalda, le rodeaba el cuello cuando se encontraba sentado, para aclararle sin tapujos al sorprendido visitante que Valeriano, de valor ni madres, al igual que ella de Malvina, todo, que en el fondo el presidente, sí, el presidente de la República, se había explicado mal, que si bien había aceptado el trato lo había hecho por cortesía, pero que, justo era confesarlo en ese momento, él ya no estaba de acuerdo con lo hablado, por lo que se tendría que buscar otra opción en el corto plazo, que ya se le llamaría para hacérsela saber en su oportunidad y que le agradecía mucho su visita. ¿Cómo ves a la fiera esa educada por las Hermanas de Santa Martha Acatitla? —remató su comentario con una mirada cáustica para que AMLO pudiera comparar entre ella y la tal Malvina.

—¿Ah, sí? ¿Y dónde acaba la culpa de ella y comienza la del calzonazos ese, la pinche chachalaca que solo abría el pico para decir imbecilidades, mi vida?

—Sí, amor, tienes razón: donde hay un cabrón es que también hay un pendejo… —y soltaron la carcajada; nada más cierto que esa afirmación tan mexicana.

—¿Entonces también habrían espiado a Fernando Caso y hasta al propio Pasos Narro, no? —insistió en preguntar el presidente.

—No tengo la menor de duda que los espiaban a todos, y quienes lo hacían eran miembros del propio equipo de trabajo de los presidentes en turno. Como tú dices, querían saber hasta la última papilla. Lo que no deja de sorprenderme —confesó negando con la cabeza— es que la única primera dama que espió a su marido es Malvina Ford, y eso sí es para una novela...

Mientras Brigitte hablaba, Lugo Olea reflexionaba en lo que desde su toma de posesión había acordado con toda confianza en el primer despacho de la nación, y por lo mismo pensaba en las consecuencias de que alguien se hubiera adelantado a sus planes. No le prestó la menor atención al caso de la señora Malvina Ford. El tema le era absolutamente irrelevante.

—Espero que esta historia acabe aquí, cielo —comentó la esposa del presidente.

—¿A qué te refieres?

—A que, aunque ellos vendrán a hacer un segundo chequeo después, los expertos me pidieron que revisara cuidadosamente tus teléfonos para saber si también ahí colocaron micrófonos.

En ese momento Brigitte abrió uno de los aparatos, operación en la que encontró otro micrófono, similar a los que estaban en la bolsa de plástico. Los peritos de la Secretaría de Seguridad la habían capacitado en una breve lección respecto a la manera de examinar los teléfonos, mecánica que desarrolló exitosamente en los cuatro aparatos presidenciales.

—Carajo, horror, no te merezco, vida mía. ¿Qué haría yo sin ti? —se preguntó el presidente, mientras subía ambas manos a la cabeza y se cubría la nuca como si se fuera a producir un estallido y pretendiera taparse los oídos. —¿Y cómo saber que no hay más, con diez mil demonios?

—No te preocupes, los detectores suenan como las alarmas de los terremotos cuando descubren un aparatito de estos.

—¿Te das cuenta Bri, amor, que esta es una carrera de obstáculos, no solo colocados por los opositores, sino quizás hasta por los integrantes de Morea, de mi propio partido? —espetó el presidente, preocupado por los peligros de caminar por un campo minado—. ¿En quién confiar en política, si tus enemigos son capaces de masticar un ratón vivo sin mostrar la menor emoción y quienes se ostentan como tus amigos y te juran lealtad pueden darte una puñalada por la espalda con una sonrisa repleta de felicidad?

—Tú eres una buena persona, lo sé, y gracias a la justicia inmanente habrá de irte bien. No pierdas de vista que a los hombres terribles, lo hemos comprobado, les pasan cosas terribles.

—Ya ves que yo a todos perdono, a nadie persigo, a unos y a otros les digo paz y amor, incluidos los narcos, los malvados del sector privado, los periodistas que de todo me critican, mis enemigos políticos, los líderes sindicales, quien sea que se me acerque o no será disculpado, no tengo sed de venganza —expresó a modo de confesión, en tanto, recargado en su escritorio, la jaló de un brazo y la abrazó para murmurarle al oído: —A ver, mi vida, si no me arrepiento de mi bondad incomprendida, es decir, de haber sido demasiado bueno, cuando ya sea demasiado tarde.

Brigitte, estrechándolo con más fuerza, al percibir las debilidades de su marido, le susurró en voz apenas audible:

—Nunca te arrepientas de haber obrado bien, deja que las cosas malas las hagan los demás, allá ellos.

—No, de acuerdo —agregó el presidente inhalando el perfume de su mujer, el único que lo erotizaba—, solo que en política, lo acabo de descubrir, quince días es un mundo de tiempo —respondió mientras hacía breves rulos con el pelo de Brigitte y se los acercaba a su nariz con la mano derecha.

En ese momento ella descansó su cabeza en el hombro de su marido, encantada con las caricias en su cabello y por la atracción que despertaba en él.

—Tú siempre lo has dicho, lo importante no es tener la razón, sino que te la concedan, y hoy en día más personas votarían por ti que el 1 de julio. Vas de maravilla, Toñito…

—Me he retractado de muchas promesas de campaña, lo sabes, no es lo mismo verla venir que platicar con ella, por lo tanto no quiero que la gente piense que soy un desvergonzado, porque si el pueblo me pierde el respeto y desperdicio mi capital político, como le pasó a Pasos, estaré completamente perdido.

—¡Ay, por favor! —contestó ella apartándose y colocando sus manos alrededor de las mejillas de su marido para verlo a la cara—: Pasos era otro pendejo, en el caso de Ford, mandaba Malvina y en el del pobre Pasos, sin duda alguna el poder atrás del trono lo ejercía Villagaray, un genio del mal que exhibió a gritos su torpeza cuando invitó a Trump a México, uno de los gringos más feos que han existido desde Washington a nuestros días. Villagaray fue el verdadero presidente de México, amor. A él es a quien debemos darle las gracias y luego colgarlo del astabandera del Zócalo.

—¿Por qué dices eso…?

—¿Por qué? —se preguntó ella misma al acercar su nariz a la de su esposo, en plan travieso—: porque a ti, mi vida, nadie te maneja el tanque como a ese par de bueyes, caray, pero par de bueyes que nunca entendieron lo que tuvieron en sus manos ni aprovecharon su gigantesco poder. Con sus pendejadas, Villagaray nos pavimentó el camino a lo grande.

A continuación la señora González Mahler volvió a reclinar su cabeza en el hombro de su marido, en tanto este la apretaba por la cintura, para agregar el siguiente comentario:

—¿Te imaginas, amor, cómo sería la vida, cómo sería la política, si no tuviéramos miedo a ser engañados? Por acá tus enemigos, o a saber quién, te instalan micrófonos para meterse por la puerta de atrás y descubrir tus planes, una canallada; por allá, tus propios colaboradores hacen equipos para sabotear tus objetivos y garantizar su futuro. Mi posición podría preocuparles en cuanto no les perjudique la suya.

Haz de cuenta que te metes en una alberca llena de tiburones hambrientos.

Brigitte escuchaba pacientemente, apretándose contra el cuerpo del presidente.

—Cada político tiene su propia agenda, misma que desarrolla a escondidas, y la ejecuta cuando menos te lo imaginas.

—¿Desconfías de todos?

Un largo silencio y un par de suspiros contuvieron por unos instantes la respuesta:

—Casi de todos, Bri. Los políticos se desgastan porque tratan de mostrar solo un rostro cuando sabemos que tienen dos o tres o diez, según lo amerite la ocasión. Cuántas veces escuchamos quejas de mujeres que descubrieron quién era su verdadero marido cuando se divorciaron. Esa capacidad para engañar aterra. ¿Cuál cara era la buena?

En ese momento Brigitte giró sobre sus talones y se acercó, todavía más, como una gata de angora, al cuerpo del primer mandatario.

—A veces pienso que la desconfianza que perciben quienes nos rodean constituye una invitación al engaño, porque intuyen nuestro escepticismo, y al saber que ya no decepcionarán a nadie, tarde o temprano se quitan la máscara y te apuñalan, porque a su juicio ya no tienen nada que perder.

—De acuerdo —repuso AMLO—. Solo que, por otro lado, cuesta mucho trabajo demostrarle confianza a quien intuyes que te puede traicionar, vida mía —continuó diciendo mientras tomaba los brazos de su mujer y se los cruzaba contra el pecho, sujetándola firmemente—. Los traidores huelen el peligro de ser descubiertos, como los perros husmean el miedo de los extraños que se les acercan y gruñen, como en mi pueblo.

—Yo creo, Amlito, que tu experiencia política ha hecho de ti un buen lector de hombres…

—Tal vez tengas razón —adujo hundiendo la cabeza en el cabello trigueño de su esposa, inhalando profundamente ese olor dulce que lo trastornaba—. ¿Cómo terminaré anímicamente al final del sexenio? Uno soy ahora, el hombre que acaba de jurar como presidente de la República, y otro muy distinto seré cuando entregue el poder al final de mi administración. ¿Cómo me transformaré? ¿En quién me transformaré? ¿Acabaré destruido anímica y emocionalmente por tantas puñaladas, envejecido, arrugado, frustrado y decepcionado de todo y de todos? El chiste está en que nunca nadie perciba tu desconfianza, porque entonces te engañarán como a un chino…

—Claro que no, tú siempre serás un chamaco tropical, juguetón, la adversidad nunca ha podido contigo —repuso ella mientras el joven quinceañero acariciaba las piernas de su mujer y se le entrecortaba la respiración.

—Yo mismo siempre he dicho que la política es el baile de las mil máscaras, un juego que critico, pero al mismo tiempo practico con mi colección de máscaras. En ocasiones, te confieso, Bri, desconfío de quienes, en mi equipo íntimo de trabajo, siempre me dan la razón, como si no tuvieran la entereza de enfrentarse conmigo, aun cuando en el fondo pudieran coincidir sinceramente con mis ideas.

—Tienes razón —respondió ella moviendo su cuello en breves círculos con los ojos cerrados, como si tuviera una dolencia—. No debes subestimar a quienes te visitan, porque en cada mexicano hay un hijo de la chingada, y si lo pierdes de vista morirás, víctima de mordidas de todo tipo de fieras. Todos hacemos trampas, Amlito, pero, ¿tú sabes cómo se llama el que hace trampas y a pesar de ello no gana?

—No, ¿cómo se llama?

—Ay, amor, pues es un pendejo. Hace trampas, engaña, se expone a que lo cachen y a pesar de todo no gana, pues es un señor pendejo, vida de mi vida…

Mientras AMLO soltaba la carcajada, recordaba que durante la campaña había hecho promesas de imposible realización, había engañado abiertamente, pero había triunfado y por lo tanto no era ningún pendejo. Claro que el fin justificaba los medios. Para él había sido mucho más sencillo engañar a las multitudes que a una sola persona inteligente que desconfiara de sus palabras.

Hundido el presidente en sus reflexiones, ella continuaba confesando a su marido, preguntándole en voz baja si nunca le había sucedido que, al abrazar en público a sus rivales para sacarse una *selfie*, en realidad había deseado sujetarlos del cuello y asfixiarlos por ser unos hijos de puta declarados y confesos, pero, claro, como buen político que era, estaba obligado a fingir o estaría más muerto que los muertos… Mientras más importancia y más poder acumule una persona, más enemigos tendrá…

¡Qué conversación tan inteligente aquella, envuelta en un exquisito erotismo, digna de haber sido recogida por un novelista!

—Aguántate la risa, querida, pero los enemigos que más me preocupan y me alarman son todos aquellos que creen tener la razón, como ocurre con un puñado de periodistas, como Samperio y Reyes Ferroles, pero en especial con el tal Martinillo, por eso me enoja tanto…

Brigitte soltó ahora la carcajada y volvió a encarar a su marido para tomarlo por las orejas y besarlo. Abrazados, AMLO le dijo al oído:

—La verdad, mi vida, a mí me hubiera encantado descubrir los micrófonos, porque yo nunca hubiera permitido que los retiraran de las paredes y hubiera podido mandar mensajes completamente equivocados a mis enemigos para confundirlos. Me produce un gigantesco placer engañar a quien quiere engañarme.

Escuchado lo anterior, Brigitte salió en dirección a la puerta del despacho para abandonarlo, visiblemente disgustada, mientras decía:

—Ya ves, Amlito bonito, nunca hago nada bien, ¿lo ves? Nos vemos en la nochecita para ajustar cuentas.

—Por cierto —adujo Brigitte antes de cerrar la puerta—: si un día decides enfrentar al hampa, a balazos o como quieras, ese día necesitarás seguridad, te guste o no. Si esperas que esos rufianes se queden con los brazos cruzados cuando les quites miles de millones de pesos, te equivocas. Esos criminales están dispuestos a todo, no los pierdas nunca de vista.

Segunda parte

*Resulta al menos paradójico que AMLO
enfrente a ricos contra pobres, a pueblo
impotente contra minoría rapaz, a fifís contra
desposeídos, a mexicanos de tez oscura contra
mexicanos de tez blanca, a pirrurris contra
pueblo sabio, a tecnócratas contra burócratas,
a iluminados contra corruptos, a liberales contra
estatistas, y al mismo tiempo solicite "amor
y paz" a su rebaño con los brazos extendidos
invocando la misericordia divina. Quien ama
a México no lo desune ni le arranca las costras.*

MARTINILLO

A unos días de las fiestas de la Independencia, transcurridos apenas dos meses y medio de las elecciones presidenciales en las que resultara electo Antonio M. Lugo Olea, se trabó una apuesta, ciertamente única y sensacional, urdida de la nada, en forma natural y pintoresca, por un grupo de viejos amigos que se habían venido reuniendo a jugar golf cada miércoles en la tarde durante los últimos veinte años. En aquella ocasión, dadas las veleidades climatológicas, una intensa e interminable lluvia torrencial los obligó a suspender el encuentro deportivo.

Al concluir una larga partida de dominó humedecida, además, por una buena cantidad de whiskies, abordaron diversos temas hasta caer irremediablemente en la política. La gestión del presidente Pasos Narro, según los puntos de vista de los asistentes, concluiría en un pavoroso desprestigio, no solo porque los integrantes de su gobierno, sálvese quien pudiera, se habían convertido en una palomilla de delincuentes, la banda tricolor, sino por la indigerible ineficacia para controlar la expansión de la delincuencia en todos los órdenes de la vida nacional. No solo habían sido corruptos, sino también incapaces, de ahí el desplome de la popularidad del presidente, quien, en su momento, había sido llamado a salvar a México, según la prensa extranjera, y en vez de ello decepcionó e irritó a la nación como en pocas ocasiones había sucedido en la historia del país. La desilusión cundió también en el seno de su propia familia política y se había tornado explosiva al culparlo, con justa razón, por haberle pavimentado el camino a Lugo Olea a la Presidencia, voluntaria o involuntariamente.

Alfonso Madariaga, el más joven de los integrantes del grupo, un deportista de alto riesgo, cambió la charla para recordar el momento cuando llegó a la cumbre del Everest y colocó la bandera mexicana en la montaña más alta del planeta. Sus hazañas eran conocidas por los asistentes, quienes siempre se confesaban incapaces de igualarlas, es más, ni siquiera de pensarlas o imaginarlas. Poncho, como le decían sus amigos de toda la vida, había logrado bajar hasta una distancia de treinta y cinco metros en el mar sin equipo de buceo, de la misma manera que había volado en los Alpes suizos con esquís sujeto de un parapente, sin olvidar sus temerarios recorridos de varios kilómetros de ríos subterráneos en la península de Yucatán. Alfonso se sentía orgulloso y capaz de enfrentar cualquier desafío.

En lo que sería la última parte de la conversación, ya pagada la cuenta por los perdedores del dominó, uno de los asistentes, Roberto González, recordó una historia que acababa de leer, cuando un tal Michael Fagan, inglés, se las había arreglado para penetrar en la habitación de Isabel II, la reina de Inglaterra, en el Palacio de Buckingham, hecho insólito que había expuesto la vulnerabilidad de la soberana, además de haber alarmado y humillado a las autoridades de Scotland Yard, que a partir de julio de 1982 instrumentaron rígidos sistemas de seguridad, protocolos casi insalvables, para garantizar la integridad física de Su Majestad.

Todos los compañeros, que semana tras semana apostaban buenas cantidades de dinero en el campo del honor, dudaron de inmediato de la veracidad de semejante historia, pero se trataba de un hecho real que pudieron comprobar de inmediato al dar con el nombre de Fagan en el buscador de sus respectivos celulares. Para su increíble sorpresa, la anécdota era cierta; sin embargo, no dejaron de cuestionar los obstáculos que habría tenido que enfrentar el intruso para poder entrar hasta el cuarto de la reina y sentarse, nada más y nada menos, que en la cama en donde descansaba la hija de Jorge VI. El susto habría sido, por supuesto, mayúsculo, pero gracias al lenguaje fino y delicado del invasor, su majestad no solo recuperó la calma, sino hasta el ánimo, para empezar una conversación sin experimentar la menor sensación de peligro. Cuando Fagan sintió la necesidad de fumar, le pidió un cigarrillo a su anfitriona y, a petición de ella, fue a buscarlo en el cuarto anexo, instancia que la reina aprovechó para apretar un botón y llamar a la policía del Palacio. El hombre, bien intencionado, un buen ciudadano, audaz y curioso, fue arrestado y felizmente tratado ante los tribunales con inesperada benevolencia real.

Una vez aceptada la realidad de esa magnífica anécdota y discutidos los términos audaces en que se había llevado a cabo, Carlos Olmedo le propuso a Alfonso Madariaga que imitara al tal Fagan y se atreviera a entrar en las habitaciones del presidente Pasos Narro para enfrentarse cara a cara con él.

—¿Va…?

Pasos Narro casi nunca había concedido entrevistas individuales ni colectivas a la prensa, salvo que las preguntas hubieran estado previamente formuladas y contara con el tiempo de estudiar las respuestas; su ignorancia y su inseguridad, demostradas en diversas ocasiones en que se vio obligado a improvisar, eran patéticas y la fuente de múltiples burlas y sarcasmos en las redes, por lo que resultaba muy atractivo acercarse al primer magistrado para cuestionarlo sin tapujos, como lo haría cualquier persona del pueblo. ¿No sería una maravilla tenerlo a un metro de distancia, indefenso, para dispararle a quemarropa las preguntas que la inmensa mayoría de los mexicanos hubieran querido hacerle? ¿No?

—Tú todo lo puedes, Poncho, nos lo has demostrado en mil ocasiones —insistió Charlie, recurriendo a la adulación, a sabiendas de que si los dioses griegos eran débiles al halago, ¿qué no sería de los humildes mortales?—. Te has jugado la vida lanzándote al vacío, caminado en subterráneos infernales, has bajado a los cráteres de las montañas, buceado a miles de millas de profundidad —adujo en un claro tono de pitorreo— y hasta has dormido en las selvas tropicales rodeado de fieras —continuó, haciendo una simpática parodia de las hazañas de su amigo—. Recuerdo que en alguna ocasión te caíste en el mar en las costas de Sudáfrica y cuando, según nos contaste, se te vino encima un gigantesco tiburón blanco, le metiste la mano por la boca y lo volteaste al revés como a un calcetín para salvarte —agregó con gran sentido del humor su compañero en el *foursome*—. ¿No le arrancaste un día los testículos a un león que quería devorarte y salió despavorido el pobre felino?

Las carcajadas no se hicieron esperar, en tanto Alfonso Madariaga parecía ignorar, por lo pronto, el reto de penetrar en las habitaciones del presidente de la República, cuando tan solo le faltaban dos meses y medio para abandonar el cargo. Permanecía en silencio; sobrio e inexpresivo, se concretaba a leer los rostros de sus amigos.

—¿Qué dices? —insistió Carlos Olmedo sin quitar el dedo del renglón—. Si de hazañas hablamos, esta, sin duda, sería la más importante de tu vida.

Nadie hablaba, en espera de la respuesta de Madariaga. Todas las miradas convergían en su rostro. Poncho se sabía capaz de emprender cualquier aventura y, por lo mismo, odiaba sentirse como un lisiado o castrado ante cualquier desafío. De esta suerte había conquistado también, azuzado por apuestas, a un buen número de mujeres que finalmente habían sucumbido en el lecho gracias a la labia desarrollada con el paso del tiempo.

De pronto el buzo, ciclista, aviador, alpinista, torero, conquistador de mujeres, piloto de motocicletas, entre otros deportes adicionales, contestó con una simple pregunta:

—¿Cuánta lana le ponen?

Los tres compañeros se vieron entre sí, sorprendidos.

—¿De verdad te atreverías a entrarle a una aventura de esas?

—Les pregunté cuánto le ponían y no si me atrevería o no —insistió en obtener una respuesta—. ¿En qué quedamos? ¿Cuánto?

—Le pongo cincuenta mil pesos —afirmó Charlie, suma con la que coincidieron los demás.

—Si le suben y lo dejamos en diez mil dólares cada uno, estaría dispuesto a jugármela, no sean martillos —agregó con una sonrisa traviesa—. Es un pequeño precio del boleto de entrada para un espectáculo nunca visto en la historia de México. No me discutan, por favor, mis honorarios.

Al unísono se volvieron a consultar con las miradas cruzadas y se abstuvieron de regatear. Solamente Charlie externó una duda:

—¿Cómo podrás demostrarnos que te metiste en la habitación del presidente de la República? Yo de lengua, tú perdonarás, me como un plato, a ver suéltala…

—Esa pregunta todavía no la puedo contestar porque tengo que pensar en una estrategia eficiente y segura que me permita salir con vida y sin que me arresten, carajo. Tan pronto concluya mi plan, nos volveremos a reunir para acordar las pruebas que necesiten. La feria me la palmarán cuando se consumen los hechos —concluyó Madariaga, fascinado, como cuando iniciaba una nueva aventura de casi imposible realización.

Días después de la reunión entre amigos golfistas, AMLO reiteraba viejas promesas de campaña como si nunca fuera a dejar de ser candidato y no hubiera sido ya electo. Al mismo tiempo que proponía nuevos objetivos a alcanzar, solo algunos columnistas se atrevían a publicar la realidad, de mostrarla de acuerdo a la experiencia nacional, con o sin temor a las consecuencias, fueran las que fueran. La mayoría incalculable de opinadores públicos integraba un grupo descafeinado de críticos, según Martinillo, porque a su saber y entender, o ya estaban en la nómina del nuevo gobierno, o se encontraban paralizados por el miedo a no ser considerados en el listado de periodistas con derecho a prebendas, se tratara de lo que se tratara en cuestión de montos.

En relación a Gerardo González Gálvez, alias Martinillo, el GGG, por supuesto que jamás se encontraría un sobre ni un depósito. Llevaba un inventario de las promesas y declaraciones de Lugo Olea a lo largo de su dilatada carrera política e invertía buena parte de su tiempo en publicar las contradicciones, amenazas veladas, las burlas racistas, desde las inconsistencias legales y hasta constitucionales, en los diarios que osaban hacerlo, con independencia de tener una presencia constante en las redes sociales, para el día, nada remoto, en que sus editores le anunciaran que "por contracciones presupuestales" o cualquier otra razón ingrávida, sus puntos de vista ya no serían difundidos.

El GGG no dejaba de echarse la carabina al hombro ni de apretar sin piedad el gatillo ante cualquier ocurrencia de AMLO, un político necio, eso sí, muy perseverante, que ignoraba o despreciaba lo ocurrido en México en materia de modernidad durante el último medio siglo y deseaba dar marcha atrás a las manecillas del reloj para imponer ideas caducas y de probada ineficiencia, rescatadas del bote de la basura de la historia económica y política no solo de México, sino del mundo entero. Imposible olvidar cuando, a título de ejemplo, Martinillo escribió un par de artículos con los siguientes encabezados: "Reducir el salario de los burócratas de confianza implica su deserción, la parálisis del gobierno y el avance de la corrupción". "Descentralizar las oficinas del gobierno costará miles de millones de pesos, destruirá familias y creará caos en la República".

En su cuaderno de notas, Martinillo escribía a lápiz algunas de las ideas, ocurrencias y decisiones del presidente electo. En la portada había redactado sobre una etiqueta el siguiente título, con su conocido humor negro: "¡Si quieres hundir a México, AMLO, *quesque* querido, no leas estas cuartillas!" Dentro, un texto decía:

Cuando AMLO declaró aquello de "Congelaré el precio de la gasolina y del gas" de inmediato entendí la propuesta como otra promesa populista de campaña, pero luego caí en cuenta de que, tal vez, él estaba convencido de semejante posibilidad, la evidencia misma de su patética ignorancia en temas económicos, entre otros tantos más. ¿Cómo congelar los precios, si importamos el ochenta por ciento de las gasolinas y del gas, y por lo tanto, dependemos de las cotizaciones internacionales del crudo y de las monedas, fuera del control de México? A más encarecimiento del crudo, más costarán los derivados, y a más depreciación del peso, más costarán los carburantes. Para congelar hay que subsidiar, y al subsidiar enfermamos a la economía, con las terribles consecuencias conocidas. ¿Es entonces ignorancia, candor, populismo, estupidez o todo junto? ¿No hacen falta los más de doscientos mil millones de pesos de impuestos recaudados por la venta de gasolinas para rescatar a los pobres, en lugar de subsidiar a los usuarios de automóviles?

Martinillo había escrito a la mitad del cuaderno, en aparente desorden:

Que no se me olvide incluir que cuando AMLO nombró al futuro director de Pemex, ese mismo día cayó diez mil millones de pesos el valor del mercado de los bonos emitidos por la empresa más importante de México y ¿cómo no iban a sancionar semejante decisión si el nuevo director, en sus buenos tiempos, fue agricultor y luego trabajó como burócrata de medio pelo en el gobierno de la ciudad? ¿Habría sido suficiente una señal enviada por los mercados, que castigaron la lealtad antes que la experiencia? ¿Le habría importado al presidente electo que los mercados castigaran tan severamente a su candidato? ¿Sabrá que Estados Unidos construyó su última refinería en 1973 y que tanto Moody's como Standard and Poor's, las implacables calificadoras internacionales de riesgos crediticios, insistieron en que Pemex carece de la suficiente capacidad financiera para construir refinerías como la de Dos Bocas, en lugar de reparar las existentes y que de ignorar esta realidad "elevaría la vulnerabilidad de las finanzas públicas a shocks adversos, lo que nos llevaría a rebajar la calificación"? ¿Qué quiere decir en buen cristiano? ¿Que al bajar la calificación de Pemex se fugarían en el instante casi cien mil millones de pesos que México no puede perder de ninguna manera? ¿No hacen falta para rescatar a los pobres? ¿Los mercados ni cuentan ni importan en los tiempos modernos? ¿No? Mil veces mejor resultaría comprar una refinería de medio pelo en Estados Unidos, operarla al día siguiente y salir del aprieto…

Sin embargo, a pesar de los riesgos, Lugo Olea ha insistido, en términos suicidas, en la construcción de la refinería en Tabasco, con un costo de ocho mil millones de dólares, obra que no podrá concluirse ni en cinco años ni mucho menos a ese costo, al que debe sumarse la fuga de capitales citada. El escenario catastrofista podría complicarse severamente de llegar a cancelarse las licitaciones de la Reforma Petrolera y de congelarse los precios de las gasolinas, por más que los portavoces del presidente electo traten de aclarar o endulzar, como le pasó a Valeriano Ford, las palabras de su jefe. El presidente quiso decir… ¿Cómo hacerles entender que la apertura energética implica la captación de doscientos mil millones de dólares, sí dólares, pendejos? (apuntó Martinillo con pluma atómica y letras de palo, para distinguirlo del resto del texto). ¿Cómo? ¿No le serán útiles a AMLO doscientos mil millones de dólares, insisto, para construir el México con el que sueña?

Para estos y otros efectos bien valdría la pena rescatar una vieja iniciativa para reformar el artículo 108

Constitucional, en los siguientes términos: "El presidente de la República, durante el tiempo de su encargo, será responsable por violaciones a esta Constitución y a las leyes federales, así como por el manejo y aplicación indebidos de fondos y recursos federales. Podrá ser acusado por delitos graves del orden común, por faltas administrativas graves, por actos de corrupción, por daño patrimonial al Estado y por conflicto de intereses."

Es muy sencillo aventar a un país al abismo en una sola lección, ¿verdad? Las pérdidas de Pemex en el año 2017 "solo" fueron de trescientos veintiún mil millones de pesos, y este año serán el doble de esta cifra de horror. Entonces, ¿por qué persistir con necedad criminal en destruir la economía y hacer muchos más daños a quienes supuestamente se quiere proteger? No en balde se dice que AMLO quiere tanto a los pobres que los multiplicará por doquier… ¿A dónde vamos con un jefe de Estado que vive en un mundo de la fantasía, en donde la verdad no existe?

¿Cuál podría ser la solución para un auténtico líder de izquierda? Uno, abstenerse de retirar ni un solo *nickel* propiedad de Pemex para financiar los aberrantes gastos de la Federación. Los ingresos de Pemex deben estar destinados a la expansión de la empresa y, en ningún caso, a continuar siendo una parte vital de la tesorería de la Secretaría de Hacienda. Si el gobierno federal requiere más capacidad de gasto, entonces debe decretar más impuestos y evitar la pavorosa sangría de Pemex, arruinado por la cobardía política de presidentes y secretarios de Hacienda que prefirieron asfixiar a la petrolera antes que desgastarse políticamente en la creación de nuevos gravámenes que les reportarían una enorme impopularidad. Prefirieron la quiebra de Pemex a cambio de no ver erosionada su imagen pública. Una canallada. Dos: la medicina idónea consiste en universalizar el IVA de modo que sea general y absoluto el

125

impuesto al consumo, incluidos medicinas y alimentos y, por supuesto también incluido el sector informal de la economía, que no coopera con el financiamiento del presupuesto de egresos. Como la protesta de los sectores marginados no se hará esperar, entonces se le puede subsidiar mensualmente a dichos contribuyentes el IVA a pagar de acuerdo a su capacidad de compra, para no afectar su economía, sobre la base de que millones de ellos adquieren sus comestibles en mercados sobre ruedas, en donde no pagan impuesto alguno, con independencia de que también quedarían exentos si compraran sus medicamentos a precios reducidos en el Seguro Social o en instituciones públicas de salud.

La solución implica fortalecer las finanzas de Pemex en términos insospechados y aumentar la recaudación, con enormes ventajas para el país, de modo que todos contribuyamos al gasto público de manera equitativa respecto a impuestos de muy fácil recaudación. ¿Más? El aumento del IVA universalizado podría ayudar a la cancelación de gravámenes a las nóminas para facilitar la contratación de trabajadores provenientes de la informalidad, y ayudarlos a crear Afores para que puedan gozar de una pensión digna.

Ideas ahí están para ayudar a los que menos tienen, pero para ejecutarlas, después de discusiones entre expertos, se requiere conocimiento, audacia, coraje, capacidad de convencimiento y comunicación, requerimientos que tampoco se ven por ningún lado, como ocurrió en el gobierno de Pasos Narro.

Lugo Olea pretende invertir trescientos mil millones de pesos del presupuesto público, una auténtica locura, para reparar el sector energético, refinerías y exploración y extracción de crudo, todo incluido, en los próximos seis años. Hablemos de modernidad y del futuro:

Las ventas de automóviles, autobuses o camiones de gasolina o diésel se desplomarán en casi un noventa por ciento en los próximos ocho años. El mercado de transporte terrestre cambiará a electrificación. Se colapsarán los precios del petróleo y desaparecerá la industria petrolera como la conocimos desde hace un siglo. De la misma manera en que desaparecerán las gasolineras, porque los coches serán eléctricos en el muy corto plazo. El precio del crudo podría caer hasta cinco dólares por barril. Muchas técnicas de perforación, como las de aguas profundas, serán incosteables. La próxima generación de automóviles serán computadoras sobre ruedas que se cargarán en los hogares como cualquier otro aparato doméstico; es decir, si todo lo que se moverá sobre ruedas será eléctrico, más nos vale tomar las debidas providencias y adelantarnos a los acontecimientos.

Los directivos de Kodak, fabricantes de películas, rollos y papeles fotográficos y de cámaras de fotografía y cine, los editores de periódicos y revistas en papel, entre otras poderosas corporaciones más, jamás pudieron siquiera imaginar la velocidad tremenda con que sus empresas serían atropelladas violentamente por las nuevas tecnologías. Las estaciones de radio también desaparecerán, porque las señales se bajarán por internet a los dispositivos. No perdamos de vista que tanto la NASA como Boeing ya están construyendo aviones híbridos de pasajeros, por lo pronto, a cortas distancias. Si el gobierno de los Estados Unidos resentirá una pérdida de cincuenta mil millones de dólares al año de impuestos aplicables a los combustibles por la sencilla razón que estos ya no se utilizarán, ¿cuánto le costará a México el mismo concepto en el corto plazo? Y AMLO pensando en invertir miles de millones de dólares en refinerías y en exploración y explotación de petróleo. Sus ideas de hace cincuenta años ya no son aplicables en la actualidad. México es distinto de hace medio siglo, la realidad es otra, ¿cómo hacérselo entender, tanto a él, como a los jilgueros ignorantes que lo acompañan y lo llenan de cumplidos en lugar de encararlo con la verdad? ¿Beberemos crudo en lugar de atole? Si AMLO no visualiza el futuro y su gabinete todavía lo hunde más en el error con arreglo a adulaciones y embustes, ¿qué debemos esperar si nadie se juega la chamba con tal de rescatar a México de la debacle?

India, China, Noruega y Suecia están prescindiendo de la gasolina y procediendo rápidamente a la electrificación de sus automóviles. La revolución energética puede crear una crisis financiera mundial de consecuencias imprevisibles en el corto plazo. Muy pocos pueden ver el tsunami petrolero que se nos viene encima y que tal vez podría crear un nuevo orden geopolítico planetario, como los que surgieron al final de las dos guerras mundiales del siglo pasado.

Pasaron tres semanas hasta que Alfonso Madariaga invitó a sus amigos a unos tragos para plantearles su estrategia para penetrar, nada más y nada menos, que en la habitación del presidente de la República. Había pensado en contratarse como albañil para entrar en Los Pinos y, en el momento más oportuno, encerrarse en un baño o en el cuarto de aseo, en donde guardaban las escobas o los utensilios de limpieza. Fracasaría, en primer lugar, porque su físico no se parecía en nada a la apariencia promedio de un albañil, carpintero o plomero, por lo que, aun disfrazado, sería descubierto de inmediato, y por el otro, el Estado Mayor Presidencial llevaba un registro pormenorizado de las personas que entraban y salían de la residencia presidencial, además de revisar en detalle las credenciales para permitir el acceso a la casa más importante de México. No, la posibilidad del obrero era un rotundo fracaso. Investigó entonces los días en que se autorizaban visitas guiadas al público en Los Pinos, momento que aprovecharía para esconderse debajo de la cama en la recámara del jefe del Estado Mexicano. Imposible: la visita de terceros a la residencia no incluía, por supuesto, la entrada a la estancia de la pareja presidencial, por lo que esa opción también quedó descartada. La entrada clandestina en la noche, tal vez saltando la barda colindante con el Bosque de Chapultepec, también quedó cancelada por la gran cantidad de militares y de perros adiestrados que vigilaban los jardines y el entorno, en general, las veinticuatro horas del día. Imposible, no, por ahí tampoco. Fue entonces cuando cayó en cuenta que la mejor alternativa para lograr su cometido consistía en penetrar en la suite de un hotel en donde el presidente pernoctaría durante sus últimas giras de trabajo. No se trataba, en ningún caso, de lastimar al jefe de la nación, sino de sorprenderlo y obligarlo a contestar las preguntas redactadas por el grupo decidido a financiar la operación secreta. Isabel II reiría a carcajadas… ¿A quién se le ocurría semejante locura?

—Bueno, bien, ya entraste en la habitación del presidente en una suite de un hotel de provincia, ¿pero cómo sabríamos que lo lograste y que lo enfrentaste como todos quisiéramos hacerlo? —cuestionó Charlie como si fuera un estratega militar—. No vayas a echarnos otro rollo deportivo como los que acostumbras, como cuando violaste a una leona…

—Muy sencillo —sonrió Alfonso con una expresión benevolente—: ustedes escucharán en vivo y en directo la grabación que yo haré a escondidas del presidente, para que vivan junto conmigo el momento y puedan escuchar las preguntas y las respuestas. Todos conocemos su voz, llevamos seis años oyéndola, por un lado, y por el otro, soy incapaz de engañarlos, eso no es lo mío, toda mi vida como deportista quedaría cuestionada…

—¿O sea que el presidente va aceptar que grabes la conversación? —replicó Nachito Urquizo, sin ocultar una insinuación burlona—. Aunque, bien pensado, si de repente te encuentras desarmado con un intruso en tu habitación, accedes a lo que pida, ¿qué te queda, no? A mi tía Chole, solterona de sesenta años, se le metió un tipo a su cuarto a media noche, y ella le concedió cuarenta y ocho horas para salir de su departamento.

La festividad y la broma no podían faltar en el grupo de grandes amigos. Entre carcajadas, Alfonso continuó exponiendo sus planes:

—No, no, caray, yo lo voy a grabar a escondidas y él solo lo sabrá al final, claro está… Mi condición para salir del hotel consistirá en hacerle saber que todo lo hablado ya estará subido en la nube electrónica, de modo que si diez minutos después de concluida mi visita yo no les mando un Whats-App para avisarles que estoy en libertad, entonces ustedes procederán a difundir nuestra plática en la prensa, algo absolutamente inconveniente política y popularmente para él.

— ¡Ah, sí…! ¿Y cómo sabrás en qué hotel se hospedará?

—Soy amigo del dueño de un periódico nacional y ya me dio las ciudades que visitará Pasos en sus viajes de despedida de la Presidencia. Tengo la agenda, aunque no me crean.

—¿Y dónde lo vas a encontrar, entonces?

—Va a estar en Tepic y ahí mismo lo voy interceptar, pero los detalles no se los puedo dar en este momento porque cualquier indiscreción me puede echar a perder mis planes y me quedaría sin mis queridos treinta mil dolarucos y, tal vez, con el hocico roto, en el mejor de los casos.

Pasado el momento de los abucheos por negarse a confesar su estrategia, la reunión concluyó con un "nos veremos pronto, muy pronto, encárguense de la cuenta y prepárenme mi lana, muchachitos…".

Una semana antes de la llegada del presidente de la República a Tepic, Alfonso Madariaga rentó la única suite presidencial para conocerla en detalle. La recorrió desde todos sus ángulos con el ánimo de encontrar el mejor lugar para ocultarse durante un par días. Dejó su automóvil, alquilado con una tarjeta de crédito falsa, en un estacionamiento apartado del hotel. Buscó en la parte de arriba de un ropero para esconderse atrás de las almohadas y mantas de repuesto, pero el espacio era insuficiente y el travesaño no soportaría el peso de su cuerpo. Debajo de la cama sería el primer lugar que auscultarían los militares encargados de la seguridad del presidente. Cuando llegara Pasos Narro nadie podría ya circular por los pasillos de ese piso del hotel, de la misma manera en que el jardín que daba a la habitación principal estaría sembrado de personal experto del Estado Mayor. La única opción posible se reducía a subir por las escaleras de urgencia del edificio de cuatro niveles hasta llegar a la azotea, y desde ahí analizar las posibilidades de deslizarse en la noche por medio de una cuerda hasta el balcón de la suite presidencial.

Alfonso era un experto en el rapel, dominaba las técnicas de descenso rápido de enormes paredes escarpadas y podría colocar unas cuerdas con sus arneses bien sujetos alrededor de la base de concreto de un tinaco, un escondite perfecto para cuando los militares revisaran las instalaciones del edificio. Esperaba que ningún militar del Estado Mayor fuera a quitar la tapa al depósito de agua. ¿A quién se le podía ocurrir la idea de meterse en una cisterna? ¿Para qué? Si la vida era riesgo, había que correrlo… Su plan resultaba impecable, y más aún si en la noche del descenso, cubierto con su traje de buceo, útil para cruzar a nado las aguas heladas del Canal de la Mancha, San Apapucio, el Grande, su santo favorito inexistente, le obsequiaba una tremenda tormenta tropical acompañada de una sonora granizada, nunca antes vista en Nayarit, que obligaría a los guardias del jardín a guarecerse bajo techo.

Durante las últimas horas de alquiler de la suite presidencial, Alfonso resolvió el obstáculo pendiente al limar, sin romper, los pequeños pernos que sostenían la puerta de vidrio que daba al jardín, con el objetivo de poder zafarla con suma facilidad y rapidez. Acto seguido, atornilló un par de manijas por la parte de afuera, imprescindibles para dar un fuerte tirón, romper las bisagras ya debilitadas y así poder entrar en la suite presidencial. ¿Quién podía atreverse a dudar del valor necesario para acometer una acción tan arriesgada y más aún, quién estaba dispuesto a jugarse la vida en una aventura de semejante naturaleza? Solo Alfonso Madariaga.

El plan fue ejecutado con perfección militar, con la exactitud de un reloj suizo. Con la debida anticipación Alfonso liquidó la cuenta del hotel. Compró líquidos y galletas de gran poder vitamínico para no sufrir de sed y resistir dos o tres días casi sin comer, como cuando escalaba montañas sometido a un gran esfuerzo físico. Trató de cancelar la puerta de acceso a la azotea del hotel para poner todos los obstáculos posibles a los militares del Estado Mayor que revisarían el lugar hasta por debajo de las piedras.

Llegada la fecha, escondido en el tinaco, helado hasta los huesos a pesar de su traje de neopreno, escuchó los pasos y las voces de los encargados de la seguridad del presidente, pero afortunadamente a ninguno se le ocurrió abrir el depósito de agua. El peor momento lo superó cuando alguno de los uniformados golpeó con el puño, en forma rutinaria, las paredes de la pequeña cisterna para saber si estaba o no llena. Acto seguido, desaparecieron sin abrigar sospechas, dejando a un uniformado en la puerta interior de acceso a la azotea, de modo que ya nadie pudiera subir.

Entrada la noche, tirado en el piso ya fuera del tinaco, observó cómo llegaba la caravana de vehículos negros blindados, encabezada por un grupo de motociclistas con sus faros encendidos y sus luces de alarma parpadeantes. Sin levantarse, se arrastró hasta colocarse encima de la habitación del presidente. Sintió cómo su corazón amenazaba con escaparse por su boca en cualquier momento, como cuando había escalado el Everest. La luz de la suite se encendió repentinamente. El jefe de la nación ya había llegado para descansar. Ahora tendría que esperar a que la apagara para continuar con la operación. De golpe recordó un obstáculo imposible de calcular: ¿y si el primer mandatario venía acompañado por su esposa u otra mujer para pernoctar con él? En un plan de semejantes proporciones y riesgos, los imprevistos podrían desempeñar un papel muy significativo. La posibilidad no era remota, pues era de sobra conocida la justificada inclinación de Pasos por las faldas, su delirio. Al fin y al cabo, ¿quién no padecía semejante debilidad ante el máximo tesoro de la creación? ¿Cómo criticarlo y no envidiarlo? Era una de las grandes recompensas del poder.

La suerte parecía acompañar a Alfonso en la aventura más importante de su existencia. El gran deportista se colocó en cuclillas, con zapatos de goma para evitar cualquier ruido, rodeó con los cables la base de concreto, de acuerdo a lo planeado, y arrastrándose, se dirigió de nueva cuenta al lugar preciso encima del techo de la suite presidencial. ¡Cuál no sería su sorpresa al asegurar el funcionamiento de los arneses cuando el cielo empezó a desplomarse en pedazos con una tormenta tropical, la misma que le había suplicado a San Apapucio, quien a todas luces lo había escuchado y socorrido!

Los guardias que permanecían en el jardín se retiraron para guarecerse, como si fueran protagonistas de una obra de teatro y se ajustaran al guion al salir a tiempo del escenario. Cuando el atleta ya se aprestaba a descender, solo le pedía a su divinidad que no fuera a iluminarlo un relámpago a media faena. Sin embargo, ya no era el momento de detenerse. Al tocarse el costado derecho comprobó la existencia de un enorme cuchillo de campaña con el que había destazado focas en el Polo Norte. Una vez satisfecho su protocolo, descendió en segundos hasta llegar al balcón, escondió los cables y los arneses entre las enredaderas, jaló las manijas de la puerta y al vencerse las bisagras limadas, pudo entrar vertiginosamente en la suite para sorprender al presidente acostado, tratando de enhebrar el sueño. Desenfundó el puñal y se acercó en cuestión de segundos a la cama para evitar la menor reacción de Pasos. No tardó en descubrir que se encontraba solo. ¿Cómo hubiera acallado los gritos de horror de una acompañante aterrorizada? El susto del jefe de la nación fue tremendo, permaneció aterrado, pasmado, con la sangre congelada, al sentir el filo del arma en el cuello. Nunca había estado tan cerca de la muerte. Se quedó mudo y paralizado al ver el rostro de su victimario cubierto por un pasamontañas, decidido a mandarlo al otro mundo si no acataba sus instrucciones. No titubeaba su atacante.

—No te muevas y no grites, porque te degüello —le espetó al oído a Pasos Narro—. Si quieres salvar la vida, haz lo que te digo. No vengo a hacerte ningún daño, solo quiero conversar contigo y me retiraré, te lo prometo —aclaró sin alejar el cuchillo de la garganta del presidente, para ayudarlo a entender la seriedad de la invitación. ¿Por qué hablarle de usted a Pasos en una coyuntura carente de la menor solemnidad? Quien ostentaba a todas luces una jerarquía superior, era el intruso. Su cuchillo representaba una autoridad incontestable e indiscutible.

Sin volver la cabeza, con los ojos desorbitados, a punto de abandonar sus cuencas, cualquiera hubiera podido escuchar la angustia de Pasos a través de su respiración agitada, Pasos Narro alcanzó a preguntar, paralizado, con los ojos crispados, la frente arrugada y la voz entrecortada (¿Estaría soñando? ¿Ya estaría muerto?):

—¿Quién es usted? ¿Qué quiere? ¿Cómo entró aquí?

—Eso no te importa —contestó el audaz intruso, con la confianza de estar grabando la conversación, en tanto guardaba la compostura y se abstenía de utilizar insultos para intimidar más a su víctima. No necesitaba echar mano de esos recursos vulgares. Dominaba a su antojo el escenario.

—No tengo cartera ni tarjetas de crédito, le juro a usted que nunca las cargo porque no tengo necesidad de pagar nada. Mi reloj es de competencia, deportivo —agregó tartamudeando—. No tengo nada que darle —añadió el presidente, recuperando por momentos el aliento, a saber cómo, y dirigiéndose a su captor de acuerdo a la educación recibida en su infancia, congestionada de un respeto protocolario.

—Mira, aquí yo pregunto y ordeno, y tú respondes y obedeces, ¿de acuerdo? Solo te digo que soy un ciudadano de a pie que quiere entrevistar a su presidente, como lo haría cualquier paisano, a solas, sin cámaras ni ayudantes ni guaruras ni público. Tú te concretas a responder —ordenó Alfonso a quien solo sabía ordenar…

—Está bien…

—Dime, ¿vas a hacer lo que te diga o prefieres que te corte la yugular de una simple charrascada?

—Lo que usted ordene, pues.

—¿Vas a llamar a seguridad? Te advierto que antes de que alguien abra la puerta yo te habré encajado este cuchillo en el pescuezo, ¿lo ves con claridad? Está diseñado para desangrar animales salvajes. Entonces, decide: si gritas, los dos perderemos, yo la libertad, y tú la vida, ¿estamos?

—Lo que usted diga, lo que usted ordene, le repito que soy su servidor.

Pasos Narro no tenía ningún botón secreto para pedir ayuda, como la reina Isabel II. Solo estaba el teléfono, y este se encontraba en la mesita de noche, al otro lado de la cama. Él no era de los hombres que dormían con una pistola escondida debajo de la almohada, eso se sabía, la violencia no era lo suyo, no se trataba de un Maximino Ávila Camacho. Ni siquiera sabía accionar un arma ni cargarla ni jalar el carro ni se atrevería a apretar el gatillo en contra de nadie, ni siquiera para matar a un animal en una cacería.

Alfonso dejó pasar unos instantes para tranquilizar al presidente. Guardó silencio, en tanto con una mano prendía la luz de la habitación para verlo cara a cara y salir de la penumbra. Durante seis años de insoportable prostitución política, había contemplado su rostro en la prensa escrita, en la televisión y en las redes sociales. En el fondo le inspiraba un gran asco el sujeto al que podía acuchillar, asesinato con el que nadie ganaría nada. ¡Cuánto tiempo, recursos y capital político para construir un gran país más justo y digno desperdiciados! El presidente de la República dejó de jadear.

Su respiración se normalizó. Alfonso se sentó en la cama, colocó el inmenso cuchillo encima de las mantas, mientras Pasos Narro se incorporaba y se recargaba temblando sobre las almohadas, a modo de un respaldo. Se preparaba para una conversación que no olvidaría jamás.

—A ver, Ernestito, carajo, ¿no te dio vergüenza cuando fuiste a la Feria del Libro de Guadalajara y no pudiste contestar ni siquiera el título de un solo libro que te hubiera impresionado en tu vida?

—Es que me tomaron desprevenido.

—¿Desprevenido? ¿Y a toda la bola de pendejos de tu séquito no se les ocurrió que en la Feria del Libro te podrían preguntar de eso, de libros? ¿Era muy difícil el pedo? —adujo en un lenguaje procaz, muy popular, no con el ánimo de asustarlo, sino de facilitar el curso de la charla.

—Pues sí, a todos nos tomaron desprevenidos, usted disculpará…

—Bueno, ahora que ya no estás desprevenido, a ver, dame un título que no sea la puta Biblia, por favor, ni el directorio telefónico.

—Estoy muy nervioso ahora como para hablar de literatura.

—Siempre has tenido un pretexto para todo, ¿verdad? No seas cuento, jamás leíste un libro, desprevenido o no, maestro —exclamó el deportista y empresario—. ¿Cómo pudiste llegar a dirigir a un país, si tus niveles de ignorancia son abismales, carajo? Si el pueblo de México fuera inteligente, te hubiera mandado a la chingada en lugar de enviarte a Los Pinos para que representaras lo peor de lo peor del maldito tricolor. Bastó una buena campaña de publicidad para que la gente te comprara a lo pendejo, solo porque eres un *baby face*, ¿verdad? Las mujeres, o sea, la mitad del electorado, votaron por ti porque eres muy guapo y bien peinado, ¿no? Hasta decían "Ernesto, bombón, te quiero en mi colchón". Si serán pendejas, igual o más que los hombres, ¿crees que hoy lo volverían a hacer?

Pasos Narro agachó la cabeza, pero Madariaga no estaba dispuesto a callar. Para eso, precisamente para eso, había acometido la audaz aventura.

—Yo te contesto, no te preocupes, en tu caso muchas personas votaron con las nalgas porque eres muy bonito y joven, toda una refrescante esperanza, caray, y en el caso de Lugo Olea, porque estábamos hartos de ti, pero en ningún caso votamos con la cabeza, Netito, querido. Qué pueblo el nuestro, ¿no? Piensa con eso, con las nalgas, y espera que todo salga bien… Ahora a ver cómo nos va con este güey que llegó al poder por tus tarugadas e ineficiencia, y mira que arrancaste pocamadre y nada más ve cómo estás acabando, demonios. ¿A dónde fuiste a dar y a dónde iremos a dar con este nuevo mono? La verdad no tuviste madre… Pero a ver, ¿no te dio vergüenza cuando te escondiste en el baño en la Universidad Iberoamericana? ¿Crees acaso que esa era la conducta propia de un futuro jefe de Estado?

—Es que los muchachos estaban enardecidos y podrían haberme lastimado en su terrible excitación —repuso aquel con su conocido lenguaje pulcro y cuidado, como si su respuesta fuera a convencer al intruso.

—Ser presidente de México implica muchos riesgos que se deben correr con huevos, señor mío, pero se ve que el valor no está entre tus atributos. ¡Ay!, no te fueran a lastimar tu pielecita, hablas como si fueras un nenito. ¿Nunca te diste cuenta de que si te hubieran madreado los jóvenes en el auditorio y hubieras salido de la universidad con la cabeza cubierta de sangre, la nariz y el hocico rotos, ellos se hubieran exhibido como salvajes ante la opinión pública y tu capital político se hubiera disparado al infinito? ¿Te imaginas tu foto desgarradora en los periódicos y la gente pendeja diciendo, ay, pobrecito, concedámosle la Presidencia porque sufrió mucho? La regaste, hermano, la regaste grueso, perdiste una oportunidad dorada para impactar a la gente. Si te fijas —continuó Alfonso con gran soltura—, ahí tienes otra prueba más para demostrar que los mexicanos somos muy pendejos, porque dos hechos, ciertamente muy graves, eran motivos mucho más que suficientes para no haber votado por ti. ¡Ay, no te fueran a rasguñar tu carita!

—Se necesitaba mucho valor y mucho coraje para promulgar las reformas estructurales que a la larga van a cambiar el rostro de México, siempre y cuando el imbécil de Lugo Olea no les dé marcha atrás. Esos son pantalones, en el país de lo irreversible —exclamó Pasos tratando de crecerse al castigo—. Setenta y seis años tardamos, por ejemplo, en dar marcha atrás a la expropiación petrolera de Cárdenas, que durante mucho tiempo equivalió al hecho de tener un enorme tesoro enterrado sin poderlo disfrutar por mil obstáculos legales, la peor tontería del siglo XX. El valor tiene diversas modalidades, querido amigo. Desperdiciamos una enorme riqueza en términos incorrectos.

—Yo no soy tu amigo, y menos querido, guardemos las distancias y deja el protocolo para otro día. Además, no vine a hablar de política. Ese tema tal vez lo abordaremos en otra ocasión que me invites a Los Pinos —respondió Madariaga, animado a continuar con el cuestionario de sus amigos, quienes se estarían chupando los dedos al oír la conversación. Solo esperaban que Alfonso saliera con vida del entuerto. Sí que tenía pelotas—. ¿Cómo fue que caíste tan bajo, presidente?

—¿Por qué bajo? —cuestionó extrañado, como si no leyera la prensa.

—Empezaste emitiendo leyes, modificando la Constitución como si fuera fácil lograrlo y sacaste adelante las reformas estructurales que no solo muchos mexicanos aplaudimos, sino que la revista *Time*, según recuerdo, también te aplaudió y dedicó su portada con el título "*Saving Mexico*". Eras de los presidentes más populares del mundo. Sin duda alguna llegaste a ser el hombre del momento y acabaste con el nivel más bajo de aprobación ciudadana de la historia moderna del país. ¿Qué pasó? ¿No te sentías orgulloso? ¿Te confiaste?

—Alguien lo dijo mejor que yo: "la historia me absolverá".

Pasos Narro se encogió de hombros como pudo y giró la cabeza en dirección de la puerta por donde había entrado el intruso.

—Y mientras tanto, ¿qué sientes?

El presidente sonrió sarcásticamente ante la evidencia de que cualquier otro encuentro con ese miserable intruso solo sería posible en el infierno.

—Eres una rata, Ernesto confiésamelo ahora que nadie nos escucha ni nos ve...

—Yo siempre vi por el bien de la nación y jamás me quedé con un solo quinto del pueblo —contestó agraviado y sorprendido por la pregunta; amaba la cortesía extrema y despreciaba los cuestionamientos impertinentes.

—¡Ay, mira, mira! ¡No mames, Ernestito, esa no te la cree nadie! Y tampoco te creen lo de la Casa Blanca ni lo del tren chino a Querétaro ni lo de Odebrecht, que hasta ahora has podido salvar con buena suerte, ni tus viejos socios de Higa, alegues lo que alegues, ni que no hayas tenido que ver nada con los gigantescos desfalcos de tus años como gobernador ni con los de tu gestión como presidente ni con los indecentes peculados de tus secretarios de Estado, en quienes tanto confiabas. ¿Cuánta lana te dieron los gobernadores o los directores de empresas paraestatales? Ya, ya, dime, ni quien nos oiga, suéltala, ándale, no rajo, me cae...

—No, ni un quinto, el sueldo de presidente lo ahorré porque en el cargo nunca pagas nada, ni renta ni comida ni transportes ni medicinas ni médicos... ¿A qué hora quiere que gaste? ¿Quién me dejaría hacerlo?

—No digo que no gastes, sino ¿cuánto te clavaste?

—Nada, verdad de Dios, que todo lo sabe y me escucha...

—No metas a Dios en este rollo, por fa, ¿no?, si existiera ya te hubiera quemado las manitas. Dime, aquí, entre cuates, que te quedes sordo, ciego, cojo y mudo, al igual que tus seres queridos, si me estás diciendo mentiras, tú que crees en las pinches supersticiones, ¿cuánta lana tienes?

Después de un muy prolongado silencio, Pasos Narro insistió en que él viviría de sus ahorros.

—No, no contestas, carajo. A ver, ahora que, según tú, Dios te está escuchando, ¿que te quedes sordo, ciego, cojo y mudo si me estás diciendo una mentira?

—Sí, que me quede sordo, ciego, cojo y mudo…

—Es igual, pero dime, ¿para qué quieres dos o tres mil millones de dólares, además robados a los pobres? Pero, en serio, ¿para qué quieres tanta pinche lana mal habida, que no se gastarán ni cuarenta generaciones de Pasos Narro, lana que, además gozarán tus yernitos? Nadie sabe para quién trabaja, o mejor dicho, para quién roba, ¿verdad? ¿Te imaginas cuando te peles al otro mundo y se lea tu testamento y todos sepan el tamaño de raterazo que eras? —preguntó incontenible el magnífico intruso que hacía las preguntas que el pueblo de México hubiera hecho gustosísimo—. ¿Tú de verdad crees, así de veritas, veritas, que la gente no sabe que te protegiste a través de tu propio ministro de la Corte, tu ministro cuatachón, para que las denuncias de Corralejo de Chihuahua no te alcanzaran cuando te quitaras la banda? Eso no se llama miedo, Netito querido, se llama pánico, así tendrás de cochambrosa la conciencia, canijo. Imagínate el paquete que le hubieras heredado a Lugo si hubieras creado una auténtica fiscalía independiente, absolutamente autónoma, claro está, sobre la base de que no te hubieras clavado ni un quinto y hubieras sido un jefe de Estado honorable y querido por tu pueblo… Habrías obligado al gobierno de Lugo a caminar muy derechito porque cualquiera hubiera podido ir a dar al bote, ¿verdad?

La furia se podía constatar en la mirada del presidente; sin embargo, no podía ni quería contestar.

—Ya no voy a discutir la parte ética, sino la financiera, y por lo mismo te pregunto: si tienes, por ejemplo, tres mil millones de dólares, o sea sesenta mil millones de pesos, y te dejaran de rendimiento el diez por ciento al año, estaríamos hablando de seis mil millones de intereses, que divididos entre trescientos sesenta y cinco días, podrías gastar casi dieciséis millones y medio de pesos diariamente. ¿Qué tal? ¿En qué? ¿Vas a comprar yates y aviones, relojes y joyas para tus putas cada fin de semana, al igual que lo hará el mierda de Villagaray, tu socio, otro raterazo que cree que nunca las va a pagar?

Silencio presidencial.

—Dime, a ver, realmente quiero aprender, es que no me lo imagino: ¿vas a donar dinero a fundaciones para niños ciegos o enfermos, o a obras de filantropía? ¿Vas a regresarle a México algo de lo robado de alguna forma? ¡Habla, chingao!

Mucho más silencio presidencial. Mirada baja viendo las sábanas sin perder de vista el cuchillo. Mueca de disgusto y desaprobación. Inmovilidad total. Angustia obvia.

—A otro perro con ese hueso, dejémoslo, Netito, pero eso sí, en donde quedaste fatal fue cuando le pediste a tu vieja que saliera a decir que la Casa Blanca la había pagado con su sueldo de actriz mediocre en la tele. Ya ni chingas, caray —adujo tomando el cuchillo y pasándoselo por los dedos, como si quisiera probar su filo e impedir que el presidente olvidara su amenazadora presencia.

—Es muy buena actriz…

—Tan buena que te agarró de los huevos y te podrá chantajear cuando se le dé la gana, como tantos otros que también te tienen sujeto de ahí mismo.

—No le temo nada a nadie y por esa razón me iré a vivir tranquilamente a mi tierra.

—¿A vivir a tu tierra? ¿Haciendo qué? No podrías dar clases de nada porque no sabes nada. En el golf me dicen que eres medio mariachi y además, no puedes jugarlo todo el día y, por si fuera poco, no te gusta leer ni sabes estar solo contigo y, para rematar, eres muy joven como para pelarte al otro mundo. Estarás condenado a vivir en tu vacío y con tu dinero mal habido… ¿Ya te diste cuenta del infierno de

141

futuro que te espera, sobre todo cuando tus supuestos cuates y colegas te manden a la chingada porque te convertirás en una triste vaca que ya no dará leche?

—No hay tal, soy un privilegiado porque estoy lleno de amigos que me deben lealtad y agradecimiento…

—¿Ah, sí? ¿Eso mismo me lo podrás repetir cuando en diciembre le entregues la banda al tal Lugo? Ya nos veremos cuando te quedes más solo que la una, pero, bien visto, me estás viendo la cara de güey —argumentó Madariaga, poniéndose de pie—. No te creo absolutamente ni una sola palabra de lo que dices y en este sentir me acompaña todo el pueblo de México. A ver, ¿sabes cuánta lana tiene tu esposa, tu primera dama?

—Ella siempre vivió de mi sueldo y es inocente de todo cargo, cualquiera puede inventar embustes para desprestigiar a las figuras públicas como nosotros.

—Se ve que naciste mentiroso, eres mentiroso y morirás mentiroso, o eres ignorante y candoroso y morirás candoroso y pendejo, tú disculparás. Yo creo que te vas a animar a contarme la verdad y solo la verdad cuando te vuelva a poner el cuchillo en la garganta, y así me soltarás toda la sopa —advirtió Alfonso, pasándose la hoja por el antebrazo de su traje de neopreno—. Fuiste leal con los integrantes de tu pandilla en el gobierno, pero no fuiste leal con el pueblo de México.

—No, por favor, no es necesario, tengo hijos que dependen de mí.

—Claro que no es necesario, porque nunca vas a devolver nada de lo que te clavaste, porque ustedes los políticos son rateros, pero no pendejos, y saben ocultar muy bien sus raterías.

Ernesto Pasos Narro se exaltó de pronto y olvidó por un momento su situación para contestar, por primera vez airadamente. También tenía su orgullo.

—Sí, en efecto, hice mucha lana, mucha, muchísima, ¿y qué? Pero a ver, dígame, señor secuestrador, ¿quién es más culpable: el que se roba la lana depositada en el erario, o quien también se la clava, pero por medio de mil trampas, en el pago de impuestos?

Alfonso se quedó helado con el argumento, al igual que estarían sus compañeros de golf, quienes escuchaban la conversación a la distancia.

—No sé ni me importa qué haga usted —continuó el presidente, verdaderamente disgustado—. Dígame, por favor, ahora que sea usted quien se quede sordo, ciego, cojo y mudo, júreme por su familia que nunca le ha escamoteado dinero al fisco, porque ahora yo soy quien no le va a creer nada. ¿Pagó usted siempre sus impuestos, como corresponde a un buen ciudadano, o también, como usted dice, se chingó una lana del tesoro mexicano? Contésteme, señor secuestrador, no se quede callado, ¿quién es más culpable, si cometimos el mismo delito, solo que desde distintos lados del mostrador?

Silencio con mueca incomprensible a cargo del intruso.

—Ahora yo le pregunto, señor juez de ética, ¿en qué se parece un empresario evasor de impuestos a un político que se los roba...? A ver, dígame...

Pasos Narro guardó silencio en espera de la respuesta.

—Yo se lo digo —iba a decir "señor mío", pero desistió de la idea—: nos parecemos en todo porque, de una forma o de la otra, ambos le robamos al país, salvo que usted, con el debido respeto, sea un monje capuchino. Si usted le robó dinero al Estado Mexicano, es cómplice y está descalificado para juzgarme.

Madariaga evitó continuar con el tema y prefirió incursionar, con la cola entre las patas, en otro terreno, en donde se sintiera menos vulnerable.

—A ver, una pregunta entre hombres...

—Usted dirá —respondió el presidente sin ocultar su malestar y mostrando en todo momento sus manos colocadas encima de las mantas, según las instrucciones del intruso. Su coraje era evidente. La charla era histórica.

—¿Durante tu sexenio fuiste siempre fiel a tu mujer, Ernestito?

—Ella es una mujer hermosa que satisface todos mis deseos y mis expectativas de hombre. No tengo que buscar fuera lo que tengo en casa.

—No se puede contigo, carajo, es imposible que te confieses, ni siquiera en esta triste hora en que puedo matarte. Tú, que crees en Dios y en el Juicio Final, ¿no te das cuenta de que te vas a ir al infierno por todas las chingaderas que hiciste?

—No somos nadie para interpretar la palabra ni la voluntad de Dios, nuestro Señor. Él, siempre misericordioso, sabrá perdonarme porque nunca obré de mala fe ni como presidente ni como jefe de familia ni como amigo. Siempre fui de una sola pieza.

—No, pues así ni modo, no sabía que fueras un monje capuchino…

El presidente se volvió a enardecer:

—A ver, se llame usted como se llame y sin saber si está o no casado, ¿nunca le pintó el cuerno a su esposa o a una novia o lo que sea? Ahora le digo que quien no debe mamar es usted, señor: yo sí, lo confieso, me cogí a cuanta mujer se me antojó en mi oficina o en los viajes o en las casas de mis amigos, al extremo que un día me atraganté con Viagra y casi me muero. Me encantan las viejas, igual que el dinero, y me encantan igual que el poder. Ninguna se resiste a una caricia del presidente de la República —hablaba Pasos olvidado de su alta investidura, harto de las preguntas de su indeseable visitante. En ese momento ya no sentía temor por su vida—. La verdad, perdí la cuenta de las que cayeron en mi oficina con el argumento, ¡ay, señor presidente!, ¿pero qué me hace?, para ignorar sus dulces quejidos y zumbármelas sobre la alfombra, en el sillón o en mi privado. El poder es un gran afrodisíaco…

—No más, Ernestito, me matas de la envidia, calla, eso de que la que quieras la tienes, me mata, basta   agregó

144

Madariaga como quien se enjuga las lágrimas y a sabiendas de que la grabación comprometía al presidente, al igual que el hecho de haberse declarado ladrón, como todos los mexicanos. Sus amigos se estarían divirtiendo como nunca.

—No, nada de que lo mato de la envidia, conteste con valor civil: ¿le pintó usted o no el cuerno a su mujer? Confiéselo…

Alfonso Madariaga no pudo más que aceptar sus infidelidades que, por cierto, habían sido incontables.

—Entonces estamos a mano, usted y yo somos rateros y también infieles, ¿entonces qué viene a reclamarme y con qué cara?

¡Qué momento, caray!

—Algo debo acreditarte —volvió a cambiar el tema con una sonrisa esquiva—: siempre fuiste un gran amigo de tus amigos y los cuidaste hasta la ignominia, de eso nadie tiene la menor duda, pero vayamos concluyendo —cuestionó un Madariaga ansioso—: ¿qué sientes al saber que durante tu mandato asesinaron a más de cien mil mexicanos y desaparecieron otros cuarenta mil? ¿No pesa en tu conciencia?

Cuando Pasos Narro iba a contestar, el intruso continuó:

—¿No te da vergüenza haber legado casi cincuenta millones de mexicanos en la pobreza, a quienes no pudiste, o mejor dicho, no quisiste ayudar? ¿No prometiste durante tu campaña, esa de que "Te lo firmo y te lo cumplo", que acabarías con esta terrible injusticia que debería avergonzar a toda la nación? ¿No que erradicarías el hambre y acabarías con la violencia? ¿No te torturaban en las noches los cien mil asesinatos ni los cincuenta mil desaparecidos durante tu gestión, ni la matanza impune de cuarenta periodistas, ni los cien o más alcaldes masacrados a balazos durante la campaña de Lugo, quien ganó las elecciones gracias a tus errores? —Alfonso repetía el guion memorizado a la perfección, según lo había redactado junto con sus compañeros de golf—. ¿Qué hiciste con tanto poder durante tantos años? ¿Tú crees que si hubieras cumplido tu palabra empeñada la gente estaría

145

soñando con colgarte del primer ahuehuete del Bosque de Chapultepec? ¿Qué hiciste con toda la gigantesca deuda pública que contrató ese truhán de Villagaray y con la inmensa recaudación fiscal que lograron durante tu administración? ¿No crees que esos recursos bien podrían haber rescatado del hambre, de la ignorancia y de la postración a millones de compatriotas? ¿No te apena tanto desperdicio, tanta incapacidad y engaño? ¿Para qué tanto poder, carajo? ¿Para qué tenías que espiar telefónicamente a reporteros, políticos y a personalidades de la sociedad civil?

—Ayudamos a mucha gente, creamos millones de empleos, construimos miles de kilómetros de carreteras, además de puertos y aeropuertos, escuelas, academias, hospitales y universidades… —repuso sin contestar el alud de preguntas de Madariaga.

—Y si hiciste tanto como tú dices, ¿entonces por qué la gente votó masivamente en contra de los tricolores, de tu gobierno, tan corrupto como ineficaz? De acuerdo a lo que me dices, nunca tendrían que haber perdido las elecciones. Los chinos se calentaron mucho con la cancelación del tren a Querétaro y los mexicanos con la desaparición de los jóvenes de Ayotzinapa, con la invitación al hijo de puta de Trump, con los desfalcos de los gobernadores y directores de empresas públicas que tanto protegiste con gran desprestigio para ti. Has sido muy buen amigo, pero muy inocente, más aún si crees que un pacto con Lugo Olea te va salvar de la cárcel. Te equivocas, porque cuando se le acabe la lana y su gobierno sea un desmadre, Lugo te va a entambar con todo tu gabinete para distraer a la opinión pública. Ya no te pregunto si traicionaste a la patria al entregar el poder a Lugo con tal de no ver lastimado tu pellejo, que tanto cuidaste en la Ibero. Solo te digo que si tu Dios es justo, tarde o temprano habrá de enfrentarte a los tribunales, a la opinión pública y a quien hiciste presidente…

Pasos Narro guardaba silencio sin saber qué seguiría a continuación. ¿Para qué contestar y contradecir al intruso, si en cualquier momento podría degollarlo? Estaba hastiado y descompuesto. Ya vería a cuántos del Estado Mayor mandaría al calabozo hasta el final de su Presidencia. ¿Qué pensarían sus cercanos del gabinete de semejante anécdota?

Cuando Alfonso dio por terminada la conversación, a sabiendas de que ya no obtendría nada más y que con los datos en la nube podría salir en pie y cobrar su recompensa, se concretó a decir:

—Quiero que llames al jefe del Estado Mayor y le ordenes que me acompañe a mi coche sin tocarme un pelo, en el entendido de que si algo me sucede, todo lo aquí hablado irá a dar a la prensa y a las redes sociales.

El presidente frunció el ceño.

—¿Grabó usted nuestra conversación? —preguntó aterrado, con miedo a que fueran divulgadas sus declaraciones hechas con una mezcla de coraje y miedo.

—Un grupo de amigos tiene ya en su poder nuestra conversación y solo esperan mi silencio para difundirla, si es que yo no les llamo en los próximos quince minutos —adujo mientras se sacaba del traje de buzo el teléfono celular, en donde había grabado y subido a la nube toda la charla—. Que me acompañen a mi automóvil, Ernestito, y que se desaparezcan tus guaruras para que mis amigos no divulguen lo aquí hablado y confesado. Es un acuerdo entre caballeros.

El presidente asintió con la cabeza sin imaginar ninguna otra opción, salvo la rendición incondicional.

—Empiezan a correr los quince minutos, señor presidente —agregó usando finalmente ese título de honor, mientras hacía correr el cronómetro de su reloj de pulso—. Por favor, llama a quien tú consideres de confianza para que me acompañe a mi automóvil y regrese de inmediato contigo... Por cierto, Netín, querido: ¿cuál es tu hándicap en golf? Es una curiosidad personal, tú disculparás... Ya me dirás dónde juegas y planeamos un buen match con mis

147

cuates —exclamó mientras el presidente llamaba a sus ayudantes por el teléfono de la habitación, que Madariaga le había acercado.

Pasos Narro volteó hacia la ventana y se mesó el cabello. La delicadeza propia de los nacidos en Acojonulco no le permitió contestar con un "chinga tu madre", como sin duda hubiera sido su deseo. No quería saber más del golf ni del asunto. También dio por concluida la conversación.

—Por cierto, antes de retirarme, una última observación, pinche presidentito: no tuviste madre al suscribir un pacto de impunidad con Lugo Olea con tal de salvar tu miserable pellejo, hundiste a México en el fango del que tardaremos mucho en salir. No sé quién le hizo más daño a México, si tu lamentable estancia en Los Pinos o ese otro sujeto que puede empinar a México para siempre. Es más, hasta la fecha continúa abierta la herida de cuando en la guerra nos robaron más de la mitad del territorio nacional. Me llevo la tarea de saber cuál de los dos es más perverso, tú o Santa Anna. A saber. Un día, cuando ya no seas nadie, te mandaré mi conclusión, lo que sí te adelanto es que eres el primer o el segundo lugar…

Dicho lo anterior, Alfonso salió, acompañado por un oficial del Estado Mayor que no podía ocultar ni la sorpresa ni la furia de su rostro. ¿Quién será este tipejo? ¿A qué hora entró sin registrarse?, ¿cómo lo hizo?, se preguntaría con el rostro desencajado. Sin embargo, estaba obligado a cumplir las instrucciones precisas vertidas por el presidente de la República. Las leyes castrenses eran de una severidad inimaginable para los civiles, que si lo sabía él… ¿Lo privarían de su posición, lo encarcelarían, lo degradarían y con ello perdería ingresos y respeto entre los suyos, y después hasta podría ser asignado al Suchiate? A saber… Momentos después, Alfonso abordaba su automóvil y se dirigía a un paraje solitario, en donde lo esperaba un helicóptero que lo llevaría a un destino desconocido.

Si Pasos Narro creyó que había pasado el peor momento de su existencia cuando aquel intruso se atrevió a ingresar en la habitación de su hotel a plena noche y pudo ver cara a cara a la muerte por primera vez, en realidad carecía de la más elemental imaginación para prever su futuro y para entender su más próxima realidad.

Pues bien, a la mañana siguiente, ya de regreso en Los Pinos, creyéndose seguro en casa, descubrió en la sala de la residencia presidencial a otro enemigo inundado de resentimientos y rencores, dispuesto a lanzarse a dentelladas a su yugular. Se acercaba la fecha para entregar el cargo a Lugo Olea, el momento crítico en que se desprendería de la banda tricolor, el símbolo de su inmenso poder, y el jefe de la nación descubría a diario los verdaderos rostros de sus colaboradores y amigos, con quienes había convivido durante su administración. Uno de ellos había estado muy ocupado para contestarle el teléfono y había prometido reportarse a la primera oportunidad... Cero maquillajes. Las máscaras al cajón. Ya no había necesidad de adular para obtener favores, ni se justificaban las lisonjas ni las zalamerías. El rey agonizaba, viva el nuevo rey. Su fuerza se reducía a la de un cartucho hueco, sin pólvora, por más que todavía podría causar daño con un simple guiño dirigido a sus subalternos, pero esa posibilidad estaba descartada porque sus estados de ánimo, su decepción y frustración ante el creciente desprecio de terceros, de la prensa y de la nación, consumían sus energías y lo postraban en la nada. Se resignaba indefenso a su suerte como la hoja caída de un árbol convertido en juguete del viento. ¿El pueblo era un malagradecido después de haberle entregado una parte muy importante de su existencia? ¿Qué más daba?

Al dirigirse a su habitación, encontró sentada en la sala a su mujer, a la Pajarraca, el apodo de cariño con el que antes se dirigía a ella en la intimidad, hermosa, atractiva, fresca y radiante, perfumada, espléndidamente maquillada, para ya ni hablar de su indumentaria, muy elegante y bien combinada, como de costumbre.

Ni Ernesto Pasos Narro se acercó a ella para besarla, ni la Pajarraca se puso de pie ni levantó la cabeza para corresponder el breve saludo de su marido ni mucho menos se abstuvo de seguir hojeando la última edición de una revista "del corazón", la de sus felices años como actriz famosa.

Ambos cumplían con un pacto civilizado de no agresión consistente en resistir y exhibirse como un matrimonio muy bien avenido hasta la entrega del poder. En ese momento, nada de hipocresías, ya no estaban bajo los reflectores ni enfocados por las cámaras de televisión, como había acontecido durante el último Grito de Independencia en el balcón central de Palacio Nacional, en donde convenía aparecer sonrientes y felices ante el pueblo de México.

El presidente, apesadumbrado y necesitado de contarle a alguien lo acontecido la noche anterior en su suite del hotel en Tepic, se acomodó frente a su esposa, mesa de por medio con libros de arte mexicano todavía protegidos con sus respectivos celofanes, y empezó a narrarle cómo el intruso aquel se las había arreglado para meterse en su habitación sin que los integrantes del Estado Mayor Presidencial hubieran podido evitar la temeraria incursión, que bien podría haber tenido consecuencias fatales.

—Lo soñaste, Ernesto, acuérdate que las pesadillas te han perseguido durante este año —repuso la primera dama deteniéndose en una página, en donde aparecía una bella modelo francesa que lucía un glamoroso vestido con la última moda del otoño europeo.

—¿Cómo que un sueño, qué dices? El tipo se sentó en mi cama y me amenazó con un enorme cuchillo y casi me lo clava en la garganta.

—Fue una pesadilla, como las que has tenido cuando crees que estás cayendo de lo alto de un edificio o ruedas escaleras abajo, o un tiburón va a devorarte, ¿te acuerdas? Ya deberías entender el significado de tus sueños y aprender a manejarlos.

—¿Significado?

—Sí, te estás quedando solo e indefenso, sin todo el aparato que hoy te protege, y te sabes vulnerable como nunca. Sabes, porque lo sabes, que muchos te van a traicionar, desde Lugo Olea para abajo, y ya no tendrás el poder para devolver los golpes, por eso o te caes de un edificio o de un barranco o mueres de miedo porque te puede comer un tiburón sin poderte defender. Esa nueva pesadilla del intruso en tu cuarto no me la sabía, pero ya deberías buscar ayuda de un sicólogo, porque de que se te viene un monstruo encima, sí que se te viene, y fuerte, que te enseñe a manejar el miedo.

—¿Miedo? Yo no tengo miedo…

—¿Qué? ¿Cómo que no tienes miedo? ¿No…? Entonces ¿por qué te amparaste en la Corte ante el peligro de que el gobernador de Chihuahua te pudiera meter al bote, rey? Nunca se había visto una cosa igual, según dicen los periódicos, y si eso no es miedo, entonces yo soy la abuelita de Batman.

—Son precauciones que no voy a discutir y, además, no es para que vengas ahora con ese rollo que ni entiendes —reclamó con el rostro adusto con una expresión de extrañeza, como si la Pajarraca estuviera en plan de guerra.

—Pues qué bueno que tomas esas precauciones y todas las que se te ocurran, porque en el dominó criminal que todos ustedes juegan tú puedes llegar a ser el gran perdedor.

—¿Cuál dominó criminal? ¿De qué hablas? ¿Y yo por qué voy a perder?

—Es muy simple —explicó ajustándose el cabello—: con que empujes una ficha del dominó se caerá una tras

151

otra hasta no dejar ninguna de pie, ese es el efecto dominó, ¿te acuerdas? —y antes de que su marido contestara, agregó: —Todos los políticos se saben los secretos de los demás. Si te metes con uno y pretendes encarcelarlo, ese pillazo acusará a alguien más y se producirá una cadenita de denuncias de las que nadie se salvará, ni tú mismo. Uno rajará contra el otro y así hasta el final, lo que podría acabar con todas las pandillas.

El presidente de la República no hablaba. Contemplaba el rostro de su mujer con un infinito rencor.

—Para que mejor me entiendas, Netito, haz de cuenta que todos ustedes están tomados entre sí por los güevos y si uno se los aprieta al de junto, ese se los apretará al de al lado y así se armará la cadenita —adujo cruzándose de brazos en espera de la respuesta—. Solo que como a ninguno le conviene un apretón, no pasará nada, por la misma razón Lugo Olea sale con que no va a perseguir a nadie, habla de paz y amor y del perdón universal, como si fuera un curita de rancho, porque sabe que metiéndose con uno se tendrá que meter con todos y por eso no le moverá al asunto. No tiene un pelo de güey.

—Pero dime, ¿yo por qué voy a ser el gran perdedor?

—Pues porque si se meten contigo ni modo que tú acuses a todos. Tendrás que callarte, porque no hay quien no te la vaya a devolver con tal de salvarse.

—Lugo Olea no se meterá conmigo, lo verás —afirmó sin confesar su acuerdo secreto con el presidente electo.

—¿Qué, qué dices? Yo creía que eras un gran político, pero me decepcionas otra vez. Cuando al tal AMLO se le acabe la lana y ya no pueda financiar su populismo y le pegue en los bolsillos a sus sagrados chairos, se meterá contigo una y mil veces para quedar bien con el populacho. ¿Te imaginas cómo se disparará su popularidad si te entanca, Netito? Sería el presidente más famoso y más poderoso de la historia, olvídate de su actual fuerza, si te llega a mandar a la sombra, los políticos de cualquier partido se arrodillarán ante él y le besarán lo que te conté con tal de que los dejen en paz…

Pasos Narro todavía prefirió mantenerse sereno ante las amenazas veladas de su mujer. ¿Ella sería capaz de denunciarlo? Sabía demasiado, que si sabía…

Sin escapatoria posible y a sabiendas de que cualquier argumento sería utilizado en su contra, prefirió retomar la conversación original, mientras veía una enorme fotografía, colgada en la pared, del día que tomó posesión como jefe del Estado Mexicano.

—Lo que sí te juro es que lo de Tepic fue cierto —exclamó cambiando radicalmente el tema.

—¿Qué va a ser cierto? Lo mismo me has dicho en otras ocasiones. No digas bobadas, Neto —agregó con evidente sequedad y señales claras de hartazgo.

Fue en ese momento cuando ella abrió su juego para recapitular algunas etapas de la vida de su marido:

—Uno eras como gobernador creativo y ocurrente que tomaba decisiones, y eras independiente y ejecutivo, y otro a partir de la Feria del Libro de Guadalajara, cuando te confundiste y no pudiste ni siquiera dar el nombre de tres pinches libros…

—Sí, me acuerdo…

—¡Primero dijiste que te valió madres, pero en realidad te traumó! Ese fue un golpazo que te dejó confundido, inseguro. Y eso lo aprovechó Villagaray para manejarte a su antojo, el muy mañoso. Tan estabas atarugado en una depresión que no te diste cuenta de cómo ese diablo lucró a morir con tus debilidades, al extremo de que lo reconocían a él como el verdadero presidente.

—Esas son chingaderas de la gente —tronó Pasos Narro en tanto se ponía de pie como si le hubiera picado un alacrán tabasqueño—, y mil veces más me duele que salgan de tu boca esas pendejadas —alegó el presidente, casi invariablemente bien educado de acuerdo a los usos y costumbres de su tierra, en donde se rehuían las palabras altisonantes—.

153

Yo, y solo yo, goberné este país, Ángeles, y nadie más, no me salgas ahora con esas canalladas.

Confiesa que te sentiste incapaz de nada si él no aprobaba tus propuestas. Es más, dejaste de tener propuestas y te dedicaste a apoyar las suyas.

—Esas son cabronadas —contestó Pasos, a punto de abandonar la sala y dejar de escuchar sandeces—. Las reformas estructurales que cambiarán para siempre el rostro de este país son de mi inspiración, yo las formulé, yo suscribí las iniciativas, yo las negocié en el Congreso, yo logré que se aprobaran y yo las promulgué —respondió encolerizado, fulminando con la mirada a la mujer con la que no había pernoctado al menos en el último año y medio.

—¿Cabronadas, Netito? ¿Sí? —repuso la todavía primera dama, sin dejarse impresionar—. Medio mundo sabe que la mayor parte de las ideas fueron de Villagaray, que él conocía el tejemaneje del Congreso y supo repartirles lana para que aprobaran al vapor las leyes, casi sin discutirlas. Y tú nomás firmaste. Y si no, pues pregúntale su opinión al mugroso chino que tenías en Gobernación, si se atreve a hablar te dirá la neta respecto a la influencia que tiene Villagaray sobre ti —aseveró para rematar su perorata con el siguiente argumento: —Te pareces al cornudo, el último en enterarse de que lo engañan, pero apréndetelo por tu bien, eso piensan de ti en el gabinete, para que te lo sepas, chulito —insistió removiendo el acero en la herida.

—Te voy a partir tu madre, Ángeles —amenazó el presidente, empezando a rodear la mesa—. Hace mucho tiempo que se me antoja.

—Atrévete, canijo, solo dame en la cara para que yo diga mañana en una conferencia de prensa lo que me hiciste —al constatar la repentina inmovilidad de su marido, Ángeles Roel se animó a lanzar más golpes, uno tras otro, al bajo vientre—. Si tu concepto de la valentía quedó en entredicho en la Ibero, cuando me pediste que saliera a cubrirte las espaldas con nuestra casa, la Casa Blanca, de la que yo no hubiera podido pagar ni los honorarios de un velador, entonces ya no quedó duda de que eras un cobarde. Empujar al abismo a tu mujer, esa sí que fue una canallada.

—O sea, ¿me vienes a leer la cartilla, verdad? —inquirió furioso el presidente.

—Supiste de las burlas sangrientas de mis compañeros del escenario porque ellos conocían lo que todos ganábamos, sabían lo que yo gané en las telenovelas, que no fue un platal aunque las protagonizara, carajo.

—Bueno, pero no te quejes, porque bien que compré tu silencio a billetazos, de modo que ahora eres riquilla. Mejor a callar.

El pleito adquiría proporciones descomunales, en cualquier momento podría desembocar en la violencia.

—¿No crees que quedaste como pendejo, o corrupto, o todo junto, cuando nunca pudiste aclarar lo de las desapariciones de Ayotzinapa? —preguntó ella a sabiendas de que el tema incendiaba a su marido o lo que quedaba de él.

—Claro que supe lo que pasó.

—¿Y por qué no lo aclaraste en su momento?

—No me convenía.

—¿No te convenía cuando tu prestigio nacional e internacional estaba por los suelos? ¿No era momento de exhibir a los culpables para salvarte? ¿Qué pudo haber sido tan serio que prefirieras la destrucción de tu imagen, en lugar de revelar la verdad?

—Entenderás que no voy a discutir políticas públicas contigo, reinita, y menos para que después me saques los trapitos al sol.

—Es un buen pretexto, pero la verdad es que nadie de tu gabinete supo resolver el entuerto y quedaron como inútiles ante el mundo, que los contempla como cómplices de un asesinato masivo.

—Ya se le olvidará al mundo.

—¿Y también se le olvidará cuando el pendejo de Villagaray te convenció de invitar al mierda de Trump a México, cuando apenas era candidato? Fue una cagadota. ¿Y todavía me dices que tu cancillercito de mierda no te tiene lavado el coco? Por favor, Ernesto, por favor: todo el mundo, como tú dices, te vio de nalgas prontas persiguiendo a Obama por todos lados para pedirle perdón en un humillante besamanos.

—¿Ya acabaste? —preguntó el presidente, a punto de retirarse. Golpearla complicaría el estado de cosas. Solo esperaba que la Virgen de Guadalupe, su querida patrona, hubiera escuchado sus rezos cuando le pedía acelerar la terminación de su mandato, momento que aprovecharía para no volver a ver a esa mujer por el resto de sus días. No en balde tenía una novia nueva.

—Pero escúchame, Ernesto, todas las ofensas que recibí de tu parte son insignificantes si las comparas con las humillaciones que sufrí como mujer cuando te acostabas con cuanta puta se te atravesaba en el camino, salvo que creas que soy bruta y no me daba cuenta.

—¡Cállate ya, carajo! Quién sabe qué te picó hoy —reclamó el presidente y empezó a retirarse, furioso.

—Huye, siempre has huido de los problemas, pero yo sé los nombres de todas esas tipas y también sé que un día casi te mueres de tomar tanto Viagra, lástima que no aumentaste la dosis —alcanzó a decir la primera dama, que ya solo oyó oír una respuesta a la distancia:

—Por eso te llené de dinero, para que te pesaran menos tus santas humillaciones, y lo aceptaste todo en lugar de tirármelo a la cara. Ya ni te quejes ni te hagas la ofendida —fue lo último que escuchó cuando los pasos del presidente se perdieron en los pasillos de Los Pinos.

Si algo le llamaba poderosamente la atención a Alfonso Madariaga y a su *foursome*, era jugar en campos de golf desconocidos para ellos. El reto, entonces, era mayúsculo. Cada hoyo tenía su misterio y un diferente grado de dificultad, ya

156

fuera que jugaran en las costas de Nayarit o en los acantilados de Escocia, pasando por las zonas boscosas de México, o en los selectivos clubes de la Europa continental. De la misma manera en que apostaban cantidades importantes de dinero en Pebble Beach, se las arreglaban para hacerlo en Augusta o en Bariloche.

Sin embargo, su sorpresa fue mayúscula cuando, a escasos diez días de la toma de posesión de Lugo Olea, se encontraron en Ixtapan de la Sal al ex presidente Pasos Narro, quien, como era del dominio público, disfrutaba también de este magnífico deporte al aire libre, en un campo del Estado de México rodeado de árboles, exuberante vegetación, lagos y hasta animales silvestres. Fue Charlie quien descubrió la presencia del ex mandatario, precisamente en el *tee* de salida del hoyo número cinco, de más de cuatrocientas yardas.

Madariaga trajo a colación la noche aquella en el hotel en Tepic, cuando se descolgó por la azotea y entró por el balcón para sorprender a Pasos Narro en el momento en que empezaba a enhebrar el sueño. Jamás podría olvidar la expresión de terror del presidente cuando le acercó un enorme cuchillo a la papada y le advirtió que no se moviera ni gritara ni pidiera auxilio, so pena de que le hundiera la daga hasta perforarle el cráneo. Los comentarios entre los grandes amigos no se hicieron esperar, y menos cuando recordaron el día en que Madariaga hizo efectiva la apuesta y se llenó los bolsillos con miles de dólares. Esa tarde, entre whiskies, tequila y vino tinto, volvieron a escuchar la grabación, que ya constituía todo un artefacto político de gran explosividad que en cualquier momento se podría utilizar para acabar de hundir tanto a Pasos Narro como a Villagaray.

Que si Madariaga podría chantajear al ex mandatario intercambiando la grabación por dinero, sí, sí que era posible, pero el intrépido atleta tenía una distinta estructura ética, y si bien disfrutaba la tenencia del dinero, jamás recurriría a la extorsión para enriquecerse. Claro está que Pasos Narro estaba imposibilitado de reconocer a Madariaga

157

porque este llevaba un pasamontañas cuando lo sorprendió en la suite del hotel.

El juego continuó entre broma y broma, con la esperanza de que ambos grupos se encontraran en el hoyo 19, al concluir la partida. Según avanzaba la mañana, uno de los compañeros cuestionó a Madariaga con una incipiente sonrisa:

—¿Qué vas a hacer con la grabación? ¿Se la vas a mandar por mail para ponerlo nervioso? Es importante recordarle a cada rato que lo tienes agarrado de las pelotas.

—Ganas no me faltan de mandarle la grabación a cuatro o cinco de las más importantes estaciones de radio o de tele para que se difunda lo que ocurrió durante el sexenio pasado —dijo Madariaga recargándose en el *driver*—. Me da mucha rabia que en este país la sociedad todavía distinga a los ladrones del presupuesto público, anteponiéndoles un "don". Ahora sucede que Pasos Narro va a ser don Ernesto…

Roberto no se quedó corto en su comentario al señalar que a los piratas ingleses que asaltaban barcos del imperio español, cargados de oro y plata, los nombraban "sir", como sir Walter Raleigh, o sir Francis Drake.

—Eso es cierto —repuso Madariaga—, pero lo que tenemos que hacer es esperar el momento idóneo para detonar la bomba y causar el mayor daño posible.

—¿Y cuál sería ese momento? —preguntó Roberto González, ajustándose el guante.

—Tal vez cuando se le acabe la lana a Lugo Olea y tenga necesidad de distraer a la opinión pública del fracaso de su gobierno.

—Vámonos, estamos deteniendo el campo —adujo Nacho Urquidi, recordando aquello de que el plato de la venganza invariablemente se debe comer frío.

—En este país donde solamente van a la cárcel los pobres y los pendejos, es la hora de encarcelar a estos bribones que le han quitado el pan de la boca a los marginados —dijo Madariaga cuando se inclinó para colocar la pelota sobre el *tee*, hacer unos *swings* de práctica y prepararse para llegar al *green* al menos con tres golpes. Antes de golpear la bola, gritó *fore!* para que sus compañeros guardaran silencio, sentenciando—: Si la pongo en *green*, me ganaré cien dolarucos de cada uno de ustedes, bola de mariachis.

Momentos antes de que Madariaga impactara la pelota, Charlie le dijo:

—Acuérdate de que a la mitad del hoyo pasa un río, el *green* es muy cortito y muy rápido y está rodeado de trampas, por lo cual, mi querido amigo, no solo no cobrarás tus cien dolarucos, sino que te vas a ir al carajo.

Del blog de Arantxa, la quiromántica
Las manos de un presidente

¡Abrazos navideños desde Ordesa para ustedes, buenas personas que me leen en todo el mundo!

Pues nada, que me ha llamado la atención don Antonio, el nuevo presidente de México, y quiero decir algo sobre él. Lo que voy a interpretar de la lectura de sus manos es elemental, limitado, porque lo hice a partir de fotos de no muy alta resolución, pero sé que vale, ¿estamos? Trataré de ofrecer la mayor información que me sea posible.

Para empezar, son manos peculiares, la verdad: muy interesantes y poco comunes.

Es diestro, las líneas de ambas manos son muy parecidas y bien definidas. Eso quiere decir que cumple su destino, sigue el camino que ya estaba trazado para él.

Es un hombre tradicional, adaptado a la sociedad que lo vio nacer. Tiene valores clásicos. Necesita vivir en pareja y crea relaciones sólidas, por ello se empareja desde temprana edad y el vivir así le da paz, satisface instintos y aleja tentaciones innecesarias.

La línea de la vida es larga y sin contratiempos. Sé de su condición cardiaca por lo que leí en la prensa, pero esto no pinta como algo determinante o problemático, así que no hay que preocuparse mucho; al menos eso dice la línea que alcanzo a ver.

La línea de la generosidad en ambas manos apunta al dedo índice; esto indica que es un hombre de claro egocentrismo, que primero resuelve sus metas antes de poder darse a los demás. Pero hay un elemento poco común: en ambas manos existe una línea que casi nadie tiene, la línea de la fortuna, y este es un dato muy interesante: la fortuna, la suerte, es hacia los demás, no hacia él. Se podría decir que es una línea mesiánica, de alguien que viene a hacer algo por y para los demás. El mayor problema que contrapone su destino mesiánico es que su ego (la línea de la generosidad) puede interferir negativamente en sus propios logros.

Su inteligencia por nacimiento y herencia es media y de corte romántico. Podría ser un poeta o músico. El lado contrastante sería no poseer un intelecto racional ni práctico, pero en su mano derecha (nos indica lo que él hace por propia voluntad) esa tendencia se endereza y aparece un lado más pragmático. Digamos que la vida le enseña a pensar con más claridad.

Se alcanza a intuir un monte de venus orondo. Significa que es un hombre sensual. Sabe atraer a los demás y él mismo disfruta plenamente de la vida a través de los sentidos. Sabe apreciar el arte, la belleza, la gastronomía y la naturaleza.

Es lo que alcanzo a leer; espero os haya interesado.

Hasta la próxima, gente buena; mientras tanto, besos.

Las relaciones de Juanito con su pareja, Yanira Ramírez, se habían empezado a complicar a partir del momento en que este tomó la compleja decisión de donarle un riñón a

Fernando, el buen Fer, su hermano mayor, porque de otra manera hubiera perdido la vida en el muy corto plazo. Yanira, cinco años mayor que él, había echado mano de todos los argumentos a su alcance para hacerlo desistir de esa idea, pero había fracasado en sus intentos. "Casi todos los tuyos han padecido esa patología, cariño mío, cuidado." "Tu madre y tu primo murieron por la misma razón." "Si te llegas a enfermar, con tan solo un riñón no tendremos escapatoria posible, amor." "¿Quién te lo va a donar a ti si llegaras a necesitarlo?" "¿Serías capaz de dejarme viuda?" "Antepones a tu hermanito a nuestra relación." No abordó el tema de los hijos porque estaba fuera de la discusión. Desde un principio habían renunciado a la paternidad, al estar fuera de sus proyectos de vida. Imposible dedicar ni un solo segundo a los pañales ni a las obligaciones inherentes.

Juanito fue acusado, en medio de un terrible pleito conyugal, de egoísta, de no amarla, de despreciar la vida, de patear el futuro, de no ver más allá de su nariz, entre una nutrida cantidad de agresiones imposibles de olvidar. La relación entre ambos, tambaleante, continuaba en medio de inmensos esfuerzos.

Tolerancia, se decía el joven jurista; la clave para resistir las adversidades conyugales se reducía a una sola palabra: tolerancia…

Si bien la convivencia se había complicado severamente, estuvo a punto de la ruptura total cuando Juanito aceptó otra petición de su único hermano: Fernando deseaba ayudarlo a administrar una pequeña empresa importadora de papel de Canadá, la única herencia de su padre, en tanto él estaba inmerso en sus tareas académicas y, de poco tiempo atrás, en las políticas. Yanira se volvió a oponer con sus mejores y más sólidas razones a semejante solicitud por la mala fama de Fer, quien había malversado fondos, había desfalcado a la compañía cuando también "le había ayudado" a su padre a administrarla. Después de suplicarle una y otra vez a Juanito, aprovechando diversas coyunturas de intensa actividad universitaria que le impedían atender el negocio en tiempo y forma, este accedió a entregarle la operación a su querido hermano, convencido de que, por elemental agradecimiento, jamás sería traicionado y Fer velaría por el bien de ambos, sobre todo cuando llegara el feliz momento de la repartición de los dividendos. Estos, claro estaba, nunca llegaron al bolsillo de Juan, su dueño, porque el buen Fer empezó a distraer fondos de la papelera, a sangrarla, a embolsarse los recursos, desde el primer día de su criminal gestión hasta llegar a la bancarrota.

¿Que le había salvado la vida…?

¡Ay!, no empecemos con el bla, bla, bla, por favor…

El gerente de la empresa —cesado tiempo atrás por así convenir a los intereses de Fernando, decidido a ocultar sus transas sin obstáculos ni espías—, buscó a Juanito para hacerle saber la realidad. La compañía estaba quebrada y la ruina se debía a la escandalosa sustracción ilícita de los recursos que habían ido a dar al bolsillo de Fernando. Los estados financieros habían sido alterados mes con mes para ocultar la verdad, hasta asestar el golpe mortal en la nuca. La quiebra era cierta, pero para dar con sus orígenes habría que buscar, antes que nada, en los estados de cuenta de su hermano y en las transferencias electrónicas a cuentas bancarias de Estados Unidos. El ex gerente contaba con pruebas documentales del enorme desfalco. Estaba en posición de poder demostrar el daño patrimonial perpetrado en contra de Juanito, su verdadero jefe.

El receptor del riñón, el buen Fer, se negó a devolver el dinero robado con el siguiente "argumento":

—A ver, Juanito, querido hermano de mi vida y de mi corazón, déjame decirte para que no caigas en confusiones, pues tú y yo siempre hemos hablado sin tapujos, que no te regresaré un solo centavo, ni siquiera si llegaras a recurrir al uso de la fuerza pública. ¿Está claro, lo tienes claro?

La traición causó auténticos estragos en Juanito; uno de ellos fueron los derrames en ambos ojos cuando insultaba a su hermano con una gama interminable de adjetivos de la peor ralea, en tanto Fer le contestaba risueño:

—Hazle como quieras…

La rabia desaforada de Yanira no fue menor, en modo alguno, y no solo por haber tenido desde el principio la razón y haberse anticipado al desastre como perspicaz lectora de los hombres, sino porque los ingresos de la papelera implicaban aire refrescante, agua cristalina y cantarina para la pareja que, gracias a dichos recursos, no padecía angustias económicas.

La madre de Juanito tuvo la última palabra al dictar una sentencia inapelable:

—Te asiste la razón, imposible contradecirte en los cargos en contra de tu hermano, pero nunca permitiré que un hijo mío encarcele a otro, haya hecho lo que haya hecho. ¿Lo entiendes? Tendrías que pasar encima de mí.

Yanira creyó enloquecer de la furia, primero, porque no pudo evitar que su pareja donara un riñón y pusiera en riesgo su vida; segundo, porque no logró impedir que Fer tomara posesión de la empresa, y tercero, porque tampoco consiguió el encarcelamiento de su cuñado. Pérdidas por todos lados. Lo anterior solo emponzoñó aún más el caldo de cultivo de su relación amorosa, de por sí, ya envenenada.

—¿De qué me sirve ser tu mujer si ignoras cuanto te aconsejo, desprecias mi experiencia a pesar de ser mayor que tú y haces como si yo no existiera? ¿Acaso soy un bulto?

—Acepto tus puntos de vista —repuso Juan—, pero de ninguna manera los entiendo como órdenes. No te confundas, amor. Lo mismo hago respecto a tu familia: los consejos son como las lentejas, las tomas o las dejas…

—¿Y qué harás con tu hermano? —preguntó Yanira, ávida de venganza, aspirando profundamente el humo del cigarro que acababa de encender.

—Después de lo ocurrido —explicó pacientemente el abogado—, me reuní con él en un bar en espera de alguna disculpa. El rencor le hace daño a quien lo tiene, Yanis, pero

163

obviamente no al responsable del daño, que hasta podría ignorar el malestar de sus víctimas. Si hablé con él no fue para reparar nuestra relación, ¡qué va!, sino para expulsar mis venenos para que ya no me afecten más. Ante su silencio y su cinismo, le dije que jamás nos volveríamos a ver, que yo lo desconocería públicamente y que, si bien ya no podría cobrarle sus fechorías, alguien en el futuro se encargará de hacerlo en mi lugar. Me robaste la mitad de mi vida cuando te doné un riñón, le dije, y si crees que me robaste la otra mitad al desfalcarme, te equivocas, la clientela cree en mí, sabré pagar y salvar el entuerto, pero tú te confesaste por la vía de los hechos como un inútil que para hacer dinero tienes que hurtar, porque de otra manera jamás podrías construir un patrimonio… ¡Pobre de ti, no quiero ni imaginarme las cuentas que tendrás que pagar mientras existas! Allá tú… Todo eso, y más, le dije. Y, aunque no lo creas, fue de la forma más pacífica posible.

—¿La vida se lo va a cobrar? —exclamó ella soltando una carcajada hiriente—. La vida es una pésima cobradora. ¡Fernando es un cínico y un malagradecido! La vida en pocas ocasiones ajusta cuentas con los cabrones, la historia está llena de estos ejemplos.

—¿De qué ejemplos hablas?

—Truman murió tranquilamente en la cama después de haber tirado dos bombas atómicas en Hiroshima y en Nagasaki, y de haber matado a medio millón de personas. Me hubiera encantado que todos los malnacidos hubieran acabado sus días como Mussolini y Clara Petacci, fusilados, cabeza abajo, o como Hitler, con un tiro en la cabeza, aun cuando fue un castigo insignificante para ese monstruo.

Juanito pensó en José Stalin, en Mao Tse Tung y en Fidel Castro, muertos pacíficamente en la cama sin haber pagado nada a nadie y sin poder saber si la dichosa vida les hubiera alcanzado a cobrar algo de los crímenes cometidos en contra de su pueblo, para ya ni hablar de Hugo Chávez, uno de los autores de la catástrofe económica y social de Venezuela, una

164

vergüenza para América Latina, entre otros tantos tiranos. El abogado prefirió guardar un prudente silencio, porque de sobra conocía las fuertes inclinaciones comunistas de su mujer, otro poderoso factor de desunión entre ambos. Por supuesto que no era momento de provocaciones.

> **@Masburro**
> La buena noticia para los venezolanos es que el salario mínimo subirá tres mil por ciento. Eso es pensar en los más pobres. Pero la mala es que la inflación para el 2019 se disparará al millón por ciento. No se puede dar gusto a todos.

Pues bien: una tarde, al anochecer, al salir de la universidad antes de lo previsto, cuando manejaba de regreso a casa, Juanito se detuvo a comprar una buena botella de mezcal de pechuga y un ramo de rosas rojas, el símbolo más poderoso de su amor, el feliz lenguaje aromático que tanto disfrutaba Yanira, por quien sentía una intensa atracción sexual desde que la conoció años atrás, en "Las Islas" de la UNAM. Los unía una poderosa comunión carnal, una apasionada e inteligente comunicación política y artística. Nunca terminaban de discutir la temática social y existencial, sí, pero había un rubro inexplorado y misterioso que aparecía ocasionalmente cuando ella se abstraía en un mutismo, en un hermético silencio, al abordar sus orígenes, tal vez europeos, sobre los que siempre proyectaba una espesa cortina de humo. Yanira parecía ser hija de padres desconocidos cuando alguien intentaba abordar algo de su pasado y de su familia.

¿Sería polaca o ucraniana, de origen judío? ¿Quién era esa bellísima mujer que Juanito disfrutaba inmensamente cuando la desprendía de sus gruesos lentes, le olisqueaba y lamía el cuello, enervándose con su olor y sabor? ¡Cuánto disfrutaba besarla sin más, interrumpirla sin permitirle hablar ni quejarse, en tanto la volvía loca con las caricias más audaces y repentinas, sin respetar el juego amoroso previo, el preámbulo cortés y delicado entre las parejas, necesario para subir de tono en las caricias! No, Yanira disfrutaba ese proceder sensual y salvaje, apartado de todo protocolo, de su galán, un hombre vigoroso con el que había logrado hacer el amor en siete ocasiones en un mismo día, en las posiciones menos imaginables, en un hotel de Zinacantepec, cuando se dirigían a una boda en Valle de Bravo, a la que por supuesto jamás llegaron, al estar embriagados y agotados por el feroz intercambio amoroso. Yanira se extraviaba al tener en casa a un fogoso garañón insaciable. ¿Cómo desperdiciarlo y no perdonarle sus debilidades, se llamaran como se llamaran y fueran las que fueran?

¿Cuáles eran las opciones amorosas de Yanira a sus 35 años? Tal vez encontrarse con un hombre quince o veinte años mayor, que empezaría a tener atole en las venas o estaría proyectado al lento proceso de caducidad de sus facultades viriles. No, ella pretendía tener en el lecho a un semental fuerte, entero, brioso, indomable, a un galán con una erección de acero, en constante estado de alerta y disposición inmediata para responder, en cualquier momento, a las llamadas telefónicas, a las invitaciones inesperadas y atrevidas a través del WhatsApp de su "domadora", tal cual él se refería a ella, como esclavo de sus deseos. El fauno goloso, por su parte, gozaba el éxtasis que provocaba en su mujer hasta conducirla al delirio con las palabras procaces que pronunciaba exhalando su aliento cerca de su oído, mientras jugaba con sus manos tocando y repasando el cuerpo de quien alguna vez había sido una doncella, pero que ahora disfrutaba de sus sabios años volcánicos de sexo impetuoso y ardiente.

Mientras Juanito se encaminaba a su casa en medio del tráfico de la Ciudad de México, un manicomio dirigido por locos, incapaces o bandidos profesionales, o todo junto, políticos improvisados desconocedores de los principios más elementales de desarrollo urbano, la mente alucinada del abogado era invadida por fogosas imágenes eróticas que él, al abrir la puerta de su casa, convertiría en realidad. Primero le entregaría a Yanira el ramo y la botella, de la que, de haber suerte, tal vez consumirían unos cuantos sorbos para continuar embriagándose con la saliva del ser amado, la esencia humana más exquisita cuando la verdadera pasión irrumpe en la vida de la pareja, para disfrutar la proximidad del delirio al inhalar el aliento desacompasado de ambos. ¡Ay, pobre de aquel que en su existencia jamás gozó el absoluto privilegio de un arrebato carnal! ¡Cuánto desperdicio, cuánta torpeza, ignorancia o cobardía al haber perdido una experiencia por la que por sí sola habría valido la pena vivir!

Pero ¿cuál sería la sorpresa del recio galán cuando al llegar a casa se encontró con una pantera furiosa, descompuesta como pocas veces? Y estaba así por las declaraciones de Lugo Olea, según Yanira un traidor a las auténticas causas de la izquierda, un político extraído de la vieja escuela del tricolor que había llegado camuflado al poder como un líder de la vanguardia revolucionaria. El desconcierto de Juan fue mayúsculo, un contraste violento entre las fantasías amorosas, los planes del amante y el choque repentino con la realidad, al encontrarse con una fiera alterada y nerviosa, cuyos rugidos ensordecedores invitaban a la fuga inmediata. No, al abrir la puerta no dio con la mujer amada, añorada y deseada para devorarla a besos, sino con un ser descompuesto y desencajado que parecía haber perdido la cordura y el respeto a las formas más elementales de la etiqueta conyugal.

—Mira, Juan —gruñó al tiempo que golpeaba una y otra vez con la mano derecha la primera plana de un periódico matutino que sostenía con la izquierda—: AMLO dijo que metería a los narcos a la cárcel y ¡tenga su cárcel! —indicó elevando ostensiblemente el dedo cordial, blandiéndolo como si fuera un mandoble—. Ahora resulta —gritaba como si la hubieran ultrajado— con que quiere "perdón y olvido para los asesinos, para los narcos", siempre y cuando las víctimas "estuvieran de acuerdo". ¿Qué es eso, Juan? ¿Qué víctima del narco estaría dispuesta a perdonar a los asesinos de sus familiares con tal de *quesque* garantizar la paz del país? —arremetió con una sonrisa sarcástica—. Esa es una gran mamada de tu presidentito —concluyó, tal vez en espera de una respuesta en tanto recuperaba el aliento.

Descargaba uno y otro disparo como si los hubiera acomodado durante la tarde en la cartuchera. ¿Por qué la violencia? Juan estaba perplejo, paralizado, con los ojos desorbitados. Enojona sí que lo era, pero no a tal grado.

Yanira continuó con su monólogo, sin esperar respuesta ni prestar atención a la mirada sorprendida de su esposo:

—¿No dijo que atacaría sin piedad a "la Mafia del Poder", a los traficantes de influencias, esos que, según él, habían impuesto a un presidente pelele de la supuesta oposición y luego a otro títere llamado Pasos Narro? Pues ¡tenga sus ataques!, ¿cuáles ataques? Un carajo de ataques, porque no se ha vuelto a saber ni, por lo visto, existe ya la pandilla de corruptos que lucró con los más caros valores de México. ¿Verdad…?

Juanito dejó la botella y el ramo sobre la mesa del comedor y decidió sentarse, pues imaginó que las quejas de su mujer iban para largo.

—¿No te acuerdas —continuó ella— cuando sentenció durante la campaña presidencial aquello de que las cárceles no alcanzarían para encerrar a los corruptos del tricolor? Sí, ajá, ajá, ajá, y ¡tengan su encierro! No solo se pasean por México y el mundo más libres que los pájaros, sino que nos insultan a diario con su puta lana mal habida, robada al pueblo de México, a ti, a mí, a todos.

—¿Eso es lo que te tiene enojada? —preguntó perplejo—. Pero si esas son noticias más viejas que la tos. Tranquis, tranquis, amor…

La respuesta de Juanito la desquició aún más. Yanira parecía tener una metralleta entre las manos y disparaba ráfagas de resentimiento acumulado. Durante muchos años siguió de cerca y admiró a Lugo Olea, pero ahora sentía una profunda decepción por la catarata de promesas incumplidas del supuesto justiciero de los pobres, que nunca había conocido la equidad ni el respeto.

—Ah, sí, ¿y por ser viejas las noticias ya no son válidas?, cuidado con tu argumento, amor mío. Además, nada de tranquis, chulo, una chingada de tranquis. A ver, ¿a dónde va un país como México sin un gran líder de izquierda? ¿Y la Comisión de la Justicia para investigar los miles de cochinos peculados descubiertos por la Auditoría Superior de la Federación? —continuó la mujer, imparable como la máquina de un tren descontrolada cuesta abajo—. ¿Sabes dónde están los expedientes con las investigaciones de la auditoría que demuestran miles de millones de pesos robados al erario? —siguió, con la lengua desbocada—. Yo te contesto, ni te esfuerces —se adelantó a su pareja para responder—: bien guardados en el cajón del procurador general de la República, el gran cómplice de los atracos que nunca se aclararan porque a nadie le conviene que se aclaren —concluyó colocando una mano en la cintura, mientras con la otra detenía el periódico y tomaba aire y aliento para arrojar más pedradas sobre la cabeza de Juanito, como si él fuera el responsable de la corrupción.

—Si me permites te doy otra opinión… —intentó interrumpir el abogado, sin mayor suerte.

—Perdón, más perdón, todos serán perdonados, Dios mío, hasta los peores hijos de la chingada. ¿Esa es la concepción de la justicia del nuevo líder de México? ¿Y los ciento veintiún alcaldes asesinados en el país mientras gobernó la pandilla de inútiles de Pasos Narro? No cuentan, ¿no…? —rugió Yanira, una socióloga destacada, ignorando la petición de Juanito—. Perdón a los narcos, perdón a los rateros, perdón a los asesinos, perdón a los secuestradores, perdón, perdón, perdón. ¿Tenemos presidente electo en una República laica o un pinche apóstol de una paz inútil que nunca se alcanzará con el perdón, sino con la aplicación de la ley? Al proponer perdón universal expones a cualquier país a un pavoroso estallido social. Imposible tratar de arreglar nuestras diferencias con las manos y después con las armas.

—Si me dejaras hablar…

—¿Hablar? Hablar es lo que menos queremos, lo que necesitamos son acciones vigorosas, con huevos, Juan. A ver: el clero católico lleva siglos y más siglos perdonando, y esos perdones, vendidos en la mayor parte de los casos por medio de limosnas de todos los tamaños, ¿nos han hecho un país más vertebrado éticamente o un país de cínicos después de la confesión? Una vez recibida la indulgencia divina a la voz de un piadoso "ve con Dios, hijo mío", los feligreses reinciden en los pecados de los que vuelven a ser perdonados cuando depositan una lana en los cepos de la iglesia católica. ¿AMLO sabrá que el eterno y misericordioso perdón católico nos convirtió en un país de cínicos y de escépticos, sí, de escépticos, porque, además, en México la ley no cuenta? México necesita, y tú lo has dicho una y mil veces, de un Estado de Derecho en donde se aplique la ley sin miramientos, y Lugo sale con perdones evangélicos. Si AMLO se dice juarista, ¿cabe acaso en tu cabeza que el Benemérito hubiera perdonado a Maximiliano en lugar de fusilarlo para que el mundo entendiera el riesgo que correrían otros invasores en territorio nacional? Nada de perdonar, no. Juárez no perdonó tampoco al clero católico y nacionalizó sus bienes —adujo recordando los mismos razonamientos de Juanito—. ¿Te imaginas el caos de país que nos espera si todo se perdona y la ley sigue en el bote de la basura, como siempre? ¿Cuánto tiempo pasará antes de que surjan autodefensas en cada esquina del país para hacerse justicia con sus propias manos? ¿No te basta ver cómo queman a la gente por meras sospechas? Vamos derechito a las reglas sociales del período neolítico; solo nos faltarán los garrotes en nuestras viviendas.

—Yanira, por fa, amor…

—Nada de por fa —explotó ella como un conjunto de fuegos artificiales—: ¿y la puta Casa Blanca, y la insultante residencia de Malinalco de Villagaray, adquiridas con favores putrefactos que en cualquier país civilizado les hubieran costado la destitución? ¿No…? —cuestionó al ver el rostro de su amante—: ve al pobre de Lula en la cárcel de Brasil por haber recibido un condominio de tan solo un millón de dólares de soborno. ¿Y aquí, qué? ¿Y la Estafa Maestra, que se eleva a siete mil millones de pesos? ¿Y Odebrecht, que condujo a prisión a presidentes y secretarios de Estado en América Latina, mientras que en México, si acaso, solo juzgaron al portero de una refinería porque se clavó tres pinches pesos y un par de chelas? Escúchame: ¿no te dice nada que estén persiguiendo a diez presidentes de América Latina por los sobornos del caso Odebrecht y que Pasos Narro no se encuentre en la lista, como sí lo estuvieron Lula da Silva y los peruanos José Sarney, Cardoso, Alejandro Toledo, Alan García, Ollanta Humala, Pedro Pablo Kuczynski, sin olvidar a Juan Manuel Santos de Colombia ni a Rafael Correa, de Ecuador, ni a Mauricio Funes, de El Salvador, entre otros acusados de haber recibido millones y más millones de dólares y no va a pasar nada? Raro, rarísimo, ¿no? ¡Una canallada!

Juanito abrió la botella de mezcal y, sin decir nada, se tomó uno, dos y hasta tres tragos. Tal vez esa bebida tan mexicana, obtenida del corazón del maguey, le otorgaría un poco de paciencia. Yanira siguió con su diatriba:

—¿Y los gobernadores prófugos? ¿Y los *Panama Papers*? ¿Y la compra de Fertilizantes Fosfatados, una empresa quebrada y abandonada que Pemex adquirió en, cuando menos, cuarenta veces su valor? ¿Y el fraude de la línea 12 del metro capitalino? ¿Y la reparación del daño que nos deben los bandidos? ¿Y el fiscal anticorrupción autónomo como los de Brasil, Guatemala y Perú, en lugar de uno carnal, o sea, una pinche tapadera para seguir con una justicia selectiva, de cuates? ¿Eh, eh, eh…?

> **@lamasperra**
> Resulta inaudito que AMLO proponga una amnistía general a la corrupción. Las indulgencias plenarias son propias del orden eclesiástico, no de los Jefes de Gobierno en sistemas basados en la ley. Sin duda, México requiere de una Fiscalía General Autónoma: Coparmex

Como si la socióloga estuviera instalada en un monólogo teatral, remató con calificativos con un exquisito sabor mexicano:

—¡Bola de ratas! Dile a tu patroncito querido que los ladrones devuelvan, por lo menos, lo que se chingaron, aun cuando no vayan a dar al bote, carajo. Eso no es lo que nos prometieron, Juan, y tú mejor que nadie sabes que yo soy una súper chaira, mega chaira, chairísima, pero ya no estoy dispuesta a tragarme más cuentos. Estamos frente a otra Estafa Maestra, en este caso electoral, en donde el único involucrado es Lugo Olea, porque solo así, mintiendo, pudo llegar al poder. Y yo que creí en él a ciegas... ¿A dónde vas con una amnistía para todos, hijos míos? —añadió al tiempo que impartía una bendición con el dedo cordial a todas luces distinguible, como si fuera la papisa Yanira—. Son chingaderas, Juan, verdaderas chingaderas.

> **@cadaperro**
> Piedad por el culpable es traición al inocente: Ayn Rand.

—Los problemas de la nación son inmensos y no se pueden resolver todos de golpe. AMLO ni siquiera es presidente, le faltan escasos cincuenta días, y ya te lo estás devorando a mordidas —exclamó Juanito acercándole la botella de mezcal—. Es tu favorito —agregó, para tentarla, pero ella lo ignoró por completo. De coger, ni hablamos, ¿verdad?, pensó el abogado, escondiendo un rictus socarrón. Yanira hablaba y hablaba, lanzaba epítetos a diestra y siniestra, condenaba y sentenciaba a unos y a otros indiscriminadamente, echando mano de su arsenal de deudas insolutas también del gobierno de Pasos. No parecía darse cuenta, como en tantos otros momentos, de su descontrol total, en el entendido de que al día siguiente podría negar rabiosamente lo ocurrido.

—No, Juan, no, si se trata de consolar a la nación después de tantos agravios —continuó sin meditar en la explicación de su galán, o como fuera que se identificaran ahora entre parejas—. Es la hora de sentar en el banquillo de los acusados a los culpables, instrumentar una masiva purga política, como la que tú y yo hablamos tantas veces. Por lo visto, padeces una curiosa amnesia repentina desde que te encontraste con Lugo en el beis y te lavó el coco, como a millones de mexicanos, nomás que a mí no se me olvida: soy pendeja, pero con buena memoria —espetó como si no fuera una gran estudiosa del acontecer nacional, una aguda analista de extrema izquierda, un factor de unión, o desunión, entre ambos.

¿Qué hacer? ¿Abstenerse de hablar, dirigirse en silencio, simple y sencillamente, al dormitorio, cerrar la puerta sin azotarla, colocarse sus audífonos, acostarse, cubrirse los ojos con un antifaz de tela negra, escuchar las últimas grabaciones de música clásica del Spotify y olvidarse del mundo, de la mar y de sus peces, aislarse, esconder la cabeza como los avestruces y huir, a como diera lugar, del escenario? ¿O volver a encarar a su mujer con la intención de ubicarla sin llegar a los gritos ni a las amenazas? Juan prefirió esto último, con el ánimo de concluir las insistentes reclamaciones y tratar de recuperar la paz:

—Muchas de las declaraciones y rectificaciones del presidente Lugo han confundido a la gente, imposible negarlo, te lo concedo. Sin embargo, la amnistía a los narcos, es bueno aclararlo, se aplicaría solo a personas humildes, no a vendedores de drogas duras como la cocaína o la heroína, ni mucho menos a los asesinos ni a los acusados de desaparecer a personas. Se trata de legalizar los cultivos de amapola para poder producir morfina y aliviar de dolores a la gente, sin llegar a la paradoja de exportar ilegalmente la amapola para importar legalmente la morfina. No podemos exportar azúcar para importar caramelos, si los podemos hacer aquí —concluyó, satisfecho, en tanto ella empezaba a escuchar con atención y sin interrumpirlo; toda una ganancia—. Nuestras cárceles están llenas de presos acusados de vender marihuana en cantidades insignificantes, por lo que esas personas deben ser liberadas, de la misma manera en que el comercio de la marihuana ya no debe estar prohibido, como pasa en más de la mitad de los estados de la Unión Americana. ¿Okey?

—¿Y la Mafia del Poder, los traficantes de influencias y eso de que las cárceles no alcanzarían, y la Estafa Maestra, Odebrecht, los gobernadores prófugos, el Estado de Derecho, la reparación del daño a cargo de los bandidos, y el fiscal anticorrupción autónomo, y la Comisión de la Justicia? ¿Qué, a ver qué…?

—Déjalo que llegue, todavía no es presidente ni puede firmar una iniciativa de ley. Es más, ni siquiera ha acabado de nombrar a su gabinete; tenemos que darle tiempo al tiempo —repuso Juanito sin despegar la mirada de la cabeza del periódico que había estado leyendo su mujer.

—¿Para qué quieres que llegue, si AMLO ya confesó todo lo que tenía que confesar y, hoy por hoy, las evidencias y retractaciones están a la vista? ¿Quién es finalmente Lugo Olea, cómo creerle, cuál es la verdad?

Yanira tomó el periódico, buscando una columna, en tanto Juan se levantaba por un caballito; ya no quería beber el mezcal directamente de la botella. En cuanto volvió a sentarse frente a su esposa, ella comenzó a leer, con voz pausada. Ya se sentía un poco más tranquila.

Corrupción fue la palabra clave utilizada una y mil veces por Lugo Olea, hoy presidente virtual de todos los mexicanos, durante su intensa y exitosa campaña presidencial en los últimos seis años. "La corrupción —declaró en repetidas ocasiones— es el principal problema de México, es el cáncer que está destruyendo al país y, por eso, vamos a acabar con ella." "Barreremos las escaleras de arriba abajo." "Para transformar a México debemos desterrar la corrupción y la impunidad, esa será la misión principal de mi gobierno." "La corrupción le cuesta a México 30 mil millones de dólares." "Sea quien sea, será castigado. Incluyo a compañeros de lucha,

174

funcionarios, amigos y familiares. Un buen juez por la casa empieza."

Yanira deletreaba el texto con inexplicable parsimonia, como si lo hubiera escrito ella misma o lo hubiera memorizado.

—¿Voy bien o me regreso, mi macho hermoso? ¿Tienes algo que decir?

Juanito guardaba silencio, en tanto sentía que algo empezaba a bullir en su interior. ¿Sería el alcohol que comenzaba a calentar su estómago o esa sensación traicionera de estar metido en una relación conflictiva y sin solución aparente?

Yanira no se detenía. El abogado no podía olvidar cuando, en otro de sus ataques de coraje, él aprovechó la circunstancia para grabar a escondidas sus terribles acusaciones, sus gritos desaforados y sus insultos feroces. El resultado fue catastrófico cuando ella escuchó, una a una, sus propias palabras ofensivas y ya no pudo defenderse ni echar mano de explicación alguna. Al sentirse acorralada sacó lo peor de ella. Sin embargo, las reconciliaciones sexuales ayudaban a olvidar los reiterados agravios. Cuántas veces, verdaderamente frustrado y descompuesto, incapaz de entender las razones por las que no la abandonaba como a un perro callejero con un sonoro portazo y desaparecía para siempre de su vida, Juanito había huido a la recámara a ponerse los audífonos, la banda en los ojos y lo que fuera. Sin embargo, cualquier intento de fuga había resultado fallido a partir del momento en que ella se acurrucaba a su lado, en el lecho, arrepentida de sus desplantes, y se acercaba como una gata consentida y retozona a susurrarle palabras amorosas y pícaras al oído, a hacerlo reír como nadie, a provocarlo y a pedirle perdón, perdón, macho, machito, garañón mío, sátiro lindo, sin dejar de tocar arteramente su entrepierna para despertar y alebrestar al "príncipe feliz", que ella sabía manipular con sus dedos finos y expertos. Ven, precioso, macho bonito, responde, dame señales de vida, dime que me quieres aunque este monstruo horrible que tienes de dueño me ignore, susurraba la bruja que cambiaba la furia por pasiones amorosas intensas e inolvidables con su voz meliflua. ¡Por supuesto que Juanito siempre ignoró la voz sabia de la diosa Circe, aquella que aconsejó a Ulises y a sus hombres que no se detuvieran a escuchar los peligrosos cánticos de las sirenas! Si Juan se extraviaba irremediablemente con la voz hechicera de Yanira, mucho más se perdía cuando ella se presentaba en busca de la benevolencia de su amante con la blusa abierta, como si se tratara de un simple descuido, solo para precipitar el sometimiento, la domesticación del varón, y así, por los siglos de los siglos. ¡Cuántos poderes los de las mujeres, las verdaderas amas del mundo!

Yanira, extraordinaria conocedora de las debilidades de su interlocutor, continuó la lectura:

¿Por qué razón se niega Lugo Olea a nombrar a un fiscal anti corrupción propuesto por la sociedad civil? ¿Por qué AMLO no cree en la sociedad civil, según lo ha repetido hasta el cansancio, y por lo mismo, no cree en la existencia de un mexicano imparcial, apartidista, sin conflictos de interés con el poder público, que pueda investigar delitos en cualquiera de los tres poderes de la Unión? Si la sociedad es parte fundamental del pueblo y este, como dice AMLO, "tiene un instinto certero" y es "sabio y sabe lo que le conviene," entonces, en un acto de elemental congruencia, habría que suplicarle al llamado pueblo que proponga una terna de fiscales anti corrupción, infalibles, perfectos, pero eso sí, no extraídos de las filas de Morea, la organización política con la que se pretende edificar el México moderno, partido en el que ingresaron sin filtros morales o éticos, sálvese quien pueda, personajes con antecedentes penales o políticos señalados por la prensa como autores de escandalosos desfalcos, una caterva de pillos o de individuos sin títulos académicos.

Juanito parecía abstraído. A saber si escuchaba las palabras de su mujer o ya viajaba por otro mundo. Tal vez recordaba el atrapadón del día anterior de Adeiny Hechavarría, el jugador de tercera base de los Yanquis de Nueva York, cuando se colgó de la pelota y cayó estrepitosamente al piso, evitando un batazo de hit al jardín izquierdo que hubiera comprometido el juego en contra de los Atléticos de Oakland, quienes finalmente resultaron derrotados 2 contra 7.

—Oye bien —reclamó Yanira la atención de Juan al percatarse de que la ignoraba una vez más—: ¡Qué pésima lectura de nuestro futuro tendríamos los mexicanos si el fiscal anticorrupción fuera un subordinado del presidente que investigara supuestos actos criminales de acuerdo a las instrucciones superiores! El fiscal no puede recibir instrucciones ni presiones de nadie —acabó de leer para agregar—: Esos son huevos y amor por la transparencia, cariño, eso es responsabilidad y congruencia política; lo otro es un fiasco más del tricolor.

¿Quién llegará a la serie mundial de beisbol?, pensaba Juanito, ahora sí ajeno al escenario del conflicto. ¿Qué tal si el presidente electo lo invitaba a Palacio Nacional a ver al menos uno de los juegos en una gran pantalla de televisión? ¡Qué brazos los de los peloteros gringos que podían lanzar la pelota desde el fondo del parque a *home* y todavía sacar el *out*! Eran súper hombres, pensaba el abogado. Mientras la mente de Juanito se perdía en la imagen del gran monstruo verde del Fenway Park de Boston, su pareja seguía leyendo:

¿De qué se trata, en resumen? Pues de que el jefe del Ejecutivo, sea quien sea, carezca del mínimo control sobre el fiscal anticorrupción y este pueda investigar delitos, denunciarlos y castigarlos sin presiones ni venganzas ni amenazas políticas. En México existen juristas honorables de intachable reputación que deberían integrar la terna que propondría Lugo Olea, a solicitud de un "pueblo sabio que sabe lo que le conviene". Si la soberanía radica en el pueblo, pues en este caso el pueblo demanda el nombramiento de un fiscal anticorrupción ajeno a Morea y a cualquier otro partido político. Por el bien de todos, primero la justicia, la justicia y luego la justicia.

Cuando Yanira acabó de leer, arrojó el periódico al piso.

—¿Qué tienes que decir? Parezco loca hablando y tú en otro mundo. Di algo, demonios.

—Veo con claridad que vives en una constante confusión —declaró Juanito con el último saldo de paciencia.

—¿Confusión?

—Sí, confusión, porque no soy presidente de la República ni ejerzo presión sobre él, tan solo soy uno de sus asesores, y si algo más me une a él, es una pequeñísima liga deportiva que se puede romper en cualquier momento. Eres como la inmensa bola de mexicanos, muy buenos para quejarse, pero pésimos para cambiar el estado de cosas porque puedo o no estar de acuerdo contigo, pero la realidad es que, al igual que tú, no puedo ayudar en nada, salvo escucharte.

Yanira empezaba a tranquilizarse, aunque no por ello dejaba de cuestionar las decisiones de Lugo Olea. La sensatez hacía un feliz arribo en la conversación.

—Yo hubiera esperado que un líder de izquierda le quitara a los ricos para darle a los pobres y propiciar así una justa repartición de la riqueza. Me hubiera fascinado saber de un AMLO proponiendo un impuesto sobre la renta del setenta por ciento a los ingresos de los asquerosos ricos y un IVA del cincuenta por ciento a los productos caros que ellos consumen, como perfumes, relojes, bolsas, joyas y automóviles de lujo, para ya ni hablar de disparar el predial y el agua en las colonias caras del país. Esa es una izquierda de vanguardia, y no las promesas ridículas de AMLO de no imponer nuevos gravámenes.

—Pero...

—Déjame concluir: las grandes empresas nacionales y trasnacionales, asesoradas por expertos fiscales, logran eludir y evadir el pago de impuestos, insisten en la devaluación salarial, pagan cada vez cantidades menores a los productores con arreglo a diversos pretextos y utilizan su poder para influir en las políticas públicas para estimular aún más las amenazadoras crisis originadas en la desigualdad. ¿Sabes qué sería una maravilla? —se preguntó sin permitirle a Juanito contestar, muy a su estilo cuando estaba encarrerada—: que ningún directivo, de ninguna empresa, ganara más de diez veces el salario del empleado con menor sueldo de la compañía. Los mismos empresarios deberían conceder becas a los hijos de sus obreros que trabajaran y estudiaran, ambas cosas para llegar a ser alguien en la vida. Esa es una alianza por México, sin bagatelas… ¿Te parece?

—Sí, pero en parte —respondió Juanito en tono pacificador para intentar abrir espacios a sus argumentos—: si te atornillas a los ricos con impuestos del setenta y el cincuenta por ciento, y les expropias sus empresas para entregárselas al pueblo-gobierno, se fugarán los capitales, se escapará la riqueza nacional hasta por las ventanas, se desangrará el país y la hemorragia financiera te impedirá crear empleos y ayudar a quienes más lo necesitan. ¿Qué hace una persona o una sociedad sin lana? ¿A ver…?

Yanira escuchaba mordiéndose los labios, a la espera de su turno para refutar a su pareja.

—Por otro lado —continuó Juanito—, regalar dinero es una estupidez, porque cuando el erario quiebra, como en Venezuela, y ya no puedes obsequiar nada, entonces prepárate para la violencia, porque la gente te arrebatará el pan de la boca para llevárselo a sus hijos; el robo por hambre será incontenible, mientras que con los recursos expatriados se construyen condominios de lujo, se compran yates, residencias y autos y se genera bienestar en Estados Unidos —añadió, clavando la mirada en los ojos de Yanira para calibrar sus razonamientos—. Cuando Castro, Chávez y Maduro espantaron a los capitalistas, aparecieron millones de pobres. Lo que necesitamos en México son millones de emprendedores y muchos más millones de personas empleadas que produzcan: es decir, un formidable equipo nacional que exporte bienes, que reciba a los turistas llenos de dólares o euros, que se recauden miles de millones de pesos de impuestos sin que se los roben los políticos.

—Tus emprendedores y tus empresarios son los que acaparan la lana y nos tienen jodidos. Son los grandes culpables, por déspotas y cabrones. Hay que acabar con ellos —adujo Yanira; harta de "esa gentuza", a ver quién la convencía de lo contrario.

—Una persona, Yani, que comenzó de la nada arreglando calzado en la calle, abrió una zapatería y hoy tiene varias sucursales y cuarenta empleados y sostiene a varias familias, ¿es culpable, es un pirrurris?

—No, ese no es el caso, no —repuso Yanira meditando su respuesta.

—Ayúdame entonces a definirlo…

—Pensemos en un déspota, en un grosero, en un insolente que maltrata a quienes tenemos poco o nada.

—¿La riqueza y la vulgaridad te convierten en pirrurris?

—Sí, creo que sí, eso es…

—¿Entonces un poderoso narcotraficante que mueve miles de millones de dólares es un pirrurris?

—No, no, tampoco. Tal vez el hijo de un empresario que no estudió o no acabó la carrera, sí, ya sé, un junior dependiente de sus padres, un inútil, un ignorante, un chavo multimillonario, un presumido que jamás se ha esforzado por nada ni ha ganado un clavo, que se refiere al servicio doméstico como "gatas", o llama "nacos" a quienes no se visten a la moda. Ahí los ves dirigiéndose a la gente humilde como "descendientes de la Malinche" o como "changos guaruras" a quienes velan por su seguridad.

—O sea, ¿los pirrurris son hijos de ricos, añejos o nuevos, qué más da, que no conviven con los pobres?

—Sí —continuó Yanira para precisar la definición—. Ellos desprecian a quienes comemos pozole en lugar de caviar y preferimos lo mexicano sobre lo extranjero. Pregúntale a tu jefecito, él debe saber por qué les dice fifís a los periodistas que lo critican. Y ya sírveme un poquito de ese mezcal porque te lo estás acabando solo. ¿No?

—¡Ah!, ahí entramos en otro terreno, amor mío —dijo Juanito, incorporándose para ir por otro caballito—. No creo que un campesino, un chofer o una sirvienta hayan siquiera oído las palabras fifís o pirrurris, ni mucho menos sabrán su significado. En los mercados sobre ruedas te dicen "patroncita", "güerita" o "seño", pero no te agreden con un "pirrurris", ¿no crees?

—No, claro que no… —admitió Yanira dándole un primer trago al mezcal añejo.

—Esas palabrejas despectivas las utiliza la clase media baja, por llamarla de alguna manera. Pienso en jóvenes resentidos que pudieron asistir a la escuela y, tal vez, hasta terminaron la prepa o comenzaron la universidad, pero abandonaron sus estudios y su futuro por flojera o apatía o frivolidad, que dependen de la cartera de mamá, son *mirreyes* devorados por la envidia respecto a quienes sí acabaron su formación y hoy son exitosos en sus actividades profesionales.

¿O sea: todo es un problema de envidia? —cuestionó ella, sorprendida y sintiéndose agredida—. ¿Los ninis son fracasados o envidiosos, cuando el país nunca les dio la oportunidad de superarse?

—Tú podrías ser perfectamente una nini, sin escuela y sin trabajo, pero te las arreglaste para sobresalir y hoy tienes una carrera y un empleo. Nunca te dejaste ni te resignaste, eres un ejemplo. Es muy fácil culpar al gobierno o a quien sea de tus fracasos o de tu flojera.

—Es gente que simplemente no pudo ni tuvo las posibilidades de tener una vida mejor, no seas injusto —reaccionó Yanira, al no poder escapar al ejemplo del abogado.

181

—Entonces ¿la solución es regalarles el dinero de quienes sí trabajan y así crear una nación de zánganos? Como eres un parásito, ven, no hagas nada ni te esfuerces, yo, papá gobierno, te daré dinero gratis para premiar tu flojera. ¿Qué es eso, Yanis?

—"Eso" es la política principal de tu jefecito, amor, por lo que creo que te van a correr a patadas —dijo, levantando su copa, en un intento por un brindis reconciliador.

—Una cosa es dar dinero a los ancianos incapaces y otra, muy distinta, es recompensar a los jóvenes que se resignaron a no luchar en la vida a brazo partido para conquistar su futuro. ¡Qué fácil es pedir limosna al gobierno cuando eres un huevón! —acabó su argumento con vocablos radicales.

—Entonces —Yanira volvió a la cargada—, ¿quien diga pirrurris o fifí es un resentido con la vida, un frustrado? —preguntó colocando su trampa arteramente.

—Sí —repuso Juan—, hay una gran cantidad de personas que dicen "las uvas están verdes, nos las quiero"; son las voces de la impotencia.

En ese momento disparó Yanira al centro de la frente de su amado:

—Entonces, de acuerdo a tu tesis, AMLO es un resentido, porque él revivió esos vocablos.

Silencio.

—Di, no te quedes callado como conejo lampareado.

—Pues sí, sí lo creo, Lugo mucho tiene de eso y no ha podido superar los traumas de su infancia, la miseria que padeció en Tabasco.

—¿Acaso se sabe un don nadie con éxito?

—Caray con tu lengüita, Yani, caray…

—Si quieres una mujer pendeja, apunta para otro lado. Aquí nos jugamos el resto en cada mano, mi machín, ¿verdad?

—Bien, sí, solo necesito más tiempo para conocerlo. Apenas nos hemos reunido un par de veces en el beisbol y otras tantas en su oficina. No tengo un juicio completo.

—Bien bajado el balón, rey…

—A ver si tú bajas este otro —agregó Juan, desenfundando la espada—: después de todo lo hablado, ¿ya cambiaste de opinión en el sentido de que los emprendedores son unos pirrurris, acaparadores de riqueza, culpables de la pobreza? ¿Crees que son aves de rapiña?

—Pues sí, lo sigo creyendo con todo y que creen empleos y paguen los impuestos que se les dé la gana, engañando al fisco.

Yanira era tal vez más terca que él. Para concluir la conversación, Juanito recurrió al siguiente argumento, en su opinión, demoledor:

—Tú compara un país con pirrurris y un país sin ellos —preparó mañosamente el cepo. Era su turno.

—Mí no entender ni palabrita chiquita de lo que tú querer decir, mi machitou —respondió Yanira, haciéndose la graciosa para salir del entuerto—. Por cierto, este mezcal de pechuga está buenísimo, mejor que el que compraste la vez pasada.

—No me cambies el tema, ¿eh? Es muy simple, mira: cuando en Venezuela, en Cuba, en Corea, en la antigua Alemania Oriental y en la extinta Unión Soviética les confiscaron sus propiedades y sus ahorros a los pirrurris, esos países se desplomaron, se desfondaron. Es más, cuando se derrumbaron tanto el Muro de Berlín como la llamada Cortina de Hierro, quedó claro que sin pirrurris, o sea sin empresarios, las economías no funcionan —agregó satisfecho—. Compara la economía de las dos Alemanias o de las dos Coreas y te quedará claro que no puedes prescindir de las empresas ni de las corporaciones privadas, de modo que más nos vale cuidarlos…

—No es para tanto, Juan, exageras.

—Si lo que pretendes es que los mexicanos comamos gatos y perros callejeros, como en Venezuela, pues a nacionalizar las compañías de los pirrurris para que no tengamos pasta de dientes ni medicamentos ni ropa, ataquémoslos y se llevarán su dinero con tan solo apretar un par de botones para transferir sus capitales a otros países y generar bienestar por allá, en lugar de hacerlo en México.

—Pues que el Banco de México prohíba esas transferencias y se acabó, ¿no? Que el gobierno de AMLO se faje los pantalones y se enfrente a los poderosos…

—No, no se acabó, ni es un problema de pantalones, sino de experiencia política. Eso que propones se llama control de cambios, y con una frontera de tres mil kilómetros con Estados Unidos, solo provocarás una fuga mucho mayor de capitales, la depreciación del peso, el disparo escandaloso de la inflación, que es el peor impuesto para los pobres y, como te dije, solo lograrás que con los recursos mexicanos se creen más empleos en nuestro país vecino, se construyan más carreteras y más edificios y, en resumen, beneficies más a quienes no quieres beneficiar y perjudiques más a quien sí quieres ayudar. En realidad esas teorías son una maravilla, pero en la práctica son auténticas catástrofes sociales que aprovechan los populistas para llegar al poder y destruir aún más a quienes nada tienen. AMLO no puede copiar los modelos de Cuba o los de Venezuela ni imitar a los Castro o a Chávez o a Maduro —adujo ecuánime, casi sonriente, para desmantelar cualquier asomo de violencia—. Los resultados están a la vista, no solo los económicos, sino los políticos. Solo puedes atentar en contra de la propiedad privada por medio de la fuerza, y esa fuerza se llama dictadura.

De la ira volcánica de Yanira, iba quedando una montaña apagada. Era el momento de aclarar varios puntos.

—Entonces que incrementen el IVA en todo aquello que consumen los ricos, Juan, eso se puede. ¿O tampoco?

—Súbele el impuesto al whisky, a los puros, a los perfumes, a los vinos, a los licores y a los aparatos eléctricos y pondrás al país en manos de los contrabandistas, que te los llevarán más baratos hasta tu propia casa. Nuestro país ya pasó por ahí, son principios muy elementales.

—Entonces, sabelotodo, según tú, los ricos son intocables y todo esfuerzo para obligarlos a que cooperen es inútil, así de fácil.

—Se les puede obligar, siempre y cuando no ahuyentes los capitales. Lo mejor son las alianzas, los pactos con ellos para generar riqueza y empleos, millones de empleos, y el bienestar se desparramará como por arte de magia. Empleos, empleos, empleos, apréndetelo de memoria y verás los resultados. ¿Quién invierte en Venezuela para crearlos? Nadie, ¿verdad? Pues ahí tienes la prueba.

—Hay que perdonarlos, pobrecitos hambreadores del pueblo, sacadólares, explotadores, enemigos de la democracia sindical. El mundo estaría mejor sin ellos, solo despiertan envidias, resentimiento y coraje, porque los empleados nunca tendrán yates ni aviones ni casas de recreo, mejor todos parejos, y en ese caso, el comunismo es la mejor opción.

—No digo que muchos no sean hambreadores, pero donde no hay empresarios prósperos, no hay bonanza ni esperanza; a los hechos, estamos llenos de evidencias —argumentó el abogado, frustrado y mostrando un creciente disgusto porque estaba hablando con una fanática, incapaz de aceptar otros puntos de vista.

En ese momento, Juanito decidió dar por cancelada la conversación. Se rindió, era demasiado. Cuando era obvia su decisión de retirarse para ir a colocarse sus añorados audífonos, Yanira entendió la señal y lo retuvo tomándolo de la mano. Se había excedido. Era la hora de dar marcha atrás.

Silencio.

—Basta, no hablemos ni discutamos más. Gracias por las rosas, mi machito, y perdona mis pasiones, pero no sé cómo acabar con la desigualdad.

Por toda respuesta, Juanito volvió a llenar los caballitos con mezcal. ¿A dónde los llevaría el coraje y el rencor? Mejor, mil veces mejor, un trago, otro trago, un brindis, un beso y otro beso, los recursos más eficientes para el olvido del malestar y para entrar por la puerta grande a la reconciliación,

185

los instantes más intensos y reconfortantes en la vida de una pareja.

Mientras ella, recostada boca arriba, estiraba el brazo para apagar la luz de la lámpara colocada sobre una mesa esquinera, Juan abría los botones de la blusa y se olvidaba de los narcos, de los perdones, de los pirrurris, de los fifís, de sus respectivas madres y, claro está, también de Lugo Olea. Pobre de aquel que no tiene tiempo para el amor, o no disfruta a la mujer amada, pensó al comenzar a desnudarla.

Tercera parte

Esta es la historia de unos campesinos que hicieron una revolución para no cambiar.

JOHN WOMACK

Parafraseando al destacado autor estadounidense de la obra Zapata y la Revolución Mexicana*: esta es la historia de unos políticos populistas que hicieron una Cuarta Transformación no sólo para no cambiar nada, sino para comprometer severamente el futuro del país.*

Una tarde nublada y tibia, cuando el otoño penetraba lentamente con sus luces tenues en el inmenso Valle de Anáhuac, en su oficina de campaña Lugo Olea recibió a un destacado empresario mexicano, Alberto Hadad, un multibillonario de quien dependían miles de personas en el conjunto de sus compañías ubicadas en territorio nacional, mientras que Martinillo, por otro lado, ahí cerca, en la colonia Condesa, en la calle de Yautepec, en un segundo piso, hacía el amor apasionadamente con su querida esposa, Roberta Londoño, a la que había conocido años atrás, al bajar en el elevador de una estación de radio en Medellín, Colombia. La atracción entre ambos había sido tan intensa, que después de un par de chirrinchis y un buen juego de caricias mágicas practicadas entre carcajadas abajo de la mesa, un intenso cruce de miradas pícaras y un nutrido intercambio de besos salivosos, ese mismo día, a media mañana, habían rematado el feliz encuentro en una humilde posada en el centro de la ciudad, en donde habían logrado saciar una sed de amor repentina, natural e incontenible. A partir de ese momento nunca se habían vuelto a separar.

En este gran teatro del mundo, cada actor representaba un papel en su respectivo escenario geográfico, en tanto otros protagonistas cumplían con el suyo en diversos espacios y latitudes e idénticos momentos. Sí, ahí estaba Lugo Olea recibiendo a Alberto Hadad y, por otro lado, Pasos Narro, en Los Pinos, escuchaba hipnotizado e inmóvil, como siempre, las palabras suicidas de Villagaray. Desde las alturas se contemplaba a Martinillo con Roberta; a Juanito se le veía acompañado por algunos abogados, en tanto redactaba una iniciativa de ley para aumentar las penas de cárcel para disminuir la delincuencia en el país. Él se la entregaría personalmente al propio Antonio Lugo, su amigo beisbolero. ¿Cómo que el robo de gasolinas perpetrado por los huachicoleros no constituía un delito grave, como tampoco lo era el vandalismo en la Ciudad de México? Everhard, al unísono, recibía a Pompeo, el secretario de Estado de los Estados Unidos, en una oficina improvisada, para buscar una solución diplomática en torno a los miles de migrantes hondureños destinados a invadir supuestamente ese país. ¿Cómo sugerirle a semejante personaje que el conflicto migratorio originado en Honduras tal vez había sido urdido, nada más y nada menos, que por Trump, en el aquelarre de la Casa Blanca, para atacar a los demócratas por no haberle autorizado fondos destinados a la construcción de su muro, a escasas semanas de las elecciones intermedias en el vecino país del norte? ¿Casualidad? ¿Quién podía creer en las casualidades en política y menos, mucho menos, si Trump, un mentiroso profesional, un eficiente manipulador de la opinión pública, un despreciable magnate racista, estaba de por medio? En el fondo, este trataba de retener el control republicano en el Congreso de los Estados Unidos para impedir su destitución. El armado artificial de la migración hondureña intentaba ganar votos republicanos con el pretexto de la defensa de la patria atacada por "criminales" centroamericanos sobornados por el presidente de Estados Unidos para construir un eficiente escándalo mediático…

Con qué gusto Everhard le hubiera dicho en un jugoso cara a cara al tal Pompeo, otro cavernícola extraído del pleistoceno, que su jefe y él mismo eran unos hijos de la gran puta, unos asquerosos confederados que hubieran peleado, fusil en mano, a favor de la esclavitud durante la Guerra de Secesión, y que hubieran aplaudido a rabiar el asesinato del presidente Abraham Lincoln o que se hubieran cubierto el cuerpo con sotanas y capirotes blancos como fieles feligreses del Ku Klux Klan. En fin, un par de venenosos reptiles que se creían dueños del mundo entero y que, en buena parte, lo eran… A Everhard se le hubiera llenado la boca largando de su oficina a empujones y gritos sonoros a Pompeo, de la misma forma que el general García Barragán, secretario de la Defensa Nacional, un mexicano de excepción, había expulsado de su despacho, jaloneándolo de las solapas, a Fulton Freeman, embajador del presidente Lyndon Johnson, cuando en la primera semana de octubre de 1968 el enviado del imperio le había ofrecido al destacado militar defensor de las instituciones nacionales que se convirtiera en el nuevo presidente de la República por instrucciones, nada menos, que del jefe de la Casa Blanca.

¿Qué…? Así le había ido a Fulton Freeman, solo que el exquisito lenguaje diplomático que Everhard tendría que aprender a pasos agigantados resultaba absolutamente inadecuado, tan inadecuado como escupir en el rostro varraco de Pompeo que Trump era, además, un mal agradecido, porque gracias a las indigeribles torpezas cometidas por Pasos y Villagaray, un par de imbéciles, el candidato republicano había alcanzado una popularidad inimaginable. La comunidad de naciones bien podría demandar a México por haber ayudado al encumbramiento de un gorila a la Casa Blanca. Si Everhard, en lenguaje muy mexicano, no podía decirle a Pompeo que ambos eran unos hijos de puta, ¿podía enrostrarle a Pasos y a Villagaray que eran, cuando menos, un par de pendejos? Se valía, ¿no?

Al mismo tiempo, Alonso Roca dictaba una conferencia de prensa para explicar, una vez más, las declaraciones del presidente electo, lo que en realidad había querido decir, para disminuir los efectos del pánico causado por las palabras de AMLO en la comunidad financiera internacional. ¿Qué había dicho en aquellos días como si se disparara un tiro en el paladar y otro en las sienes de la nación? Lugo Olea había afirmado que México estaba en bancarrota, ¿cómo que en bancarrota?, palabras irresponsables, irreflexivas y perjudiciales, absolutamente impropias de un mandatario de cualquier nacionalidad, que habían alarmado a los inversionistas del mundo entero, porque no provenían del presidente municipal de Macuspana, no, sino del señor presidente electo de la República, próximo a tomar posesión de su elevado encargo. Ahí se veía a Roca tronándose los dedos y comiéndose las uñas. El llamado "bombero", dedicado a apagar otro nuevo incendio provocado por su jefe, cuando este último anunció, como si se tratara de un ataque de diarrea mental, que cancelaría las exportaciones mexicanas de petróleo para producir gasolinas en las refinerías del país, sin tomar en cuenta, en primer lugar, que estas no contaban con la capacidad industrial para procesarlas, ni Pemex podía, por otro lado, prescindir de los dólares obtenidos de sus exportaciones de crudo, con los que escasamente podía amortizar la gigantesca deuda contratada por la paraestatal, pagos imprescindibles para que las calificadoras internacionales no elevaran el riesgo país de México, con lo cual no solo se reduciría la inversión extranjera, sino que empezaría una fuga monstruosa de ahorros nacionales y foráneos de consecuencias ciertamente previsibles.

Con tantas aclaraciones, AMLO giraba sin darse cuenta contra su crédito público, como si este fuera inagotable. La gran novedad consistía en ir descubriendo gradualmente el inmenso placer que experimentaba el nuevo jefe de la nación cuando sus palabras y sus dudas o estrategias políticas, lo que fuera, producían efervescencia, corajes, rabietas, escepticismo, desconfianza, felicidad y aplausos en la sociedad. ¡Cuánta alegría lo inundaba al saber el efecto de sus palabras o de sus sinrazones entre el electorado que había confiado en él! ¿Para qué votaron por mí?, parecía argumentar con su sonrisa esquiva, cuando en realidad se sentía intocable como nunca y se reconciliaba con sus años de miseria, desprecio y pobreza en el olvidado Tepetitán de su infancia. ¿Para qué el poder, para vengarse de los sufrimientos y carencias padecidas a lo largo de su infancia, o para que nunca nadie, o al menos la mínima cantidad posible de mexicanos sufrieran, pasaran por el infierno que él había llorado en sus años de niño y joven indefenso?

En fin, en cada despacho instalado para diseñar políticas públicas, oficinas, salas de juntas, habitaciones dedicadas al amor a cualquier hora del día o de la noche o de la tarde, cuando fuera posible e inaplazable, en cada quirófano, laboratorio, cantina o bar o mesa lujosa o no de un restaurante o taquería o bar, salón de clases o de conferencias o de consejos empresariales, confesionarios y talleres, prostíbulos o cuartos íntimos de hotel, se construía, por una u otra razón, el futuro de México. ¿El destino se edificaba en un terreno desértico, propiedad de personas ignorantes y resignadas, en donde de repente, alguien descubría un manantial y el campo agreste se convertía en un campo de golf visitado por millonarios del mundo? ¿Y si también, en un rancho paupérrimo se encontraba una planta mágica insustituible para producir píldoras anticonceptivas? Todo jugaba en esta vida, todo, absolutamente todo…

—Alberto, amigo, serás el primer empresario al que le abra las puertas de mi despacho en Palacio Nacional —exclamó Lugo Olea, todavía en su casa de campaña, mientras se ponía de pie para abrazar a uno de los empresarios más queridos y respetados del país. Sus iniciales, AH, eran inconfundibles.

Alberto Hadad no solo no había votado por AMLO, sino que había hecho pública su decisión de pronunciarse por otro candidato, muy bien vertebrado ética y profesionalmente, un funcionario ejemplar, pero tocado políticamente de muerte desde su presentación en las cuevas pestilentes del tricolor. Imposible rescatarlo si provenía de una pandilla, por más que él no formara parte de ella. El perdón, supuestamente sin rencores, se imponía para consumar, con el paso del tiempo, la operación cicatriz creada para construir acuerdos en el nuevo gobierno.

Ambos tomaron agua de una sencilla botella de plástico, en esa austeridad coincidían, en tanto abordaban el tema apasionante del beisbol dentro de un protocolo de acercamiento que luego permitiría entrar al intercambio de puntos de vista. La cortesía se imponía antes que todo. No había tiempo que perder, se dijo en silencio el acaudalado filántropo, a sabiendas, por un lado, de que en cualquier momento el presidente electo daría por terminada la audiencia para continuar con el despacho de su cogestionada agenda y, por el otro, de que deseaba hacer entender la importancia de fortalecer la filantropía como una herramienta para ayudar a los necesitados, objetivos que supuestamente compartían ambos.

Entre trago y trago de agua, cruzamiento de miradas sospechosas y escépticas, permutas de palabras amables, comenzó la articulación de ideas del empresario para hacerle saber al presidente electo, antes que nada, la visión de su sector, así como los diversos ángulos desde los cuales el propio Hadad analizaba el arribo del nuevo gobierno, orientado a ayudar a los más necesitados, un proyecto económico inevitable en una administración de izquierda. No tenía nada que perder si se abría de pecho y le externaba sin tapujos, pero con respeto, sus conclusiones. Para eso había sido citado, ¿no? ¿Verdad que el propósito de la visita no consistía en decir mentiras ni engañar al presidente electo? Entonces a hablar con claridad, ya que no existía ningún interés ulterior en la visita, que debería repetirse muchas veces, al tratarse de argumentos genuinos vertidos con el único deseo de ayudar desinteresadamente al país.

El capitán de empresa coincidió en la decisión de adelgazar el escandaloso tamaño del sector público, cuya nómina, además de la temida inflación, erosionaba la posibilidad de hacer más eficiente el gasto público, en perjuicio de los sectores sociales marginados. Sí, claro, los sueldos eran en ocasiones muy elevados y excesivo el número de burócratas, más aún en el mundo contemporáneo, operado por computadoras diseñadas para hacer el trabajo de muchas personas. La reducción indiscriminada de emolumentos del personal de confianza, el verdadero capacitado para desahogar las cargas de trabajo en el sector público, no solo incrementaría la patética lentitud y apatía en el trámite de los asuntos, sino que estimularía la corrupción entre los altos funcionarios para no verse perjudicados por las disminuciones salariales. Reducir los sueldos de los jueces, magistrados y ministros del Poder Judicial, ¿no tendría como consecuencia, a modo de ejemplo, la posibilidad indiscutible de subastar la justicia al mejor postor o a quien ofreciera la mayor cantidad de billetes? ¿Se trataba de destruir el débil e incipiente Estado de Derecho que escasamente disfrutábamos? ¿Sí…? Pues entonces a reducir los sueldos de los integrantes del Poder Judicial y volver a ajustar nuestras diferencias con las manos, como ocurre con los defensores ciudadanos, o a billetazos, a la antigüita, con sus obligadas y conocidas consecuencias.

—Sí, señor presidente, con tal de ahorrar dinero, no se debe provocar la parálisis y corrupción del aparato burocrático —expresó Hadad—. En mis negocios entendí que no podía cesar a mis directivos, ni reducirles el sueldo, porque pondría en manos de la competencia a empleados de alto nivel que habíamos venido capacitando a lo largo de los años. Nos tocaba cuidar a los expertos y, créame, los cuidamos con grandes sacrificios y los retuvimos buscando ahorrar en otros rubros. Eran imprescindibles. ¿Se imagina usted una huelga de jueces, magistrados y ministros si les reducen sus emolumentos ante una gigantesca carga de trabajo? Ellos también tienen manera de defenderse, no hay enemigo pequeño, señor presidente.

AMLO dejó pasar la última advertencia como si no la hubiera oído.

—¿Como cuáles directivos sugerirá usted para el nuevo gobierno? —preguntó Lugo, inquieto y curioso.

—Creamos el cargo de director de Ahorros para reducir gastos, como al apagar la luz en áreas pertinentes a partir de las seis de la tarde; no se imprimiría en papel ningún reporte que se pudiera consultar en las computadoras; abonamos los sueldos electrónicamente en tarjetas de débito; identificamos a una parte del personal, como el de diseño, entre otros, que podrían trabajar en sus casas, para poder cancelar costosos espacios de oficina y de estacionamiento, entre otros rubros. En total, hablamos de cifras monstruosas de desperdicio, que pudimos evitar. Unos, señor presidente, son los creativos, los que imaginan y piensan, otros son quienes ejecutan, pero si larga a los que piensan, entonces irá usted derechito al infierno, y con usted, con el debido respeto, el país entero. Si a usted le va mal, a México le irá mal, le guste a quien le guste o a la inversa. Por favor, cuide a los que piensan y crean, los que cumplen órdenes los encuentra en cada esquina…

—¿No me ayudarías a trabajar en el gobierno? Con tu mente ahorrativa nos evitaríamos muchos gastos innecesarios.

—Gracias, pero no, mi labor es otra.

—Pero si ya ganaste mucho dinero. Es la hora de devolverle algo a tu país, ¿no?

Alberto Hadad había esperado esa pregunta del futuro presidente desde tiempo atrás. Era el momento ideal para contestarla y aclarar no solo su papel, sino el de una buena parte de los empresarios mexicanos.

—Señor presidente —empezó a vertebrar su discurso largamente preparado—: desde afuera nos contemplan como unos ricachones que explotamos a la gente como si esta no nos importara, pero le digo, usted lo sabe mucho mejor que yo, que el sector privado es el que crea los empleos productivos, paga los impuestos necesarios para que el gobierno pueda cumplir con sus presupuestos sociales, capta divisas por sus exportaciones para financiar el comercio exterior, crea fuentes de riqueza a lo largo y ancho de México. Basta observar el desastre existente en los países en donde los empresarios han sido expropiados, como acontece en Venezuela o en Cuba; la miseria está a la vista, en donde los emprendedores son erradicados por envidias o malos entendidos…

—En México, en cada empresario hay un evasor de impuestos, Alberto —exclamó Lugo Olea.

—Y en cada funcionario público hay un presupuestívoro, si se valen las generalizaciones —adujo Hadad—. ¿A dónde vamos en un país en donde los empresarios desfalcan al fisco y cuando los recursos finalmente llegan al erario, los políticos se los roban? —preguntó el empresario en su defensa para agregar—: por esa razón nos fascina su objetivo de crear finalmente un Estado de Derecho, en donde nadie le robe a nadie, y si eso llegara a suceder, para eso estaría precisamente la ley, para encarcelar a los responsables de uno u otro lado del mostrador.

—Impondré el orden —comentó el próximo presidente—. Debemos acabar con el juego del perro que se quiere comer la cola. Los defraudadores del fisco a la cárcel, y a la cárcel también quien cometa el delito de peculado. El cambio se logrará mágicamente al utilizar radicalmente una sola palabra, mi querido amigo: ¡cárcel!

Hadad ocultó una sonrisa sarcástica porque conocía las declaraciones de Lugo en el sentido de que no perseguiría a ningún político y que comenzaría con aquello de "borrón y cuenta nueva". Era mejor no caer en provocaciones; sin embargo, continuó con su argumentación:

—Ahora ha disminuido —continuó Hadad con la debida solemnidad en atención a la investidura de su interlocutor—, pero años atrás el máximo reconocimiento que la nación otorgaba a sus empresarios destacados, la presea de honor con que se les distinguía era el secuestro, el asesinato de sus seres queridos o la mutilación de orejas o dedos o ambas partes. Ese y no otro era el premio ante el esfuerzo desarrollado durante muchos años, la recompensa patriótica por haber pagado impuestos, creado fuentes de empleo, generado riqueza y divisas, en muchos de los casos pagando con su propia salud el desgaste cotidiano para alcanzar el éxito.

Lugo Olea guardaba un prudente silencio y escuchaba.

—He visto la angustia en los rostros de los empresarios al negociar los contratos colectivos de trabajo con líderes mafiosos, so pena de ver colocadas las banderas rojinegras en las puertas de sus compañías. He padecido el desplome de las ventas sin poder pagar los créditos bancarios, o cuando el socio de toda la vida se roba el patrimonio de la empresa, y sufrido la calvicie, el insomnio, las úlceras y hasta infartos cuando quiebra la compañía o no se puede llevar el pan a la casa. Créame, señor, que sé lo que significa la desesperación de mis colegas cuando la burocracia impide el crecimiento de sus empresas o se sufre por las revisiones fiscales con auditores corruptos, o se siente la proximidad de la muerte cuando se devalúa el peso y se tienen contratadas deudas en dólares.

El magnate disparaba uno y otro ejemplo sin parar para aquilatar el papel de la iniciativa privada en el desarrollo nacional:

—Pocos se imaginan la angustia cuando no se puede recuperar la cobranza por una contracción monetaria o por las raterías de los abogados o porque la clientela insolvente desaparece, todo lo anterior sin olvidar la competencia en los mercados piratas, o cuando nuestros vecinos del norte colocan cianuro en una uva y cierran los mercados o bloquean las importaciones de atún o un terremoto destruye instalaciones, o una plaga destruye sembradíos de bananos o mata a miles de pollos. Un horror, señor, un horror... De un día a otro puede llegar la miseria.

El jefe electo del Estado Mexicano se cruzó de brazos sin interrumpir a Hadad. ¿Miseria, había dicho Hadad? ¿Qué sabía él de millones de personas que solo habían conocido la miseria y jamás habían soñado siquiera con la abundancia? ¿Qué hacer para que todos pudieran tener las mismas oportunidades? ¿Acabar con el derecho a las herencias? ¡Al diablo con que todo principio de igualdad se había derrumbado junto con el muro de Berlín y que el marxismo fuera el peor embuste en el siglo XX! ¡Caer en la miseria: vaya broma…! Los empresarios para AMLO, aun cuando no lo confesara públicamente porque dependía de ellos, eran explotadores de seres humanos, sacadólares, personajes egoístas que habían quebrado más de una vez al país. Nos saquearon, nos siguen saqueando, repetiría en silencio, ellos y solo ellos demostraban con su conducta el viejo dicho: "empresarios ricos, empleados pobres". Se les conocía por ser incapaces de abrir las arcas para ayudar a terceros y no pasaban de ser males necesarios en una sociedad. No obstante, uno de sus hijos aprendió computación en la Fundación Hadad, debido a que no pudo concluir la licenciatura en la UNAM.

—Pero ¿y qué sucede cuando a ustedes les va bien porque convirtieron terrenos desérticos en fraccionamientos y de cuatro líneas trazadas sobre un papel surgió un edificio, o lograron que unos polvos se pudieran usar como medicamentos?, ¿comparten los beneficios? —intervino Lugo, deseoso de acorralar a su visitante, que contemplaba a su sector como la encarnación del virtuosismo. Solo con Martín Barrientos, un convencido de la eficiencia del comunismo, podría intercambiar sinceros puntos de vista en relación a los malditos empresarios, unos despiadados agiotistas. Martín había llegado a declarar que la igualdad entre los seres humanos era posible, de la misma manera que en un bosque todos los árboles podían ser idénticos…

> **@F.A.Hayek**
> Hay una gran diferencia entre tratar a los hombres con igualdad e intentar hacerlos iguales. Mientras lo primero es la condición de una sociedad libre, lo segundo implica, como lo describió Tocqueville, "una nueva forma de servidumbre".

—Yo, y hablo solamente por mí, comparto las ganancias en tres niveles: pago impuestos, reparto utilidades de acuerdo a la ley y, además, dono miles de millones de pesos en obras filantrópicas; a saber qué hagan los demás. De que hay evasores y tramposos —continuó el empresario sin emoción alguna, pero con gran humildad—, no tenga la menor duda, señor Lugo Olea. Hay de todo en la viña del Señor, como usted sabe, al igual que en el sector público, solo que a veces es imposible quedar bien con todos, como también podría ser su deseo como jefe de la nación.

—Pero, ¿por qué dices eso?

—Porque la familia reclama más atención, el fisco reclama sus impuestos, el gobierno reclama que no hacemos lo suficiente por ayudar, los empleados reclaman al sentirse explotados, los acreedores reclaman, envidiosos, que uno se enriquezca a costa de ellos, el cuerpo reclama los excesos y pasa la cuenta en términos de salud… Los colegas no se pueden quedar atrás y reclaman como suyas ideas exitosas, los terceros reclaman derechos y exigen préstamos o ayudas so pena de llamarle a uno malagradecido, una manera muy eficiente de perder amigos o seres queridos que acabarán etiquetándote en términos obscenos. Si les prestas dinero y no lo devuelven, los pierdes, y si no se los das, los pierdes también, no hay forma de ganar.

—Pero insisto: cuando ganas, ¿qué le devuelves al país?

—Gracias otra vez por la pregunta —repuso paciente el magnate, a la espera de que su respuesta pudiera etiquetarlo como hambreador o explotador—: yo he donado, como le dije, miles de millones de pesos en obras de caridad; construyo escuelas, bibliotecas, orfanatos, universidades, y las regalo desinteresadamente, de la misma manera en que cuento con miles de mujeres dedicadas a bordar a las que ayudo exportando a Estados Unidos sus vestidos o blusas sin ganancias para mis empresas, de modo que puedan inyectar dinero a sus casas y retener a sus hijos en la escuela, el objetivo prioritario.

Sorprendido, el próximo presidente cuestionó:

—¿Cuántos de tus colegas siguen tu ejemplo?

—Pocos, muy pocos, la filantropía en México está en pañales si la comparamos con los filántropos yanquis, como los casos de Warren Buffet o de Bill y Melinda Gates, quienes donaron cincuenta mil millones de dólares a diversas causas, o Mark Zuckerberg, otros cincuenta mil millones de dólares, o Charles Francis Feeney, seis mil millones de dólares, o George Soros, ocho mil millones… Estados Unidos es el país que más donaciones lleva a cabo en proporción al PIB, una maravilla, sin olvidar a muchos otros empresarios que ayudan a la educación y a otras actividades a través de sus fundaciones. Eso es devolverle a la patria, además de pagar impuestos…

Si estimulamos la filantropía en México, pronto no cobraremos ni un quinto, pensó el presidente electo en silencio.

—Pero no solo eso, señor licenciado —continuó el gran filántropo mexicano—. Si usted me lo permite, su principal objetivo, y se lo digo con el debido respeto, debería ser el de crear empleos para iniciar un ciclo virtuoso, porque de nada sirve regalar dinero, ya que se ha demostrado hasta la saciedad que esos obsequios supuestamente generosos solo invitan a la resignación y a la flojera, pero no a la producción y a la superación; nunca han ayudado a erradicar la miseria.

Lugo endureció el rostro. Hadad ignoraba el verdadero objetivo de las supuestas ayudas al pueblo. En realidad, el dinero a los ninis, madres solteras, estudiantes y ancianos, entre otros, no tenía como fin prioritario el asistencialismo, sino el clientelismo, el aseguramiento del voto del pueblo marginado a cambio de ayudas financieras, exactamente el mismo principio exitoso adoptado durante sus años como jefe de Gobierno, con lo cual la Ciudad de México sería adicta a una supuesta izquierda en muchos años por venir. Pues bien, la idea era calcar el ejemplo seguido en el Distrito Federal, pero ahora, como presidente, impondría el sistema en todo el país para que se eternizara Morea en el poder. Hadad no había entendido nada, imposible explicarle la verdad.

—Y si insisto en la creación de empleos, señor, es porque con la llegada de la robotización vamos a perder en México y en el mundo millones de puestos de trabajo y tenemos que adelantarnos a los acontecimientos.

Lugo pensaba en la conveniencia de dar por terminada la conversación; sin embargo, el empresario insistía en abordar los temas propios del futuro, ¿futuro?, ¿cuál futuro?, era la misma realidad tecnológica que atropellaba a la sociedad y a la economía.

—Usted, que con tanta fortuna encabeza la Cuarta Transformación, debe tomar en cuenta las nuevas tecnologías propias de la era de la automatización, porque la desigualdad se disparará hasta el infinito. En Estados Unidos se espera que en los próximos quince años se pierdan cincuenta y tres millones de empleos en razón de la robotización, algo parecido a lo ocurrido durante los años de la Revolución Industrial inglesa, cuando los telares desplazaron a miles de obreros de sus trabajos. Se repite la historia, señor Lugo.

—La robotización, como dices, todavía tardará muchos años en llegar a México, mi querido amigo, de la misma manera en que han anunciado deshielos de los polos, inundaciones infernales que nunca se han dado. ¡Cuántas veces he escuchado de voces supuestamente autorizadas que este año, segurito, el mundo se acabará!

—No, señor, no, con el debido respeto, México es un país manufacturero, vendemos cada día menos materias primas, y donde haya mano de obra, habrá amenazas, salvo contados casos, como en el campo. En Estados Unidos se reemplazará a la gente por robots, cada vez más baratos y sobre todo, cada vez más inteligentes. Cuidado, vienen tiempos muy complicados no solo para México, sino para el mundo entero, porque si cincuenta y tres millones de gringos se quedan sin empleo, lo de menos será quién le va a comprar a México sus manufacturas, sino ¿qué posibilidades existen de una nueva guerra civil en ese país y cómo afectaría a México?

—¿Y a qué plazo ves semejante escenario?

—Ya, señor presidente, ya. Un motor eléctrico tiene veinte piezas, en lugar de veinte mil de los de gasolina, y se cambia en diez minutos; además, no se descompone y la batería se carga en el enchufe doméstico, por lo que ya no existirán las gasolineras. La electricidad será sumamente barata porque habrá una revolución de la energía solar, eólica y marítima. Es una maravilla la modernidad, adoro los avances de la ciencia. Mire usted —agregó muy satisfecho al abordar un tema que dominaba—: desaparecerán los talleres y la mayoría de los mecánicos, porque los robots podrán hacer las reparaciones. Antes de que termine su administración, en el mundo ya solo se fabricarán autos eléctricos, que podrán ser conducidos sin chofer. A ver qué suerte corre el petróleo, porque el precio se va a desplomar y las refinerías serán museos para nuestros nietos, mientras las ciudades tendrán un aire mucho más limpio y las futuras generaciones no sufrirán de contaminación ambiental.

—Caray —repuso AMLO.

—Imagínese, Uber y Airbnb son las mayores empresas de taxis y de hoteles, y no son propietarias de taxis ni de hoteles, es una revolución total, como lo es que una computadora le puede ganar al mejor jugador de ajedrez. Esa es la inteligencia artificial que ya llegó y está aquí entre nosotros, si no, habrá que preguntarle a los médicos cuando una máquina diagnostica el cáncer con más precisión y velocidad que cualquier humano.

—¿No estás exagerando, Alberto? Tal vez has leído muchos libros de ciencia ficción…

Hadad sonrió complaciente, sin dejar de apoyar su argumentación, y claro que no bajó la guardia:

—Hace unos años un robot costaba una fortuna; hoy en día, empiezan a proliferar las fábricas que los producen y en la industria automotriz pueden ocasionar un desastre, porque si nuestra ventaja era competitiva por el costo de la mano de obra mexicana, en la actualidad eso ya no cuenta, porque los robots no cobran salario alguno, y además no se enferman ni se embarazan ni van al baño ni piden vacaciones ni descansan un día a la semana ni piden aumentos de sueldo ni promueven huelgas ni trabajan ocho horas diarias, sino veinticuatro, ni cotizan en el Seguro Social ni en el Infonavit. Las armadoras de automóviles decidirán dónde instalarse en razón del costo del terreno y de la energía eléctrica, pero no más, la mano de obra ya no contará…

AMLO se echó para atrás, se acarició la barbilla y clavó la mirada preocupada en el rostro de Hadad. ¿Y si fuera cierto? ¿Qué era la modernidad? ¿Acaso no había manera de resolver los problemas porque se solucionaba uno y surgían otros mucho más complicados? ¡Qué desesperación…!

—Ni el propio Trump le entiende a esta encrucijada —continuó el empresario disparando argumentos a diestra y siniestra—: él todavía cree que somos los mexicanos quienes les robamos los empleos a los yanquis, sin entender que es la robotización la causante de estos supuestos males. Estados Unidos tiene unas tasas de desempleo envidiables en el mundo, pero en el corto plazo, precisamente por no entender —adujo Hadad mandando una lección al presidente mexicano— se puede presentar una catástrofe económica sin precedentes. ¿Cómo culpar a los inmigrantes mexicanos, cuando el problema es la robotización…? No se vale engañar a la gente de esa manera y sobre todo, menos se vale insultar a la inteligencia de la nación como si nunca se fuera a dar cuenta del embuste, una canallada, ¿no cree usted…? Los populistas como Trump o Maduro siempre buscan un culpable, y en este caso, se están equivocando de punta a punta.

La palabra populista podía sacarle ronchas a AMLO, el solo hecho de pronunciarla le producía urticaria porque exhibía en cuatro simples sílabas todo su pensamiento y lo mostraba como un mentiroso, cuando él solo pretendía el bien de la nación. ¡Cuánta habilidad la de Hadad al dejar caer las acusaciones sin hacerlo sentir aludido! ¿Para qué ponerse el saco sin ser directamente señalado?

La reunión concluyó cuando un joven de escasos veinticinco años de edad, vestido de civil —eran de extrañarse los uniformados del Estado Mayor presidencial—, se acercó al oído del presidente para comunicarle un mensaje y entregarle una tarjeta, momento en que Hadad se puso de pie y después de un breve abrazo desapareció por donde había llegado.

> **@uyuyuy**
> El peso se deprecia. Los capitales huyen. La inversión extranjera se detiene. La economía no crece. La incertidumbre se arraiga. Los empleos no se crean. Las acciones mexicanas se desploman en EU. La demagogia insulta. La realidad se esconde. ¡Qué manera de comenzar! Horror.

—¿No te gustaría ser perro, amor? —preguntó Roberta a Martinillo al salir del cine después de ver una película de arte patéticamente aburrida, que no merecía ningún comentario adicional. Como siempre acontecía, había sido necesario cambiar por lo menos tres veces de butaca, ante la imposibilidad de llegar a un acuerdo en relación al desarrollo del guion. Rara vez coincidía la pareja en el desenlace de la trama, porque discutían algunas escenas hasta llegar al hartazgo de los vecinos, quienes, solo al principio, les pedían, y más tarde les exigían la búsqueda de otro lugar para continuar sus discusiones en voz alta. Ya estaba bien…

—¿Perro?, claro que no, qué horror, pero ¿a qué viene la pregunta? —respondió Gerardo, intrigado.

Roberta soltó la carcajada al percatarse de la estupidez de su planteamiento, pero no tardó en aclarar que se debía a la imposibilidad de los políticos y de los diplomáticos de poder desahogarse como se les diera la gana en el momento más inadecuado. Los funcionarios estaban obligados a guardar las apariencias sin mostrar sus sentimientos para actuar dentro del contexto rígido de educación exigido por sus respectivas jerarquías.

—¿Te imaginas a un representante de México diciéndole en Washington, al secretario de Estado, usted es un pendejo, después de discutir horas y más horas las cláusulas del futuro TLC? Esas libertades no las disfruta nadie, salvo los perros, y por eso se me antoja la comparación.

—Hasta donde yo sé, los perros no hablan ni siquiera en los circos, de modo que debes estar entrando en tus quince minutos diarios de decir insensateces, mi vida —alegó Gerardo, prestándose a la broma.

Roberta explicó que siempre había envidiado a los niños cuando se dormían sin protocolos donde los agarraba el sueño, o eructaban después de comer, o lloraban al estar incómodos o acalorados o friolentos o pataleaban al no poder dormir en la carriola, sin que les importaran las formas.

—Esa es una verdad de a kilo, a mí me hubiera encantado poder gritarles pendejos a la cara a quienes fueron a votar en la consulta armada por AMLO en relación al aeropuerto, la peor burla cometida en contra de la gente en los últimos tiempos —agregó Gerardo, doliéndose por la falta de oportunidad de actuar como le saliera del alma; la educación era un impedimento terrible en contra de la naturalidad—. Pero, ¿y tus perros?

Roberta le guiñó un ojo a su marido:

—Me encantaría levantar una pata trasera enfrente de las personas y orinarme en las puertas de los centros de poder. ¿No te encantaría cagarte espontáneamente en las escalinatas del imponente edificio del "Honorable" Senado de la República, en la puerta misma de entrada a esa "ilustrísima" representación nacional? ¿No tendríamos que levantar un monumento al perro feliz que nos da ejemplos patrióticos y de gran audacia? —agregó pinchándole las costillas a Martinillo, que escuchaba gozoso a su mujer—. ¿Te imaginas al ilustre cuadrúpedo colándose a toda velocidad entre gritos y chiflidos por la puerta central de Palacio Nacional hasta llegar al Patio de Honor y dejar ahí una muestra intestinal de su concepción de la política mexicana? ¿Te imaginas, Martinote? —apelativo al que ella recurría como una muestra más de amor al periodista—, ¿O, tal vez, ir más lejos y defecar en la Casa Blanca después de una larga y dolorosa constipación intestinal, hasta encontrar el alivio total, algo parecido a la paz de los sepulcros?

En el coche, las carcajadas por las fantasías de Roberta eran incontenibles; ambos lloraban de la risa.

—¿Cómo se te ocurren esas ideas, mi Rober…?

En ese momento ya nadie podía detenerla:

—¿Y qué tal si pudieras levantar la pata para empapar los pantalones de Trump? Esa hazaña sería de Ripley, o hacerlo en el Palacio del Sol de Kumsusan, la sede de los poderes de Corea del Norte, en donde despacha Kim Jong-un, el depravado ese que sodomiza a las mujeres y que cuenta con misiles atómicos o, para terminar, echarte una inolvidable cagadita, larga, muy larga y terriblemente apestosa y sonora, en el Palacio de Miraflores, en Caracas, en las puertas de la casa del dictador Maduro. Ese es un privilegio canino, amor, ¿o no?

¡Cuánto disfrutaba Gerardo la creatividad de su mujer, sobre todo en momentos en que su ingenio se desbordaba! Mientras más reían y se divertían con sus comentarios, más se inspiraba ella a la hora de inventar historias, sin necesidad de tomar una gota de alcohol; ahora bien, frente a una botella de vino tinto, su imaginación y su euforia no tenían límites. La mejor evidencia de su sentido del humor y de su concepción de la vida podría encontrarse en sus textos de filosofía existencial, totalmente divorciados de las preocupaciones políticas de Martinillo.

En otra ocasión, al final de una comida en un restaurante en Valle de Bravo, en tanto contemplaban la belleza del lago y esperaban los postres, Roberta aprovechó un silencio para contar cómo era posible descubrir el patrimonio de cualquier persona con tan solo un cruce de miradas. La autora de la fantasía estaba realmente fascinada al revelar su más reciente cuento.

La historia se refería a un científico mexicano que había invertido lo mejor de su imaginación en la creación de unos anteojos que le permitirían identificar la riqueza de los políticos, para lo cual se había empeñado en perfeccionar unos anteojos mágicos con los que fuera posible detectar la ubicación y cuantía precisa de los bienes mal habidos, robados, claro estaba, dispersos por el orbe. ¿No era una maravilla?

Con dichas gafas, el inventor podía practicar radiografías financieras al ver a los ojos a los políticos. Comprobó la eficacia de su descubrimiento, en primera instancia, cuando se presentó ante la ventanilla de un cajero en una oficina recaudadora del gobierno, solo para saber que el humilde burócrata contaba únicamente con una tarjeta de débito expedida por un banco, en donde le depositaban su sueldo cada quincena. El éxito había sido total. El experimento lo repitió en diferentes secretarías de Estado para evitar cualquier margen de error. Un tiempo después, el genial desarrollador logró abrirse paso en las sesiones plenarias de la Cámara de Diputados. En el "Honorable" recinto se hizo de valiosísima información al conocer cuentas de cheques en paraísos fiscales con largos números, contraseñas y diversas claves para acceder a los datos ultra confidenciales que mostraban sus verdaderos haberes, así como información privilegiada de escrituras públicas relativas a bienes inmuebles puestos a nombre de sus esposas, hijos o parientes, localizados en México y en el extranjero, a pesar de la existencia de complejos fideicomisos y de sofisticados prestanombres. Llegó a saberlo todo, lo que era todo… Grababa en un teléfono celular los informes que aparecían en sus lentes. ¿Qué hacer con esos datos? ¡La sorpresa enorme que se llevó cuando descubrió el gigantesco patrimonio acumulado por los altos mandos de Morea, que se mostraban en público como sacerdotes respetuosos de sus votos de pobreza!

Martinillo pensaba con una sonrisa sardónica si el funesto descubrimiento también podría ser utilizado en un futuro para descubrir infidelidades, pero prefirió guardar un profundo silencio ante la tremenda perspicacia de su mujer.

Con el ánimo de esconder su identidad y evitar ser asesinado, Roberta continuó dando pormenores de su sensacional hallazgo, el científico empezó a mandar cartas anónimas a los diferentes diarios nacionales para que ellos pudieran comprobar la autenticidad de los informes y procedieran a publicarlos. Comenzaría una purga de delincuentes que ningún gobierno estaría dispuesto a ejecutar para limpiar de gusanos el aparato público.

Cuando cada día aparecían en las redes sociales los reportes del presidente de la República, ex presidentes, ex gobernadores, gobernadores, secretarios de Estado, diputados, senadores, delegados del gobierno del Distrito Federal, jefes de gobierno de la capital de la República, magistrados, ministros, jueces, hasta policías de los gobiernos estatales y federales, los corruptos funcionarios empezaron a dudar de sus contactos y agentes bancarios violadores de la secrecía, de sus prestanombres, de sus esposas y seres queridos y hasta de sus amantes y abogados, confidentes de sus intimidades. El escándalo llegó a ser mayúsculo. Explicaciones iban y venían, pero los acusados, en su fuero interno, en su sorpresa y en su furia, sabían de la validez de las acusaciones. No había hombre sin hombre. Todos eran cómplices. Para su horror, fueron ajusticiadas muchas personas inocentes, enemigos de los funcionarios políticos y jueces que tenían algún secreto inconfesable con el que podían chantajear a la alta jerarquía política. Las páginas de los periódicos se llenaron de sangre de las víctimas ajenas a las delaciones. Los ladrones no confiaban ni en sus oscurísimas sombras. Buscaban a los culpables sin pensar que ellos mismos lo eran. ¿Cómo encontrarlos?

En una ocasión el científico de marras se presentó en la Cámara de Senadores y publicó los datos de varios pillos legisladores enriquecidos ilícitamente. Uno de estos rateros, yucateco, por cierto, vio algo en sus lentes que lo hizo sospechar. De inmediato ordenó a sus guaruras que arrestaran al sujeto y lo torturaran para hacerlo confesar. La misma noche en que lo secuestraron y mientras era desollado y le eran extraídos los ojos, el ínclito personaje confesó su responsabilidad. Era claro. El gobierno mexicano no soportaba la verdad. La justicia jamás se impondría.

Además de la política, Roberta y Gerardo intercambiaban constantemente opiniones sobre temas relativos a la educación, a la religión, a la comida, a la literatura o las artes en general. La vida misma, a juicio de ella, se trataba de encontrar las verdaderas justificaciones de la existencia.

¿De qué se trata esto de vivir, Martinote? ¿Para qué naciste? ¿De pasar la vida como un bulto sin entender nada ni aportar nada? ¿No te parece la sinrazón de la sinrazón haber luchado todo el tiempo por algo y al final de tus días, al llegar a la cúspide, si es que llegas, darte cuenta de que no hay nada y todo fue en vano?

Para Martinillo las discusiones interminables con Roberta equivalían a un veraneo, como decía Churchill en la Segunda Guerra Mundial, cuando un problema todavía peor lo atacaba sin haber podido resolver el anterior. Cambiar la temática política para Gerardo significaba un descanso, un paseo por el campo, el sonido lejano de un dulce arpegio.

El tema que Roberta llevaba un par de semanas analizando por medio de un chat con unos amigos consistía en acordar qué era lo más importante de sus vidas en este preciso momento. Unos alegaban que lo vital, en términos de sus edades, era haber garantizado los ahorros suficientes para no trabajar en la tercera edad; otros proponían el haber logrado construir una sólida familia, en donde se podía andar en calzoncillos sin cuidarse de nadie porque existía la suficiente confianza. Los menos materialistas aducían haber hecho de su tiempo lo que realmente habían deseado, por lo que habían conquistado la máxima presea de la vida: habían logrado ser felices. Roberta arrojaba su verdad al centro de las discusiones:

—Lo realmente importante, amigos, es estar vivo, porque de otra manera no se podría disfrutar nada, ni la familia ni el dinero ni el éxito profesional ni el amor ni la fama, nada, nadita de nada, despertar es lo único que cuenta, salvo que quieras morir por una enfermedad muy dolorosa.

—¿Sabes cuándo te empiezas a morir, Rober?

—No, ¿cuándo, tú?

—Cuando ya no tienes ilusiones, nada te provoca ni parece tener sentido y has perdido la curiosidad, la energía que mueve al mundo —repuso Gerardo, animado de esgrimir un argumento lúcido; Roberta le había concedido la razón en muy pocas ocasiones. Ella siempre parecía tener un argumento superior, se tratara de lo que se tratara.

—Te vas a reír de mí, amor, pero te mueres cuando no-más no despiertas, todo lo demás tiene remedio, porque la vida es búsqueda y si careces de energía, para eso están los sicotrópicos o los siquiatras, porque los seres humanos no pasamos de ser un conjunto de respuestas químicas y los des-equilibrios se corrigen con pastillas o con las palabras idó-neas, pero nunca te des por vencido con eso de que no tienes ilusiones y ya te resignaste a que te lleve el carajo.

—Es muy fácil decirlo, amor…

—¿Fácil? ¿Qué es fácil? Lo fácil se acabó hace muchos años, pero a ver, sonríe, regálame una sonrisa…

—Por favor, Roberta, seamos serios.

—No le saques, hazme feliz y regálame una sonrisita, anda, dame gusto…

¡Cuánto trabajo le costaba sonreír a Martinillo, más aún cuando el país estaba en jaque y su futuro amenazado! ¿Có-mo hacerlo a la fuerza ante un escenario político, económico y social más negro que el hocico de un lobo?

—¡Sonríe, bobo, te lo ordena tu adiestradora, tu entre-nadora! O ¿a dónde irás sin mí, seso hueco?

Gerardo hizo apenas una mueca esquiva.

Roberta ignoró la respuesta. Su marido reiría cuando le diera la gana.

—Hazme entonces un favor.

—¿Cuál?

—Mañana, cuando te despiertes, lo primero que harás es sonreír porque estás vivo.

—Son sandeces, Rober…

—Me vale si lo son o no: ¿me prometes que vas a sonreír al abrir los ojos, aun cuando yo no te vea?

—Bueno, va, te lo prometo, amor —repuso él en tanto empezaba a sonreír.

—¿Eres capaz de hacer lo mismo cada vez que veas la hora? ¿Lo harías por mí?

—¿Sonreír cada vez que vea el reloj?

—Sí…

—Voy a parecer loco…

—No, si sabes hacerlo por dentro. Si te acostumbras vas a ser muy feliz durante el día, sopesarás tus problemas, les concederás su justa dimensión y tu sangre se llenará de sustancias químicas saludables con la menor cantidad de la toxicidad que te producen los malos pensamientos.

Silencio.

—Contesta, cabrón, o te parto tu mandarina en gajos —exclamó ella, haciendo que su marido reventara en una carcajada: ¡cuánta capacidad de aquella mujer para sacar a Martinillo de su centro y mostrarle ángulos optimistas de la existencia!—. Ya tendrás mucho tiempo para estar serio cuando te mueras. Ahora, al menos conmigo, no…

Cierto día, como a las diez de la mañana, cuando entró Brigitte González Mahler a la oficina de su marido, el presidente electo de México, lo encontró despatarrado sobre un sillón, con la cabeza recargada en el respaldo y los ojos cerrados. ¿Se sentirá mal? ¿Será otro conato de infarto? No, por favor, se dijo en silencio mientras se acercaba con sigilo para no despertarlo. Antonio solo descansaba. Sonrió brevemente al verla llegar. El color de su rostro reflejaba un severo contratiempo. ¿A dónde iba un jefe de Estado incapaz de controlar

212

sus emociones, y más aún si ya llevaba una profunda estocada en el corazón?

—¿Pasó algo, mi vida?

—Sí, claro, todos los días ha de pasar algo.

—¿Ahora quién o qué?

Brigitte se arrodilló frente a él y le tomó ambas manos para escuchar lo acontecido. Esa misma mañana, al empezar la conferencia de prensa, descubrió que había sido víctima de una sorpresiva canallada cuando unos periodistas infiltrados habían entrado a la sala con credenciales falsas y, una vez adentro, antes de iniciar las explicaciones, habían entregado unos volantes a cada uno de los asistentes.

—¿Pero cómo se pudieron meter…?

—No lo sé, mujer, solo sé que cuando yo llegué ya habían distribuido los panfletos y los reporteros estaban calientitos conmigo.

—Te lo dije, Toño —aclaró Brigitte, como correspondía a cualquier esposa respetable—. Te dije que no prescindieras del Estado Mayor Presidencial, esos militares saben perfecto el teje-maneje.

—Son tan eficientes como ladrones, déspotas y asesinos, no quiero ni acordarme de ellos, por eso los largué a sus cuarteles.

—Bueno, ¿y qué decían los volantes? ¿Te quedaste con alguno?

El presidente electo se metió la mano en el bolsillo del saco para sacar un par de cuartillas impresas y engrapadas que le extendió a su mujer.

Brigitte frunció el ceño y empezó a leer detenidamente:

AMLO, el presidente electo
¿Estaba loco cuando logró por medio de chapuzas y presiones políticas convertirse ilegalmente en jefe de Gobierno de la Ciudad, ya que carecía de la residencia mínima de cinco años requerida? ¿Verdad que se trata de un golpista en la escala que se desee?

¿Estaba loco cuando ofreció condonar 43,000,000,000 de pesos por consumos de energía eléctrica únicamente a sus paisanos de Tabasco? ¿No iba a ser supuestamente el presidente de todos los mexicanos? ¿Y a los demás?

¿Estaba loco cuando al perder las elecciones en 2006 mandó "al diablo a las instituciones", secuestró el Paseo de la Reforma, desquició a la Ciudad de México, se ungió presidente "legítimo" de la nación, quebró cientos de negocios y dejó sin empleo a miles de capitalinos?

¿Estaba loco cuando llenó de esperanza a la nación con su promisorio movimiento político que acabó convertido en un camión de basura al invitar como legisladores a prófugos de la justicia y a rufianes de la CNTE, los peores enemigos de la educación en un país de reprobados, entre otros pillos más?

¿Estaba loco cuando enterró 200,000,000,000 de pesos en el aeropuerto de Texcoco, sin ignorar que ocho millones de compatriotas calientan su comida con leña? ¿Cómo etiquetar a quien desperdicia el ahorro de los mexicanos, priva de empleo a cientos de miles de personas, impide el tránsito de setenta millones de pasajeros y daña el rico comercio derivado de millones de toneladas de carga, fuentes maravillosas de bienestar?

¿Estaba loco cuando fue advertido de que la cancelación del aeropuerto provocaría el catastrófico remate de acciones de empresas mexicanas cotizadas en el extranjero, que se devaluaría el peso, se empantanaría la inversión nacional y extranjera y se deprimiría la Bolsa de Valores, y no le importó el desastre con tal de hacer notar su llegada al poder, o sea el anuncio de una nueva debacle monetaria, en un contexto de egolatría, egoísmo e irresponsabilidad?

¿Estaba loco cuando aseguró que su gobierno no se sometería al poder de los mercados, como si él pudiera controlar el precio internacional del petróleo o fijara en Nueva York o en Londres el importe de las tasas mundiales de interés, o lograra engañar a las empresas calificadoras extranjeras cuando estas interpretaran los indicadores económicos mexicanos?

¿Estaba loco cuando tomó pozos petroleros en Tabasco o cuando se convirtió en un golpista al secuestrar la Cámara de Senadores para impedir las deliberaciones de uno de los poderes de la Unión? ¿No dio otro golpe de Estado al negarse, como jefe de Gobierno, a ejecutar novecientas resoluciones dictadas por el Poder Judicial?

¿Estaba loco cuando escondió en sospechosos fideicomisos las finanzas de los segundos pisos o cuando se negó a declarar sus ingresos y se convirtió en un evasor fiscal, sin explicar jamás el origen de los recursos para mítines, viajes y campañas electorales durante muchos años? ¿Con qué cara le pedirá a la sociedad el cumplimiento de sus obligaciones tributarias?

¿Estaba loco cuando la fraudulenta asociación civil conocida como "Honestidad Valerosa" recibió donativos sin contar con una autorización de la SHCP, no pagó impuestos ni aclaró el destino de sus ingresos y se defendió arguyendo un "compló" de la Mafia del Poder que, por cierto, ya perdonó para crear él mismo la suya?

¿Estaba loco cuando se declaró adorador de Fidel Castro, un dictador asesino, destructor de Cuba? Sin embargo, para él se trataba de "un gigante a la altura de Mandela", de "un luchador social y político de grandes dimensiones".

¿Estaba loco cuando en 1992 el regente capitalino lo sobornó entregándole millones de pesos para que sus paisanos, barrenderos de Tabasco, acarreados por él, desalojaran el Zócalo del Distrito Federal?

¿Estaba loco cuando dividió al país entre ricos y pobres, chairos y fifís, pueblo y pirrurris? ¿Lo estaba también cuando inyectó odio en la sociedad, estimuló el rencor y nos enfrentó entre todos para lucrar políticamente con el revanchismo social, de modo que México volviera a sangrar por sus viejas heridas en lugar de curarlas?

¿Estaba loco cuando se instaló como líder mesiánico para acabar con los huachicoleros y con los narcotraficantes por medio de su "Constitución Moral" y de su "República Amorosa" en lugar de usar el monopolio de la fuerza pública?

¿Estaba loco cuando se disparó al infinito el número de secuestros en la Ciudad de México y recurrió a un lenguaje obsceno, injusto y racista al calificar de "pirrurris" a quienes marchaban exigiendo respeto a su integridad física?

¿Estaba loco cuando, en aras de la imparcialidad, les negó a los ciudadanos la posibilidad de nombrar a un fiscal anticorrupción para empezar a construir un Estado de Derecho e impartir justicia, el máximo anhelo social?

¿Estaba loco cuando recurrió a las "consultas populares", absolutamente ilegales, para destruir el orden jurídico y derogar la democracia con mentiras y embustes, auténticos atentados en contra de la inteligencia nacional, pero muy útiles para engañar a los idiotas?

¿Estaba loco cuando prometió fundar un Tribunal Constitucional, por encima de la Corte, en donde se ventilarán los temas constitucionales con "ministros" nombrados por él para apropiarse también del Poder Judicial?

¿Estaba loco cuando organizó la dupla González Urquiza-Alcaide para cambiar el marco legal del sindicalismo actual, formar su propia CTM y apoderarse también del movimiento obrero para amenazar con huelgas al empresariado y hacerse de millones de votantes? ¿Eso es locura?

¿Estaba loco cuando ordenó la creación de partidas presupuestales para ayudar a ninis, a madres solteras y a ancianos con supuestos planes asistenciales, cuando en realidad se trata de clientelismo electoral, compra camuflada de votos y voluntades, una trampa al estilo de Hugo Chávez, para eternizarse en el poder?

¿Estaba loco cuando prometió volver a instalar los precios de garantía para desquiciar el gasto público con gigantescos subsidios que perjudicarán el presupuesto federal, como ya sucedió con el Sistema Alimentario de López Portillo?

¿Estaba loco cuando responsabilizó a la "Mafia del Poder" de todos los males de México, tal y como acusará más tarde al FMI o al Banco Mundial, o a quien sea, en el momento en que fracasen sus estrategias populistas?

¿Estaba loco cuando a través de sus programas sociales incrementó la informalidad, en lugar de incorporar a la economía formal a nueve millones de personas sin prestaciones y en condiciones de precariedad?

Ese es el presidente electo que tenemos y tú, periodista, ¿todavía crees en la prensa libre cuando las evidencias exhiben a un aprendiz de dictador como los que hemos conocido en México y en toda América Latina? ¿Qué harás con tu pluma, con tu dignidad y con el futuro de México, que también está en tus manos? ¿Tienes hijos? Piensa en ellos…

Brigitte le devolvió el papel a su marido con el rostro compungido.

—Son unos grandes hijos de la chingada, mi cielo —adujo sin soltarle las manos.

—Pues sí, sí lo son, ¿qué quieres que te diga? En política no te encuentras monjas jerónimas. No te metas de bruja si no sabes de hierbas, Bri —comentó con humor ácido.

—¿Pero cómo se desarrolló la conferencia? Esos cabrones estarían como agua pa chocolate, ¿no?

—Tan pronto sacaron el tema del aeropuerto esos camajanes y empezaron a dispararme desde todos los flancos, me di cuenta de que se trataba de un *compló* y que habían venido a masacrarme unos intrusos, a saber de dónde habían salido.

217

—Pero, ¿qué te decían?

En ese momento AMLO se puso de pie, giró sobre sus talones y encaró a su mujer disparando una ráfaga de argumentos.

—Me dijeron que no recordaban el nombre de ningún presidente, electo o en funciones, que se burlara como yo de la inteligencia nacional, ni cuyas decisiones hubieran devaluado el peso, escandalizado a los mercados y desplomado la Bolsa de Valores antes de tomar posesión; que yo era el padre de la degeneración y no de la regeneración moral de México, que al cancelar el aeropuerto de Texcoco con una consulta ilegal había traicionado al sector obrero al dejar sin empleo a cuarenta y cinco mil trabajadores que habían votado por mí, sobre todo porque yo siempre ponía por delante aquello de "primero los pobres."

—¿Qué, pero cómo?

Nos sorprendieron a todos como buenos principiantes. Nunca nos imaginamos que un desconocido, un chaparro pelos necios, un enano asqueroso, se tirara a matar alegando que si había existido corrupción, entonces debería haber encarcelado a los responsables, pero sin darles más trabajo a esos mismos ladrones ahora en Santa Lucía, a esa minoría rapaz, como si yo fuera un cacique y no existieran las licitaciones ni la ley.

—¿Usted se atrevió a hablar de mafia, señor Lugo? —cuestionó el sujeto en medio de una gran rechifla de chairos, un gran coro de lambiscones.

Casi me escupe el sujeto aquel, sin importarle los insultos y chiflidos que le lanzaban varios de los asistentes, cuando me dijo que era una canallada haber enterrado casi doscientos mil millones de pesos en un país pobre, más aún si se hubiera podido convencer a los concesionarios de devolver los recursos públicos.

—¿Por qué enterrar ese dinero que a nadie beneficia, sobre todo si se podía recuperar? Es la máxima estupidez del siglo, señor Lugo —me increpó el malvado ese cuando yo empezaba a perder el control—. Se decía que López Mateos era guatemalteco, ¿usted también es extranjero y vino a quebrar a México, o solo se trataba de quebrar la obra de ingeniería más importante de la historia de México para anunciar su terrorífica llegada? —continuó hablando en medio de una tremenda rechifla.

Mientras más cargos parecía recitar AMLO de memoria, más se percataba Brigitte del daño y de la frustración de su marido. Bien conocía ella los peligros de acorralar a una persona, porque en su desesperación sería capaz de echar mano de cualquier recurso con tal de salvar su imagen y su prestigio. El ego era muy cabrón, se dijo en silencio.

—Me dijeron, amor, que yo no era nadie para erradicar la corrupción, que me faltaba estatura moral, que carecía de principios que se mamaban desde que mi consulta había sido un cochinero al no habérsele encargado institucionalmente al INE, cumpliendo con la Constitución; que resultaba imposible volver a creer en mí; que había espantado a los capitales nacionales y extranjeros, indispensables para crear empleos; que yo quería tanto a los pobres que los multiplicaría en todo el país; que yo había detenido el crecimiento de México y lastimado a quienes menos tenían; que la decisión de cancelar el NAICM era una treta perversa para distraer la atención de la sociedad mexicana en lo que protestaba como presidente; que en lugar de explicar mis estrategias para resolver los complejos problemas nacionales y crear estabilidad, había fabricado una cortina de humo para esconder mi ignorancia o mis verdaderos planes, a saber... No, Bri, no sabes la madriza. Me acuchillaron de frente y por los costados como parte de un plan orquestado que, por el momento, no entendí. Solo baleaba con la mirada al imbécil director de Comunicación, que no había hecho nada para evitar o detener la masacre.

—¿Y qué hiciste? ¿Cómo saliste del entuerto?

—No quería parecerme a *Trum*, cuando le ordenó a Jorge Ramos que abandonara la sala de conferencias, porque no me convenía esa comparación con un intolerante. Mejor hacerla de mártir, en México la gente se compadece de los mártires; por otro lado, no me convenía insultarlos ni pedir en público que sacaran a patadas a esos malvados intrusos, porque me haría fama de tirano. No, eso no, mejor aguantar.

—No, claro, no, Toño, pero les hubieras dicho que eran unos rotitos, unos fifís, unos pirrurris, unos perfumaditos, en fin, todos esos calificativos con los que paralizas a tus críticos —adujo ella con sequedad, a sabiendas de lo delicado de la situación.

—Les aventé, uno a uno, esos adjetivos a la cara. Les llamé resentidos, enemigos del pueblo, de las clases necesitadas, les hice saber que eran enviados de Salinas, que se movían por consignas de terceros, que eran unos hipócritas, marionetas de la IP...

—¿Y...? ¿Qué te contestaron?

—Venían dispuestos a todo, porque si ellos eran unos fifís, yo no pasaba de ser un fósil, un fracasado que había tardado catorce años en recibirme, que me mataba la prosperidad ajena, que como envidioso que yo era al haber padecido mil y una carencias en mi vida, deseaba acabar con los ricos, con los que tenían dinero, con los supuestos culpables de mis miserias familiares, que solo me movía un apetito de venganza en contra de los grandes propietarios, los que, según yo, habían despojado a México de todo y merecían un castigo por extorsionadores y explotadores, y que yo era un verdugo encubierto del bienestar nacional. Me acusaron de ser un acomplejado y que, en lugar de ayudar al rescate de los pobres, los multiplicaría hasta por abajo de las piedras. ¡No, no, no, amor, noooo, qué bruto...!

—Caray, Toño, nunca había sabido de semejantes faltas de respeto a un jefe de Estado, ¿cómo cerrarles el pico?

—Pero no acabó ahí. De repente una chava más fea que la más fea, malvada greñuda, empezó a vociferar sin haber pedido la palabra, todo le valía:

—A usted no le importó la opinión de los expertos en diversas materias a favor del aeropuerto de Texcoco, ni tomó en cuenta los dictámenes emitidos por diferentes autoridades aeronáuticas, ni analizó las posiciones de peritos publicadas en los diarios, nada ni nadie logró hacerlo entrar en razón, ¿verdad, señor Lugo? —continuó aquella como una locomotora loca. ¿No constituía una razón irrefutable que durante los desfiles militares del 16 de septiembre se cancelaran todos los vuelos nacionales e internacionales en la Ciudad de México para que solo se utilizara el aeropuerto de Santa Lucía para evitar colisiones en el aire? No, no son compatibles ambas centrales aéreas simultáneamente, te lo dice la propia práctica…

—¿Quién se atreve a contradecir al poseedor de la verdad absoluta y al titular del máximo poder mexicano? —adujo otra mujer pelirroja, eso sí, guapetona, pero con la cara llena de pecas—. Ninguno de estos chayoteros corruptos que están en esta sala son capaces de enfrentarlo con sus posturas tiránicas, como lo hago yo, porque es un país de cobardes, como los empresarios que fueron con usted de nalgas prontas, unos auténticos vendepatrias —siguió disparando la supuesta reportera de la fuente, mientras giraba sobre sus talones y señalaba con el dedo índice a los presentes—. ¿Verdad que quien me aplauda se quedará sin su sobre lleno de dinero?

Si se trataba de reventar la conferencia de prensa, la estrategia funcionaba al cien por ciento. Los periodistas se pusieron de pie para increpar a su colega. Faltó poco para que llegaran a las manos. El escándalo fue mayúsculo, hasta que logré controlar los ánimos sin suponer los cargos que me lloverían como las piedras de un volcán en erupción.

—Continuemos con las preguntas, si les parece —invité a la audiencia, haciendo gala de control personal.

Cuando las aguas volvieron a su nivel, la misma pelirroja, sin sentarse, continuó su denuncia sin dejarse intimidar. No estaba dispuesta a callarse:

—A ver —se me vino encima la vieja esa elevando la voz a su máximo volumen—: ¿cómo se atrevieron a falsificar peritajes internacionales a favor de Santa Lucía, usted que habla de moralizar y de regenerar? A ver, dígame, ¿esa cochina consulta es lo que entiende usted por honestidad valerosa? ¿Su gobierno se caracterizará por el desprecio a la ley y a la voluntad mayoritaria de la nación? ¿Cómo se arriesgaron a abusar de la ignorancia de la gente y la convocaron a decidir sobre algo de lo que no tenían la menor idea? ¿Así va usted a gobernar, a ver, dígame, abusando de los pendejos? ¿Sí?

—Que se calle, que se calle, que se calle —empezó a repetir un grupo del fondo del salón hasta que la mayor parte de la audiencia se sumó a voz en cuello a favor de la moción, solo que los intrusos habían previsto las respuestas y continuaron con su plan, micrófono en mano. ¿Qué hacer con ellos?

Haciendo caso omiso de las protestas de sus colegas, otra de las presentes le arrebató la palabra a aquella mujer. Yo creí que me iba a defender, pero no, porque me enseñó el acero a las primeras de cambio:

—Es usted un farsante, un hombre indigno de portar la banda presidencial, un traidor para quienes creímos en usted, yo incluida. Lo desprecio profundamente, como algunos de los que están ahora mismo en esta sala, pero que no se atreven a hablar, y no por corruptos, no, sino por miedo a perder su chamba. Sin embargo, yo sí se lo digo en su cara: traidor, traidor, traidor, porque la legitimidad electoral por la que tanto luchó durante muchos años se redujo a una mera hipocresía. Es usted peor que Pasos Narro, porque es un cínico engañabobos; lo malo es que su voto equivale a darle a un niño una pistola 45 cargada para que juegue con ella.

—Hubieras callado a la tipa esa, carajo, era una marioneta hija de la chingada, amor…

El presidente electo no sonrió esta vez ante el lenguaje descarnado de su mujer que tanta gracia le producía, solo que ese no era momento para celebrar nada.

—Intenté callarla, pero no lo logré, imposible hacerlo. Es más, tuve que detener a uno de mis ayudantes cuando empezó a jalonearla para sacarla a tirones de la sala, pero yo no podía permitirlo, más aún por tratarse de una mujer, mi vida… Ya ves lo mal que me fue cuando llamé "corazoncito" a una reportera. Todo estaba muy bien planeado y el acero me penetraba por todos lados.

—¿Y ahí acabó?

—Qué va… Me dijo que los cincuenta mil obreros y trabajadores que habían votado por mí, ahora perderían su empleo el 1 de diciembre, y a partir de que yo tomara posesión ya no podrían llevar el pan a sus familias. Que ella se ocuparía de organizar un plantón gigantesco frente a mi casa de campaña, como el que yo había hecho en el Paseo de la Reforma. Que yo era el presidente del desempleo y no el del empleo, porque los capitalistas estaban aterrados conmigo al haber creado tanta incertidumbre y zozobra; que la desconfianza desfondaría a mi gobierno; que me divertía comprobar el revuelo que producían mis declaraciones; que México, con ciento treinta millones de habitantes, no era el juguete de nadie; que si bien el padrón contaba con noventa millones de empadronados, solo treinta, una tercera parte, había sufragado por mí; que mi Cuarta Transformación, mi gran promesa de cambio, no pasaba de ser la Primera Masturbación y que ya había nacido muerta; que mi gobierno terminaría en una nueva debacle; que yo nunca podría ser el Cuarto Padre de la Patria, porque no entendía al México moderno integrado por casi cuarenta millones de jóvenes entre los doce y los treinta años de edad; que pertenecía a la generación de mediados del siglo pasado y que era un fósil de dinosaurio.

—Pues sí que fue una paliza, amorcito mío. ¿Y cómo haremos para que no vuelva a suceder?

—Espera, espera —agregó el presidente electo—: desde el fondo del salón, otro tipejo de mierda, un desconocido en el gremio, me gritó que yo había jugado con la opinión pública y mentido porque el pueblo no era sabio en nada, y menos en cuestiones aeronáuticas.

—El pueblo es muy tonto, señor Lugo, y no por haberlo elegido a pesar de su desastrosa trayectoria, sino por haber sido incapaz de crear contrapesos en las urnas, como ocurrió en estos días en Estados Unidos, cuando los demócratas le arrebataron a Trump el control del Congreso. En lugar de lo que hizo, este pueblo mexicano idiota, idiotísimo, que concentró todo el poder en usted, en una sola persona, sin saber que el poder absoluto corrompe absolutamente. ¿Eso es para usted un pueblo sabio o un pueblo imbécil, por donde usted lo vea? Un pueblo que asiste a una consulta ilegal, en donde ustedes eran jueces y partes y donde se podía votar las veces que se deseara es un pueblo estúpido que se presta a los juegos políticos, como en los años del famoso "Tapado" con el que se destruía la democracia mexicana. Sostener que el pueblo es sabio es tanto como manifestar que es infalible, con lo cual nos acercamos a una terminología apartada de la realidad, y por ende de la razón, para caer en el terreno de la insensatez, en donde la comunicación se da entre los descerebrados. ¿Verdad que somos un pueblo de pendejos y usted lo sabe a la perfección y por eso abusa de nosotros? La infalibilidad es la parálisis intelectual y política.

Francamente irritado, di por terminada la conferencia y, a pesar de todo, el sujeto continuó agrediéndome hasta que abandoné el salón. Todavía alcancé a escuchar:

—Usted está agotando rápidamente su enorme capital político, se lo está quemando antes de tiempo, y cuando los irremediables gasolinazos y la inflación lastimen los bolsillos de los chairos y tenga que salir a consolarlos, ya solo con palabras demagógicas y no con dinero, porque este se le habrá acabado, volverán a sentirse brutalmente engañados, otra vez, de nueva cuenta. Su Cuarta Transformación nació muerta, como ya lo dijo alguien mejor que yo. Nunca debería haber abofeteado a la nación. ¡Y pensar que ni siquiera empieza su sexenio…! ¿Qué hará este país si usted fracasa? ¿Sigue un Bolsonaro o la destrucción de la República, como ya lo anunció Salinas para quien quiera entenderlo, o tal vez venga a dirigir a la República Cuitláhuac Barrantes, el futbolista?

—Bueno, ¿y el resto de los periodistas, qué?

—Ay, amor, México es un país de cobardes Además, si alguno de los presentes me hubiera defendido, pero en serio, sin lanzar solo chiflidos, lo hubieran llamado chayotero, y si se quedan callados, como al final se quedaron para saber qué haría yo en esa obra maldita de teatro periodístico, entonces les gritaron culeros. Aquí nadie ganaba.

...

—Toño, Toño, despierta, amor —exclamó Brigitte moviendo suavemente el hombro de su marido—, estás soñando, vida mía, ¿quiénes son los hijos de su puta madre que decías? ¡Cómo me has hecho reír! —agregó sin percatarse todavía de que el presidente electo sudaba en abundancia. Nunca imaginó los bombazos del corazón que amenazaban con romper su pecho.

Cuando faltaban unas cuantas semanas para la toma de posesión de Antonio M. Lugo Olea y buena parte del país esperaba el discurso inaugural para poner a todo México de pie y unirlo como un solo hombre con el ánimo de abrazar un proyecto de bienestar nacional torpemente postergado, se llevó a cabo una boda real, de dimensiones monárquicas, de un lujo ostentoso y abrumador, impropio de uno de los líderes de "izquierda" más destacados de Morea, en realidad Modea, como se burlaba Martinillo: el Movimiento de Degeneración Amorosa. ¿Son de izquierda, de centro izquierda o del extremo centro?, según bromeaba en público el destacado periodista. El novio, brazo derecho del presidente electo de la República desde muchos años atrás, su verdadero hombre de confianza, contrajo nupcias con una mujer acaudalada, cuya fortuna, se decía, perdida en la noche de los tiempos, tenía un origen espurio, tan espurio que ella había pasado una larga temporada en la cárcel, acusada de la comisión de diversos delitos.

La majestuosidad del evento (ningún marginado pudo asistir, nada de que primero los pobres), el regio banquete, realmente opíparo, los vinos con etiquetas extranjeras extravagantes, el menú propio de reyes, el soberbio servicio de meseros entrenados con suprema elegancia, la decoración de postín, los cientos de invitados de diversos sectores de la sociedad y de la política mexicana vestidos con ropas de marca, las mujeres y sus joyas deslumbrantes, la carpa esplendorosa ataviada con candiles luminosos repletos de enormes diamantes, los arreglos con miles de flores para engalanar las mesas con los colores más vivos y frescos del trópico mexicano, la mantelería, la cuchillería y la cristalería belga, francesa y checa respectivamente, las diversas orquestas que se sucedían para alegrar este pomposo ambiente, en fin, toda esta exquisita atmósfera rimbombante, fue recogida, con lujo de detalle, por una revista de la alta sociedad, una de las más leídas del mundo hispano. Era inimaginable el precio del vestido de la novia, así como el valor del collar, de los aretes y del anillo que lució para ese histórico evento, con el que se consagraba para siempre la grosera hipocresía de la degeneración nacional. (Martinillo dixit…)

Bien comentaba el GGG en su columna en relación a tan fausta ocasión: "Pascal, el filósofo, sentenció en una de sus tantas frases célebres: 'El dinero y el amor no se pueden ocultar'." El articulista agregó, con su conocida sorna: "El dinero y el amor no se pueden ocultar, de acuerdo, solo que la tos, tampoco… ¿No hubiera sido importante, como un elemental acto de justicia izquierdista —concluyó el columnista su comentario semanal—, que la feliz pareja hubiera exhibido ante la opinión pública sus declaraciones de impuestos para evidenciar la incongruencia entre sus ingresos declarados y su insultante capacidad de gasto? Bueno, es pregunta, se vale, ¿no…?"

El escándalo social por la inconsistencia política, ética y moral de un supuesto movimiento de izquierda, en donde una parte de sus líderes ocultaban fortunas insospechadas, aunadas a una ausencia total de discreción, una clara agresión al candoroso electorado que esperaba un desapego a la "despreciable" riqueza, desató una serie de críticas indiscriminadas, provenientes no solo de los contados críticos feroces de AMLO, sino también de sus seguidores cercanos o lejanos que denunciaron la enojosa contradicción en relación a los principios de humildad. La tormenta arreció hasta empezar a desvanecerse con el apresurado paso del tiempo en un país sin memoria. ¡Cuánta falta hacían los lentes mágicos de Roberta! "México, el País del Cinismo", titularía Martinillo su nueva columna.

Lo más destacado de la boda, propia de la realeza europea, no fue la ostentosa exhibición de dinero, en el fondo una vulgaridad, no, claro que no, por más que hubiera sido una gran nota periodística, sino lo más rescatable y útil fue la conversación sostenida entre varios futuros secretarios de Estado, altos funcionarios y una gran líder política, sentados con sus respectivas parejas en la misma mesa decorada con manteles largos: ahí coincidieron Mariano Everhard, secretario de Relaciones Exteriores, Alonso Roca, jefe de la Oficina de la Presidencia de la República, Casto Uribe, secretario de Hacienda y Crédito Público; Máximo Velázquez, el joven político de poderes e influencia desconocidos, un mago de la política al gozar del privilegio de la ubicuidad, porque el mismo día había pasado de ser gobernador a gobernador con licencia, senador, acto seguido, senador con licencia y otra vez gobernador del estado supuestamente libre y soberano de Chiapas (aunque usted no lo crea ni la Constitución lo permita, algo pocas veces visto en los anales de las desfachateces políticas mexicanas desde 1824, según Martinillo). No podía faltar Jadwiga Petrowski Camaño o Citlalicue

Ibarra Camaño, presidenta de Morea, a saber cómo se llama y se apellida en realidad, según un sinnúmero confuso de diversas actas de nacimiento existentes para tratar de definir la identidad legal, moral o política de esa mujer, una de las visibles cabezas del movimiento creado por Lugo.

La música lejana de violines facilitó el intercambio de opiniones tan pronto se sentaron y empezaron a circular los primeros martinis, mojitos, gintonics, whiskies en las rocas, tequilas añejos o blancos, rones del Caribe, vinos, champán y lo que se deseara. La primera en abrir fuego para iniciar la plática fue la señora Petrowski, quien, por cierto, se presentó sin acompañante al esplendoroso evento:

—Mariano, me has hecho muy feliz al haber resistido las presiones de la prensa y de las redes sociales decididas a impedir la visita del señor presidente Maduro a la toma de posesión de AMLO. Yo —comentó con notable orgullo— declaro mi simpatía expresa por la República Bolivariana, por la ideología chavista encabezada ahora por Nicolás Maduro y confieso también, de paso, no es ningún secreto, mi adoración por los finados Fidel Castro y Hugo Chávez. Es la hora de ser valientes y no de esconder nuestras inclinaciones políticas, ¿no creen? ¡Qué bien has hecho, Mariano, te felicito: esos han sido los grandes líderes progresistas de América Latina, jamás se dejaron someter al imperio del norte! Estoy muy orgullosa de ti.

El futuro secretario de Relaciones, receptor inmediato de las miradas de los comensales, cuidadoso de las formas diplomáticas, casi escupe vodka polaco al escuchar semejante comentario. Con el rostro perfectamente educado de quien puede masticar dos ratones vivos sin hacer una sola mueca de asco, pensó: ¿sabrá este mal bicho que en Cuba subsiste un estado de ley marcial, un régimen de terror, sin libertad de expresión ni respeto a los derechos humanos y no existe la propiedad privada? ¿Sabrá? ¿Lo sabrá? ¿Sabrá de los miles de balseros que han huido y huyen a Florida, con el peligro de morir devorados por los tiburones o ahogados antes de sucumbir en el "paraíso" castrista? ¡Carajo con esta vieja! ¿De qué se trata? ¿Creerá que les habla a unos imbéciles? ¿Sabrá que cuando los empresarios cubanos huyeron a Miami para escapar de las sangrientas persecuciones y de las expropiaciones de los hermanos Castro se derrumbó la economía y se impuso una pavorosa miseria? ¿Sabrá que toda Cuba es una cárcel en donde se fusila a quien piense peligroso y la gente canjea los vales por comida, siempre y cuando haya comida? Menudo alacrán, siguió reflexionando: si conoce, imposible ignorarlo, la tragedia humanitaria en Cuba e insiste en importar ese régimen diabólico a México, entonces es una perversa, y si no lo sabe, entonces es una mujer de mucho cuidado; por lo pronto, una pendeja. ¡Aguas!

—Tienes razón —repuso Everhard, sin denotar la menor emoción: —México no interviene en los asuntos internos de otros países, y si estamos invitando a todos los jefes de Estado del mundo, mal haríamos en violar nuestros propios principios y no compartir nuestro éxito con Miguel Díaz-Canel, con Maduro, Daniel Ortega o Evo Morales. Nosotros no debemos juzgar, no somos jueces de nadie —concluyó sin confesar que se trataba de sátrapas, de dictadores que habían sepultado en el atraso a sus países, como también lo había hecho Maduro, el tirano de moda.

De haberse abierto el pecho y haber admitido su verdadera filiación política, la de un liberal creyente en el libre mercado y en la democracia, Everhard hubiera sido juzgado por un tribunal popular callejero improvisado, al estilo de las consultas de AMLO, y sentenciado a morir lapidado por la muchedumbre en el Hemiciclo a Juárez erigido frente a la Cancillería, antes de tomar siquiera posesión del cargo. La prudencia lo obligaba a conducirse como un político perteneciente a una izquierda moderada. Sin embargo, se atrevió a comentar, sin el ánimo de llegar a una confrontación:

—Me han dicho, pero tal vez el argumento es más falso que un billete de tres pesos, que hasta hace unos meses el salario mínimo en Venezuela era de un millón de bolívares mensuales —adujo, como si no dominara la verdad—, sin perder de vista que un kilo de queso vale casi tres millones y un kilo de papas, ochocientos mil bolívares.

—¿No te parece una maravilla? —repuso ella, conmovida porque le concedían la razón. A eso llamo yo anteponer el bienestar del pueblo.

—La maravilla es relativa, querida Jadwiga —aventuró el futuro canciller un comentario muy audaz, pero con el cuidado de quien camina con todas las precauciones sobre la costra de un lago congelado—. Me llama la atención que en Venezuela, hasta hace un par de meses, la inflación anual llegará al *módico* porcentaje de millón por ciento, algo nunca antes visto. Era imposible pagar el precio de un pasaje en el metro de Caracas, por eso lo liberaron…

—Es que… —iba a interrumpir la señora presidenta de Morea.

—Déjame terminar —interpuso Everhard con extrema suavidad—. Mis informantes dicen que el tipo de cambio por un dólar equivale precisamente a seiscientos mil bolívares y que con esa monstruosa cantidad de dinero apenas compras la mitad de un cartón de huevos, si es que los encuentras en el mercado.

La presidenta de Morea acusó el golpe y contestó sin esconder su incomodidad:

—Esos son los típicos embustes, las llamadas *fake news*, lanzadas desde Washington para envenenar a la comunidad latinoamericana; espero que no caigas en semejantes trampas imperiales.

Jadwiga, en su euforia comunista, continuó explicando su visión radical de la política sin voltear a ver a Everhard. Roca y Máximo Velázquez bebían vino sin pronunciar una sola palabra. Ninguno de los dos podía ignorar que pisaban un terreno minado.

—Honor a quien honor merece —agregó con una sonrisa pícara, como que sabía ante quiénes externaba sus reflexiones—; y por eso honro la memoria de Hugo Chávez

Frías. ¡Salud! —agregó levantando su copa sin que ninguno de los presentes se negara a acompañarla en el brindis, por elemental cortesía. Había que cuidar las formas sin despertar sospechas, más aún cuando a ojos vistas se trataba de una provocación. En el comunismo soviético, encabezado por Stalin, quien careciera de un retrato del dictador en la sala de su casa podría ser arrestado en la noche y conducido al archipiélago Gulag o a morir de hipotermia en Siberia, sin mayores explicaciones ni derechos de defensa. A brindar entonces: ¡Salud, "querida" amiga!

En la mente de Everhard se repitió la imagen de una mujer hipnotizada que repetía párrafos aprendidos de memoria para impresionar a quienes la rodeaban. Exponía supuestas ideas de vanguardia para invitar a ignorantes o desesperanzados a comprar, en su inocencia, las inmensas y supuestas ventajas del comunismo en México. El máximo ideal de una sociedad progresista consistía, al decir de ella, en lograr la igualdad total entre las personas integrantes de una sociedad, hubieran estudiado o no, trabajado o no, se hubieran esforzado o no, fueran o no inteligentes, disciplinados, ambiciosos y creativos. Era lo mismo, la igualdad ante todo, fueran flojos, torpes o indolentes… Etiquetaba de reaccionarios a quienes no compartieran sus puntos de vista. La sonrisa amable y gratificante desaparecía de su rostro ante la menor señal de oposición, instante en que se convertía en una fiera que lanzaba furiosas dentelladas a diestra y siniestra para defender las ideas marxistas como la ruta infalible al verdadero progreso. Sabía tender trampas ideológicas con gran habilidad para hacer caer en contradicciones a sus interlocutores y humillarlos cuando sostenían conceptos caducos, anacrónicos, con los que nunca se alcanzarían los beneficios sociales materializados gracias a la Revolución Rusa de 1917: "Debemos importar las políticas de Hugo Chávez y difundir por radio y televisión las grandes virtudes del gobierno bolivariano. ¿Cuál dictadura, si las elecciones fueron transparentes y vigiladas por el pueblo?" ¡Canallas!, repetía ella de memoria sus frases más retumbantes. "Aun cuando nos pueda costar algunos votos, demostremos por qué en Venezuela y en Cuba hay más justicia social, se vive mejor y sus economías son ejemplos a seguir." "¡Impongamos el marxismo, el comunismo cubano y venezolano!", repetía y repetía, en tanto Roca se imaginaba a esa mujer como catedrática en una escuela orientando a los estudiantes. Qué importante era la educación para prevenir daños mayores. "Hagamos una valla para recibir a Maduro cuando llegue a la Ciudad de México porque es uno de los nuestros. Solo por eso, no lo dejemos solo", hablaba y hablaba sin preocuparse si le ponían la debida atención a sus palabras. Lástima que Dilma Rousseff no pueda venir como jefa de Estado de Brasil a repetir que el triunfo de Lugo Olea abría "una nueva página en la historia de la dignidad y la soberanía latinoamericanas".

Los comensales, atónitos, cruzaban miradas colmadas de estupor. Todos parecían coincidir en que los izquierdistas fanáticos solo son tolerantes entre sí. Para ellos, el libre mercado y la riqueza son flagelos de la humanidad que deben ser combatidos con todas las fuerzas del Estado, solo que aquellos aman el dinero a escondidas y lo disfrutan en grande; siempre, eso sí, en absoluta discreción. El propio Fidel Castro, ¿no aparecía en la revista *Forbes* como uno de los hombres más ricos del mundo? Las hijas de Hugo Chávez, ¿no tienen depósitos billonarios en dólares en los bancos de Panamá? ¿Acaso a los comunistas mexicanos adoradores de Chávez, Maduro y Castro no se les ha visto volar en helicópteros en Manhattan o descorchar botellas de coñac XO, o fumar habanos de más de cien dólares, o volar en primera clase a cualquier destino del mundo o vestir trajes de afamados modistas o comprar bolsas de mujer en casas parisinas o consumir perfumes europeos sofisticados o exhibir relojes suizos de colección o alojarse en los hoteles más caros del Viejo Continente o hasta organizar bodas como esa en la que eran invitados? Los izquierdistas mexicanos deben serlo y parecerlo, pero en la realidad ni lo son ni lo parecen: aprovechan la oportunidad de enriquecerse en sus respectivos cargos públicos como lo haría un funcionario de derecha. Todo se vale mientras no te descubran, parecen decir en su inconfesable cinismo. Aman el dinero por sobre todas las cosas, pero odian a quienes lo poseen, más aún si lo heredaron, porque entonces es obligatorio expropiárselo, quitárselo a cualquier costo, momento en que huyen los titulares de los capitales para acelerar la ruina del país, y cuando esta finalmente se da, los izquierdistas también se fugan al extranjero a disfrutar su riqueza mal habida y a criticar a los populistas que los derrocaron. El círculo se cierra así en términos siniestros.

Jadwiga no dejaba de hablar, en tanto un mesero esperaba, atrás de ella, el momento para servirle un suculento plato de langosta termidor, mientras otro, con un par de botellas, una de champán Dom Perignon y la siguiente de vino blanco seco Chassagne Montrachet, se mantenía al lado derecho para saber cuál de ambas bebidas era la de su preferencia. Los demás interlocutores ya habían concluido con el primer tiempo y esperaban el sole meunière importado de las aguas heladas de Bélgica.

La líder de Morea percibió sus excesos; sin embargo, todavía agregó, mientras Everhard cerraba los ojos como si hiciera un gran esfuerzo para no perder la paciencia, que hacía mil votos a diario para que AMLO llegara a ser el máximo líder de izquierda en América Latina y abandonara de inmediato, y si pudiera, cancelara el Grupo de Lima, ese clan retardatario integrado por 17 países dedicados a dar una salida pacífica a la crisis venezolana.

—¿Cuál salida pacífica, cuál crisis? —se contestaba ella sola mientras se colocaba sobre las piernas la servilleta bordada con las iniciales de los novios—: En Venezuela, me consta, no hay crisis ni requieren de una salida pacífica, ¿por qué iban a necesitarla si ahí no existen presos políticos porque hay democracia y libertad de expresión? Todo lo demás son canalladas inventadas por Trump. ¡Claro que México debe sumarse al Pacto de Sao Paulo y continuar la obra del comandante Fidel Castro para unificar el comunismo en toda América Latina! Esa es la única receta para conquistar la igualdad entre los seres humanos, ¿verdad, Mariano?

—Sí que eres una experta en relaciones internacionales, querida Jadwiga —halagó el futuro secretario de Relaciones en un lenguaje críptico, sin externar compromiso alguno. Bien sabía él que Morea estaba lleno de izquierdosos, en realidad rábanos, rojos por fuera y blancos por dentro, pero muy peligrosos por su conocida habilidad de apuñalar por la espalda, como si hubieran heredado el ADN estalinista: el mejor halago para un cocinero, decía mi abuela, es el silencio—. Buen provecho, señores —invitó el canciller a la degustación.

—¿Y Trump, Mariano? —volvió Jadwiga Petrowski a la carga, sin darse por aludida.

—Trump. ¡Ah!, sí, Trump, bueno, cada maestrito tiene su librito, Jadwiga, ¿y tú cómo vas, querido Casto? —Everhard volvió a cambiar el tema de la conversación con la debida sutileza para internarse en el mundo de las finanzas nacionales. Pinche loca, se dijo mientras cortaba el primer bocado de pescado.

—¿Cuánto tiempo tienes para que te conteste, Mariano? Te puedo responder con un simple "bien, ¿y tú?", o de plano te explico con mucho detalle, pero para eso necesito un par de días, hermanito querido…

La respuesta fue celebrada con sonrisas y comentarios festivos. Solo Jadwiga respondió con un rostro confuso, sin entender la conversación ni los motivos de la repentina hilaridad.

—Yo creí haberme sacado el tigre en la rifa, pero tú te sacaste media selva, querido Casto —adujo Everhard, sintiéndose relajado al estar fuera de los reflectores.

—Sí, Mariano, tienes razón —contestó Uribe, satisfecho porque con su respuesta podía explicarle a Jadwiga un tema complejo y así ella podría repetirle al presidente las estrecheces financieras de su gobierno—: el presupuesto está muy comprometido en razón del elevadísimo gasto corriente, del pago de los intereses de la deuda pública del gobierno y de las descentralizadas, además de las pensiones y las jubilaciones y de las participaciones a los estados, para ya ni hablar más. Imagínate —exclamó apesadumbrado—: por cada punto que suban las tasas de interés en Estados Unidos nos costará ochenta mil millones de pesos, y si las calificadoras aumentan el riesgo país, también nos subirán las tasas de interés, por lo que o pagamos o cumplimos solo con parte de las promesas de campaña del señor presidente. En el mundo globalizado todo nos afecta o nos beneficia.

—Pues a ver cómo le vas a hacer, querido Casto, pero el presidente Lugo no puede ni debe incumplir sus promesas de campaña —saltó la presidenta de Morea interponiéndose en la conversación, dejando caer los cubiertos y encarando al secretario de Hacienda—. Habría que imprimir más dinero, mucho dinero, pedir prestado lo que fuera o hasta meterle la mano a las reservas del Banco de México. ¿Para qué tenemos tanta lana guardada en un cajón en lugar de ayudar a tanta gente que vive en condiciones miserables? Usemos esos fondos para bajar el precio de la gasolina.

Casto Uribe prefirió dar un trago al vino para no precipitarse en la respuesta. Por personas como esta ha quebrado México tantas veces. ¡Cuánta ignorancia!, se dijo limpiándose la boca con la servilleta. En economía, pensó, hay reglas incontrovertibles que al violarse, como se ha hecho irresponsablemente en el pasado, advienen de inmediato las crisis monetarias e inflacionarias que lastiman gravemente a quienes más se trata de cuidar. ¿Cómo le voy a explicar a esta enana mental con un elevado cargo que las reservas son el respaldo que tiene el Banco de México para emitir dinero y que cuando estas disminuyen y no se pueden respaldar los pesos en circulación, el valor del peso se pierde y se produce una devaluación, con las terribles consecuencias sociales ya sabidas y padecidas? Esa película ya la vimos muchas veces, pero existen antropoides que no la recuerdan o no quieren recordarla. Lo malo es que con esa diarrea mental contagian a más ignorantes que no entienden y votan en el Congreso o protestan en las calles o declaran tarugadas en los periódicos para politizar las soluciones y complicarnos la existencia.

Roca y Everhard sabían que a más desconfianza en los mercados, más se complicaría y se encarecería la posibilidad de invertir en México, y este elevado precio por las reiteradas torpezas de AMLO lo pagaría su propio proyecto político y el país al descapitalizarse las finanzas públicas y desfondarse el erario. Ignorar el poder de los mercados equivalía a picarse los ojos; esa realidad la debería conocer un párvulo.

—No hay por qué preocuparse —adujo Uribe en voz baja, sin confesar, desde luego, que cuando el presidente electo abría la boca lo metía en un problema financiero y los fotógrafos de la prensa se apresuraban a retratar su rostro desencajado. ¡Claro que nunca se iban a ahorrar quinientos mil millones de pesos originados en la corrupción, y claro también, que jamás aparecería el documento del Banco Mundial en el que constaba cómo se economizaría semejante cantidad! ¡Por supuesto que tampoco contaría con otros miles de millones de pesos derivados de la reducción de los salarios de los burócratas! Solo él sabía los mil malabares que tendría que hacer para salir airoso del enorme impacto que padecería el erario al cobrar solo la mitad del IVA y del ISR en la frontera norte y en cambio, eso sí, a ver cómo le iba a hacer para pagar miles de millones de dólares de los bonos verdes a punto de convertirse en bonos basura, emitidos para financiar el costo de un aeropuerto que ya no se construiría. ¿Cómo le harían para financiar la señora estupidez del Tren Maya, que nacería quebrado por falta de aforo y sería en el corto plazo un elefante blanco como el aeropuerto de Santa Lucía? ¿Quién se iba a atrever a invertir en México después de las catástrofes del tren chino a Querétaro cancelado por la escandalosa corrupción de Pasos Narro y del aeropuerto de Texcoco? Y peor aún: ¿cómo convencer a los dueños del dinero de que México no estaba quebrado, como lo había declarado el presidente electo? Explicar las mentiras de Lugo sin exhibirlo resultaba una misión imposible. México no estaba quebrado, menuda barbaridad: ahí estaban los datos de la inversión extranjera y de la creación de empleos. ¡Cuánto daño a la imagen de solvencia del país después de tantos años de conquistar el crédito público! ¿Y los ninis y las madres solteras y las ayudas para ancianos y estudiantes sin endeudar al país y sin subir los impuestos cuando, además, los ahorros prometidos eran falsos, absolutamente falsos? Pensaba Uribe: Yo no soy el David Copperfield mexicano.

Perro republicano
@republicandog
Conviene que AMLO reduzca a 250 el número de diputados y a 64 el de senadores, con un mínimo de requerimientos académicos. El ahorro está en el Congreso y en la reducción radical del subsidio a los partidos políticos, cajones de víboras donde nadie mete la mano. Esa es la austeridad republicana…

—El presidente Lugo me dijo —afirmó la señora Petrowski— que lo que más trabajo te costaba a ti eran los imposibles, porque los milagros te los echabas con la zurda, es cierto, ¿verdad?

—Sí —contestó Casto en voz baja y con una sonrisa fingida—. Te cuento que en esta administración que comenzará en unos días más, los niños irán a la escuela con el estómago lleno, habrá pupitres, desayunos y útiles para todos, al igual que nadie se quedará sin educación superior porque construiremos cientos de universidades gratuitas sin exigir examen de admisión; crearemos, escúchame bien, millones de puestos de trabajo de diferentes especialidades y habilidades, de manera que el bienestar sea compartido y la inmensa mayoría de los ciudadanos puedan, ahora sí, comprar coche, casa y disfrutar de una gran capacidad de ahorro, contar con servicios privados de salud y hasta viajar por medio mundo, ¿no te parece una maravilla? Vamos con todo, lo verás, tú confía en mí...

—Ahora entiendo por qué AMLO te nombró secretario de Hacienda, claro que se puede, sí que se puede, por supuesto que sí —adujo Jadwiga, exultante, con un optimismo rabioso, sin percatarse, mientras devoraba su langosta, de que Casto le guiñaba discretamente el ojo a Everhard, en tanto Velázquez contemplaba estupefacto la escena.

Más tarde, Casto y Everhard comentarían en corto lo fácil que había resultado engañar a una demagoga con conceptos demagógicos que hasta ella se llegó a creer...

Roca y los demás celebraron el comentario relativo a la excelencia profesional de Uribe, como buenos conocedores del afecto que Lugo sentía por esa mujer.

—La manta es chica y en ocasiones dejamos las nalgas al aire ante la imposibilidad de cubrirnos todo el cuerpo —expresó el jefe de la Oficina del presidente para continuar la broma y evitar la menor rispidez—. Todos tenemos un tigre o varias fieras en casa —continuó el representante de los empresarios en el próximo gobierno de izquierda—. A mí no me ha sido nada fácil, por ejemplo, tranquilizar a la inversión nacional ni a la extranjera, pero voy haciendo mi trabajo muy a pesar de tanto bache que me encuentro en el camino.

—Pero la prensa dice que vas teniendo éxito, sobre todo después del aeropuerto, ¿no? —intervino Jadwiga de nueva cuenta—; que con las dificultades que conocemos, vas sacando al buey de la barranca, como se dice vulgarmente, ¿no, Alonso?

Roca echó mano del mismo recurso que el secretario de Hacienda. Tomó un buen trago de vino sin dejar de pensar en el irresponsable que había propiciado, con sus decisiones suicidas, la devaluación del peso, que había bajado la calificación crediticia internacional de México, causado impactantes pérdidas en las Afores, los ahorros de los trabajadores; que había dejado sin empleo, por lo pronto, a cuarenta y cinco mil personas en el aeropuerto, más los de otras tantas líneas aéreas obligadas a reducir sus planes de expansión; que había espantado a la inversión nacional y extranjera y estimulado la fuga de capitales; que había producido un escandaloso derrumbe del precio de las acciones de empresas mexicanas cotizadas en Nueva York, por la terrible suma de diecisiete mil millones de dólares, gigantescos recursos que nunca volverán a México, y toda esa tragedia financiera la había ocasionado Lugo Olea desde antes de su toma de posesión. Su trabajo consistía en convencer a la gente de que estaba de pie, cuando en realidad estaba acostado. Si Casto Uribe sentía morirse cada que el presidente abría su boquita, pues en ese caso, él deseaba morirse mil veces, sobre todo cuando le había mandado a decir que nadie se preocupara por el aeropuerto de Texcoco, ya que se acabaría la construcción en tiempo. Al final había quedado en un patético ridículo cuando AMLO canceló la impresionante obra por medio de una consulta ridícula, la decisión más estúpida, según el *Financial Times* de Londres, tomada por presidente alguno en las últimas centurias. ¿Qué pasa en México?, se preguntaban en la comunidad financiera internacional, toda ella comunicada con celulares y enlazada por medio de sofisticadas computadoras para conocer las noticias mundiales en el momento en que se producían. ¿Por qué razón el presidente Pasos Narro no blindó el aeropuerto, cuando bien pudo haberlo hecho al concesionarlo a la iniciativa privada, sobre la base de devolverle al gobierno federal los recursos públicos invertidos en la obra e impedir, de esta suerte cualquier posibilidad de AMLO de sabotear el proyecto? ¿Por qué no lo blindó, tal vez como parte de un acuerdo inconfesable con el nuevo presidente?

El resto de la comida, mientras servían el filete Wellington con papas suflé y escanciaban abundantemente el Chateau Margaux, un vino con gran potencial para envejecer más allá de cuarenta años, transcurrió en términos armoniosos, sobre todo cuando las esposas de los altos funcionarios hablaron de la felicidad de la novia, de su belleza, de su peinado, de su traje, de su maquillaje, de su edad para contraer nupcias a pesar de no ser una chiquilla; si ya se habían casado antes o no, si tenían hijos, de qué sexo y edad. Al concluir los postres, el Baked Alaska una delicia, y una vez servidos los digestivos, unas delicias francesas, la pareja de contrayentes bailó "Mi segundo amor", su melodía favorita rodeada por los invitados. Ese feliz momento concluyó cuando ella aventó de espaldas un espectacular ramo blanco para ser atrapado en el aire por cualquiera de las amigas solteras que concurrieron al magnífico ágape. Al volver a su mesa, Everhard, Casto, Roca, Velázquez y Jadwiga, se encontraron con las flautas de champán servidas. Ninguna oportunidad mejor para brindar por AMLO y por el pueblo de México sabio e inteligente, que finalmente lo había conducido al poder después de dos intentos infructuosos.

—Brindo —dijo Roca en un genuino arrebato— por el presidente Lugo Olea, por el éxito de su gobierno y por los treinta millones de sabios compatriotas que supieron encumbrarlo al máximo poder federal, desde donde él habrá de cambiar para siempre el destino de la patria en beneficio de todos los mexicanos, sin excepción alguna.

Puestos de pie, dijeron sonrientes ¡salud! al unísono y chocaron sus copas con inocultable satisfacción.

—Brindo también —celebró la presidenta de Morea— por la sabiduría del pueblo de México, que supo escoger al mejor hombre para conducir a este magnífico país. ¡Salud, camaradas, salud! —insistió la señora Petrowski, instalada en la euforia.

En ese momento nadie pudo entender la mueca de Máximo Velázquez, no solo por el uso pintoresco de la palabra "camaradas", absolutamente fuera de contexto, sino porque en su interior recordaba al chocar su copa cómo él había sido uno de los enlaces, tal vez el más significativo, para lograr el acuerdo entre Pasos Narro y Lugo Olea trabado con el propósito de facilitar el acceso de este último a la Presidencia de la República. Él, Máximo, había sido testigo de la inmovilización del PRI, de modo que los delegados de ese partido no tuvieran recursos ni para comprar una camiseta con la imagen de su candidato y, por otro lado, había presenciado la articulación de una estrategia tricolor para utilizar el poder del Estado con tal de aplastar a la oposición de origen confesional o de cualquier otro tipo. El camino a Palacio estaba cubierto con alfombra roja para AMLO, solo que esa realidad todavía escapaba al conocimiento de Jadwiga Petrowski y había que dejarla en el error.

¡Qué cara habrían puesto los felices comensales cuando les llegó un tuit de Martinillo a sus teléfonos celulares con el siguiente texto!:

Martinillo
@Martinillol
¡Felicidades, AMLO, ya pasaste a la historia como el peor presidente electo!

241

Cuarta parte

Necesitamos el sistema —me tiene sin cuidado si es de derecha o de izquierda, norte o sur, verde, azul, blanco o amarillo— que resuelva la mayor cantidad de problemas: el que proporcione más llaves de agua potable, más zapatos, más hospitales, más teléfonos, más líneas de fibra óptica, más teatros, más cultura, mucha más, más satélites, más empleos, más telecomunicaciones, más obras de infraestructura, más vacunas, más automóviles, más escuelas con mejores maestros de carrera, más casas, universidades y tecnológicos por persona; es decir, el modelo económico que pueda crear más empleos, generar más riqueza y ofrecer a los gobernados mejores regímenes de seguridad social. Ahí están, sin duda, entre otros más, una buena parte de los objetivos que debemos perseguir más allá de toda demagogia... ¿O no...?

¿El actual gobierno se orienta a la construcción del sistema descrito en el párrafo anterior? ¡Claro que no! AMLO ha empobrecido a México desde el primer día en que lamentablemente ganó las elecciones presidenciales. México no se imagina los alcances de una tremenda volcadura al pasado de cuando menos cincuenta años, como si jamás hubiéramos aprendido una sola palabra de nuestra dolorida historia.

José Luis Fernández (columnista invitado)

Una mañana de finales de noviembre, cuando faltaba escasamente una semana para la toma de posesión y los intelectuales, además de una parte nutrida de la sociedad, protestaban por la llegada de Nicolás Maduro frente a la embajada de su país, Brigitte González Mahler entró a la oficina de campaña de su marido en busca de un documento que ella se encargaría de "administrar" como titular del Consejo Asesor Honorario de la Iniciativa de Memoria Histórica y Cultural de México para digitalizar los archivos mexicanos, nombramiento que preocupó a los investigadores ante la posibilidad de que se controlara y manipulara la información histórica. Pues bien, al sentarse en el sillón del presidente electo, de repente vio sobre el escritorio el resumen de la prensa con un artículo de Martinillo en primera plana. Lo tomó en sus manos, lo leyó detenidamente, giró a un lado y al otro como si alguien pudiera observarla y lo guardó en su bolsa, para evitarle el trago amargo al presidente electo. Por lo visto, el jefe de prensa no entendía lo que era una columna incómoda. En ese instante iría a su oficina a aclarar posiciones.

No, querido Luguito, no, no, no...
por: Martinillo
No existe ningún mexicano, medianamente sensato, que no esté de acuerdo con tu tesis consistente en que "Primero los pobres." ¡Claro que primero los pobres! ¿Quién puede oponerse a semejante propósito político y social? Quienes realmente queremos a este país deseamos elevar a la altura mínima exigida por la dignidad humana,

a todos aquellos compatriotas que carecen de lo estrictamente indispensable. ¡Claro que queremos educación para todos! ¡Claro que queremos bienestar para toda la nación! ¡Claro que queremos un ingreso per cápita de cuando menos 30,000 dólares al año para cada mexicano! ¡Claro que queremos apagar todas las mechas encendidas, que no hacen sino atentar en contra de la estabilidad y del desarrollo en general del país! ¡Claro que queremos aumentar el ingreso, pero a través de la productividad y no a través de decretos ya conocidos que disparan la inflación con todas sus consecuencias!

¿Quién no desea ayudar a los indígenas de México? ¿Quién no desea alfabetizarlos? ¿Quién no desea contener la emigración de cientos de miles de mexicanos a los Estados Unidos? ¿Quién no quiere agua potable, televisión, estufas, piso de concreto y paredes de ladrillo en cada familia mexicana?

Querido Antonio: todos coincidimos en la necesidad inaplazable de rescatar a los marginados, solo que yo no coincido contigo en las estrategias que has planteado para rescatarlos de la miseria. Entiende que la única célula generadora de riqueza es la empresa y los empresarios, a los que tú llamas hambreadores del pueblo o parásitos sociales, son los agentes operadores del bienestar. La práctica lo ha demostrado. Mientes.

No hay plazo que no se cumpla ni plazo que no se venza. Así, de la misma manera en que el otoño debilitaba las hojas amarillentas de los árboles y se precipitaban agonizantes al piso, fue arrancada por la marcha de los tiempos la hoja del calendario del viernes 30 de noviembre del año 2018, fecha fatal en la que se inició el proceso de demolición de las instituciones republicanas, el desmantelamiento de nuestra incipiente democracia, y comenzó la caída en barreno de la economía mexicana, que arrastrará en su incontrolable inercia a millones de mexicanos desesperados que llevan siglos suplicando ser rescatados de la pobreza y de la marginación.

El 1 de diciembre llegó después de un catastrófico interregno de interminables cinco meses de incertidumbre, insensatez, convulsión, desconfianza e inestabilidad en el orden doméstico e internacional, en lugar de haber convocado a la nación y al mundo a la construcción de un México vencedor, el de la oportunidad, el de la coyuntura política deseada y esperada, el del nicho ideal para incubar enormes inversiones imprescindibles para crear fuentes de riqueza y con ellas empleos, millones de empleos, bienestar para todos, capitalización de las empresas, y acelerar así su expansión, liquidez y solvencia para incrementar la recaudación tributaria y de esta suerte disparar el gasto social orientado a satisfacer las necesidades más elementales de los excluidos del progreso y de la mínima dignidad existencial. Si el erario depende del éxito de los emprendedores, entonces se les debe apoyar con todo el poder del gobierno para llevar a cabo un círculo virtuoso de beneficios recíprocos.

Como bien concluía Reynaldo Hernández, otro pensador liberal mexicano, forjado en el mejor de los aceros, en estos párrafos incuestionables:

A más empresas sanas, más empleos, más consumo de productos nacionales, más equilibrio social, más divisas, más utilidades, más recaudación tributaria en todos los niveles de gobierno, más crecimiento económico y más capitalización: unas empresas fuertes hablan de un fisco fuerte, y por ende, de un país fuerte al contar con más presupuesto público para construir más obras de infraestructura, dotar con más y mejores servicios a la comunidad, más y mejores sistemas de impartición de justicia, más solidez institucional, más y mejor educación, más democracia, más desarrollo político, más certeza y oportunidades de negocios para los inversionistas nacionales y extranjeros, más posibilidades de abrazar más proyectos sociales, culturales y económicos y a la inversa...

Quien no esté dispuesto a defender nuestras empresas con toda su imaginación y autoridad, es que no entiende la realidad ni puede anticiparse al futuro.

Requerimos de un contrato social sin precedentes en la historia de México.

México soñaba con la captación de una abundante catarata de divisas derivadas de sus exportaciones, además de una voluminosa cascada de ahorro externo que detonaría nuestro desarrollo a niveles insospechados y que despertarían la envidia planetaria, desde que habíamos logrado construir la mejor atmósfera de negocios cimentada en un eficiente Estado de Derecho diseñado para brindar seguridad jurídica a propios y extraños. Se debería volver a llenar el famoso "cuerno de la abundancia" gracias a la calidad de nuestra mano de obra, a nuestra responsabilidad social, a nuestra ubicación geográfica al conformar parte fundamental de Norteamérica. Encabezamos, además, el hemisferio sur, con sus incuestionables ventajas competitivas, y nos encontramos, por si fuera poco, en medio del océano Atlántico y del Pacífico para poder comerciar tanto con Europa como con Asia y sus inmensas fuentes de riqueza.

¿Qué nos faltaba, si tenemos materias primas, excelente mano de obra, microclimas, puertos y aeropuertos, excelente infraestructura, capitales foráneos y domésticos, capacidad de negociación, vocación democrática e importantes necesidades materiales insatisfechas? Faltaba el hombre, el líder del siglo XXI, el estadista, la persona de mundo dotada de una poderosa capacidad para percibir la realidad, entender las posibilidades del presente y del futuro con las que podrían suscribir los pactos necesarios para crear la prodigiosa derrama económica idónea y disparar con ella el ingreso personal nacional para rescatar de la marginación a millones de compatriotas. Con la sabiduría política y visión estratégica del gran capitán de la nación se aglutinarían y aprovecharían los ingredientes mágicos para elevar a México a espacios a los que nunca ninguna generación pudo acceder. Tenemos todo y más para ganar.

Bien, sí, ¿pero qué sucedió con el gran líder, el afortunado depositario de la inmensa mayoría de la voluntad popular, el visionario constructor de la nueva nación mexicana, el fogoso caudillo defensor de los pobres, el guía de los ciegos, de los iletrados, de los desesperados, de los desesperanzados y extraviados, de los escépticos, de los eternamente explotados, llegado al máximo poder por inequívoca decisión de tan solo una tercera parte de los mexicanos en capacidad de decidir? Tan pronto el mandatario se acomodó en el imponente sillón presidencial y se hizo del envidiable tablero de los controles del país, a la voz de "Yo mando aquí" y de un lacónico "Sí, ¿y qué?, a ver, ¿qué?", el nuevo abanderado de la patria, ante el conmovedor azoro hasta de los párvulos, empezó a conducir a la nación, pero viendo por el espejo retrovisor, en lugar de ver hacia adelante para adelantarse a los acontecimientos y continuar la marcha acelerada hacia el futuro.

—Pero, a ver, presidente, escucha: Cárdenas expropió los ferrocarriles mexicanos y destruyó la conectividad terrestre del país, basta con ver lo que queda de ellos al día de hoy…

—Los neoliberales operaron los ferrocarriles, los quebraron y los vendieron por partes.

—Ahora a ti, un desafortunado alumno del Tata, te toca destruir la conectividad aérea al cancelar el NAICM y sus cien millones de pasajeros y sus millones de toneladas de carga.

—Me tiene sin cuidado. Santa Lucía es mejor opción.

—No es así, Santa Lucía nunca moverá tantos pasajeros ni tanta carga.

—Aunque no sea así. Santa Lucía va porque va, me canso ganso. Yo no sé perder, lo sabes bien.

—Asestarás un durísimo golpe a la economía mexicana.

—Ya nos repondremos.

—Los pirrurris de Wall Street te van a torcer una mano o la entrepierna.

—Tal vez yo se las retuerzo antes. Yo no me doblo.

—Tú declaraste que si el aeropuerto se construía con recursos privados, lo concesionarías al sector privado.

—Eso dije, sí, sí es cierto.

—¿Y entonces?

—Ahora digo que no.

—Turquía inauguró el aeropuerto más grande del mundo, generará 225 mil empleos y recibirá a 200 millones de pasajeros en su etapa final. ¿Cuánta riqueza compartida, no? Panamá es otro ejemplo el día de hoy. Será un gran negocio.

—Santa Lucía superará esas cifras.

—Imposible, Santa Lucía no cuenta con el aval de las autoridades aeronáuticas internacionales, son mentiras y lo sabes.

—Ya lo avalarán y aumentaremos el área.

—Aunque lo avalen. Nunca podrá tener cuatro pistas.

—No las necesitaremos, que si lo sabré yo…

—Los restos del aeropuerto de Texcoco quedarán como un monumento a la ignorancia, a la estupidez y a la irresponsabilidad.

—Que hablen mal, pero que hablen, el silencio no conviene.

—Con tus políticas suicidas creceremos, si hay mucha suerte, al 1.5%, jamás al 4%, y se te caerán la recaudación, la inversión, el presupuesto y el empleo.

—Suicidas para ti, este es el gobierno de un pueblo sabio.

—El pueblo ignorante, el que quieres ayudar, será el primero en pagar las consecuencias.

Ya se acabará lo que llamas incertidumbre.

—El mundo lucha por la inversión extranjera y tú ya espantaste 90,000 millones de dólares desde tu nombramiento de presidente electo.

—No me preocupa, yo conozco el camino al bienestar.

—Traicionas al pueblo de México desde que no construyes un Estado de Derecho para impartir justicia y dar seguridad.

—Ya la impartiremos y todos quedarán contentos.

—Degradas el poder y degeneras a la democracia.

—Ya se purificará el poder y se regenerará la democracia. Todos nos vamos a portar bien.

—Has lastimado gravemente el crédito público de México.

—Ya lo curaremos de sus males.

—Siempre te dijiste víctima de fraudes electorales y ahora practicas consultas amafiadas, ilegales, y te burlas de las mayorías.

—Prometo ya no hacerlo, salvo las veces que sea necesario repetirlas, les guste o no…

—¿Entonces no te importa el pueblo?

—El pueblo ya se pronunció el 1 de julio, ahora se chingan.

—Nunca creí que masticaras y tragaras vidrio sin inmutarte.

—Mastico y trago vidrio, ratones vivos o muertos sancochados o no, víboras, alacranes de mi tierra y diferentes clases de bichos. Tengo el rostro educado.

—Nadie puede atentar en contra del ahorro de los mexicanos enterrando 200 mil millones de pesos en Texcoco y cancelando a la larga 450 mil puestos de trabajo.

—Yo sí que puedo, vayamos a los hechos.

—¿Razones?

—Las que yo quiera, para eso es el poder, que también uso para callar a quien me critica.

—Has dañado severamente con 136 mil millones de pesos a las Afores, los fondos de pensiones de los trabajadores mexicanos a los que te debes. ¿No te duele dañar a quienes debes cuidar?

—Todo vuelve a su justo nivel, no te alarmes.

—Las empresas mexicanas en Wall Street han perdido 17,500 millones de dólares, una tragedia, por tus decisiones absurdas.

—Ya se recuperarán.

—El peso se depreció.

—Ya se apreciará cuando yo diga.

—La Bolsa se desplomó.

—Ya volverá a tomar altura. Yo controlaré los mercados. No aceptaré ningún poder por encima del mío, venga de donde venga.

—Nunca nadie ha podido controlar a los mercados, es más, ni Trump ha impedido que suban las tasas de interés en su país.

—El güerito no le sabe…

—¿Por qué tu coraje contra México? ¿No te agrede provocar tantos perjuicios?

—Los perjuicios se repararán. Todo a su tiempo.

—¿Y si no se repararan?

—Pues entonces no se repararán, ni modo, ¿no…?

—¿Qué odias de México?

—Odio a los empresarios voraces e insaciables.

—¿Y a los pobres?

—Odio a los pobres por inútiles y porque nunca lograron superar su condición.

—Odias a todo mundo…

—Algo por el estilo, pero vengo a reconciliar a la nación…

—Separándola, arrancándole las costras, estimulando el clasismo y la división entre todos, ¿así vas a reconciliarnos?

—Un mal se arregla empeorándolo.

—Ha costado mucho esfuerzo tener el actual grado de inversión, ser miembros de la OCDE, gozar de credibilidad en el Banco de México, y no podemos echar por la borda tantos años de trabajos serios.

—Todo es una exageración, gran borlote de los neoliberales.

—¿Qué entiendes por neoliberal?

—Quien desprecia las virtudes empresariales del gobierno.

—Pero todas las empresas del gobierno están quebradas.

—Por culpa intencional de los neoliberales.

—¿O por una burocracia inútil, improvisada y corrupta? Salvo que mandar de director de Pemex a un ingeniero agrícola no sea una irresponsabilidad mayúscula, algo parecido a un neosocialismo que llevó a la ruina a la hoy, afortunadamente, extinta Unión Soviética.

—Yo purificaré al gobierno y lo llenaré de virtudes.

—¿Tú, tú purificarás al gobierno? ¿Segurito, lo que es segurito…?

—Me canso, ganso…

—Pues has comenzado muy mal.

—¿Razones?

—Tú mismo prostituiste tu movimiento en contra de la corrupción desde que prostituiste tu supuesta imagen impoluta al convocar a consultas podridas, violatorias de las leyes. Menudo ejemplo.

—Ese es mi problema.

—Tus problemas lo son de México. Comprobé tu desprecio por la opinión pública cuando la volviste a atropellar y a pitorrearte de ella al llevar a cabo otra consulta ilegal cuando ya habían comenzado las obras en la refinería en Dos Bocas.

—Es mi privilegio.

—Sí, lo es, pero no pierdas de vista que no hay enemigo pequeño.

Newesfrometheworlde
@worfworld
Está por inaugurarse la terminal dos del aeropuerto de Panamá, que será el HUB de las Américas, arrebatándole a México el liderazgo. Cuatrocientos vuelos diarios. Ochenta y cuatro destinos en más de treinta y siete países. Las mejores y más rápidas conexiones del continente se harán ahí.

Los diálogos interiores perseguían al presidente Antonio M. Lugo Olea de día y de noche. Había fantaseado febrilmente con la feliz llegada del anhelado 1 de diciembre. ¿Cómo conciliar el sueño durante la campaña presidencial saturada de escollos, interminables giras, incontables discursos, ataques por doquier disparados por los francotiradores mercenarios de siempre? El agotamiento no podía ser excusa para no asistir a cada acto electoral, ni se podía poner mala cara a la comida fría o caliente, insípida o salada, picante o insabora, abundante o frugal, sentado al lado de personas que preguntaban lo mismo, hablaban de lo mismo, les preocupaba lo mismo, pedían lo mismo y repetían lo mismo en cuanto pueblo, cabecera municipal, ranchería, ciudad o capital del estado visitaba. Imposible dejar de asistir y despreciar a la gente, con la exquisita cortesía y amabilidad del mexicano.

Lugo se convencía con el paso del tiempo de la fortaleza física necesaria para no reventar durante los meses de duración de las campañas, interrumpidas por los debates presidenciales y sus obligatorios ensayos de acuerdo a cada tema. Nunca olvidaría su preocupación de quedar afónico después de pronunciar hasta tres discursos al día, o sentir en cualquier momento un intenso dolor en el pecho, el anuncio de un nuevo infarto cardíaco, ni dejaría de recordar la discusión entre consejeros políticos y médicos que le aconsejaron tomar tranquilizantes, sobre todo antes del primer debate, al que de hecho llegó casi noqueado, dopado, para no perder el control ni padecer un ataque de ira, ante los argumentos provocadores e irritantes de sus oponentes. Imposible dejar en el tintero el recuerdo del día de la elección presidencial, la tercera que padecía, en medio de una intensa zozobra. De volver a perder, una posibilidad ciertamente remota en esta última ocasión, según el resultado de todas las encuestas, se retiraría para siempre de la política y viviría en La Chingada, su querida quinta.

A pesar de tener el triunfo en el bolsillo, Antonio M. Lugo conocía a la perfección los alcances perversos de los tricolores. Todo se podía esperar de ellos, hasta que le concedieron el triunfo en la red nacional de televisión. Nunca la familia Lugo había disfrutado de semejante euforia, bien merecida, desde luego, después de tantos años de lucha, de reveses, zancadillas, traspiés, tropiezos y toda clase de felonías con tal de descarrilar las candidaturas del jefe de familia. ¿Otro nunca? ¡Sí! Antonio nunca había hecho el amor con Brigitte como en aquella madrugada en que ambos deseaban que se fueran de su casa los amigos, los lambiscones, los oportunistas y hasta lo hijos del ya presidente electo para poder dedicar momentos inolvidables a las caricias, a los besos, a los suspiros, a los arrumacos y a la entrega sin regateos al máximo placer reservado por el Señor a los humildes mortales.

¡Quién hubiera podido retratar el rostro del nuevo jefe de la nación cuando al otro día, al salir de la regadera envuelto en una bata blanca, encontró revueltas y desordenadas las cobijas de la cama! Brigitte había bajado a servirse una taza de café mientras él disfrutaba, inmóvil, el lenguaje de las sábanas después del fogoso combate amoroso. ¿La madrugada no había sido el momento ideal para desatar, sin freno alguno, hasta la última de las pasiones con su querida mujer, la auténtica dueña de sus pensamientos más íntimos e inconfesables? Pues eso hizo la feliz pareja ya coronada con el supremo e incontestable poder presidencial. Las rutinas políticas lo obligaban a levantarse muy temprano, de acuerdo a las costumbres propias de las rancherías en Tabasco. En realidad, necesitaba días de cuarenta y ocho horas para poder cumplir con su elevada misión providencial, la propia de un predestinado. Nunca había puesto atención en el hecho de ver descubierta solo una parte de los cobertores, los del lado en donde él había pernoctado. Por lo general, aun los fines de semana, tan pronto ambos se ponían de pie, se encontraban con las mantas ordenadas en formación de una "V". Sí, pero en esa ocasión, en el amanecer del 2 de julio, el caos era magnífico y elocuente: la ropa de calle tirada a lo largo y ancho de la habitación. Corbata, saco, sostén, zapatos, pantalones, calcetines, medias, camisa y vestido, el adecuado para la ocasión vespertina, se encontraban desparramados a ambos lados del lecho. En medio de sonoras carcajadas se habían arrebatado apresuradamente entre sí las prendas, como si estas estuvieran incendiadas y les quemaran la piel. Por supuesto que en ese momento glorioso, el de la feliz dicha conyugal, el de la coronación de todas las emociones, AMLO no se acordó de la patria, ni de su Cuarta Transformación ni de su combate a la corrupción ni de nada que lo distrajera del disfrute intenso de la piel y de la saliva del ser amado. ¿Qué mejor premio en la vida que el verdadero amor, impulsivo e incontrolable? La batalla había sido a morir, bastaba con contemplar el lastimoso estado del campo del honor.

El tiempo transcurrido entre la elección y el juramento constitucional de aceptación del cargo había sido particularmente álgido e intenso por las decisiones tomadas, más aún porque Pasos, el presidente en funciones, había decidido desaparecer de los escenarios políticos, de acuerdo también a lo convenido.

De repente AMLO se vio a bordo de su automóvil blanco rumbo al Palacio Legislativo para ser investido jefe de la nación. La gente lo vitoreaba con genuina emoción, en tanto él devolvía los saludos con una enorme sonrisa, como si conociera a cada uno de los manifestantes. Si la excitación se desbordó hasta el infinito al entrar al enorme auditorio legislativo para ser ovacionado estruendosamente por una inmensa mayoría de legisladores e invitados, el entusiasmo lo hizo reventar en mil pedazos cuando le fue colocada la banda presidencial cruzada en el pecho, un momento muy particular en que de nuevo le vinieron a la mente sus años de niño descalzo en Tepetitán y a su madre haciendo recorridos en su viejo y humilde cayuco para vender alimentos a lo largo del río. México sí podía ser el país de la oportunidad, ahí estaba también el ejemplo de Juárez.

> **Juaritoz**
> @juarinito
> Juárez, el lúcido liberal, atrajo las primeras inversiones inglesas, desarrolló la banca que no existía, empezó en 1861 el primer tramo del ferrocarril Veracruz-México con Antonio Escandón, uno de los hombres más ricos de México, quien vendió una hacienda para apoyar la construcción del ferrocarril.

Cuando llegó el momento de su primer discurso no tuvo más remedio que comenzar con una gran mentira en relación a su cómplice político, el ex presidente Pasos. Lugo agradeció a su antecesor no haber intervenido en el proceso electoral. El padre infalible de la Constitución Moral, el vicario político llamado a construir una estructura ética en la nación mexicana empezó por mentir, un pecado imperdonable, desde que sabía que Pasos había utilizado todo el poder del gobierno mexicano para destruir la competencia del candidato de los azules, para lo cual la Procuraduría General de la República lo había acusado penalmente de la comisión de graves delitos y también había recurrido al SAT para denunciarlo como evasor fiscal, entre otros recursos deleznables. ¿Cómo que no había intervenido? Las supuestas pruebas que inculpaban a Abad eran del dominio público. Cuando el candidato del Frente perdió la contienda electoral, se envainaron las armas, se olvidaron los crímenes, se archivaron las denuncias con exceso de cinismo y todo volvió a la normalidad. El pueblo de México por supuesto que había olvidado esta imperdonable chapuza electoral.

AMLO no le agradeció su triunfo a sus treinta millones de votantes, sino a Pasos, ni orientó su discurso con una visión de futuro, sino lo dedicó a criticar el neoliberalismo y sus resultados catastróficos, cuando los empresarios generadores de riqueza contaban con una política económica de vanguardia, inserta en los colosales desafíos de la globalización y la feroz competencia por los mercados y los capitales. De la fanática e infundada agresión en contra del neoliberalismo, ni siquiera se salvaron instituciones como el IFE y el Tribunal Federal Electoral, construidas para dar certeza electoral a la ciudadanía que lo había encumbrado al poder. Nada valió la pena. Todo fue basura y putrefacción. La Guerra de Independencia, la Guerra de Reforma y la Revolución Mexicana habían tenido resultados muy cuestionables si se analizaban a través de la lupa de la historia, solo su "Cuarta Transformación", la que él había concebido con creatividad destructiva, funcionaría a la larga. La verdadera historia de México comenzaría con él y acabaría con él. Jamás podría fracasar, si estaba en manos de un iluminado. ¿Por qué China y la India, que concentraban el mayor número de pobres, abandonaron la dirección y la planificación de la economía, es decir el llamado socialismo real, el capitalismo de Estado, las tesis marxistas, y al abrir sus economías a la inversión privada, a la globalización y a las economías de mercado, lograron rescatar de la miseria a centenas de millones de chinos y de indios en un muy corto plazo? ¿Por qué no copiar lo que funciona en lugar de repetir las recetas del fracaso, insistir en ellas cuando los países desarrollados las han abandonado por suicidas e inaplicables? Si el populismo es la antesala de la dictadura, ¿no es evidente que los tiranos y sus familias han sido los únicos beneficiados a lo largo de las tiranías, ya que disfrutan de enormes patrimonios ocultos fuera de sus países, que abandonan víctimas de hemorragias incontenibles? Es claro, la historia se ha cansado de demostrar que detrás de cada populista hay un pillo, salvo que alguien se atreva a sostener que cuando Maduro sea derrocado va a regresar a su trabajo como chofer de un camión de carga.

¿Cómo había sido posible que México hubiera llegado a ser la décima cuarta economía más grande del mundo y de repente, al elegir a un demagogo populista había renunciado a sus estrategias para continuar estimulando su desarrollo y había cometido un suicidio económico?, se preguntaban los periodistas expertos internacionales en finanzas públicas. ¿Por qué los mexicanos habrían tirado por la borda las ganancias y los éxitos institucionales conquistados con tanto dolor, frustración y esfuerzo al elegir una "Cuarta Transformación" que marcha en sentido contrario a la experiencia histórica y a la lógica más elemental?

Ahí están las políticas fiscales desarrolladas a lo largo de dos décadas que le han dado grandes ventajas sobre otros mercados emergentes en términos de precios de bonos, líneas de crédito del FMI y financiamiento externo en general, ayudando a sobrellevar la creciente volatilidad financiera mundial. Cientos de miles de millones en inversión extranjera directa han ayudado a diversificar la economía de México y a proporcionar cientos de miles de empleos. Sí, la Cuarta Transformación traerá cambios a México, pero parece ir en la dirección equivocada, haciéndolo menos democrático, menos inclusivo y menos seguro, y frenando el día en que toda la gente de México finalmente se beneficie de sus múltiples ventajas.

México ha cambiado. La que una vez fue una economía cerrada impulsada por los productos básicos, ahora está abierta, es globalmente competitiva y está dominada por la manufactura. Una nación que ha visto caer la pobreza extrema al cinco por ciento, la mortalidad infantil ha disminuido a un tercio, el promedio de vida útil aumenta en una década y el número de años que los niños permanecen en la escuela crece un 50%.

En México se ha dado un alejamiento del poder informal, personalista y centralizado a través del fortalecimiento de las instituciones. Impulsado por políticos opositores, organizaciones de la sociedad civil, periodistas de investigación, empresarios y las decisiones de millones de dueños de negocios, trabajadores y votantes, México se ha convertido en un lugar con un sector privado diverso y cada vez más independiente, con mayor transparencia y acceso a la información. El TLCAN ayudó a abrir a México a los mercados internacionales, pero hizo poco para enfrentar los monopolios y oligopolios que aumentaron los precios en el país y dificultaron que los menos conectados salieran adelante. Las recientes reformas estructurales están comenzando a eliminar estas barreras: la reforma financiera ha aumentado el acceso al crédito, la reforma de las telecomunicaciones ha bajado los precios, la reforma energética ha traído nuevos hallazgos y suministros más estables, los cruzados antimonopolio han adoptado prácticas comerciales desleales. La reforma educativa apenas está comenzando a preparar mejor a los jóvenes de México para los empleos del siglo XXI.

En lugar de eso, Lugo Olea parece hacer retroceder los beneficios institucionales tan importantes para la transformación de México. Ya que es un líder obsesionado con su lugar en la historia, impulsa el retorno al enfoque más personalista del pasado. Revertir el nuevo sistema de educación pública significa que solo los niños de los ricos estarán preparados para el futuro.

Reafirmar el dominio estatal de Pemex en energía disminuirá el dinero, la tecnología, los conocimientos técnicos y la producción futura, arrastrando las finanzas públicas y el crecimiento económico. ¡Cuidado México, cuidado!

El resentimiento estaba presente en cada párrafo del discurso de toma de posesión de AMLO; como si fuera un gran propagandista, un ideólogo ávido de venganza que organizaba un enorme circo popular por más que lo negara. AMLO necesitaba, como todo populista que se respeta, la creación de enemigos internos y externos. Nadie mejor que él para lucrar políticamente con la tragedia mexicana. El neoliberalismo, un tema que nadie comprendía, constituía una bandera mucho más que adecuada. Cuando se gastara, inventaría una nueva y otra más. Para cumplir la palabra empeñada con Pasos y no resentir ningún perjuicio ni represalia por no acatar su pacto, aseguró que no perseguiría a nadie para no meter al país en una dinámica de fractura, conflicto y confrontación. Mejor pongamos punto final a esta horrible historia y empecemos de nuevo, porque faltarían cárceles para encerrar a los delincuentes. Mentía, volvía a mentir, esgrimía pretextos pueriles y, sin embargo el aplauso y los sonoros gritos de "presidente", "presidente", "presidente" le impedían continuar con la lectura. Su popularidad, estaba convencido, nunca decaería, hiciera lo que hiciera, pasara lo que pasara, aun cuando traicionara abiertamente su principal bandera de la campaña electoral, para eso el Elegido no se había muerto ahogado en su tierra, para que pudiera cumplir esa misión histórica que ahora llevaba a cabo, Dios mediante. AMLO había logrado uno de sus grandes objetivos en su dilatada carrera política: convertirse en un mito, la encarnación misma de un dogma intocable e incuestionable. ¿Cómo se destruye un mito?

No expresó nada en relación a Trump, un bicho peligroso imposible de abordar o de controlar, ¿quién podía con el monstruo?, ni se refirió al narco, otro engendro del mal de muy difícil sujeción. Prometió no reelegirse, cancelar el fuero, incluido el presidencial, sin hacer mención alguna del fiscal carnal ni de la impunidad que tendría garantizada al contar con un Congreso dominado por Morea. ¿Quién se atrevería a denunciarlo o a perseguirlo, con todo su poder político sumado al espiritual?

Impresionó a la audiencia al decir que se hincaría donde se hinca el pueblo, pero la alarmó cuando declaró que no iniciaba un nuevo gobierno, sino un nuevo régimen político. Un nuevo régimen político en el contexto de una transformación pacífica y ordenada, profunda y radical. ¿Radical? ¿Un nuevo régimen político radical? ¿De qué se trataba esa amenazadora y temeraria declaración? En los cuarteles generales de los dueños del capital empezaron a velar las armas. Por lo demás, ofreció bajar los precios de las gasolinas, construir el Tren Maya, no aumentar los impuestos, regalar medicamentos y cientos de miles de millones de pesos a millones de jóvenes, madres solteras, discapacitados y a adultos mayores, vender el avión presidencial y la flotilla de aviones del gobierno federal, reducir el gasto publicitario, fundar cien universidades en todo el país, centralizar las compras del gobierno y crear súper delegados en los estados para garantizar las ayudas a los sectores necesitados. Regalar, obsequiar, becar, pero nunca se refirió a un plan de desarrollo económico e industrial para llamar al mundo respecto a los atractivos de México, y lo más importante, en ningún caso tomó en cuenta un factor elemental en la toma de decisiones: la realidad. Y en especial, la realidad presupuestal federal.

Nuncamerajo

@tinterocinco

¿Qué tal cuando el gobernador de Jalisco se opuso a los súper delegados?: "Le expresamos a AMLO nuestra preocupación por lastimar el pacto federal. No permitiremos que el gobierno federal cree figuras paralelas a las autoridades jaliscienses. Aquí los corruptos irán a la cárcel, no de vacaciones…"

Al mediodía se ofreció una comida en Palacio Nacional a los mandatarios de otras naciones y al cuerpo diplomático acreditado en México. Los excelentísimos invitados fueron homenajeados con una ensalada de calabazas criollas en cama de pipián, crema de huitlacoche, costilla en salsa de axiote con esquites y molotes de plátano, dulce de zapote negro con nieve de mandarina y dulce de calabaza de Castilla con crema montada de vainilla, garapiñados y aguas mexicanas de diferentes sabores. A continuación, el primer mandatario agradeció la presencia de sus ilustrísimos convidados y se retiró a la Plaza de la Constitución a dictar un segundo discurso, al pueblo de México.

En su apresurada salida hacia el templete, en donde lo recibirían diversos grupos de brujos de Oaxaca para purificarlo con una serie de ritos supuestamente precolombinos, entre otros más modernos y de origen confuso, no se percató del terrible rictus de dolor de su majestad, el rey de España, quien había compartido a su lado el opíparo banquete. El rey se mostraba visiblemente afectado por la combinación del pipián, el huitlacoche, el axiote, los molotes de plátano, el dulce de zapote, la crema montada de vainilla y garapiñados y, sobre todo, por las aguas mexicanas de diferentes sabores, que le recordaron la famosa "venganza de Moctezuma" cuando sus ayudantes lo subieron a rastras al avión que lo conduciría de regreso a su país, entre evidentes espasmos estomacales de alcances agónicos. Jamás había hecho un viaje trasatlántico en condiciones semejantes. Los médicos integrantes de la comitiva real no llevaban a bordo hinojo ni hierbas de piperita ni calmantes de melisa ni de regaliz ni jengibre ni ulmaria ni pudieron consultar con las marchantas mexicanas especialistas en herbolaria del mercado de La Merced. Los gritos de horror del pobre Felipe VI eran comparables con los lamentos tlaxcaltecas de Hernán Cortés cuando le sirvieron por primera vez un mole con guajolote...

Después del interminable discurso en el que AMLO explicó sus "Cien Puntos de Gobierno", verborrea destilada de la mejor calidad, en una plaza llena en su totalidad gracias a los miles de acarreados transportados en camiones fletados ya por el gobierno federal sin fondos de Morea, pero eso sí, escondidos lo mejor posible en las calles aledañas a Palacio para tratar de huir al ojo escrutador de los periodistas, el flamante jefe del Ejecutivo Federal repitió hasta el anochecer la mayoría de los conceptos vertidos por la mañana, como si uno fuera el pueblo del Congreso y otro, el de la plaza pública.

> **@vitriolica**
> Nunca creí llegar a ver al presidente de una República laica, no el jefe de una tribu primitiva, después de haber jurado guardar y hacer guardar la Constitución, arrodillado ante un chamán para recibir baños de incienso con la mirada perdida en la inmensidad del histórico horizonte precolombino.

Entre aplausos, gritos, vivas, ovaciones y sonoras aclamaciones, abrazos, saludos de mano, lágrimas de emoción del pueblo, porras y demás homenajes rendidos al nuevo padre de la patria, Antonio M. Lugo se perdió por la puerta principal de Palacio Nacional, y al sentirse libre del acoso de la muchedumbre, llevó a cabo la visita más deseada de su existencia: se dirigió, acompañado de una breve escolta y sin haberse retirado la banda tricolor del pecho, al recinto que daba a la calle de Moneda, en el que había vivido y muerto Benito Juárez. Se encontró en el pasillo de la planta baja con una escultura del Benemérito realizada con los cañones franceses secuestrados y fundidos por el ejército mexicano durante los años aciagos del Segundo Imperio. La analizó con gran atención. A continuación subió lentamente por la escalera, se sacó las manos de los bolsillos, inhaló al llegar a la puerta del histórico sitio, en donde pidió estar a solas para sentir la compañía del famoso indio de Guelatao, el mejor presidente mexicano de todos los tiempos.

Al sentirse en absoluta soledad, pues ni Brigitte lo había acompañado en ese tan deseado y necesitado encuentro con la historia, se quedó paralizado al recorrer la habitación con la mirada. La meteórica carrera política de ese ilustre oaxaqueño recorrió los rincones de su mente como una ráfaga de intensos recuerdos, desde sus inicios en el seminario, su paso por la judicatura, su ascenso a la gubernatura, a la Secretaría de Gobernación, a la Suprema Corte de Justicia y finalmente a la Presidencia de la República. Sin parpadear, decidió sentarse en la cama, enmarcada por estructuras de latón dorado, en donde pernoctaron Juárez y Margarita. La cabecera, coronada con una pequeña escultura del escudo nacional juarista, era la idónea para un jefe de Estado austero. Fuera del alcance de cualquier curioso, cruzó los dedos de las manos, las colocó sobre sus piernas, recreó la vista por el mobiliario perfectamente preservado, se alisó las canas, se ajustó la corbata, cerró los ojos, apretó los músculos de la cara como si fuera víctima de una intensa tolvanera, disfrutó el silencio como si participara en una sesión espiritista similar a las que organizaba Pancho Madero y trató de encontrar en el infinito una señal de aprobación proveniente del ínclito indio zapoteca. Invocaba en silencio su nombre, lo repetía insistentemente. ¡Juárez! ¡Juárez! ¡Juárez!

Una inmensa sensación de placer lo invadía por cada uno de los poros de su piel. Conquistaba una paz pocas veces experimentada. Él y Juárez eran lo mismo, solo los separaba el tiempo. Se mantuvo unos instantes en esa posición. De repente sintió deseos de caminar por la habitación, se detuvo frente a un librero colocado atrás del escritorio. Leyó los títulos de los libros que leería Juárez, inventariados como una reliquia y guardados en una vitrina cerrada con llaves. Se volvió a sentar, ahora sobre una silla de diseño europeo. Contempló el tapete, las cortinas, los cuadros, el candil, los objetos decorativos, el retrato del Benemérito también con la banda tricolor y el color verde expuesto en la parte superior, idéntica a la que él se había puesto por primera vez en la mañana. No podía faltar un óleo dedicado a Margarita Maza, su mujer, veinte años menor, fallecida, para su gran tragedia, un año antes que él. A los lados se identificaban unos dibujos con el rostro de sus hijos, así como los muebles del comedor, un piano de cola, algunos espejos colgados estratégicamente para brindar la idea de mayores espacios. Todo parecía indicar que Benito Juárez vivía y podía irrumpir en el escenario en cualquier momento. Casi podía escuchar su voz, percibir su estatura, admirarlo vestido casi siempre de negro, recordar su hermetismo, su rostro oscuro inescrutable como el de un ídolo de piedra, impasible, sus ojos negros como la obsidiana, sus inexpresivas y envidiables facciones indígenas, su hablar poderoso, lento y reposado, apenas audible para atrapar la atención de sus interlocutores.

Nadie, absolutamente nadie podía arrebatarle al ciudadano presidente de la República este glorioso instante compartido con el auténtico Padre de la Patria, el fundador de México. Ese instante era suyo, suyo y de nadie más. Que no lo interrumpieran, llamara quien llamara, solicitara audiencia quien la solicitara. Solo estaría para él, para AMLO, el héroe invencible de las batallas que se desearan, las que fueran ¿qué más daba? Ambos habían padecido los horrores de la pobreza, el analfabetismo, el caminar descalzo, el comer siempre lo mismo, frío y desabrido, si es que había algo para calentar en el comal, las agudas y devastadoras carencias materiales. El ascenso hacia el poder no podía haber sido más complicado y tortuoso. Sin embargo ambos, tanto Juárez como Lugo Olea, muy a pesar de sus orígenes humildes, habían llegado a la Presidencia de la República, una meta inaccesible para casi la totalidad de los mexicanos.

Perdón, perdón: ¿quién sí podía arruinarle a AMLO ese instante de exquisito placer? Solo una persona que no necesitaba estar cara a cara con el nuevo mandatario para gritarle sus verdades, bastaba, sí, con el recuerdo, con los hechos, con las columnas, las declaraciones, las pullas y los cuestionamientos, vertidos por un periodista inaccesible al dinero negro, por más que disfrutara el whisky Talisker o el Blue Label o el Macallan 24, siempre y cuando fueran bien habidos. ¿Cómo luchar en México frente a un asqueroso tipejo,

266

un vulgar periodista traga letras, que no se rendía ni ante una montaña de dinero con la que se convencía a un gran número de los editorialistas de la prensa escrita, la radio y la televisión? Cada vez que alguien se acercaba a Martinillo para sobornarlo con dinero, fortunas, mujeres y bienes, siempre argüía:

—¿Y qué más?

—¿Qué más...?

—Sí, ¿qué más?, ¿no hablas castellano?

—Te doy lo que tú quieras... Acabemos la discusión.

—¿Lo que yo quiera...? —preguntaba para precisar la conversación—: es poco, muy poco, no hay negocio, no hay suficientes capitales en la tierra para comprar mi pluma, ahora bien, si tú me lo permites —agregaba a continuación con una sonrisa sardónica—, ve a chingar a tu madre, pero cuando yo diga —momento en que el periodista contaba el tiempo, reloj en mano, y ordenaba tajante, como si diera la salida al bajar el dedo índice: —¡Ya!, ya vete a chingar a tu madre, ¡ahora! Pero muévete...

Y precisamente en ese instante, el de su contacto con la gloria, AMLO recordó una breve columna del hijo de puta de Martinillo en la que, palabras más, palabras menos, decía:

Juárez, abogado, creía en la ley, en el Estado de Derecho, en la validez del orden jurídico, de ahí que él jamás hubiera consultado al "pueblo sabio" si estaba de acuerdo en fusilar a Maximiliano, por más que medio mundo le había suplicado evitar su ejecución. Por supuesto que pasó por las armas a un invasor del territorio nacional, nada de consultitas. Juárez luchó por la separación de poderes, en tanto AMLO pretende controlar a como dé lugar al Poder Legislativo y al Judicial. Al primero ya lo domina en razón de la estupidez del pueblo de México, porque este no solo lo eligió para encabezar al Ejecutivo, sino para que Morea también dominara en el Legislativo y regresar así las manecillas del reloj de la historia para volver a convertir a México en el país de un solo hombre, es decir, el de un nuevo tirano que podría llegar a actuar sin contrapesos jurídicos ni políticos.

El supuesto "pueblo sabio" de México ya estaba advertido de que AMLO, años atrás, había mandado al diablo a las instituciones de la República cuando perdió las elecciones presidenciales, imposible que ignorara su temeraria intolerancia ante la adversidad y su evidente desprecio por el orden jurídico, y sin embargo, en su justificada decepción y furia originadas por la corrupción y la inseguridad pública, decidió atentar en contra de la incipiente democracia que habíamos logrado construir en las últimas décadas. ¿Más claro? Quienes votaron por AMLO y por Morea para que también dominara en dos poderes de la Unión, en diecinueve congresos locales y en catorce gubernaturas eligieron con las vísceras y no con la cabeza, por la destrucción de nuestra democracia con todas sus funestas consecuencias que no tardaremos en padecer. ¿Pueblo sabio o pueblo estúpido? ¡Estúpido, sin duda alguna!, salvo que darse un tiro en el paladar no sea una respuesta suicida.

La Cuarta Transformación se dirige a la destrucción y a la desaparición de las instituciones construidas por los mexicanos en los últimos años, instituciones que odia y desprecia AMLO porque limitan sus planes suicidas. Lo suyo es imponer, no negociar, hasta que la cuerda se rompa por cualquiera de sus extremos con terribles consecuencias para México. Juárez le hubiera escupido en la cara. ¿Cuál juarismo en Lugo? Es un embustero, engañabobos. El perínclito Benemérito hubiera mandado fusilar a Lugo Olea en el Cerro de las Campanas por traidor a los principios más elementales del liberalismo. Juárez rompió relaciones con el papa y AMLO le pide auxilio, nada menos, que al propio Vicario de Cristo, para que le ayude a resolver el problema de la delincuencia en México.

Miserable, hijo de perra, se dijo AMLO sin pronunciar palabras soeces, según lo prohibían sus convicciones cristianas, mientras echaba una breve mirada por la ventana. La calle de Moneda lucía todavía llena de transeúntes que se retiraban después de presenciar su segundo discurso. Giró sobre sus talones muy lentamente para volver a fijar su atención en la cama en donde había fallecido el Benemérito de las Américas el 18 de julio de 1872, víctima de una angina de pecho, la misma enfermedad que había conducido a su padre a la tumba.

De golpe apareció una sonrisa furtiva en el rostro del ciudadano presidente de la República. Volvía a sus fantasías y las retomaba con evidente brío y entusiasmo. Fue en ese momento, ya casi a las nueve de la noche del primer día de su mandato cuando, oculto a la mirada de propios y extraños, volvió a la cama, esta vez para recostarse, sin subir los zapatos encima de las colchas, y echar a volar la imaginación. ¡Qué placer, pensó en su silencio inconfesable, si tuviera la inmensa fortuna de morir como jefe de la nación, sosteniendo entre mis manos el bastón de mando que me obsequiaron los indígenas! Lo mejor sería perder la vida en estos primeros meses, continuó en sus pensamientos, antes de poner a prueba mis ideales y mis planes de gobierno y de que me crucifiquen mis críticos y traten de acabarme los pirrurris nacionales y extranjeros, antes de que me acuchillen los malvados mercaderes del dinero, los devoradores del excremento del diablo, aliados con mis enemigos. Es ahora, al principio, cuando debo morir para convertirme en un mártir y ser adorado y reverenciado en los altares de la patria que irán apareciendo, como por arte de magia, a lo largo y ancho del país. Mi muerte o mi suplicio provocarían la construcción de monumentos con mi efigie. Calles, plazas, zócalos, presas, carreteras y aeropuertos llevarían mi nombre, junto con miles de honores que solamente podré disfrutar desde la eternidad. ¿Qué tal las banderas a media asta para conmemorar el día de mi inmolación o el minuto de silencio cada año en congresos, escuelas o universidades, en donde se enseñaría mi ideología para siempre, como China hizo con el *Libro Rojo* de Mao? Sí, sí, morir en el encargo sería una maravilla, solo que cómo, sí, cómo morir: ¿baleado en la calle por un loco o víctima de un infarto? Si me asesinaran, la convulsión nacional sería tremenda y, la verdad sea dicha, no quisiera llegar a esos extremos por lo mucho que quiero a este país maravilloso. La neta, imposible confesarlo, desprecio todo tipo de seguridad personal para ver si alguien se anima, pero por otro lado podría fallecer del corazón; si bien podría despertar sospechas, los resultados serían excelentes. Pero que quede bien claro: nada de que yo prefiero un día en la vida en lugar de cien años en la gloria. Para mí es mejor la gloria eterna sentado a un lado del Señor, en el más allá, como el mejor de sus hijos. Infarto, ven a mí, asesino, aquí te espero inmóvil y resignado, con el pecho abierto.

AMLO sonreía inmóvil con tan solo imaginar su entierro. ¡Con cuánta alegría lo ensayaría, si no fuera porque los críticos lo fulminarían en las redes sociales y hasta sus queridos chairos se podrían burlar de él! Mejor soñar, sí, soñar, y ningún mejor lugar de la tierra para hacerlo que en el lecho en donde había expirado el Padre de la Patria.

Imaginó entonces un túmulo suntuoso sobre el que se colocaría su ataúd pintado de negro, cubierto casi en su totalidad con el lábaro patrio. Vio un crucifijo dorado que cubriría la parte superior del catafalco, porque no se le permitiría a nadie observar su rostro cadavérico. A un lado se encontraba una fotografía con el rostro del difunto a todo color, tomada ese mismo día, y en el otro se distinguía un maniquí con su banda presidencial cruzada en el pecho. Las exequias fúnebres se llevarían a cabo en el Palacio de Bellas Artes, en el Congreso de la Unión, en el Palacio de los Deportes, en la Plaza México, en el Monumento a la Revolución, al lado de Lázaro Cárdenas, su gran ejemplo a seguir, eso sí, lejos de los restos de Calles, su feroz enemigo; en el estadio

270

de los Diablos Rojos del México, su equipo de beisbol favorito; en su tierra, en las márgenes del río Tepetitán, en la escuela primaria en donde aprendió a leer y a escribir; en la entrada de la Facultad de Ciencias Políticas de la UNAM, en el Palacio de gobierno de Villahermosa, en el vestíbulo de Morea; en tantos congresos locales suplicaran el honor de velar el cadáver, en las colonias pobres de la Ciudad de México y en las zonas más marginadas y empobrecidas del país, en el Zócalo capitalino, en los pozos petroleros tomados por él en sus protestas, en el Ángel de la Independencia y en tantos otros lugares solicitados por el pueblo de México que él tanto había amado.

Se vio acostado en el ataúd con tapones de algodón en la nariz. No, por favor, no, lucía viejo y decrépito como en una fotografía de la portada de la revista *Proceso*. No, se veía horrible. Se incorporó y arrojó a un lado los malditos algodones y se volvió a colocar como corresponde a un muerto en la caja mortuoria. De pronto sacó medio cuerpo del féretro, porque el coro cantaba con timidez el Ave María sin los poderes necesarios para emocionar. Regañó a gritos al director porque no sabía motivar ni transmitir pasión en su interpretación: así nadie sufriría el menor dolor por su deceso cuando realmente llegara a fallecer.

—Así no convencerán —alegó todavía sentado en el ataúd; luego ordenó que empezaran una vez más, desde el principio—. Fervor, señores, con pasión, con esas voces rascuaches no aullará ni un gato. Canten, canten con dolor y tristeza, lamenten mi muerte, ¿no se dan cuenta de que ya me morí? Se trata de conmover a las multitudes que vengan a mi sepelio.

Cuando volvieron a comenzar y Antonio M. Lugo Olea se acostó, de nueva cuenta, dispuesto a imaginar cómo las notas vibrantes se elevaban al cielo, se levantó una vez más, esta para reclamarle a un conjunto de plañideras que ensayaban a un lado del coro, ya vestidas de luto, pero que no lloraban desconsoladas, es más, ni siquiera se les oía. Casi se sale de la caja para enseñarles a sollozar a moco tendido, pero prefirió darles otra oportunidad.

Sin darse cuenta, AMLO se quedó dormido, agotado, después de un intenso día cargado de grandes emociones. Soñó que era un hombre primitivo, el líder de una tribu nómada que regresaba, cubierto por una piel de oso, a su cueva, en donde varios de sus subordinados se disputaban su poder y conjuraban en su contra. Al descubrir el complot, tomó un enorme marro y les partió los brazos y las piernas a quienes parecían ser los cabecillas, después de perseguirlos por toda la caverna. El escarmiento tenía que ser excesivo y definitivo para que ninguno volviera a tener tentaciones golpistas. Al terminar el castigo, se sentó al lado de la hoguera sin conceder la menor importancia a los lamentos de dolor de los heridos que, por esta sola ocasión, habían salvado la vida.

Don Antonio despertó sobresaltado, se incorporó en la cama, se puso de pie y se dirigió a su oficina para salir de ahí a su casa acompañado de Brigitte, a quien le contó lo sucedido, incluido su delirio mortuorio. Ella se alarmó. Su marido había venido dando señales extrañas en su conducta. La más alarmante se dio cuando fue entrevistado en relación a si el ejército debería o no permanecer en las calles del país y él insistió en que las fuerzas armadas no deberían volver a los cuarteles, cuando durante la campaña presidencial había sostenido lo contrario. Estando al aire retó al periodista a revisar sus fuentes, sin darse cuenta de que caía en un absoluto ridículo. Ella lo confrontó después en la intimidad del hogar para saber si estaba mintiendo intencionalmente, o bien, confundía la realidad. Para su desagradable sorpresa, el ahora ya presidente confirmó lo declarado a la prensa. Su preocupación fue mayúscula, al extremo de pedir el consejo de un médico siquiatra, un viejo amigo de la familia de todas las confianzas, para contar con un diagnóstico clínico, aun cuando fuera a la distancia.

La respuesta del médico consistió en comparar los cientos de mentiras vertidas intencionalmente por Donald

Trump, tanto a lo largo de la campaña como en la Presidencia misma, con Lugo Olea, quien también mentía, pero a diferencia del mandatario yanqui, aquel confundía la realidad y afirmaba hechos que nunca se habían dado; es decir, se creía sus embustes, mientras que Trump engañaba a sabiendas.

Tu querido "amigo", *dear Brig*, se ha expuesto en forma inconveniente al atreverse a negar hechos evidentes que son del dominio público. Te doy un ejemplo: imposible olvidar la confusión que creó en la sociedad al negar sus insistentes declaraciones ante los medios de difusión masiva, en el sentido de que el ejército abandonaría las calles y volvería a los cuarteles, según consta en la prensa escrita y en videos que circulan en las redes sociales. El ridículo y la alarma en la sociedad lastimaron su imagen política.

Los psicólogos nos preguntamos si mintió deliberadamente como Trump, o simple y sencillamente no se acuerda de lo que dijo, por lo cual podríamos afirmar que estamos ante la presencia de un esquizofrénico, un mentiroso compulsivo o de un hombre afectado por una senilidad precoz. ¡Cuidado!

Para tener diagnóstico preciso, tendríamos que someterlo a pruebas clínicas, como revisar el flujo sanguíneo cerebral, entre otras, lo cual es punto menos que imposible. Prefiero pensar que tu "amigo" es un cínico, un descarado que niega sin empacho alguno lo dicho tan solo momentos antes porque él alega ser muy cuidadoso con lo que dice, ya que sus palabras expresan sus convicciones. O sea que la realidad se transforma en base a lo que él, de momento, requiere que sea, por lo cual se concibe a sí mismo como redentor inmaculado.

Para tu "amigo" solo existe su realidad, por lo que resulta complejo, aun cuando no imposible, convencerlo con argumentos opuestos a los suyos. De ahí que

273

al sentirse dueño de la verdad y carecer de dudas, entiende a sus opositores como enemigos y traidores a los que etiqueta como mafiosos, neofascistas, conservadores o pirrurris a quienes debe aplastar mediante la derogación de leyes supuestamente contrarias al bienestar de la patria. De ahí que sin escuchar, salvo a aquellos que le dan la razón, cancele el aeropuerto o abrogue la reforma educativa sin detenerse a reflexionar en el daño ocasionado al país, siempre y cuando sea reconocido como héroe por el pueblo, por decisiones audaces que nadie tomaría en su sano juicio.

La lentitud de sus reflexiones es una manera de encubrir su rabia destructiva. A veces parece, querida amiga, que al sentirse predestinado a cumplir una misión sagrada, al luchar en contra de la maldad como corresponde a un ser superior, está en la búsqueda de una admiración excesiva, propia de un narcisista. La adversidad despierta en él una grandiosidad belicosa y amenaza, según lo hemos constatado, con imponer su voluntad sin que nadie pueda desviarlo ni impedirle representar su papel de ángel vengador.

Si bien "tu amigo", el rabioso justiciero, no tiene acceso al arsenal nuclear como Trump, en su delirio de grandeza pretende destruir toda obra institucional hecha por los "corruptos neoliberales", en su carácter de fundador de una nueva república. Él prepara ya el terreno orwelliano sobre el cual pretende caminar para escribir una historia totalmente distinta a la conocida.

No me extiendo más por lo delicado del tema. Espero verte muy pronto para comentar este texto personalmente.

Hijo de la gran puta, murmuró Brigitte al concluir la lectura, mientras hacía trizas el papel. Vas a ir a comentar este texto con tu chingada madre, agregó en silencio, en su conocido lenguaje ciertamente florido.

La noche del 16 de diciembre del 2018, Martinillo y Roberta, su esposa, habían sido invitados a la primera posada del año en las instalaciones del periódico. En esa ocasión, a media tarde, el periodista se encontraba leyendo *Doña Flor y sus dos maridos*, novela escrita por Jorge Amado, uno de sus autores favoritos, cuando escuchó la caída del agua de la regadera. Dejó de leer, levantó la cabeza, aguzó el oído para precisar el origen del ruido. No cabía la menor duda: Roberta se bañaba, empezaba a arreglarse para estar lista a la hora. El diablo se aposentó en el pequeño estudio del destacado politólogo. ¿Y si se desnudara y sorprendiera a su mujer bajo la ducha y la enjabonara una y otra vez y la besara y la devorara y se sentaran en el piso, ella encima de él, y sintieran poseídos el chorro generoso de agua tibia al caer sobre sus cabezas? ¿Qué tal, no era una manera juvenil, audaz y novedosa para huir de la rutina matrimonial?

Sí, sí que lo era, pero bueno, no contaba con toda una vida para ejecutar su fantasía. En cualquier momento ella podría cerrar la llave y la fiesta habría concluido antes de haber siquiera comenzado. Se trataba de un ahora o nunca, de un arrebato erótico impetuoso, natural, incontrolable. Ser o no ser. Cerró las pastas de su libro, se puso de pie y caminó rumbo a su habitación en lo que se quitaba el suéter, se desabotonaba la camisa, se zafaba los mocasines pisando el tacón de uno contra el otro, al tiempo que se bajaba la bragueta y se desprendía de los pantalones con todo y calzoncillos y calcetines, aventaba el reloj y los anteojos encima de la cama para ingresar desnudo en el baño. Ahí sorprendió a su bella Rober con los ojos cerrados mientras se enjuagaba la cabeza. Abrió silenciosamente la puerta transparente de acrílico y la abrazó por la espalda, sujetándola por los senos. El susto de la mujer fue tremendo, pero se tranquilizó cuando escuchó una voz muy querida:

—Güerita, preciosa, aquí está tu mirrey…

Roberta trató de girar para abrazarlo, pero Gerardo se lo impidió con la debida delicadeza mientras sus manos ávidas y expertas la recorrían de arriba a abajo. Ella se dejó hacer, gozosa. Recargó su cabeza en el hombro de su marido, quien la enjabonaba y la volvía a enjabonar en tanto el agua tibia y gratificante caía en su rostro sonriente. No cabía la menor duda: la imaginación y la audacia podían rejuvenecer una relación matrimonial, cambiar el humor, recuperar energías perdidas y fincar nuevas esperanzas, sobre todo si no se perdía de vista que la última invasión en la intimidad de su mujer se había llevado a cabo cuando ella redactaba un ensayo en relación a la riqueza y Martinillo llegó hasta su estudio con una máscara del Santo, decidido a violarla. Si bien la alarma cundió al ver la entrada brutal del intruso, sus carcajadas incontenibles y el inconfundible olor a lavanda de su amado la tranquilizaron. La paz volvió a alterarse cuando la arrojó al piso, le levantó la falda, la desprendió de las pantaletas, jalándoselas, rasgándolas con la mano derecha, mientras que con la izquierda le tapaba la boca. Se dejó caer encima de ella para abrirle las piernas sin permitirle protestar. En ese momento todo iba muy bien hasta que se presentó una coyuntura de imposible solución para un novato en las lides de la violencia sexual. ¿Cómo inmovilizarla sin golpearla, cubrirle la boca sin que ella lo mordiera, bajarse la bragueta sin perder la gallardía y penetrarla? Si es que eso era posible, ya que Rober, lista para continuar el juego, se movía de un lado al otro, se resistía, se defendía, se agitaba como podía, imposibilitando cualquier acción futura. Las risas de ambos complicaron la aventura, y más la dificultaron desde que el osado galán perdió la inescapable inspiración para perpetrar su arrebato. Todo esfuerzo o intento fue inútil. Ambos permanecían tirados en el piso contemplando el techo, recuperándose de la escena, que afortunadamente respondía a una broma para combatir la rutina. Sobra decir que instantes después Gerardo la montó, le sujetó el cabello y la cabeza con ambas manos y cabalgó, cabalgaron entrando y saliendo a las puertas del paraíso entre gemidos de placer y súplicas e incluso palabras soeces, hasta que un lúbrico baño celestial los empapó con los sudores y elíxires de los amantes, les alteró la respiración, les secó la boca, los agotó, les robó la energía y los hizo caer desplomados, uno al lado de la otra, con un silencioso "gracias al cielo", porque ninguno de los dos podía agradecer nada a Dios. Bueno, gracias a lo que fuera, pero gracias, gracias, gracias, gracias…

Roberta y Gerardo cerraron la llave del agua. Tomaron unas toallas, se secaron sus cuerpos entre los dos, en un nuevo juego erótico, y se dirigieron a la cama, en donde a la voz de "amaos los unos a los otros" ejecutaron cínicamente el mandamiento consignado en la Biblia. Permanecieron desnudos por un buen rato sin pronunciar palabra; se escuchaba entre ambos el feliz tropel de sus mentes alucinadas.

—Oyes, mirreycito —suspiró, animada a hablarle a Martinillo del párrafo preciso de aquel viejo ensayo en relación a la riqueza que había vuelto a redactar antes de bañarse—, ¿no sabes qué importante es entender el valor que se le concede a la riqueza en diferentes latitudes, religiones, épocas y momentos de la historia?, ¿entiendes el porqué de las guerras impulsadas por la envidia, el gran motor de la violencia y uno de los orígenes más trascendentes de las rivalidades entre los hombres y las mujeres?

—Mmmmmm —repuso Gerardo, somnoliento.

—A mí no me pones atención, pero yo sí tengo que estar atenta cuando me cuentas todas tus pendejadas, ¿verdad?

Aquel sintió una puñalada en la yugular.

—Perdón, amor, no digas eso, por favor, que lastimas mi corazoncito —repuso en broma pero alistándose a las agudas conclusiones filosóficas de su mujer.

Después de llamarlo payaso y tomarlo de la mano para colocársela en uno de sus senos, dándole la espalda, le explicó que los judíos, el pueblo elegido por Dios, de acuerdo al jubileo, repartían la riqueza cada seis años, se liberaban esclavos, se perdonaban las deudas y se redistribuía la tierra. Se trataba de un año dedicado a Dios que demandaba justicia en la tierra, ordenaba compartir las riquezas y recordar que Él perdona los pecados. Era una manera de poner un límite a los excesos y a la acumulación de bienes a costa de los demás.

—Imagínate —dijo pensativa—: durante seis años trabajabas la tierra y generabas tu riqueza. El séptimo año tu tierra se distribuía. Te quedabas, por supuesto, con tus otros bienes, pero se les daba una oportunidad a los demás. ¿Qué tal? ¿Te imaginas que cada siete años los ricos les entregaran su patrimonio inicial a los pobres, eso sí, quedándose con toda la fortuna que hubieran podido obtener en ese tiempo? —adujo con una expresión de complicidad, adelantándose a la respuesta de su marido—. Si eras agricultor, tenías que dejarle la tierra a otro para que la explotara y también tuviera la oportunidad de conquistar su bienestar como tú lo habías tenido.

—¿O sea que un empresario, digamos, un potentado, le va a heredar su patrimonio, el fruto de su trabajo, a un tercero que ni siquiera podría operar una miscelánea pueblerina? ¿Cuando quiebre qué va a pasar con las decenas de miles de empleados, quién va a surtir los mercados con los bienes que producían antes sus compañías, quién va a reponerle al banco sus créditos vencidos y quién le va a pagar al fisco los impuestos adeudados? Sería la ruina de un país, amorcito lindo. Tu jubileo hoy en día, en plena globalización, sería un desastre universal —adujo el columnista.

—Ya sabía que ibas a salirme con eso, pero ahora cállate y escucha —respondió Rober, juntando todavía más su cuerpo al del periodista.

Contó entonces que en El Sermón de la Montaña se observa claramente cómo el cristianismo se había convertido en la religión de los jodidos. "Bienaventurados los que tienen espíritu de pobre, porque de ellos es el reino de los cielos", para rematar con otra sentencia de igual magnitud y trascendencia que se apresuró a exponer antes de escuchar las refutaciones de su marido: "Es más fácil que un camello pase por el ojo de una aguja, a que un rico entre en el reino de Dios".

—Es que… —ya alistaba Martinillo su respuesta. Trató de liberar su mano. Resultaba difícil discutir en semejantes circunstancias y, sobre todo, temas tan complejos, pero sí pudo echar a andar su imaginación para preparar una réplica a la altura de las circunstancias. Siempre le había irritado aquello de que el reino de los cielos sería para los pobres de espíritu, porque significaba el desplome de la dinámica nacional, se ofendía la inteligencia y se lucraba dolosamente con la ignorancia popular y con los miedos atávicos. Bienaventurados deberían ser aquellos que tienen una vivienda digna, agua corriente y drenaje, duermen en cama y usan zapatos. Bienaventurados quienes gozan de un título profesional. Bienaventurados quienes disfrutan los beneficios de una auténtica división de poderes y, en consecuencia, gozan la atmósfera prevaleciente de un Estado de Derecho. Bienaventurados quienes no mueren de parasitosis antes de cumplir los cinco años. Bienaventurados quienes ven respetado su voto. Bienaventurados quienes tienen capacidad de ahorro. Bienaventurados quienes tienen acceso al mundo del arte. Bienaventurados quienes ejercemos la crítica y bienaventurados quienes la aceptan constructivamente. Bienaventurados quienes modernicen a la Iglesia…

Lo que fuera, sí, pero la catarata no se detenía, es más, su fuerza y volumen aumentaban a cada instante.

¿Los mansos heredarán la tierra, bienaventurados son quienes lloran, los que tienen hambre y sed de justicia porque ellos serán consolados y saciados…? ¡Carajo! ¿Cómo? ¡Canallas! Haría lo posible por desenmascarar esta perversa invitación a la inacción, a la indolencia y a la pereza. ¿Por qué no promover desde el púlpito la generación de riqueza y el ahorro? ¿Por qué no ir mejor por las palas, los tractores y los azadones, los microscopios, las plumas y los pinceles? Seamos prósperos aquí y ahora.

Solo que en esta ocasión nada ni nadie, ni siquiera su marido con todo y sus argumentos vehementes y bien documentados, le impediría a Roberta continuar con su discurso:

—Para los profetas como Jeremías, toda riqueza está basada en una injusticia, de ahí que se deba moralizar a una sociedad, ¿ya vas viendo por dónde voy? Según Job la riqueza por la riqueza en sí misma estaba mal; sin embargo, la riqueza en una persona íntegra era bienvenida. ¿Nos vamos entendiendo, Martinillito? ¿Qué piensas cuando Nietzsche afirmaba que la riqueza se justifica si tiene un componente honesto?

Sintiéndose preso, prefirió permanecer inmóvil y mudo hasta que ella terminara su explicación. Además, tenía en su mano una bellísima gratificación que lo convertía en un privilegiado, aunque no por ello dejó de pensar quién decidía lo que era un componente honesto. A ver, ¿quién?

Por supuesto que Roberta no lo dejó hablar, pero sí pensar en la incorporación del ocio y de la pobreza como pecados capitales. Si la Iglesia incluyera a la miseria en el catálogo de pecados mortales, México daría un viraje radical sin precedentes en su historia y un golpe de timón respecto a su futuro social, cultural y económico, pero los curas jamás aceptarían semejantes postulados, porque quien había resuelto sus necesidades materiales tendría pocas razones para asistir a la iglesia y por lo tanto, se reducirían sus expectativas de captación de limosnas. La avidez por el dinero y el desprecio hacia los pobres, de quienes dependía financieramente el clero, imposibilitaría dicha moción.

El México independiente, según Roberta, se había construido sobre el resentimiento, porque a los pobladores originales les habían quitado su nombre, ya no se llamaban Ixtlixóchitl, sino Fernando; les habían quitado también sus dioses, su idioma, su casa y su manera de vestir; les habían quitado a sus maestros, a sus padres y a sus hermanos y los habían largado a trabajar como esclavos en la Encomienda; les habían destruido sus escuelas y sus templos, quemado sus códices donde adquirían conocimientos; les habían impuesto otros dioses o los quemaban vivos, previas torturas en los sótanos de la Santa Inquisición, mientras sus familias se desintegraban porque los llamados conquistadores violaban a sus madres y hermanas para que luego sus medios hermanos, hijos de los españoles, bastardos a quienes se les despreciaba y escupía, llegaran a sus casas a vivir con ellos.

Roberta estaba convencida de que el destino de México se había torcido dramáticamente cuando los españoles crearon la Encomienda, destruyeron el calpulli y sustituyeron las escuelas por iglesias para cancelar a lo largo de trescientos años la evolución racional en el Nuevo Mundo. La siniestra Inquisición y los tribunales del Santo Oficio dieron al traste con cualquier posibilidad de progreso intelectual y educativo en la América española. Los criollos sustituyeron a los españoles expulsados después de la Independencia y excluyeron a los mestizos y a los aborígenes de la educación y de la evolución material. Aquellos acapararon el noventa y cinco por ciento del ingreso mientras las masas se llenaban de un justificado rencor que cualquier buen populista podría explotar a su conveniencia con una buena labia, tal y como acontecía en la actualidad. Ningún gobierno posterior a la Revolución había logrado construir un eficiente sistema de distribución de la riqueza a partir de la educación. Bastaba con salir a la calle para comprobar su punto de vista.

Sí que tenía razón su mujer, pensó Martinillo al recordar que Cortés llamaba "perro" a Moctezuma, que los de piel oscura, la inmensa mayoría de la población, casi la totalidad, estaba excluida de la evolución y del progreso, porque los españoles detentaban la riqueza y se preguntaban si los indios y las mujeres tendrían alma. La Malinche era la negación de lo nuestro y habíamos cambiado la piedra de los sacrificios por la pira de la Inquisición, un horror. Años después, ¿Porfirio Díaz no se blanqueaba las manos? y en nuestros días, ¿las televisoras nacionales no preferían a los "güeros", a las personas de tez clara? ¿No continuaba la herencia racista y clasista en la sociedad mexicana?

Claro que después de la Independencia, quienes habían gobernado México habían sido los hijos de los españoles, por lo que solamente se había cambiado el nombre de los nuevos patrones, nuevos explotadores: los criollos. ¿Cuál transformación, como decía Lugo Olea? Así jamás entenderíamos nada ni evolucionaríamos en ningún sentido. Tan era cierto lo anterior, que al consumarse la Independencia, durante el imperio de Iturbide, el 98% de los mexicanos no sabía ni leer ni escribir. ¿Qué futuro le esperaba a México?

—¿Por qué no aceptar que en los mexicanos existe mucho rencor, y sin embargo, no hay quien trabaje para erradicarlo y empezar a curarlo? —se preguntó aquella mujer que dedicaba su vida a la búsqueda de explicaciones de la esencia humana—. Fácil no debería haber sido, ¿verdad…? ¿Qué tal que no queda nada de tu pasado porque unos salvajes, supuestamente más civilizados, se apropiaron del país por la vía de la pólvora y de la peste? —sabía que su marido la escuchaba con toda su atención, lo percibía, tal vez su respiración se lo decía.

En ese momento Martinillo se atrevió a interrumpir para aducir que los libros de texto podrían constituir una herramienta mágica para hacer entender los traumatismos de la historia y empezar a cambiar gradualmente a las generaciones de nuevos mexicanos; que evolucionaran con nuevos enfoques de lo ocurrido en el pasado. Ahí estaban las telenovelas para enviar mensajes subliminales a la sociedad, así como las obras de teatro y cine, para no hablar de las series de televisión y sus inmensas posibilidades, ya no para embrutecer todavía más a la gente, sino para proporcionarle otras interpretaciones y documentar de otra forma nuestro presente.

—¿Te imaginas —agregó Gerardo con su conocida enjundia— el colosal trabajo que hicieron en Alemania para erradicar hasta el último germen del nazismo? ¿La tremenda purga generacional que instrumentaron en las escuelas, en la vida diaria, en la radio, en la televisión y en cuanto medio tuvieron a su alcance para que no se volviera a repetir la historia?

—Pero a ver, ¿estás de acuerdo por primera vez en tu puerca existencia en lo que acabo de decir? —preguntó juguetona y satisfecha, porque bien sabía cuando cautivaba a su hombre.

—Claro que tienes razón, malvada bruja —repuso Gerardo sonriente—, y tan la tienes que el resentimiento se percibe hasta en nuestra música. Acuérdate del "no vale nada la vida", o en el cine: "estamos jodidos, compadre", o "nosotros, los pobres", o "también de dolor se canta", o "ustedes los ricos" o "si me han de matar mañana".

Finalmente Gerardo y Roberta unieron sus cuerpos para preservar el calor, y él decidió escucharla con sumo cuidado. Sus puntos de vista le impresionaban. Una de las grandes ventajas en la vida consistía en casarse con una mujer inteligente y sensible, y a Roberta le sobraban esas cualidades. Con Marga era solo sexo, sexo y nada más que sexo; por esa razón, momentos después de hacer el amor con ella sufría el mal de cabina y ya no soportaba lo que decía ni lo que iba a decir, ni mucho menos sus silencios. Era la misma sensación de ir a un banquete y que los meseros no recogieran de inmediato los platos sucios.

Sin mediar aviso, Roberta saltó desnuda de la cama y salió apresurada de la habitación, haciendo caso omiso a las reclamaciones de su marido. Cuando aquel la increpaba por si se había vuelto loca o había dicho algo incorrecto, de pronto volvió con una cuartilla en sus manos. Imposible no deleitarse con su mujer en esas circunstancias. Nunca sabría a qué atenerse con ella. Era una caja de sorpresas. Se recostó de nuevo a su lado, abrazándolo por detrás. Martinillo sentía el feliz contacto de sus senos en la espalda:

—Trágate esto, pillín. Ya que te atreviste a interrumpirme y a echarme a perder mi ensayo. Ahora te soplas mi texto y lo lees en voz alta —le dijo ella, colocándole la hoja frente a sus ojos.

—No tengo tiempo para leer pendejadas, capullito de alhelí…

Como si hubiera sido un relámpago, con esa misma velocidad bajó su mano y sujetó firmemente al osado varón de la entrepierna, tomándolo descuidado y ajeno a sus intenciones.

—¿Vas a leer ahora mismo, cabroncete, sí o no?

—Sí, claro, sí, por supuesto que sí —susurró retorciéndose del dolor, pero al mismo tiempo sin poder contener la risa.

—Sí, claro, Robertita. Repite, pinche pelado…

—Sí, claro, Robertita, mi amor, mi vida, mi razón de vivir, lo que tú digas, cielo mío.

—Nunca voy a hacer enojar a Robertita, mi mujercita del alma.

—Nunca voy a hacer enojar a Robertita, mi mujercita del alma…

—Lo juro…

—Lo juro, pero suelta…

—Ahora lee, y cuidadito con cualquier truquito, porque no te la acabas.

Sin dejar de reír, el periodista empezó a leer, con su esposa adherida en la espalda:

La ignorancia margina impidiendo el acceso a los mercados de trabajo. Gana más quien más sabe. La ignorancia limita las posibilidades de obtención de remuneraciones dignas y elementales. La ignorancia anula la capacidad de gasto y de ahorro y obstaculiza la asistencia a los centros de enseñanza de quienes más requieren ser capacitados. La ignorancia entorpece los procesos de desarrollo, los difiere o los cancela. La ignorancia erosiona el entusiasmo, agota las fantasías y desperdicia las energías y el talento. Y sobre todo, la ignorancia crea a los resignados…

Los resignados no producen, los resignados no consumen. Los resignados no inventan ni proyectan ni crean. Los resignados no estimulan ni engrandecen ni cobijan. Los resignados restan, atajan, detienen, impiden y abandonan. Los resignados no sueñan ni idealizan ni imaginan ni exponen ni arriesgan. Los resignados deprimen, obstruyen, estorban y agobian con su desesperante pesimismo. Los resignados son seres humanos medio muertos o medio vivos que nacen, crecen, se reproducen y mueren, sin producir ni apasionarse ni soñar ni crear ni aportar. Pobre de aquel país en donde los resignados hacen mayoría...

—Te juro, mi Rober —exclamó Martinillo feliz de contento—, que tus ideas son tan buenas que las publicaría en cualquiera de mis columnas.

—¿Quieres otro pellizquito, verdad, amorcito?

—No, por fa, no, te lo suplico —rogó mientras giraba para encararla—. Ya que te preocupa tanto la riqueza y saber por qué estamos tan jodidos en México en relación a los yanquis y a los ingleses, por ejemplo, solo te digo que mientras ellos disfrutaron siempre de un libre mercado, nosotros padecimos históricamente los monopolios de la corona española; ellos tuvieron libertad de prensa y aquí no existe ni ha existido, ya son cientos de periodistas asesinados y los medios electrónicos están concesionados.

—No, por favor, no me eches ese choro interminable.

—Te friegas, yo te escuché —adujo tomándola por el cabello y amenazándola con jalárselo. Roberta prefirió guardar un silencio cómplice.

—Allá existió siempre la libertad de cultos y no condicionaron la política migratoria a profesar una religión concreta. Aquí, en el Virreinato, el clero solo permitió el ingreso de católicos y México ya no se benefició del talento ni de los capitales extranjeros. Allá se estimularon las ciencias y aquí quemaban a los científicos vivos en la hoguera junto con sus obras. Aquí los sacerdotes y los virreyes construyeron miles de iglesias durante los trescientos años de la Colonia, en lugar de haber construido escuelas y formado maestros y no curas. Allá por cada templo se edificaba una escuela y más tarde universidades. ¿Cuál progreso? Allá la mentira era castigada, aquí es perdonada después de una confesión y por esa razón, entre otras, somos un país de cínicos. Allá la propiedad privada era un derecho, aquí era un privilegio de la Corona, de la nobleza o del clero. ¿Cómo prosperar así? Allá con el trabajo ético se honra al Señor, aquí el trabajo es un castigo de Dios. Allá se apostó por la libertad y la democracia y por la separación de los poderes y empezó la generación de riqueza. Aquí las monarquías absolutas impidieron la separación de poderes y prevalecieron la pobreza y el atraso. ¿Así o más, reinita? Cópiame si quieres, sin darme el crédito —se acercó más con la intención de besarla, pero ella se retiró, juguetona, como si su orgullo hubiera sido ofendido.

Ante su silencio, solo continuó una cuadra más, como él decía:

—Estados Unidos nació como un Estado laico con un claro principio: la separación de Iglesia-Estado, mientras que en México el clero católico financió guerras devastadoras para evitar la separación de la Iglesia del Estado. Allá no costó sangre la laicidad. Allá siempre se buscó el imperio de la ley y existió un eficiente Estado de Derecho, aquí nunca se aplicó la ley, porque la voz del rey era la sentencia final. Allá hay más igualdad económica y menos posibilidad de golpes de Estado, aquí la desigualdad económica provoca revoluciones y atraso y se atenta contra la democracia.

—Basta —gritó Roberta tapándole la boca a Martinillo—. No puedo más contigo, me rindo, tú ganas, pero cállate ya. Todas las esposas se quejan de que sus maridos no hablan, pero yo ya no sé por dónde apagarte, ojala tuvieras un botón en la frente que dijera *off*.

El supuesto galán herido, ahora convertido en garañón, la volvió a montar sujetándola de las manos y besándole los labios, mordiéndoselos con delicadeza para demostrarle otra posibilidad de mantenerlo callado. Los viejos lamentos, los suspiros, los sudores fueron testigos, cuando caía la noche, de otro arrebato, no necesariamente filosófico ni político ni histórico. Pronto cayeron desmayados el uno al lado de la otra y se perdieron, abrazados, en un sueño breve, pero reparador.

Cuando Roberta despertó lo encontró garrapateando ideas en su cuaderno conocido como "Cajón de Sastre", en donde había hilo de varios colores, almohadillas para los alfileres, tijeras, botones de diversos tamaños, tizas blancas para marcar la ruta de las costuras, dedales, cierres, telas y agujas, entre otros materiales de costura periodística. Martinillo había llevado a cabo un inventario de errores, equivocaciones, atropellos, berrinches, caprichos, derrapadas, decisiones incomprensibles y prepotentes, ultrajes y despojos impropios de un jefe de Estado decidido supuestamente a construir el mejor futuro para su país. Por supuesto que sus textos, auténticos balazos, guiones, ideas sueltas y peregrinas redactadas a vuelapluma, incluían también propuestas y conclusiones personales producto de su larga experiencia periodística:

> *Como toda riqueza es mal habida, la Cuarta Transformación parece estar destinada a destruirla junto con las instituciones republicanas, la libertad y la democracia, para proyectar a la nación a una devastadora involución de imprevisibles consecuencias. Nadie puede ganar más que el presidente ni sus conocimientos deben medirse en términos de bienestar material. Si los famosos cerebritos no trabajan desinteresadamente a favor de la patria que se larguen.* ←
>
> Fundarlo para que no parezca una exageración.
>
> *¡Fuera ProMéxico, la promoción turística de México en el extranjero, aunque haya atraído dólares, euros, libras esterlinas, francos suizos, yuanes, yenes y rublos: 192 mil millones de dólares en el sexenio anterior que infectarán aún más a una sociedad necesitada de una purificación material!* ←————— Agarren vivo a AMLO.

Cancelar el aeropuerto empobrece, perjudica a las PyMES, a las Afores, a las líneas aéreas, a los obreros, a los trabajadores, a las empresas proveedoras y constructoras de dicha central, a los tenedores de bonos, a los hoteleros, a los restauranteros, a las compañías de transporte, a los bancos, a los comercios, a los cines y centros de espectáculos, a la recaudación fiscal, deprime el crecimiento económico y atenta en contra de la captación de divisas. ←——— ¿Por qué no darle a México un tiro en la sien?

> @Martinillo 🐦
> Que alguien le explique al presidente Lugo Olea que no tiene ninguna opción financiera más que continuar con el NAICM, de otra suerte los "pirrurris" de Wall Street le van a sacar las tripas a México con miles y miles de millones de dólares de castigos por incumplimiento.

Volver a publicar este tuit. Por lo visto, prefieren destruir el crédito público de México antes que decepcionar a los chairos.

Ningún presidente tiene derecho a enterrar doscientos mil millones de pesos invertidos en el NAICM ni acabar con una fuente de prosperidad para las futuras generaciones de mexicanos. ¿Nadie del gabinete tiene los huevos para enfrentarse a un tirano destructor de la economía nacional que nos apuñala por la espalda? ¿Nadie renuncia? ←——— Disculparme con las damas por lo de los huevos.

AMLO habrá enloquecido al pagarles dos mil millones de dólares a los gringos tenedores extranjeros de bonos para un aeropuerto que no se construirá, cuando en el país existen cuarenta y dos por ciento de escuelas públicas primarias sin baños ni servicios higiénicos elementales.

Buscar el momento adecuado para este tuit.

> @Martinillo 🐦
> Cárdenas, el maestro de AMLO, expropió los ferrocarriles mexicanos y acabó a la larga con la conectividad terrestre. AMLO, su alumno, dañará la conectividad aérea al cancelar el NAICM y sus 100 millones de pasajeros y sus millones de toneladas de carga. Un golpe artero a la economía mexicana.

El gobierno debe copiar las técnicas de crecimiento de Japón, Corea del Sur, China, la Unión Europa y del "Grupo de los 20" y aprender de Cuba, Venezuela, Nicaragua y Corea del Norte lo que NO debemos hacer. Copiemos las fórmulas del éxito y no las del fracaso. ¿Es muy difícil imitar lo bueno? ← ¡Carajo con estos bueyes!

AMLO actúa como si fuera un agente secreto enviado por una potencia extranjera para destruir a nuestro país. Se presenta como un político de buena voluntad dispuesto rescatar a los marginados de la miseria y del hambre, pero sus decisiones suicidas provocan lo contrario en la práctica: en este diciembre en curso, cientos de miles de mexicanos perdieron sus empleos. Chávez y Maduro tumbién regalaban dinero a manos llenas. ← Estos pendejos buscan el daño por el daño.

Meter este tuit a huevo, Jaaaa.

> @Martinillo I
> En estos días se inauguró en Turquía el aeropuerto más grande del mundo. Podrá recibir a 90 millones de pasajeros y a 200 millones en su etapa final. Generará 225 mil empleos y casi 5% del PIB. Son nuestra competencia directa en turismo y están dos lugares abajo en el ranking de visitas.

AMLO, un "cruzado" o un "iluminado" o en todo caso un Quijote, o un loco dispuesto a pelear a muerte con las aspas de un molino llamado los mercados internacionales ya le ocasionó a México una pérdida global de noventa mil millones de dólares desde su elección el 1 de julio. ¿A eso se llama construir acuerdos para no fallar?

La prensa financiera internacional anunció una fuga de capitales de veinte mil millones de dólares, la pérdida de 17,000 mil millones de dólares en un solo día por el remate en Wall Street de las acciones emitidas por empresas mexicanas y la caída de la cotización de las Afores por 136,000 mil millones de pesos, más los 80 mil millones de pesos a cargo de Pemex adicionales de intereses por el mal manejo de su deuda. ¿A eso se llama no fallar? Por supuesto que ya falló y falló con cifras multibillonarias. Los daños están a la vista, pero nada parece detenerlo en su lucha consciente o inconsciente en contra de México. Tan solo el nombramiento del nuevo director de Pemex, un ingeniero agrónomo, provocó la fuga de otros diez mil millones de pesos.

No olvidar que el *Financial Times* publicó que la cancelación del NAICM era "la peor estupidez de un presidente", ni que Bolsonaro está invitando a inversionistas a Brasil, mientras se alejan de México.

El congreso mexicano convertido en manicomio pretendió acabar con las comisiones bancarias, expropiar las Afores, disponer de las reservas del Banco de México, cancelar las concesiones mineras, declarar la desaparición de poderes en algunos estados no adictos a Lugo, además de sugerir la remoción de los ministros de la Suprema Corte, pruebas irrefutables de vesania generalizada de la nueva administración mexicana. ← — Que estos bárbaros busquen en el tumbaburros la traducción de "vesania".

> @Martinillo I
> Soy chairo y me vale madres el dinero. Yo fusilaba a los riquillos en el zócalo, unos cabrones por tenernos como nos tienen, por habernos robado el patrimonio de México. Cuando acabemos con ellos todos seremos iguales y felices.

Este tuit es obligatorio para demostrar la mentalidad chaira. ¿Mi vida es un apostolado o soy un apóstol pendejo?

Lugo Olea recortó el presupuesto a la agricultura a pesar de haber exportado 32 mil millones de dólares en 2018, le quitó mil millones a la cultura, castigó la Reforma Petrolera al diferir irresponsablemente sus rondas, castigó a la industria petrolera al prohibir la técnica del fracking para extraer el crudo y gas, avalada Mario Molina, nuestro ilustre Premio Nobel de Química, cuando Estados Unidos, ya se convirtió en el principal proveedor de combustible del mundo gracias precisamente al fracking, pero eso sí, en lugar de reducir su presupuesto de publicidad, en realidad su autopromoción, según lo prometido en campaña, decidió gastar en ello miles de millones de pesos, una salvajada, por decir lo menos.

Derogar la reforma educativa en un país de reprobados, atentar en contra de la niñez mexicana es el peor de los crímenes que se pueden cometer en contra de la nación. Espero que la minoría en el congreso se una para no aprobar el regreso de México a las cavernas...

El presupuesto para el 2019 es neoliberal y anti neoliberal, liberal y antiliberal, estatista y anti estatista, clientelar y asistencialista o a la inversa, conservador y anti progresista, esquivo e indefinido, confuso y carente de posibilidades de alcanzar el 4% de crecimiento prometido. No alcanzará ni el 3, ni el 2 y si acaso, tal vez, un 1%, porque los inversionistas se encuentran a la expectativa ante un jefe de Estado indefinido que genera incertidumbre en los mercados o sea, miedo, el peor consejero de un capitalista.

AMLO no es capaz de razonar ni de aceptar los cambios requeridos para edificar una economía moderna, con las leyes financieras y políticas propias del siglo XXI. AMLO declaró que ahorraría 500 mil millones de pesos de la corrupción. ¡Falso! Declaró que no endeudaría al país y otra vez: ¡falso!, lo va a endeudar en 2019 en más de 500 mil millones de pesos.

¿No estamos ante el súmmum del populismo más irritante cuando AMLO devuelve 15,000 pesos de sus ingresos y, por el otro lado entierra casi 10,000 millones de dólares (200 mil millones de pesos) en el aeropuerto de la Ciudad de México? ← *Es otro insulto a la inteligencia nacional.*

Para AMLO, cada pobre es un voto que compra con el presupuesto público. Martinillo. ← *¿Cómo explicarle esa estrategia a los chairos?*

Declaro oficialmente la muerte de la Cuarta Transformación al ser un proyecto amorfo, de extracción populista, un aborto neoliberal que no generará riqueza ni se verán colmadas y satisfechas las esperanzas de la nación. No es un "más de lo mismo", sino un "más de lo peor", desde que lucra perversamente con nuestros resentimientos históricos, propone la división y no la unión entre todos nosotros, lo cual constituye un nuevo estereotipo de traición a la patria.

Los 35 millones de mexicanos que huyeron de México en su inmensa mayoría en condiciones deplorables de pobreza, sí superaron con creces los niveles de bienestar de los que carecían en México. El error está en nuestro sistema productivo y tributario. ¿Por qué en EU sí son exitosos y en México no, si son las mismas personas? ¿Por qué no cambiarlo, AMLO? ← *Propuesta para tuit.*

291

El tren maya, un trenecito de juguete, no rescatará de la pobreza a nuestros compatriotas del sureste, al igual que el "Chepe" no reportó el bienestar esperado a los tarahumaras. Mejor invertir miles de millones de pesos en hoteles y carreteras para descubrir el mundo maya junto con Guatemala, y recibir en un proyecto binacional, a millones de turistas, crear empleos fijos y fuentes de riqueza.

Recordemos el estado inexistente de los ferrocarriles mexicanos "operados" por el gobierno: ¡horror!

Que no se me olvide insertar estos párrafos traducidos al inglés para mi siguiente columna en la revista "Los Angeles Tribune":

AMLO ha atacado y descalificado al Poder Judicial y desestabilizado y hasta desmantelado irresponsablemente a las instituciones de la República con claros objetivos autocráticos; ha polarizado a la sociedad mexicana y la ha enfrentado entre sí y contra los poderes de la Unión sin detenerse a considerar que quien incendia una pradera puede perder el control del fuego por la veleidad del viento y provocar una devastación que destruiría el gran sueño mexicano. AMLO ha espantado a los inversionistas extranjeros que prefieren radicar sus inversiones en lugares seguros y estables, en donde puedan florecer sus capitales, en tanto los emprendedores nacionales y foráneos huyen y se aprestan a sacar del país sus recursos, alarmados por la arbitrariedad de sus decisiones, es decir, ha hecho huir el bienestar de México. ¿Es o no un enemigo de la patria quien impide por la vía de los hechos, no de las palabras, el progreso de la nación? Los burócratas creativos y entusiastas de alto nivel, quienes desahogan las complejidades y facilitan el flujo de los asuntos públicos, renuncian a sus cargos en el gobierno en busca de un ingreso digno de acuerdo a sus calificaciones políticas y académicas. Solo nos espera una desesperante lentitud en el despacho de los asuntos oficiales, además de una exasperante corrupción cuando los empleados públicos comprueben la imposibilidad de financiar sus presupuestos personales con sueldos insuficientes. ¿Cómo entender que la principal bandera de Lugo durante su exitosa campaña presidencia fue la de erradicar la corrupción y comienza por bajar los sueldos a quienes luchan también en contra de ella en el Sistema Nacional Anticorrupción?

292

Solo que muy pocos han visto la llegada de un torpedo noctur- no dirigido a la sala de máquinas del gran barco, un acorazado lla- mado México. Me refiero al Instituto de Formación Política, un poderoso aparato de propaganda de Estado como lo hicieron con pavoroso éxito Stalin, Hitler y Mussolini, cuyos líderes siniestros irán de casa en casa, cabeza por cabeza, por el país, a convencer al "pueblo sabio" de las supuestas ventajas del marxismo y sus ideas fracasadas con las que se piensa hundir y echar al fondo a la nación, como si no fuera posible comparar lo que acontece en Cuba y en Ve- nezuela y lo que existió durante los aciagos años de la hoy afortuna- damente extinta Unión Soviética, de patético recuerdo.

Se trata de convencer al pueblo inculto, indefenso y empobre- cido, desgraciadamente la inmensa mayoría de la población, otra terrible herencia del tricolor, de las supuestas ventajas del sistema marxista- leninista que se derrumbó junto con el Muro de Berlín y la Cortina de Hierro a finales del siglo pasado, seducción tan catastrófica como anacrónica, que se consolidará al comprar con dinero pagado por los contribuyentes la buena voluntad electoral de madres solteras, ninis, desempleados y discapacitados, entre otros. El proyecto político encubierto consiste en la instalación progresiva de una dictadura castrista o chavista que penetraría lentamente en la sociedad mexicana como una devastadora humedad en las paredes de una casa, hasta que ésta se caiga erosionada en sus cimientos. ¿Cuándo despertará la sociedad anestesiada o acobardada o indo- lente de su sueño narcotizado o resignado en el que participan "cama- radas y compañeros", agentes encubiertos dedicados profesionalmente a la destrucción de la patria? ¿Qué esperamos los mexicanos para declararnos en rebeldía tributaria, es decir, en promover un paro de contribuyentes para que nuestros impuestos no se utilicen para des- truir lo que nosotros hemos construido con tantos esfuerzos de tantas generaciones a lo largo de la historia?

Ahí se distingue de nueva cuenta la presencia de este enmas- carado que vende ilusiones y roba esperanzas. Pobre de México si se permite la proliferación de gérmenes comunistas en pleno siglo XXI en lugar de rociarlos con el más poderoso de los antibióticos existentes en los más avanzados laboratorios químicos. Quien no lo vea es que

293

no lo quiere ver: *AMLO* viene a acabar con los mejor de México o, mejor dicho, con México. ¿Donald Trump se va a quedar con los brazos cruzados al comprobar lo que de nueva cuenta acontece con su pintoresco vecino del sur? Al peleador callejero que habita en la Casa Blanca no le va a parecer que seis millones de estadounidenses vayan perdiendo sus empleos según avance otra crisis económica en México, se debilite nuestra capacidad de compra y nos resulte difícil y luego imposible continuar importando productos norteamericanos.

Pero como todo lo anterior no es suficiente, uno de los sueños dorados del mexicano consiste en construir un Estado de Derecho que el tal Lugo diferirá indefinidamente, puesto que la piedra angular de ese magnífico edificio, su primer tabique, sería el nombramiento de un fiscal autónomo, independiente, que tuviera facultades para denunciar y encarcelar al presidente de la República y al más humilde servidor público por la comisión de algún delito, tal y como acontece en diversos países civilizados. En México el 98% de los delitos ni se persiguen ni se castigan en un ambiente de absoluta impunidad y total anarquía. ¿*AMLO* compondrá esta amenazadora situación? Claro que no: él llegó para complicarla sin atender, en ningún caso, a la sociedad que reclama justicia, justicia, justicia...

AMLO, constituido en intérprete de la voluntad divina, pretende moralizar a la sociedad, purificarla, no por medio de la ley, sino a través de una Constitución moral que incluiría lecciones para descubrir la felicidad practicando el ejercicio del bien que nos traerá la recompensa eterna en el paraíso. (Una supina pendejada.)

El presunto gran estadista propone para empezar a resolver el patológico cáncer de la corrupción, que devora al país como una metástasis incontrolable, la promulgación de una Constitución Moral: un oxímoron, una contradicción en sí misma. Y, para lograrlo, convocará a un congreso constituyente integrado por sacerdotes frustrados, teólogos analfabetos, hombres y mujeres que sienten perdida la gracia de Dios y buscan el perdón antes de enfrentarse al Juicio Final, en realidad un lugar en el paraíso, el eterno perdón ante faltas cometidas en su carácter de humildes mortales, en lugar de poner las primeras piedras de un auténtico Estado de Derecho. A *AMLO*, el Salvador, el Mesías, no le avergüenza haber redactado el artículo *primero de dicha Constitución, no solo no le apena, sino lo grita, lo presume ante cualquier foro público en el que se presenta:*

"Todos los habitantes de la República deben ser felices, éticos y honrados por el simple hecho de haber nacido en territorio nacional.

"Con tan solo contar con una membresía de Morea se activará un proceso de purificación y beatificación que impedirá la aceptación o tan solo la invitación a recibir o a proponer sobornos. Al recibir su credencial, cada integrante recibirá una intensa luz blanca que lo seguirá ad aeternum, con la cual evitará caer en cualquier tentación.

"Amarás a tus padres, serás honrado, pero sin sanciones, en tanto el incumplimiento no acarreará sanciones, salvo las que pueda imponer la Divinidad en su debido momento. El desacato de sus normas no generará consecuencias de naturaleza alguna, salvo las aflicciones propias del pecado."

Quien no crea en la validez de este sacratísimo código estará negando la posibilidad de cambiar al país por medio del amor y de la paz dentro de un fraternal esquema de superación extraído de la más pura mexicanidad.

En una ocasión, cuando al amanecer, muy frío, por cierto, Martinillo disfrutaba una larga carrera en el Bosque de Chapultepec, a escasos días de la entrada del invierno del 2018, no existía una sola nube en el firmamento y la luz del nuevo día era deslumbrante, de pronto, en pleno movimiento, se detuvo al llegar a una conclusión, producto de la intensa actividad intelectual a que había estado sometido a partir de las elecciones del 1 de julio. Se encorvó, colocó sus manos sobre sus rodillas para recuperar la respiración y ordenar sus pensamientos. A continuación se sentó en una banca a un lado del camino para reflexionar en torno a una decisión que cambiaría su existencia y, por supuesto, la de Roberta. Cayó en cuenta repentinamente del número creciente de desilusionados de Morea que, en silencio y total discreción, no estaban dispuestos a seguir apoyando a AMLO y sus posturas anacrónicas y equivocadas, pero que tampoco estaban dispuestos a unirse como militantes de ningún otro partido político. Miles de personas se convertían gradualmente en huérfanos políticos y nadie estaba capitalizando la gigantesca deserción de aquel frustrante movimiento. Fue entonces cuando, harto de promover candidaturas ajenas, las de amigos cercanos o simples conocidos a quienes les acreditaba agallas, conocimientos, estructura ética y vocación política, pero que en ningún caso habían producido resultados favorables, resolvió empezar a construir un sólido bloque opositor para enfrentarlo a las políticas caducas, torpes y anacrónicas, y ser él mismo quien organizara un frente opositor lo más pronto posible para estructurar contrapesos ante el cuasi monopolio político ejercido por el gobierno de Lugo Olea para que en las elecciones intermedias del 2021 ese movimiento siniestro perdiera el control del Congreso y se lograra la revocación del mandato, o sea, la destitución de Lugo en el mismo 2021, de acuerdo al artículo 35 de la Constitución, si es que no lo habían reformado antes, algo parecido al *impeachment* yanqui. Un enemigo casi invencible, bien lo sabía él, consistía en las cataratas de dinero disfrazadas de asistencialismo, entregadas a la gente de escasos recursos, cuando en realidad se trataba de clientelismo, una vulgar compra camuflada de votos a futuro para eternizar a Morea en el poder, tal y como la izquierda se había apoderado de la Ciudad de México con ayudas económicas para garantizarse la "lealtad" del pueblo en las urnas. ¿De dónde sacar el dinero para comprar el voto a precios superiores a los de AMLO, cuando este se había apoderado del erario federal? ¿Qué futura administración se iba a atrever a cancelar estas prebendas, entendidas como derechos políticos adquiridos? Dinero no tenía Martinillo, por supuesto que no, ¿cómo?, pero verbo sí. ¿Qué tendría un mayor peso para inclinar la balanza electoral a su favor? ¿El dinero o la palabra? Ya veríamos… Por supuesto que estaba condenado a perder. Le resultaba imposible imaginar siquiera la suerte de México si AMLO fracasaba en su gobierno, como todo parecía indicarlo. ¿Qué sucedería si las más caras esperanzas se convertían en astillas? ¿En quién creer, con qué crédito? ¿Quién lo tenía? ¡Manos a la obra…! ¿Cómo explicarle al pueblo sabio que el erario está quebrado y se acabaron los subsidios y los regalitos? ¿Quién lo entendería?

Lo primero era pensar en los pasos previos: ¿postularse a diputado, a algún cargo de elección popular? ¿Qué diría Roberta? ¿Sus colegas y amigos? ¿Cuántas eran sus posibilidades de ganar, sobre todo si lo apoyaba el Cuarto Poder? ¿Era una locura? Solo con el tiempo podría saberlo. Juárez había salido solo de su arresto en Palacio Nacional y tres años después había ganado la Guerra de Reforma, entablada contra el más poderoso enemigo que había tenido México a lo largo de su dolorida historia: el todopoderoso clero católico. Por lo pronto había llegado el momento de actuar, de cambiar de estrategia, de dar un rudo golpe de timón, en la inteligencia de que sus columnas, debates y conferencias, los escenarios en los que participaba y las herramientas con las que contaba resultaban inútiles para alcanzar sus objetivos. A la voz de "los grandes retos son para los grandes hombres", se incorporó e inició una meteórica carrera que lo conduciría al mundo podrido e ineficiente de la política. Necesitaría trabar alianzas, llevar a cabo negociaciones con empresarios para hacerse de fondos, con la prensa para difundir las nuevas ideas, con diputados, senadores y presidentes municipales, con la sociedad, en lo general, para armar un movimiento liberal que, con el paso del tiempo sería un partido político, a través del cual se podría revertir de inmediato en el próximo Congreso, la legislación retardataria e involucionista de Lugo, y hacerlo lo más rápido posible, antes de que los profundos daños y la decepción generalizada agotaran la paciencia ciudadana y se desbordara la impaciencia social. Resultaba inaplazable llevar a cabo los amarres políticos para lograrlo en el menor tiempo posible. Recordó entonces la declaración hecha por un joven torero a su madre cuando, al cumplir escasamente dieciséis años, resolvió conquistar la gloria en las plazas: O te compro una casa o vestirás luto por mí. Esas fueron las palabras que escuchó aquella mujer de su hijo menor, determinado a todo con tal de triunfar, y claro que no solo le compró una casa, sino un castillo.

Este mundo es de los audaces, se dijo sonriente al alcanzar a tres bellas mujeres que corrían gozosas en el parque, radiante por el rocío matutino, mientras sus cabellos, recogidos en breves colas de caballo, se agitaban juguetones. Corría feliz a su lado, disfrutando sus formas y su belleza. Sin duda las mujeres son el máximo tesoro de la creación. ¿Creación? ¿Entonces las había creado Dios, una inteligencia superior a la humana? Bueno, bien, lo que fuera, en realidad lo único que contaba era su feliz existencia. La vida es hermosa. La exprimiré hasta disfrutar la última gota de sus esencias…

Pero no todo era ilusión, esperanza, sonrisas y bellezas en la vida. En aquellos días de posadas, de ponche, fiesta, cánticos y desveladas, confeti, cañas de azúcar, peladillas, turrones, orejones y dátiles, pavo y bacalao, además de vinos y licores, Juan, Juanito, tuvo un enfrentamiento definitivo con Yanira, ya que ella seguía negándose a aceptar la realidad y la rechazaba con gran ligereza y hasta cinismo. Resultaba imposible evadir la temática política, y ambos parecían hablar con una pared. Se encontraban trenzados en discusiones interminables, sin conclusiones ni pausas ni descansos ni disculpas ni condescendencia para ninguna de las partes. Se imponía la intransigencia sin cuartel ni piedad. Día con día sus conversaciones se volvían más ríspidas y agrias.

Por supuesto, las relaciones amorosas se habían espaciado casi hasta su extinción total. El abogado ya no llevaba flores ni compraba una botella de mezcal para destaparla al llegar a casa y beberla, chupito tras chupito, de boca a boca, en besos llenos de fuego. Los malos humores de ambos dominaban la convivencia diaria. Las caricias habían desaparecido. La seriedad se había apoderado de la relación. En muchas ocasiones, Juan hacía tiempo en la oficina, se detenía en un bar cercano o se metía en un cine para ver una película y esperar a que Yanira se durmiera, con la idea de salir temprano al día siguiente, antes de que ella despertara. La ruta de colisión estaba clara. Solo faltaba la coyuntura, deseable o indeseable, según fuera el caso, para que la relación estallara y se convirtiera brutalmente en astillas.

Una noche, de regreso de una posada celebrada en la universidad, se encontró a Yanira despierta, sentada en la sala, leyendo un libro, como si lo hubiera estado esperando; al menos esa había sido su percepción. En las últimas semanas todo había parecido indicar que su mujer se había acostado antes de tiempo e, inclusive, que había ingerido soporíferos para dormir más allá de las horas acostumbradas.

Después de saludarla sin besarla, con un breve "¿qué tal?", pensó en dirigirse a su habitación, colocarse los audífonos y huir de este mundo con su música favorita.

¿No crees que ya es hora de hablar sin andarnos escondiendo? —abrió fuego la mujer en su estilo radical.

Juan, sorprendido y decidido a rehuir cualquier enfrentamiento, por lo menos en esas fechas, no tuvo más remedio que enfrentarla, aceptar el desafío y echarse la carabina al hombro.

—Tú dirás —adujo lacónicamente, sentándose en el otro extremo del sillón que antes les gustaba compartir.

—¿Crees que es posible —respondió ella— que destruyamos nuestra relación por diferencias políticas?

—No es, de ninguna manera, por diferencias políticas; es porque no te informas y rechazas cualquier argumento contrario a tus sentimientos, que no a tus razones, porque careces de ellas. Date cuenta de que respondes con el hígado y no con la cabeza, con furiosas agresiones y no con argumentos, y así es muy complicado discutir, y más, llegar a una conclusión. No aprendo nada de ti —afirmó sin cortapisas, lanzando un golpe directo a cabeza.

—La verdad —repuso ella quitándose sus gruesos lentes y dejando el libro a un lado— es que no se puede hablar contigo porque quieres tener la razón a como dé lugar, y de esa manera, claro está, nunca llegaremos a ningún lado.

—Ya empezamos…

—¿Con qué…?

—Ya nos estamos peleando por las formas, sin discutir el fondo de los asuntos, ¿te queda claro? Analicemos los temas y discutamos nuestras razones sin insultarnos y sin agredirnos, ¿podremos? ¿Va?

—Va… —aceptó la socióloga, encendiendo un cigarro.

—No entiendo por qué votaste por Lugo Olea cuando sabías que, a pesar de que somos un país de reprobados, derogaría la reforma educativa.

—Tú eres un traidor porque sigues siendo su asesor aun cuando ya discrepas de sus decisiones políticas, pero ahí estás a lo que se ofrezca, ¿verdad?

—¡Vuelta la burra al trigo! No estamos hablando de mis relaciones con el presidente, sino de ¿por qué votaste por él, si no te parecía la derogación de la reforma educativa? Defiéndete con datos y no atacándome cuando te sientes contra la pared.

—La reforma educativa de Pasos Narro es un fracaso y AMLO hace bien en derogarla.

—¿Por qué es un fracaso?

—Porque no consultó con los maestros… —espetó ella.

—Claro que consultó con casi cien mil maestros y claro, también, que participaron muchos expertos en educación. Lugo solo quiso destruirla para enterrar la imagen de Pasos, lo mismo que hizo con el aeropuerto, con la reforma petrolera y con todo lo que huela a la anterior administración, aunque a México se lo lleve el carajo. ¿Verdad que te quedas calladita cuando te digo que AMLO se amafió con la

Coordinadora, esos criminales disfrazados de maestros que han tenido a más de tres millones de niños sin escuela en los estados más pobres del país? A ver, ¿cómo defiendes el hecho de que el troglodita de Lugo haya recortado en sesenta por ciento los recursos a las Normales, las escuelas de maestros, caray, y haya condenado a su desaparición al Instituto de Evaluación de Profesores, que ya no se ganarán la plaza por oposición transparente, sino por favores políticos? Pobres de nuestros maestros y de nuestros niños.

—¡Ay, ya deja de hacerle al pitoniso y ve cómo la reforma petrolera era otra manera de regalarles nuestro petróleo a los gringos y coronar así treinta y cinco años de neoliberalismo corrupto, prianista ratero y apátrida! Los asquerosos tricolores entregaron bancos, petróleo y energía, además de que esclavizaron a los mexicanos con salarios para muertos de hambre. Gracias a esos cabrones nos convertimos en exportadores de pobres a Estados Unidos, y ¿todavía criticas la postura nacionalista de AMLO, que solo quiere librarnos de esa mafia saqueadora? Eres el colmo...

—Hace apenas unos meses eras tú quien criticabas a AMLO por traicionar a la izquierda, y ahora lo defiendes. ¿Quién te entiende?

—Y hace apenas unos meses tú lo defendías y ahora lo atacas. Y lo que es peor: ¡sigues trabajando para él! —acusó, dándole una larga calada al cigarro y expulsando el humo hacia donde se encontraba su pareja. Bien sabía lo mucho que le molestaba.

—Te lo he dicho hasta el cansancio: estoy convencido de que la guerra hay que darla desde adentro —contestó, alejando el pestilente tufo con rápidos movimientos de su mano—. No estoy de acuerdo con muchas de las decisiones del presidente y, sin embargo, puedo influir más a su lado que si me pongo abiertamente en su contra. Pero regresando al tema, chiquita, donde hay un burócrata hay un problema, y donde hay un millón de burócratas, hay un millón de problemas y de desfalcos y de corrupción; nada más piensa en los huachicoleros y en la quiebra de Pemex. Al César lo que es del César y a Dios lo que es de Dios. El gobierno debe dedicarse a cuidar y a expandir la riqueza pública, y el sector privado, a generarla. Cuando Echeverría desconoció este principio y creó cientos de empresas paraestatales, el erario se secó y México quebró, de modo que aprendamos de la historia. ¿Para qué repetirla? Los chairos como tú no han leído un libro y no saben a dónde conducen las decisiones del presidente, yo sí que lo sé…

—Acúsame de chaira, pero jamás de no leer. ¡Me la paso leyendo, lo sabes! —se defendió Yanira, pero Juanito continuó su discursó, ignorándola:

—Si somos exportadores de pobres, entiéndelo, es en buena parte porque Lázaro Cárdenas, ese gran pendejo al que tú admiras, quebró el campo mexicano a través de los ejidos, nacionalizó casi treinta millones de hectáreas, gracias a lo cual huyeron de nuestro país diez millones de campesinos en veinte años. Nuestro campo se vació, se desfondó, no te confundas. La actual reforma petrolera le iba a dejar a México, al paso del tiempo, doscientos mil millones de dólares que ya no veremos. Nos picamos ambos ojos. Vivimos en el país de lo irreversible, e irreversiblemente nos va a llevar el carajo.

—Cuentos, solo cuentos —respondió la mujer cruzándose de brazos.

—Sobre la base de que todo es cuento, se acabaron los argumentos, como también debe ser cuento que cuando Lugo acabe la construcción de sus refinerías, los automóviles serán eléctricos.

—Pareces brujo porque puedes adivinar el futuro —exclamó ella, indefensa.

—Simplemente analizo lo que está pasando y no olvido la historia. Si por lo menos supieras que cada cien dólares de venta en las refinerías gringas dejan cinco dólares de utilidad y para echarla a andar necesitas contratar mil personas, en tanto que operar un aeropuerto como el de Los Ángeles te deja una utilidad del cuarenta por ciento y requieres cincuenta mil puestos de trabajo… ¿verdad que hay decisiones que se deberían tomar solitas? ¿Pero qué sabe Lugo de negocios, si los odia y desprecia a los empresarios que, según él, solo vienen a estafar al pueblo?

—Mira, sabiondo, los coches y los aviones van a seguir funcionando con gasolina por muchísimos años más, y no vengas a asustarme con el petate del muerto. Dejaremos de importar gasolinas, como lo prometió AMLO, y ahorraremos mucho dinero.

—No entiendes que no entiendes. ¿Te parece congruente que tengamos que importar petróleo para echar a andar las gasolineras cuando las termine, si es que las termina? —preguntó el abogado subiendo el tono de voz, pero dando por agotado el tema—. ¿No te da coraje que haya traicionado a todos los que votaron por él, como tú y yo? ¿Y el fiscal a modo para que él y solo él pueda decidir quién va o no a la cárcel? ¿Y el Estado de Derecho se puede ir al carajo cuando más lo necesitamos? ¿Los chairos nunca se van a encabronar porque su campaña se fundó en acabar con la corrupción y todavía no presenta ni siquiera un plan para atacarla? ¿Cómo le va a hacer? No dice ni mu porque no sabe…

—Tus juicios son muy precipitados. Hay que darle tiempo al presidente. Tú mismo me lo dijiste cuando todavía creías en él —argumentó Yanira, volviendo a exhalar una humareda.

—¿Pero para qué más tiempo, si hoy mismo está incumpliendo muchas de sus promesas de campaña? —Juanito no podía creer que su mujer negara la evidencia. Enseguida se levantó, se acercó a ella y le arrancó el cigarro de la boca, para apagarlo en el primer cenicero que encontró—. ¡Ya deja de fumar, carajo!

—Antes eras como yo y luchabas conmigo en contra de la desigualdad y de la injusticia, y ahora resulta que te convertiste, a saber por qué, en un pirrurris, —adujo Yanira mientras encendía otro cigarro, retándolo.

—Yo voté por AMLO, cierto, pero me equivoqué, porque los jodidos van a acabar mucho más jodidos de lo que están ahora —respondió Juanito, recorriendo la pequeña sala, de la ventana hacia la puerta y de regreso.

—Pero sigues trabajando para él…

—¡Y dale con el mismo tema! Ya te expliqué desde dónde estoy luchando.

—O sea que tú si puedes cambiar de opinión y él no…

—Yo soy un simple ciudadano de a pie y mis equivocaciones las pago yo, en tanto sus regadas las paga el país completo, de modo que no me compares. Una cosa es que un ciudadano no pague sus impuestos y otra, muy distinta, es que el presidente no muestre de qué ha vivido en los últimos veinte años. Ahora sucede que AMLO quiere parecerse a Jesús, quien reducía su patrimonio a una humilde túnica y a unas sandalias. ¡Menudo embuste! ¿Ves por qué me decepcioné? Él, que supuestamente lucha en contra de la corrupción, ya es un corrupto al evadir al fisco. No se vale. Debe predicar con el ejemplo. La ley y la gente le importan un carajo. No ha pagado impuestos y, por lo visto, nunca los pagará…

—Algún defecto tenía que tener —repuso ella sin dejarse intimidar—. Y ya siéntate, que me pones nerviosa.

—¿Ves cómo es difícil hablar contigo? Para ti nada tiene importancia, eres capaz, como la mayoría de los chairos, de disculpar lo que sea si se trata de él, porque lo han convertido en un mito religioso o cuasi religioso, en un ser infalible, en un santo, y quien critique sus divinas palabras, se estará jugando el físico.

—Tú y tus exageraciones. AMLO no tiene nada que ver con ninguna santidad, está hecho de carne y hueso, como tú y yo.

—Un santo es una figura intocable a la que todo se le perdona, se le permite y se le disculpa. Quien lo critique puede salir lastimado.

—Lugo está ayudando a mucha gente dándole becas y dinero. Esa gente sepultada en el hambre, que no tiene ni para comer ni estudiar ni emplearse ni transportarse, ahora va a poder hacerlo, y todo gracias a las políticas que tú criticas.

—Falso, falso, falso —saltó Juanito, agraviado—. Estoy de acuerdo con que les entreguen dinero a los ancianos y a los discapacitados, pero no a los estudiantes o a los ninis de manera incondicional, sin la mínima corresponsabilidad. Imagínate, te regalan tres mil seiscientos pesos si estás de vago y si trabajas te pagan como salario mínimo tres mil cien pesos: pues mejor no trabajo. ¿Te das cuenta de cómo premian la flojera?

—Estoy de acuerdo con AMLO, hay que ayudarlos sin condiciones, con absoluto desinterés.

—Estás equivocada. Antes se les daba la lana siempre y cuando fueran a la escuela, sacaran buenas calificaciones y la SEP confirmara su asistencia, o trabajaran o se vacunaran o asistieran a las pláticas semanales en torno a la educación o a la salud. Algo, caray, algo a cambio. No se debe ayudar sin condiciones, porque estaríamos hablando de clientelismo, no nos hagamos, el objetivo es la captación de votos en las elecciones intermedias del 2021 y en las del 2024. Morea pretende manipular la política electoral, en lugar de ir por el rescate de la gente y a eso, en este país, se le llama chingaderas —dijo, sentándose—. Por cierto, me siento porque quiero y no porque me lo hayas pedido.

—Haz lo que quieras.

—Eso hago.

—¿Por qué siempre has de encontrarle un doble sentido a las cosas? Te cuesta mucho trabajo entender la generosidad política sin ningún interés oculto. A fuerza, según tú, siempre existe alguna verdad inconfesable, y a eso se le llama perversión y mala fe.

—Perversión —contestó Juanito furioso— es haberle tratado de reducir el subsidio a las universidades públicas y al darse cuenta de la posibilidad de un movimiento estudiantil en su contra salieron con que había sido un error. Perversión es haber cancelado los comedores comunitarios, donde se alimentaban cientos de miles de personas; perversión es haber cancelado el apoyo a los jornaleros agrícolas y haber castigado financieramente al Conacyt, mientras AMLO se gastará millones de pesos en su autopromoción; perversión es militarizar al país —disparaba ráfagas de furia el joven abogado—. Perversión y maldad es pagarles a los putos gringos, a los tenedores de bonos verdes, casi cuarenta mil millones de pesos para construir un aeropuerto que no se va construir, una gigantesca fortuna enterrada por un capricho de AMLO. A ver quién le vuelve a prestar a México —adujo blandiendo el dedo en tono amenazador—. Perversión es devolver quince mil pinches pesos de su sueldo como presidente porque le parece indecoroso cobrarlos y por el otro lado, enterrar diez mil millones de dólares, doscientos mil millones de pesos en Texcoco, pensando que los mexicanos somos una punta de imbéciles y que no nos damos cuenta del daño al país. ¿A eso llamas tú una doble verdad? O, tal vez, tienes miedo a decepcionarte del monstruo y por eso huyes de la realidad hasta que te estrelles con ella.

—Doble verdad es que sigas trabajando en el gobierno después de todo lo que me estás diciendo. Juro que no te entiendo. Por lo menos dime que estás de acuerdo con la militarización del país para arreglar el problema de la inseguridad y poner en orden a los narcos —cuestionó Yanira en busca de al menos una satisfacción, mientras observaba cómo el humo que salía de su boca adquiría la forma de una nube apática.

—No se le puede encargar la seguridad a los militares sin someterlos al control civil, porque a la larga podrían desear ocuparse también del gobierno, tal y como le dieron un golpe de Estado al presidente Allende. ¡Cuidado cuando los militares deliberan! Además, mientras el kilo de heroína o de cocaína puesto en Estados Unidos cueste diez o quince o treinta veces más que en México, tarde o temprano perderemos la batalla contra el tráfico de enervantes. La violencia, sin inteligencia financiera, como la gringa, se apoderará cada vez más de los estados libres y democráticos recién constituidos en América Latina. Solo existe un camino, la legalización, no nos engañemos, solo que aquella no va a resolver el tema de la violencia generada por el narco, porque aun cuando se les acabe este negocio, bien pueden recurrir al secuestro y a la extorsión. Por esa razón se deben fortalecer las policías municipales y recurrir a la ingeniería financiera.

—En eso estoy de acuerdo, hay que legalizar la marihuana. Pero en general eres un catastrofista y un enemigo de la verdad, Juan.

—Aquí no hay más enemigo de la verdad que AMLO.

—Ahora resulta que también es mentiroso... —comentó Yanira, en su inconfundible tono de ironía.

—¿Ah, no? Mintió una y mil veces cuando declaró durante la campaña que ahorraría quinientos mil millones de pesos del combate a la corrupción. Mintió al decir que con esa montaña de dinero ayudaría a los pobres. Mintió cuando prometió regresar al ejército a los cuarteles. Mintió al asegurar que México ahorraría cien millones de dólares con la venta del avión presidencial, y no solo no ahorraremos, sino que nos costará setenta y seis millones de dólares. Mintió cuando nos dijo que ya no endeudaría más al país y para el 2019 endeudará a México en más de quinientos mil millones de pesos. Mintió y volvió a mentir al asegurar que nuestro país se sometería al principio de no intervención de los pueblos, cuando lo que pretende es afianzar las relaciones con países comunistas como Cuba, Venezuela y Nicaragua, a los que nunca ha criticado ni criticará porque quiere orientarnos a esas dictaduras marxistas. ¿No ves que es un mentiroso profesional, nadie le reclama nada y hace lo que se le da la gana?

—Estás sordo, ciego, y lo único que te hace falta es quedarte mudo para que en realidad ayudes al país —exclamó la mujer, verdaderamente harta del nuevo y desagradable desencuentro. ¿Cómo volver a dormir con él?—. Te desconozco: te has convertido en un fanático que no ve nada bueno ni rescatable en AMLO, y esa ceguera te convierte en un pendejo esférico. Por donde se te vea eres pendejo, ¿no te das cuenta? —dijo, alzando la voz y encendiendo un tercer cigarro a pesar de que el otro todavía estaba prendido.

Juanito se mordió la lengua. Imposible resistir una palabra más de esa estúpida. Así que arremetió:

—Y tú eres ignorante y enferma porque eres incapaz de entender la realidad. Te has convertido en la pinche borrega que va por la vida como la manada, derechito al matadero, manipulada por emociones, sin escuchar razones y sin siquiera querer entenderlas.

—¿Me harías el gran favor de irte a la chingada? —le gritó Yanira, aventando el cenicero hacia el techo.

—Nada me daría más gusto que complacerte —contestó Juan poniéndose de pie. Imposible continuar no ya la conversación, sino la relación misma.

Se dirigió a su habitación, sacó una maleta, arrojó algunos trapos: calcetines, calzoncillos, camisas, pantalones, un par de chamarras, un saco, su pasaporte, su tarjeta de débito, un estuche con sus audífonos, y se dirigió a la salida, advirtiendo que un amigo suyo vendría al día siguiente a recoger el resto de sus pertenencias.

—Espero no volver a verte nunca más —le dijo, ya desde la puerta.

—Es imposible, amor mío, resígnate, nos veremos en el infierno y por toda la eternidad. Ese será el castigo por haberte conocido —sentenció ella, exhalando varios anillos de humo que crecían y se elevaban hasta ir desapareciendo en el vacío.

Una noche, diez días antes de Navidad, el presidente Lugo, tras escasos quince días de la toma de posesión, contemplaba desde la ventana de su oficina la verbena popular en el Zócalo. Se dolía de los frentazos que ya había padecido durante su gestión. Si en sus fantasías políticas llegó a pensar que podría gobernar a México a su antojo, tal y como lo habían logrado Porfirio Díaz, Obregón y Calles, así como todos los presidentes integrantes de la Dictadura Perfecta, el breve tiempo de su estancia en Palacio Nacional le había demostrado lo contrario.

Claro que no había escuela para presidentes. Su velocidad para aprender de la experiencia diaria se traduciría en beneficios o en perjuicios para la nación. Su capital político podría acrecentarse o erosionarse en función de su capacidad de aprendizaje. ¡Cuánta diferencia existía entre las promesas de campaña vertidas ante las muchedumbres o ante los medios de comunicación masiva, con la realidad terca, muy terca y además irrefutable! ¡Cuánto tiempo tenía que pasar y cuántas adversidades y rechazos tendría todavía que sufrir, antes de perder la paciencia y tener que imponer su punto de vista por las buenas o por las malas! Su "me canso, ganso" o su "va porque va" eran de una elocuencia inconfundible que de una manera o de la otra adelantaba sus intenciones.

Si Jesús crucificado le había suplicado a su Padre aquello de perdónalos porque no saben lo que hacen, Antonio M. Lugo Olea sí que sabía lo que hacía, pero los mexicanos, los gobernados, por supuesto que no sabían lo que hacían y por esa razón era el encargado de cumplir esa misión divina y conducir al sagrado rebaño del Señor en dirección del destino designado por la divinidad. AMLO sabía mejor que nadie lo que le convenía a México, y por esa razón estaba decidido a ejecutar sus propios deseos y a pasar por encima de quien tuviera que pasar para alcanzar el bien común. Solo él sabía, por inspiración celestial, lo que era el bien común y cómo conquistarlo.

En esta ocasión, contemplaba cómo se iluminaba el cielo con los cohetes disparados desde el Zócalo, observaba los puestos ambulantes que vendían ponche, comida y dulces, y recordaba los cánticos para pedir posada que él disfrutaba con su madre y su familia en Tepetitán, su querida tierra —con cuánto apetito devoraría un tamal dulce con pasitas y un vaso caliente de atole—, cuando por su mente angustiada pasó el recuerdo de cómo la autoridad judicial le ordenó detener el desmonte de Dos Bocas, en donde él había decidido construir una refinería.

El trancazo había sido brutal. Cómo se atrevía, fuera quien fuera, a venir a contradecirlo en un proyecto de tanta trascendencia y lógica económica para la nación. Era claro que no sabían lo que hacían, y más clara aún, la sentencia de la Biblia: los conoceréis por sus frutos, y sus frutos, los frutos prometidos, no podían sino ser mágicos y maravillosos. A la larga, le quedaba bien claro, todo tendría que resolverse con un sonoro manotazo. ¿Acaso construir viviendas de lujo en el Campo Militar 1 no era una maravilla, siempre y cuando las utilidades se destinaran a financiar los gastos de la Guardia Nacional, aun cuando esto fuera un nuevo y colosal embuste? ¡Ah, pero no porque no…! A él sí lo conocerían, y muy pronto, por sus magníficos frutos. ¿Qué más daba que el desmonte de doscientas hectáreas de manglar para la nueva refinería se hubiera llevado a cabo sin autorización de impacto ambiental ni cambio de uso de suelo? ¿Por qué detener una construcción tan benéfica por unas estupideces naturales? ¿Y el Tren Maya? ¡El proyecto va porque va! Ahora resultaba que requería otro manifiesto de impacto ambiental, un plan de factibilidad económica, un proyecto ejecutivo (caray) para conocer los costos. Odiaba a los tecnócratas sabiondos, expertos en el "no", pero eso sí, incapaces de aportar soluciones.

Peros, peros, puros peros, así no se podía avanzar. Que me dejen hacer, decía en su interior, y le daré la vuelta al país como a un calcetín, pero si no me dejan lo tendré que hacer por la fuerza. La frustración no acababa ahí, porque la Suprema Corte de Justicia también había ordenado la suspensión de la entrada en vigor de la Ley Federal de Remuneraciones, al ser inconstitucional. El Poder Judicial no reduciría sus sueldos de acuerdo a sus deseos. ¡No!, ¿está claro? ¡No! En ese momento llegó a su mente una idea propia de sus recurrentes alucinaciones: ¿Y si manipulara al mismo grupo de seguidores que ya habían pensado en bloquear el edificio de la Corte y los animara, a través de interpósitas personas, a entrar en el inmueble para sacar a patadas a los endiablados ministros con todo y sus togas de pirrurris, algo parecido al evento ocurrido en 1966, cuando el rector Ignacio Chávez, una vez cubierto de plumas adheridas a su cuerpo con un pegamento, fue expulsado a empujones de la rectoría de la UNAM por estudiantes de Derecho, solo por haber impuesto los exámenes de admisión? ¿Quién se acordaba hoy en día del tal Chávez? Había que aprovechar que los mexicanos carecían de memoria. ¿Y si los echaban a la calle un "grupo de facinerosos" y al otro día prometía encontrar a los culpables de ese incalificable atropello?

Como si lo anterior no fuera suficiente, también había perdido la votación en el Congreso en contra del fuero, de modo que desde el propio presidente para abajo, cualquier funcionario o legislador pudiera ser juzgado por delitos cometidos y, sin embargo, no había prosperado esa moción a pesar de ser un claro beneficio para la República. Si algo lo había desquiciado, habían sido las sarcásticas burlas, ya no solo cuando se arrodilló ante un chamán el día de su toma de posesión mientras inhalaba el copal para purificarse, sino los comentarios mordaces originados cuando él le había pedido permiso a la madre tierra para construir el Tren Maya y aquella se lo había concedido. ¿Esta autorización no era más importante que cualquier papelucho inmundo expedido por cualquier autoridad terrenal?

Él no sería jamás un ladrón de esperanzas. Su gobierno materializaría el gran sueño dorado mexicano, injustificadamente diferido a través de los siglos. El mundo entero vendría a aprender del gran laboratorio político, económico y social de México, en donde se habían puesto en práctica estrategias novedosas y audaces para rescatar de la pobreza a millones de compatriotas.

Si bien quien estaba llamado a ser el mejor presidente de la historia de México había comenzado, según sus enemigos de la prensa, por ser el peor presidente electo desde la Independencia, él, Lugo Olea, daría un golpe de timón y como primer mandatario en funciones ejecutaría un cambio radical del sistema, según lo había prometido en su toma de posesión: poco viviría quien no llegara a verlo. Por lo pronto, comenzaría por centralizar las compras del gobierno federal, centralizar, también, los gastos de publicidad oficial para controlar a la prensa al estilo de Pasos Narro: se trataba de contenerla en el puño. ¿Qué más daba haberle cancelado mil millones a las áreas de cultura? Centralizaría el poder político a través de la imposición de los súper delegados en todas las entidades federativas, de modo que, en el futuro cercano, estos, sus incondicionales, sustituyeran a los actuales gobernadores al final de sus respectivos mandatos. De esta suerte, la inmensa mayoría de los jefes del Ejecutivo locales y buena parte de los presidentes municipales se someterían a sus instrucciones. Si en el 2018 ya contaba con diecinueve congresos estatales a su favor, antes de la conclusión de su primer mandato, su movimiento dominaría ya en casi la totalidad del país en razón de la bendita democracia. Sí, por esa razón incrementaría las ayudas económicas a la gente, para garantizar el destino del voto en las siguientes elecciones. Centralizaría las políticas de seguridad por medio de la militarización del país a través de doscientas unidades de control en toda la República sometidas a una Guardia Nacional. Se apropiaría de las instituciones autónomas infiltrando funcionarios de su absoluta confianza, hermosa palabra, sin necesidad de reformar las leyes de la materia. El Banco de México y la UNAM serían abiertamente suyos cuando sus consejeros dependientes de su voluntad eligieran al gobernador y al rector en turno. En el caso concreto del rector, este sería electo por sufragio universal de los estudiantes, a los que él sabría liderar.

El nombre del juego se llama, por lo pronto, centralizar la operación territorial, la administrativa, la fiscal, la financiera, la política, la militar, la policíaca. Centralizar, centralizar y centralizar, luego ya veríamos qué nombre le pondríamos a la centralización total… ¿Adiós al federalismo? ¡Por supuesto que mil veces adiós al federalismo, uno de los orígenes de la tragedia desde los años de Guadalupe Victoria, el primer presidente de la República!

Por mis frutos me conocerán, y de eso me voy a encargar yo. Que si me conocerán… A los hechos… Perdónalos, Señor, ellos no saben lo que hacen…

Queridos lectores:

Estén muy atentos, porque en la próxima entrega de esta saga, que también será escrita en tiempo real, irán aclarándose varios asuntos que aquí han quedado en suspenso. Por ejemplo:

- ¿Qué será del movimiento político que Martinillo se ha imaginado, inicialmente, como una plataforma para equilibrar la balanza de poderes?
- ¿Cómo reaccionará el presidente Lugo Olea ante los continuos obstáculos que la terca realidad parece complacerse en presentarle? Ejemplos: huachicoleo, bloqueo de vías férreas, plantones de la Coordinadora, pérdidas de vidas humanas por ineptitud para atender emergencias, creciente malestar por el galopante desempleo...
- ¿Quiénes y por qué espían a Marga?
- ¿Qué sucederá con Juanito y su propuesta de revolucionar a los jornaleros que migran a Estados Unidos? ¿Por qué cambió su actitud ante el líder a quien antes admiraba?
- ¿Por qué Yanira es megachaira?
- ¿En verdad AMLO, como antes Francisco I. Madero, aspira a un apostolado?
- ¿Mantendrá Everhard su bajo perfil?
- ¿Seguirá siendo Brigitte un pilar en el desempeño de su marido?
- ¿Seguirá Martinillo siendo una verdadera ladilla con espuelas en sus actividades periodísticas? (Aunque, quizás, esto ni siquiera hay que preguntárselo.)

315

- ¿Qué harán Alfonso Madariaga y sus amigos con la comprometedora grabación que tienen en su poder?

Tengan confianza en que, tan pronto las haya, esta casa editorial les dará noticias sobre esta obra por todos los medios a su alcance.